THOMAS ADCOCK
Feuer und Schwefel

SERIE PIPER

Zu diesem Buch

New York, sagt Polizeidetektiv Neil »Hock« Hockaday, zuständig für den sozialen Rinnstein, ist eine Brutstätte für Verrückte. Und einem dieser waschechten New Yorker Irren, dem heruntergekommenen, haßerfüllten Original, das sich Picasso nennt, begegnet Hock. Früher schuf er geniale Wandgemälde für Vergnügungsparks, doch heute ist diese Kunst nicht mehr gefragt. Picasso vegetiert als Penner und Gelegenheitsmaler dahin. Als plötzlich serienweise Bekannte von Picasso umgebracht werden und die Morde nach seinen blutrünstigen Bildern arrangiert sind, scheint klar, daß der Psychiatriepatient Picasso der Täter ist. Auf der Suche nach ihm gerät Hock in die Welt der Barbesitzer und Schausteller auf Coney Island, stößt auf Immobilienspekulationen, verwickelte Familiendramen und auf viele Menschen, die wie Picasso im Leben gescheitert sind.

Thomas Adcock, geboren 1947 in Detroit, war zuerst Journalist und Polizeireporter für diverse Zeitungen in Detroit, St. Paul Minneapolis und New York. Er lebt in Manhattan. Für seinen zweiten Neil-Hockaday-Roman »Feuer und Schwefel« erhielt er 1992 den angesehenen Edgar Allan Poe Award, die höchste Auszeichnung für Kriminalautoren.

THOMAS ADCOCK

Feuer und Schwefel

Ein Neil-Hockaday-Krimi

Aus dem Amerikanischen von
Jürgen Bürger

Piper München Zürich

Von Thomas Adcock liegt in der Serie Piper
außerdem vor:
Hell's Kitchen (5674)

Für meinen Bruder Dale

Ungekürzte Taschenbuchausgabe
Piper Verlag GmbH, München
April 1998

Titel der amerikanischen Originalausgabe:
»Dark Maze«, Pocket Books/Simon & Schuster,
New York 1991

Umschlag: Büro Hamburg
Simone Leitenberger, Susanne Schmitt, Annette Hartwig
Umschlagabbildung: Heike Schimowski
Foto Umschlagrückseite: Haffmans Verlag, Zürich
Gesamtherstellung: Ebner Ulm
Printed in Germany ISBN 3-492-25675-9

Es hat keinen Sinn, die Menschheit zu kritisieren. Wie alle Schöpfungen überlebt sie ihre Kritiker. Von Interesse ist hier nur der Versuch, sie zu verstehen oder doch wenigstens Verständnis zu zeigen. Vielleicht ist Coney Island das Menschlichste, was Gott je erschuf – oder dem Teufel erlaubte zu erschaffen.

RICHARD LAGALLIENNE, 1905

PROLOG

Breite Tore, einst voller hölzerner Rampen und erfüllt von Schreien besinnungsloser Angst, waren nun mit Zement und Hohlblocksteinen versiegelt; alles in allem zehn massige Etagen, die Fenster mit Blech verschlossen; und hoch oben an den alten Ziegelwänden große Terrakottabüsten von Schweinen, Lämmern und Stieren mit Nasenringen. Und alles eingehüllt in eine graue Dreckschicht von den ständig aufsteigenden Abgasen des Verkehrs im Lincoln Tunnel.

Vor dem Kalksteinsockel der rückwärtigen Wand stand eine stählerne Mülltonne. An ihr schob ich mich vorbei, um den Eingang zu finden, einen kleinen, dreieckigen Spalt, in die morsche Ziegelwand gebrochen. Ich beugte mich vor, richtete den Taschenlampenstrahl hinein und schreckte eine Ratte auf. Dann zog ich die Schultern hoch, atmete aus und zwängte mich in das schwarze Innere.

In tiefer Dunkelheit wartete ich darauf, daß sich meine Augen – und Ohren – anpaßten.

Jetzt hörte ich verhallende Echos. Und verstohlenes Scharren von den Innenwänden, auf denen Ungeziefer wimmelte. Ich zog meine große Kanone aus dem Schulterhalfter, die .44er Charter Arms Bulldog. Ich hielt sie in der rechten Hand. Mit der linken ließ ich den Lichtstrahl über meine unmittelbare Umgebung streichen.

Ich hatte einen breiten Korridor unter einer Eisentreppe betreten. Hinter der Treppe, weiter den Korridor hinunter, befand sich eine Reihe hoher, hohler Räume, jeder von der Größe einer breiten Tür. Vor Jahren mußten dort einmal Fahrstühle gewesen sein.

Entlang des Treppengeländers richtete ich die Taschenlampe nach oben und scheuchte Fledermäuse auf, die sich mit den Köpfen nach unten an ein asbestverkleidetes Rohr klammerten. In irren Schleifen und Spiralen stürzten sich die Tiere durch die unangenehm feuchte Luft. Ich schützte meinen Kopf und bewegte mich weiter und die Treppe hinauf.

Kurz vor dem ersten Absatz gab eine verrostete Stufe nach. Mein Bein versank in einem Loch, und Schmerz durchzuckte mein Knie. Von nun an prüfte ich sorgfältig jeden Tritt, bevor ich mein volles Gewicht aufsetzte. Und ich hielt mich am äußersten Rand der Stufen, dicht an der Wand, die Art, wie sich ein Einbrecher durch einen unbekannten Raum schleicht.

Im dritten Stock roch es intensiv nach Katzen – nach Katern, die ihr Territorium mit Urin markiert hatten. Jeder, der hier lebte, wußte, daß er sich Katzen halten mußte, um die Zahl der Nager zu begrenzen.

Ich stieg eine weitere Etage nach oben, dorthin, wo der Katzengeruch am intensivsten war. Dann bewegte ich mich weiter zur Nordseite des Gebäudes einen Gang hinunter, an dem vermutlich einmal Büros gewesen waren, in denen Menschen ihrer Arbeit nachgingen. Jetzt war es hier nur noch leer und still; alle Türen fehlten, bis auf eine.

Die einzige noch vorhandene Tür war geschlossen. Darauf stand:

ZUHAUSE IST DORT
WO DER HASS IST

Ich klopfte an. Keine Reaktion. Ich trat gegen die Tür, und sie schwang träge auf.

In dem großen Raum hinter der Tür waren mindestens ein

Dutzend Katzen – die Rücken gekrümmt, die gelbgrünen Augen weit aufgerissen, die Zähne gefletscht, kehlig fauchend und knurrend.

Dann bohrte sich etwas Kaltes und Hartes in meinen Nacken.

Und ein rauhes Flüstern: »Halt deinen Rosenkranz fest und verabschiede dich!«

1

»Du bist n Bulle, stimmt's?«

Die Stimme hatte einen komischen Unterton. Komisch wie in tragisch. Aus reiner Höflichkeit ignorierte ich den ersten Eindruck und sagte mir, das ist einfach nur ein Typ im Park, der neugierig ist, ob er mich richtig eingeschätzt hat.

Er war klein und mondgesichtig, war irgendwas über sechzig und hatte ungefähr zehn Kilo Übergewicht. Seine Augen waren braun und wurden von den dicken Gläsern der runden Nickelbrille vergrößert. Die Miene auf seinem blassen, rosafarbenen Gesicht war betont ausdruckslos, der Ziegenbart an seinem Kinn eine Mischung aus Rot und Grau. Er trug eine formlose, geköperte Hose, abgetragene Wildlederschuhe, über einem verschossenen Jeanshemd ein Sakko aus einem Secondhandladen und auf dem, wie ich vermutete, kahlen Kopf ein marineblaues Wollbarett.

Trotz der kühlen Aprilluft schwitzte er. Schweiß tropfte in zwei dünnen Linien von irgendwo unter seinem Barett heraus, vor seinen Ohren hinunter und dann den Unterkiefer entlang, bis die Tropfen in seinem Bart verschwanden.

Als ich vor einer Viertelstunde mit meiner ›Times‹, einem Brötchen und einem Kaffee aus dem Deli in den Park gekommen war, hatte ich diesen Burschen beiläufig registriert, und auch, daß nur wir beide an einem Vormittag mitten in der Woche in dem kleinen Park waren. Ich hatte meine eigenen Sorgen. Er hatte ganz sicher seine.

Ich hatte mich auf eine der beiden letzten funktionsfähigen Bänke des Parks gesetzt. Es war die Bank in der Sonne.

Er saß bereits auf der zweiten Bank auf der anderen Seite eines mit zerbrochenen Ziegeln und Glas übersäten Fußweges im schwachen Schatten von Großstadtbäumen, die gerade neue Blätter bekamen. Ich bemerkte, daß er eines dieser Revolverblätter auf den Knien ausgebreitet hatte, wie man sie in Supermärkten findet.

Gelegentlich warf ich einen flüchtigen Blick in seine Richtung, wenn ich eine Seite umblätterte oder einen Schluck Kaffee trank. Ich hatte ihn dabei erwischt, wie er mich anstarrte und nicht die Zeitung auf seinem Schoß.

Jetzt stand er nahe genug vor mir, daß ich seinen rasselnden Atem hören konnte. Hier war er, neugierig auf eine komische Art. Eigentlich ganz und gar nicht komisch.

Ich warf einen Blick auf meine Uhr: halb elf. Außerdem sah ich die fetten Buchstaben der Schlagzeile auf der ersten Seite seines Revolverblattes: ELVIS-STATUE AUF MARS GEFUNDEN. Ich sagte mir, okay, hier haben wir also das Original aus dem Viertel, der in aller Unschuld etwas frische Luft schnappen will, na und?

Schließlich antwortete ich ihm mit einer Gegenfrage: »Woher wissen Sie, daß ich ein Cop bin?«

Er drehte sich jemandem zu, der neben ihm stand. Nur daß da natürlich niemand war. »Hör dir den an. Er fragt: ›*Woher wissen Sie's?*‹ Kannst du's fassen?« sagte er zu Niemandem.

Zu mir sagte er dann: »Freund, wenn du willst, können wir zum Strand runtergehen, und falls dort ein Cop ist, dann zeig ich ihn dir. Kinderleicht. Auch wenn er eine von den Badehosen mit kleinen Segelbooten auf dem Hintern anhätte, könnte ich ihn noch als Cop ausmachen unter all den anderen, die mit halbnacktem Arsch auf dem Sand rumliegen. Wie das kommt? Weil's Tatsache ist, daß ich eine ausgezeichnete Beobachtungsgabe hab, deswegen, okay?«

»Okay.«

Er lächelte. »Hah! Wenn du jetzt dein Gesicht sehen

könntest, dann würdest du genau wie ich merken, daß in riesigen Buchstaben Cop drauf geschrieben steht.«

»Wieso?«

»Also, erstens würdest du sehen, daß du mich anstarrst wie ein Bussard hoch oben am Himmel, der unten im Schnee nach Blutspuren sucht. So wie du mich im Moment anglotzt, mußt du entweder ein blödes kleines Kind oder ein Cop sein. Und es fällt mir ehrlich gesagt schwer, mir vorzustellen, daß du je niedlich genug warst, um ein kleiner Junge gewesen zu sein.«

»Ich verstehe . . .«

»Da ist noch was, das mir sagt, du bist ein Cop. Du hörst aufmerksam zu. Ein Cop, der hört jedem zu, auch wenn's nur ein brabbelnder Säufer oder ein vollgepumpter Junkie oder ein bekloppter Jesus-Freak ist.«

»Wir sollen zuhören.«

»Ich sag ja auch nicht, daß du's nicht tun sollst. Ich sag nur, das ist es, was ich beobachtet hab, okay?«

»Okay.«

»Außerdem seh ich's an deinen Händen, daß du ein Cop bist.«

»An meinen Händen?«

»Versteh das bitte nicht falsch, Freund, aber sogar jemand, der nicht meine Beobachtungsgabe besitzt, kann sehen, daß du zur Henkelmann-Sorte gehörst. Allerdings hast du keine Schwielen an den Fingern, was meiner Erfahrung nach wieder bedeutet, du bist ein Cop, denn Cops sind Typen, die's zur Polizei zieht, weil sie nämlich genau wie du meistens zur Henkelmann-Sorte gehören, die allerdings keine körperliche Arbeit tun wollen. Na, hab ich recht, oder was?«

»Vielleicht«, sagte ich. Zu recht, dachte ich. Ich sagte: »Dann ist es also kein Problem für dich, jeden Cop in der Stadt zu erkennen?«

»Ist ein ziemlicher Klacks, ja. Abgesehen von euren Lady-Cops. Bei denen ist's was schwieriger, weil sie Frauen sind.

Aber wenn ich genug Zeit hab, erkenn ich die meistens auch.«

»Ich verstehe ...«

»Natürlich verstehst du. Wie ich schon sagte, ich besitz eine große Gabe. Außerdem hab ich dich beobachtet, falls du's nicht bemerkt hast ...«

Mich beobachtet? »Nein, das wußte ich nicht.«

»Tja, jetzt weißt du's.« Er zuckte mit den Achseln.

»Jedenfalls hab ich dich sofort als Cop erkannt. Und jetzt sagst du mir, daß ich recht hatte. Stimmt doch, oder nicht?«

Er wartete meine Antwort nicht ab. Statt dessen drehte er sich zu Niemand und sagte: »Hundert Pro hab ich recht.«

Dann faltete er das Revolverblatt zusammen. Er stopfte die Zeitung in die Seitentasche seines Sakkos, ein cremefarbenes Leinending, das zu seiner Zeit durchaus schick gewesen sein mochte. Aus der anderen Tasche fischte er ein Lackpapier-Päckchen mit dünnen Zigarren, steckte sich eine zwischen die Lippen und bot mir auch eine an. Wir zündeten sie an, und dann beobachteten wir beide den Verkehr auf der Tenth Avenue, der nach Norden rollte. Ungefähr eine Minute sagte keiner von uns ein Wort. Er hing seinen Gedanken nach, ich meinen.

In einer sonst meist lauten und aufdringlichen Stadt stellte dieser komische alte Sonderling, der mit mir und Niemand redete, einen der echten Frühlingsboten dar. An den meisten anderen Orten sieht man im April plötzlich Frauen in Kitteln, die Wäsche in den wunderbar frischen Wind raushängen, und Rotkehlchen, die fette Würmer aus dem feuchten Gras und dem duftenden Matsch ausgraben. In New York kann man sicher sein, daß der Winter vorbei ist, wenn auf den Schulhöfen Mädchen Seilchen springen, wenn jeder dritte Bursche mit Anzug eine gelbe Krawatte trägt, wenn Menschentrauben mit ängstlichen, blassen Gesichtern in Midtown Manhattan herumlaufen und ihnen Straßenpläne aus den Gesäßtaschen wachsen, und schließlich, wenn die Parks die Rückkehr alter Käuze erleben, die nach einem langen und einsamen Winter im Haus wieder auf den Bänken sitzen und auf jemanden warten, mit dem sie reden können. Es ist Frühling, wenn sie Fremden – ja sogar wildfremden Cops – ihre beunruhigenden Lebensgeschichten erzählen und worüber sie den ganzen Winter gegrübelt haben ...

»Tja, und dann hab ich mich gefragt«, sagte er und stieß beißenden blauen Qualm aus, »ob du dich immer so anziehst, oder wenn nicht, ob heute dein freier Tag ist, oder was?«

»Man könnte sagen, beides.«

Ich trug eine Hose mit Löchern an den Knien und zehn Jahre alten Farbflecken, dazu ein grünes T-Shirt von einer Ungeziefervernichtungs-Firma aus Hoboken mit einer toten Küchenschabe auf der Brust, eine Popeline-Jacke, deren Kragen und Manschetten praktisch nicht mehr existierten, eine Yankees-Baseballkappe und schwarze, knöchelhohe P-F Flyer Turnschuhe, die ich ungefähr schon seit dem letzten Miss-Rheingolds-Kalender besitze.

»Oh, ich hab's«, sagte er. »Du bist ein Ziviler. So was wie ein Undercoveragent, häh? Ich mag Detektivgeschichten. Vielleicht hab ich in der Zeitung schon mal von dir gelesen?«

»Ganz sicher nicht in der Zeitung, die in Ihrer Jackentasche steckt«, erwiderte ich.

Er stieß Niemand einen Ellbogen in die Rippen und meinte: »He, hier haben wir mal einen Officer mit Sinn für Humor, was? Das gefällt mir bei einem Cop. Wenn Cops lächeln können, ist die Stadt gleich weniger nervös. Stimmt's nicht? Hundert Pro hab ich recht.«

Dann zu mir: »Tja, Freund, ich les alle möglichen Zeitungen. Von deiner ›New York Times‹ da bis zu dem Käseblatt in meiner Tasche, das im übrigen, das kann ich dir sagen, sehr oft auch nicht seltsamer ist als manche Geschichten, die in deiner feinen Presse gebracht werden. Das liegt daran, daß heutzutage so ziemlich jeder verkommen ist, wie ich bemerkt hab.«

Er bot mir seine weiche, rosa Hand an und fügte mit einem freundlichen Lächeln hinzu: »Jedenfalls, freut mich, dich endlich kennengelernt zu haben.«

Wir schüttelten uns die Hand, und er sagte: »Ich wett, du weißt nicht, wer ich bin.«

Ich antwortete, die Wette hätte er gewonnen.

»Also, keine Angst, ist nicht deine Schuld, daß du mich nicht kennst«, sagte er. »Ich hab in diesem Leben keine großen Spuren hinterlassen.«

Er nahm einen letzten Zug von der Zigarre und warf sie dann auf den Weg, wo sie schließlich ausbrennen würde. Ich dachte daran, ihm zu sagen, daß ich viele Menschen auf der Welt hatte verenden sehen, die genauso beiläufig zu Boden geworfen worden waren wie gerade seine Zigarre. Doch ich behielt meine Gedanken für mich, um mich auf seine zu konzentrieren, was, wie er bereits sehr richtig bemerkt hatte, offenkundig in der Natur eines Cops lag.

Er setzte sich neben mich auf die Bank, zog ein Taschentuch aus der Jacke und wischte den Schweiß von seiner Vollglatze, nachdem er das Barett abgenommen hatte. *Ich wußte, daß er kahl war!* Er fragte: »Willst du wissen, wie ich heiß?«

Ich zuckte zustimmend mit den Achseln.

»Jeder, der mich kennt oder meint, mich zu kennen, nennt mich Picasso. Willst du wissen, warum?«

Natürlich antwortete ich: »Weil Sie ein Maler sind?«

Genau die Antwort, die er erwartet hatte, und deshalb lächelte er mich schon spöttisch an, noch während die Worte dummerweise über meine Lippen kamen. Woraufhin er sich zu Niemand umdrehte, der sich vermutlich ebenfalls zu uns auf die Bank gesetzt hatte, und sagte: »Hör dir den an. Er sagt: ›*Weil Sie Maler sind?*‹ Kannst du's fassen?«

Er setzte das Barett wieder auf und verstaute das feuchte Taschentuch. Dann steckte er sich eine weitere dünne Zigarre an, diesmal ohne mir eine anzubieten. Er saß stumm da, paffte und starrte zur Avenue hinüber. Dann sagte er: »Komm mit. Dann erfährst du was über mich und die Welt der Kunst.«

Wir erhoben uns, und ich ließ meine ›Times‹, das nur halb gegessene Brötchen und den größten Teil des Kaffees auf der Bank zurück. Wir gingen zur Bushaltestelle an der Avenue. Er deutete auf die andere Straßenseite. »Siehst du da drüben im Schaufenster das Schild ›Heute im Angebot: Schweinefleisch zwei neunzehn das Pfund‹, und dann ist da ein Bild von einem großen, fetten Schwein, das aussieht, als hätt's eine Scheißangst?«

Ich sagte, ich sähe es.

»Tja, da hast du einen echten Picasso vor dir. Ich wett, du wußtest nicht, daß sich Picasso auch mit Schaufenstermalerei beschäftigt hat, häh?« Darüber mußte er laut lachen. Dieses Lachen war eines der traurigsten und häßlichsten, das ich je gehört habe.

»Ich bemal die Schaufenster von dem Puertoricaner da drüben regelmäßig«, erklärte er. »Statt Geld gibt er mir dafür diese guten Zigarren hier, Wein, der überhaupt nicht gut ist, und Sandwiches. Und das sind heute im wesentlichen meine künstlerischen Kicks als Maler.

Weißt du, ich wünschte, du würdest irgendwann mal rübergehen, bevor das neue Sonderangebot der Woche angekündigt wird – damit du dir aus der Nähe ansehen kannst, wie ich die nackte Angst des zum Tode verurteilten Schweins eingefangen hab. Wie ich schon sagte, das Studium des Wesentlichen der Dinge ist mein ein und alles. Weißt du, genau wie ich zum Beispiel auch dich all die Monate über studiert hab –«

Verkehrslärm schnitt ihm das Wort ab. Picasso hörte auf zu reden und starrte durch die vorbeifahrenden Autos und Lastwagen und Taxen auf das Schaufenster der bodega, des puertoricanischen Lebensmittelladens. Ausgelassene junge

Mädchen auf Vorder- und Rücksitzen eines Mercury-Cabrios mit Nummernschild aus Jersey, die die Schule schwänzten, winkten den beiden schlecht gekleideten Typen zu, die an einer Bushaltestelle standen. Offensichtlich eine der Lieblingsbeschäftigungen von Jugendlichen aus Jersey.

Ich sah Picasso an, der immer noch seine Interpretation des zum Tode verdammten Schweins anstarrte, und ich sagte mir: Vergiß jetzt das abgedrehte Zeug; du hast tausend andere Dinge zu tun; es ist der erste Tag deines wohlverdienten Urlaubs; du hast vor kurzem erst eine gewisse Ruby Flagg kennengelernt, sie ist hinreißend, und es ist Frühling.

Doch als könnte ich nicht genug bekommen, wartete ich im Gegenteil darauf, daß der Verkehr wieder nachließ, um noch mehr über ihn zu erfahren. »Womit verdienen Sie sich Ihre Brötchen?«

»Ich arbeit so wenig wie möglich, weil ich mich für meine Kunst schon!« Ein weiteres bösartiges Lachen. »Zu meinem Glück bin ich ein einfallsreicher alter Bastard und komm zurecht.«

»Wie?«

»Manchmal sammel ich Flaschen und Dosen und kassier das Pfand. Manchmal verteil ich Handzettel für das Horny Poodle, diesen Oben-ohne-Schuppen drüben auf der Seventh Avenue. Mal dies, mal das. Du weißt ja selbst, wie's in dieser feinen Dienstleistungsgesellschaft so läuft.«

»Wohnen Sie hier irgendwo in der Nähe?«

Er gestikulierte, umfaßte damit einen großen Teil des Viertels. »Hier irgendwo, da irgendwo. Du weißt schon.«

»Wie steht's mit medizinischer Versorgung?«

Wieder grinste er spöttisch. »Und was meinst du damit genau? Ob ich reif bin fürs Sabberheim? Die Leute nennen mich Picasso, also denkst du, ich müßt mal mein Hirn untersuchen lassen, oder was?«

»Was ich meine ist . . .«

»Ach, spar dir das! Ich sag dir: Heute wird man nur aus

einem wesentlichen Grund in die Klapse geschickt, und zwar, weil man losgezogen ist und was so Übles gemacht hat, das nicht einfach nur bekloppt, sondern himmelschreiend bekloppt ist – falls du den Unterschied verstehst. Und dann, eines schönen Tages . . .«

Er unterbrach sich, holte tief und rasselnd Luft. Dann fuhr er fort. »Eines schönen Tages setzen sie dich dann urplötzlich einfach wieder auf die Straße und wünschen dir alles Gute. Das ist das einzige, was sie noch tun können, nachdem sie am Ende zugeben müssen, daß sie keine Antworten, sondern nur Fragen haben. Die Straßen sind voll von uns. Du meinst, ich sehe das falsch?«

»Ich glaube, Sie haben recht«, sagte ich. Als die nächste Woge lärmender Autos vorbei war, fragte ich: »Wieso haben Sie mich beschattet? Und warum erzählen Sie mir das alles überhaupt?«

Zu Niemand meinte er: »Jetzt will er wissen, ›*Warum?*‹! Der Kerl hat vielleicht das letzte mitfühlende Herz in einer alten, gottverdammt herzlosen Stadt, häh? Kannst du's fassen?«

Er schaute die Avenue runter. Der M-11er Bus stand vor der roten Ampel an der Forty-second Street. In wenigen Minuten würde er an der Haltestelle am Park sein. Picasso wühlte in den Hosentaschen nach Münzen.

Dann drehte er sich zu mir. »Du weißt doch, was mildernde Umstände sind, stimmt's oder hab ich recht?«

Ich bestätigte es.

»Natürlich weißt du's. Du bist ja ein Cop. Also, vielleicht wollt ich einfach nur, daß jemand von mir und meinen ›mildernden Umständen‹ erfährt. Die sogar ein Bekloppter hat. Und ich bin ein echter, klassischer Beklopppter, weil ich ungefähr seit der zweiten Amtszeit vom alten Ike immer mal wieder im Bellevue gewesen bin, alles klar?«

»Klar.«

»Aber das Bellevue, weißt du, das bringt mir nichts. Die

Ärzte da sind schon in Ordnung und alles, aber trotzdem sind es nur unwissende Ärzte, die bestenfalls zwei Seiten einer Geschichte sehen können. Echte Geschichten mit echten Menschen haben erheblich mehr als nur zwei Seiten, ist dir das schon mal aufgefallen?«

»Mir ist aufgefallen, daß echte Geschichten voller mildernder Umstände sind«, sagte ich.

Er lächelte und sagte *»Jaaa«*, weil ihm meine Bemerkung gefiel. Zur Abwechslung war es ein freundliches Lächeln. Dann wurde er hektisch und zählte Münzen in seine Hand, gerade genug für den Busfahrschein. Der M-11er war jetzt nur noch einen Block entfernt.

»Weil's dich interessiert«, sagte er, »werd ich dir verraten, daß ich früher mal ein total normaler Durchschnittstyp mit Frau und Kind gewesen bin. Aber als Ehemann und Papa war ich ein Versager. Die Familie war auch nicht viel besser. Die Frau wurde schlampig, das Kind wurde fromm.

Ach, zum Teufel! Familienleben und Eierkuchen, das ist einfach nicht mein Ding. Als mir das klar geworden ist, hab ich mich auf den Weg nach New York gemacht. Denn genau hier gehören wir überzähligen Socken hin. Gewissermaßen bin ich weggelaufen, um mich dem großen Zirkus anzuschließen.«

Worüber er lachen mußte. Es war einer seiner freudlosen Beller. »Tja, das hat was!« sagte er. »Der Zirkus!«

»Hatten Sie je Gelegenheit zu malen, was Sie malen wollten? Ich meine, haben Sie je ernsthaft gemalt?«

Zu Niemand sagte er: »Ho, ho, hab ich gemalt oder hab ich gemalt? Ernsthaft oder ernsthaft? Und, *warum* hab ich gemalt, was ich gemalt hab?«

Zu mir sagte er: »*Ernsthafte* Bilder? Die hängen tonnenweise hier überall in der Stadt. Hier und da eben, genau wie ich; nicht so, daß sie jeder bemerkt, wieder genau wie ich. Was auch der Grund ist, wieso es ein so gottverdammt guter Witz ist, daß man mich Picasso nennt, häh?«

Er fügte hinzu: »Freund, rat doch mal, wo gerade jetzt eins von meinen Bildern hängt?«

»Wo denn?«

»In einer Bar, in der du Stammgast bist . . .«

Ächzend hielt der Bus vor uns, wodurch er mir die letzte Chance nahm, Picasso zu fragen, seit wann er mich schon beobachtete. Und warum.

Picasso stieg ein.

Dann – unmittelbar, bevor sich die Falttür hinter ihm schloß, bevor er in den hinteren Teil des Busses ging, sich setzte und mich durch das breite Heckfenster auslachte und auslachte, wie ich da auf der Tenth Avenue stand und ihm wie ein blöder Cop nachstarrte – sagte er:

»Tja – und weil's dich so furchtbar interessiert – vielleicht willst du ja wissen, daß mir all die *Warums* meines verpfuschten Lebens zum Hals raushängen. Weswegen ich an einem Plan arbeite, einem Plan, das zu töten, was dafür verantwortlich ist, daß ich so atemberaubend tief gefallen bin, wie du ja selbst gesehen hast . . .«

2

In der Stadt, die ich manchmal liebe und manchmal hasse, bin ich schon x-mal mit Fäusten, Flaschen, Knüppeln, Metallrohren und verschiedenen anderen stumpfen Gegenständen angegriffen worden. Außerdem hat man mich bespuckt, mit Steinen beworfen und auf mich geschossen (immer mit Kugeln, bis auf das eine Mal, als ich erfolglos einen Straftäter durch den Central Park verfolgte, der Bogen und einen Köcher Pfeile hatte). Und dann gibt es natürlich noch Leute wie »Picasso«, von deren Mordgelüsten ich nichts hören wollte.

Solche Dinge hängen mit Manhattan zusammen, ob man nun Cop ist oder nicht. Ich bin natürlich einer.

Ich bin Detective Neil Hockaday, und ich trage die goldene Marke des New York City Police Department, von dem ich der Street Crimes Unit-Manhattan zugewiesen wurde – sehr treffend auch bekannt als SCUM Patrol, der *Abschaum-Spähtrupp*.

Für die meisten bin ich einfach nur Hock. Jeden Tag bin ich auf den Straßen unterwegs und sehe aus wie ein ganz normaler Stadtstreicher. Sie würden wahrscheinlich weder Grund noch Verlangen spüren, in meine Richtung zu schauen.

Sollten Sie es dennoch tun, sehen Sie in mir vielleicht einen Mann, der nach zahllosen Zusammenstößen mit den unschöneren Aspekten des Lebens trauriger, aber auch weiser geworden ist. Zumindest sehe ich mich selbst so; zumindest versuche ich immer, die einzig klare Tatsache im Auge zu behalten, die es in einer Stadt wie der, in der ich lebe, gibt: New York, wo jeder meutert und niemand desertiert.

Die klare Tatsache ist, daß meine Stadt eine Brutstätte für Verrückte ist. An jedem Tag eines jeden Jahres kommen vielleicht tausend angehende Verrückte in die Stadt. Jeder einzelne von ihnen ist felsenfels davon überzeugt, sein Eldorado gefunden zu haben und schon sehr bald nach den Sternen greifen zu können. Der eine oder andere von ihnen wird recht behalten oder einfach Glück haben. Dank solch wahnwitziger Chancen wissen wir, daß New York nicht Kansas ist.

Ich weiß, ich weiß.

Ich kenne auch die anderen – diejenigen, die herausfinden müssen, daß Reisen nicht zwangsläufig den Horizont erweitern und New York nur wenige liebevolle Umarmungen für seine Zuwanderer übrig hat.

Manche werden nach Hause zurückkehren und das Beste daraus machen. Manche richten sich ihr Leben in New York so ein, daß es dem früheren Leben in Kansas bemerkenswert ähnlich ist.

Manche werden bösartig. Ihr Leben wird so rauh und spröde wie zerfurchter Beton. Dann werden sie schließlich zur dunklen, unsichtbaren Essenz Eldorados – abstürzende Männer, die Zuflucht finden in irren Schatten ... und im Zuständigskeitsbereich der SCUM Patrol.

Wir können nur herzlich wenig tun, um uns vor den Gefahren zu schützen, die abstürzende Männer darstellen. Ist es nicht so?

Und ich bin nur ein kleiner Cop, hineingeboren in die Welt, in der ich lebe und arbeite. Wie alle anderen hier lasse ich mich manchmal überzeugen, daß das Leben in New York ein ständiger Kampf ist, eines natürlichen Todes zu sterben.

Da stand ich also an diesem Tag im April und starrte sprachlos der Nickelbrille, dem rot-grauen Ziegenbart und dem wippenden Barett im Rückfenster eines schwindenden Busses nach. Ich sagte mir, okay, vergiß nicht, Kumpel: Du bist ein freier Mensch und nicht verpflichtet, dich da einzumischen. Außerdem – es ist nichts passiert.

Stimmt doch, oder?

Jetzt wollte ich nicht länger nachdenken. Dafür war auch morgen noch Zeit genug, und morgen war schon sehr bald. Jetzt wollte ich einen Drink.

Ich hatte es noch nie näher betrachtet, obwohl es schon immer da gewesen ist. Schon merkwürdig, daß ich das Ding bislang kaum registriert hatte. Nun, vielleicht lag es daran, weil es so unauffällig und in einer Kneipe so normal war. Aber jetzt, nachdem sich Picasso in meinem Kopf festgesetzt hatte, studierte ich, was nur seine Arbeit sein konnte. Hoch an der Wand hinter der Mahagoni-Theke mit den Messingbeschlägen im vorderen Teil von *Angelo's Ebb Tide* hatte es nun schon so lange gehangen; ein Ölbild von Angelo Cifelli, dem Besitzer, und einem einsamen Gast, der auf einem Barhocker saß.

Der Gast auf diesem Bild ist eine Frau in einem flotten

grünen Kleid. Vor ihr eine Kaffeetasse. Sie trägt einen Hut, wie es früher bei Frauen üblich war. Ihre Beine sind elegant übereinandergeschlagen, und sie sagt etwas zu dem breiten, runden Rücken des Barkeepers. Der wiederum Angelo ist, in seiner schwarzen Seidenweste, dem weißen Hemd, dessen Ärmel er hochgekrempelt hat, dem schwarzen Haarkranz und dem unverwechselbaren Profil seiner gewaltigen römischen Nase. Er beugt sich gerade vor und spült Gläser in einem Becken mit heißem Wasser.

Als ich immer noch ein wenig benommen von meiner jüngsten, etwas beunruhigenden Begegnung im Park das *Ebb Tide* betrat, betrachtete ich nicht nur das Gemälde an der Wand, sondern auch die fast identische reale Szene, die sich mir bot.

Eine Frau in einem dunkelgrünen Kleid trank Kaffee und plauderte mit Angelo, der Gläser spülte. Sie trug einen Hut mit einer Feder. Die Sonne fiel durch die Jalousien und spielte sanft auf ihrem Gesicht. Von der Tür aus wirkte sie beinahe jung und schön und temperamentvoll; sie schien Angelo eine Geschichte aus einer Zeit zu erzählen, als sie noch jung und schön und temperamentvoll gewesen war.

Sie hätte sicherlich weitererzählt, doch als Angelo mich bemerkte, begrüßte er mich sofort überschwenglich. Die Frau hörte auf zu reden, drehte sich zu mir um und lächelte.

Ich setzte mich auf einen Barhocker an die Theke. Natürlich musterte ich sie – sie und ihren Zwilling auf dem Gemälde. Ins *Ebb Tide* war ich mit dem festen Vorsatz gekommen, nur ein Molson zu trinken, da es noch nicht mal Mittag war. Nachdem jetzt aber alles noch mehr aus dem Gleichgewicht gekommen war, sagte ich Angelo leicht betreten, daß ich gern das Übliche hätte. Und das ist ein Johnnie Walker Red Label, gefolgt von einem Molson.

»Mach dir deswegen keine Gedanken«, meinte Angelo. »Du hast auch schon früher angefangen als jetzt.« Er brachte meine Bestellung, und dann – wie ein freundlicher Barkeeper es eben macht – sagte er zu seinen beiden einzigen Gästen: »Hock, Celia. Celia, Hock.«

Ich entschuldigte mich bei Celia, ihre Geschichte unterbrochen zu haben. Schnell erklärte Angelo: »Du mußt wissen, daß Hock ein Cop ist, aber er ist schon in Ordnung.«

Celia sagte nichts. Die kleine Feder an der Seite ihres Hutes begann glücklich zu zittern, dann legte sie den Kopf zurück und lachte. Von Whisky und Zigaretten hatte sie eine rauhe Stimme, und aus der Nähe betrachtet war das Licht auf ihrem Gesicht auch nicht mehr schmeichelnd. Ich bemerkte eine neue Packung Chesterfield in ihrer offenen Handtasche, die neben der Tasse auf der Theke lag. Ferner fiel mir auf, daß nicht Kaffee, sondern Milch in der Tasse war.

Zu Angelo sagte sie: »Ach, keine Angst, Baby. Du weißt doch, daß ich schon ungefähr hundert Jahre nicht mehr aktiv bin, lange genug jedenfalls, daß man mir nichts mehr anhaben kann.« Dann drehte sie sich zu mir. »Wissen Sie, Officer Hock, ich bin nur hier, um meinen alten Freund Angelo zu besuchen. Und jetzt plaudern wir über die gute alte Zeit, als ich mir auf unehrliche Weise meinen Lebensunterhalt verdient habe, und darüber, daß es ein Verbrechen ist, was mir seit damals widerfahren ist.«

Ich lächelte und schwieg.

Sie schlug die Beine übereinander und erwiderte das Lächeln, und es war nicht schwer zu erkennen, daß sie mal jung und hübsch gewesen war. Sie riß die Packung Chesterfield auf, und Angelo gab ihr Feuer. Sie rauchte, während ich von ihren hellbraunen Augen aufmerksam gemustert wurde. Genau wie der Hut mit der zarten Feder war ihr grünes Kleid aus einem weichen, nachgiebigen Material. Dem Ensemble gelang es, Celias härter werdende Kanten zu glätten.

Ich fragte, ob ich sie zu einer weiteren Tasse Milch einladen dürfe.

Sie lehnte ab. Erklärend sagte sie mit tonloser Stimme: »Magengeschwüre. Gegen fünf bring ich sie aber mit Scotch etwas in Schwung. Wie ich zu meinem Arzt gesagt habe: Magengeschwüre sind eine Krankheit abhängig von der Tageszeit.«

»Kauft der Arzt Ihnen das ab?«

»Er sagt zu mir: ›Celia, wenn Sie das glauben, warum lassen Sie dann die Milch nicht gleich ganz sein, trinken von morgens bis abends Ihren Stoff, versauen Ihre Innereien endgültig und bringen's hinter sich?‹«

»Unter gewissen Umständen ist das vielleicht gar kein so schlechter Rat. Ich meine, darauf zu warten, daß irgendein gnädig gestimmter Gott einen auf natürliche Weise erlöst, ist doch ungerecht wie nur was«, meinte Angelo.

Er widmete sich wieder seinen Gläsern. Ich fragte Celia: »Sie haben vorhin etwas von einem Verbrechen erwähnt?«

»Oh, das. Wollen Sie es wirklich hören?«

»Klar«, sagte ich. Und von irgendwo hörte ich ein komisches Echo ... *»Ein Cop hört jedem zu.«*

»Eines verregneten Tages steht da dieser kleine Mann vor meiner Tür. Er trägt einen billigen Cordanzug, hat eine tragbare Addiermaschine in der Hand und sagt, er komme vom Finanzamt. Ich rufe sofort meinen Anwalt an. Trotz all dem vielen Geld, das der Bursche durch mich verdient, sagt mein Anwalt doch tatsächlich, daß mir gar nichts anderes übrig bleibt, als den kleinen Mann reinzulassen – der eigentlich gar nicht so unheimlich aussieht. Wie sich dann aber herausstellt, würde der Kerl sogar seine eigenen Kinder fressen.«

»Tja«, sagte ich. »So sind die nun mal.«

»Wem sagen Sie das!« In Celias Stimme lag ein trauriger Unterton. Sie wendete ihren Blick von mir und starrte in den Spiegel hinter der Theke.

Ich bestellte mir noch einen Red und ein Molson. Angelo brachte es und stellte eine frische Tasse Milch vor Celia. Celia beachtete ihn nicht weiter. Sie drückte ihre Chesterfield aus, steckte sich sofort eine neue an und starrte weiter auf ihr Spiegelbild.

Dann sah auch ich ihr Gesicht im Spiegel an. Und sah die Tränen, die das Make-up auf ihren Wangen auflösten, sah, daß ihr Gesicht allmählich einem Kuchen ähnelte, der im Regen stehengelassen worden war.

Celia wühlte in der Handtasche, fand ihr Schminktäschchen und beschäftigte sich konzentriert damit. Niemand sagte ein Wort. Die einzigen Laute kamen von Angelo, der mit seinen Gläsern klirrte, und von weiter hinten im Lokal, wo Kellner die Tische eindeckten.

Allmählich begann sich das *Ebb Tide* mit der ersten Welle der Mittagsgäste zu füllen. Einige Leute aus dem Viertel kamen auf dem Weg zu den Tischen an der Theke vorbei – der Besitzer meines Lieblings-Deli mit einer Frau, die nicht die seine war; der Inhaber meiner Reinigung, einige Friseure aus dem Three Aces Salon auf der anderen Straßenseite.

Wieder schaute ich zu Picassos Bild auf, erinnerte mich daran, daß ich mich danach erkundigen wollte. Doch jetzt war Angelo am anderen Ende der Theke mit Gästen beschäftigt, und Celia schminkte sich die Augen nach, also rutschte ich vom Barhocker, ging zu Angelo. »Ich komme später noch mal vorbei.«

»Okay«, erwiderte Angelo. »Tu dir selbst einen Gefallen und komm erst nach sieben, okay? Von fünf bis sieben kommt die unangenehme Sorte Gäste.«

»Welche unangenehme Sorte Gäste meinst du?«

»Die Sorte, die tagsüber Software vertreibt und Firmen aufkauft und abends wieder zwölfjährig sein will.«

Also sagte ich Angelo, daß ich die Happy-hour ausfallen lassen würde. Zu der Feder an Celias Hut sagte ich: »Vielleicht sehen wir uns noch mal. Und das mit Ihren Schwierigkeiten tut mir aufrichtig leid . . .«

»Ja, später«, sagte sie. Aber sie schaute nicht auf.

Auf dem Heimweg vom *Ebb Tide* machte ich ein paar Erledigungen. In meiner chinesischen Wäscherei holte ich Hemden ab, denn es gibt einige Gelegenheiten in meinem

Leben, an denen ich etwas mit Stärke darin und mit einer Krawatte trage. Ich besorgte mir eine neue ›Times‹, da ich die erste im Park gelassen hatte. In meinem Spirituosengeschäft stellte ich für ein paar Perrier-Jouët in der Blümchen-Flasche einen Scheck aus, weil ich in einem Viertel wie dem meinen nicht viel Bargeld mit mir herumschleppe. In der Hoffnung, daß sich meine heutige Verabredung zum Abendessen mit Ruby Flagg zu einem Nachtisch und so weiter in meiner Wohnung ausdehnen ließ, wollte ich etwas Nettes auf Eis haben.

Als ich nach Hause kam, hörte ich Jazz auf WBGO-FM, während ich in meiner Wohnung herumwirbelte, damit es hier und da etwas besser aussah. Das tat es meistens nicht. Ich aß ein Sandwich. Das und die Hausarbeit machten mich schläfrig, also streckte ich mich auf der Couch vor dem Wohnzimmerfenster aus und schlief mit einem Staubtuch in der Hand ein.

Ich war eine ganze Weile weg. Ich wachte auf, weil ich aufs Klo mußte, dann döste ich noch ein bißchen auf der Couch, fest davon überzeugt, daß es erheblich sinnvoller war, meine Energie für einen Schönheitsschlaf zu verwenden, als weiter versuchen zu wollen, meine arme alte Wohnung in Ordnung zu bringen.

Irgendwann gegen fünf, als die Zwölfjährigen gerade ins *Ebb Tide* einflogen, veranstalteten draußen die Autofahrer mit Ziel Jersey ein Mordsspektakel. Auf dem Weg zum Lincoln Tunnel hupten sie sich dumm und dusselig.

Dann der Anruf und Angelos Bitte, sofort zu kommen.

Das war so gegen halb sechs.

Ich lief den ganzen Weg zum *Ebb Tide*, sechs Blocks von meiner Wohnung auf der Ecke West Forty-third Street und Tenth Avenue.

3

Als ich Celia dort mit einer Schußwunde im Hals liegen sah, überraschte mich das auf traurige Weise gar nicht weiter. Und ihrem Gesichtsausdruck nach zu schließen, vermutete ich, daß sie es ungefähr genauso empfunden haben mußte, als sie das letzte Mal etwas hatte empfinden können.

Sie lag wie ein schlaffer, zerknitterter, grüner Haufen auf dem abgewetzten Eichenboden. Ihr Körper wurde von einem gelben Kreidestrich umrahmt, und auf ihrem Hals befand sich ein roter Fleck von der Größe einer kleinen Münze. Ihre schlanken, toten Beine steckten in Strümpfen von der Art, wie Frauen sie früher getragen hatten: mit Strapsen und Nähten auf der Rückseite.

Auf der Theke stand ein Aschenbecher voller Chesterfield-Kippen, daneben Celias Handtasche aus Lackleder. Dann war da noch ihre Tasse, vielleicht zu Dreivierteln gefüllt mit Milch und einem Schuß Scotch. Ein Cop von der Spurensicherung suchte nach Fingerabdrücken – wozu auch immer das gut sein sollte.

Die Zwölfjährigen waren in den Speiseraum gescheucht worden. So wie sich einige von ihnen in den Sitznischen lümmelten, waren sie entweder ohnmächtig geworden oder hielten Mord für die hiesige Varietévorstellung. Die anderen lamentierten, daß diese Sache ihnen sämtliche Pläne für den Abend versaute. Dennoch ging vorläufig niemand, und das schloß auch diejenigen ein, deren Uhrenalarme sich lautstark meldeten.

Drüben neben der Telefonzelle im vorderen Teil stand ein rothaariger Detective, den ich flüchtig kannte – Logue von der Mordkommission. Sein Vorname wollte mir einfach nicht einfallen, was allerdings, wie sich herausstellte, ganz auf Gegenseitigkeit beruhte. Er trug einen altmodischen, braunen Anzug und eine braune Krawatte. In seiner fleischigen Hand hielt er einen gelben Block. Er stellte Angelo Fragen – bis er mich bemerkte und rüberwinkte.

Logue kam direkt zur Sache. »Der Inhaber hier erzählt mir einige der Dinge, die ich wissen muß. Unter anderem, daß Sie, Hockaday, abgesehen vom Mörder einer der letzten waren, der mit dem Opfer gesprochen hat ...«

Ich sah Angelo an. Mit ihm schien alles bestens, bis auf die feuchte Stirn und die Tatsache, daß seine Haut die Farbe von Patex angenommen hatte.

»Wie er sagt, haben Sie Urlaub, Detective Hockaday. Da Sie aber hier in der Gegend wohnen, habe ich ihn gebeten, Sie rüberzurufen. Aus beruflichen Erwägungen. Also, können Sie mir irgendwas sagen?«

»Wollen schon, aber können nicht. Ich kannte die Lady selbst nur ein paar Minuten, gerade lange genug, um zu wissen, daß sie eine lange Geschichte hatte. Die ich allerdings nie gehört habe.«

Logue saugte an den Zähnen. »Aber was können Sie mir sagen?« fragte ich ihn.

Er verstaute den gelben Block wieder in der Tasche und schüttelte seinen fleischigen Kopf. Da wir es bislang noch nicht gemacht hatten, schüttelten wir uns jetzt die Hand. Dann korrigierte er mich etwas.

»Oh, ich glaube nicht, daß es über sie so viel zu sagen gibt. Oder über ihren Tod«, sagte Logue. »Außer daß man kein Einstein sein muß, um zu erkennen, daß es etwas Persönliches war.«

»Glauben Sie?«

»Sicher. Erst mal, sehen Sie irgendwelche Spuren eines Kampfes?«

Die gab es nicht. Es sah ganz danach aus, als wäre Celia einfach von ihrem Barhocker gerutscht, nachdem sie im Feierabendgedränge erschossen worden war. Jeder Cop mußte natürlich davon ausgehen, daß der Täter das Opfer gekannt hatte, da jeder gute Cop das Gesicht eines Toten genauso liest wie das eines Lebenden. Auch würde jeder Cop vermuten, daß der Mörder ein Profi war; der Job war aus kürzester Distanz und mit einer kleinkalibrigen Pistole sauber erledigt worden, ohne zuviel Lärm zu machen. Anschließend war der Täter einfach in der Menge und dem Trubel der Happyhour untergetaucht, während Celia wie ein gefällter Baum vom Hocker gefallen war.

»Was hat sie den ganzen Nachmittag über hier gemacht? Und wer ist kurz vor ihrem Tod zu ihr gekommen?« fragte ich Angelo.

Angelo dachte nach, wollte sorgfältig sein und die richtige Antwort geben. Schließlich sagte er langsam: »Celia und ich haben über die gute alte Zeit geplaudert. Als sie noch Profispielerin war – ein Zocker. Vor Jahren ist sie manchmal reingekommen, wenn im Hinterzimmer um niedrige Einsätze gespielt wurde. Meistens Würfel. Würfeln mochte sie ganz besonders.

Über solche Belanglosigkeiten haben wir geredet, Hock. Sie hat an der Theke zu Mittag gegessen. Das Tagesgericht, Fish and Chips. Ich habe ihr einen Haufen Kleingeld fürs Telefon gegeben ...«

»Hat sie die Telefonzelle hier benutzt?« fragte ich.

»Ja. Wenn sie nicht an der Theke saß, genau da, wo du sie kennengelernt hast, hat sie telefoniert. Ich kann mich wirklich nicht erinnern, ob jemand reingekommen ist und nach ihr gefragt hat. Ich weiß auch nicht mehr, ob sie mit jemandem gesprochen hat, außer am Telefon.

Hock, wenn ich helfen könnte, dann würde ich's bestimmt tun.«

Ich drehte mich wieder zu Logue. »Das mit den Telefonaten haben Sie schon?«

Logue bejahte, er habe alles im Griff; er hatte bereits bei der New York Telephone Company den offiziellen Antrag gestellt, eine Überprüfung der gespeicherten Informationen sämtlicher Anrufe zwischen Mittag und halb sechs vom öffentlichen Münzfernsprecher im *Ebb Tide* durchführen zu lassen. »Was auch immer dabei rauskommt«, fügte Logue mit einem Achselzucken hinzu.

Ich fragte, was er damit meinte.

»Wissen Sie, Hock. Mein Job fängt um neun an und hört um fünf auf, Überstunden gibt's nicht.«

Ich wollte noch sagen, »Für dich vielleicht, Logue«, behielt es aber für mich.

Logue war müde. »Nach allem, was ich bislang gesehen habe und was mir gesagt wurde, haben wir hier nur die gut durchgeführte Beseitigung einer . . .«

Er zog den Block aus der Tasche und schlug die gelben Seiten um. »Einer gewissen . . . Celia Furman, nach den Papieren in ihrer Handtasche. Laut Aussage des Lokalinhabers hier, der sie von früher kennt, hatte die verstorbene Ms. Furman früher gute Verbindungen.«

»Was für Verbindungen?« fragte ich.

Logue zuckte mit den Achseln, also antwortete Angelo.

»Zocken, das ist alles, Hock. Sie hat als Zigarettenmädchen in billigen Nachtclubs in Detroit angefangen. Du erinnerst dich noch an diese Zockerspelunken?«

Ich erinnerte mich. Damals, bevor mit dem Aufkommen des legalen Glücksspiels in den Wettbüros, der staatlichen Lotterien und unten in Atlantic City eine Menge Leute in meinem Viertel ihre Jobs verloren, gab es überall in der West Side schillernde Läden, in denen man etwas trinken, ein bißchen Musik hören und gleichzeitig würfeln konnte. Oder Tonk und Siebzehn und Vier spielen. Manche dieser Läden besaßen für Pferde- oder andere Sportwetten Hinterzimmer, die mit Telefonen und Telex ausgestattet waren. Jedes Lokal hatte Laufburschen für all die Kleinigkeiten, die die Kundschaft benötigte – Wettscheine für die Rennen im Aqueduct, chinesische Imbisse oder frische Kartenspiele. An all das erinnerte ich mich, weil ich als Kind, das gerade mal lange Hosen trug, selbst gelegentlich als Laufbursche beschäftigt wurde.

Jetzt sah Angelo die Leiche mit den schönen Beinen und dem grünen Kleid an. »Ich kann mir nicht vorstellen, daß Celia jemals irgendwem etwas so Schlimmes getan haben könnte, daß sie so enden mußte. Jetzt wird mir klar, daß ich sie doch nicht so gut kannte, wie ich dachte.«

»Wie gut kennen wir überhaupt jemals einen Menschen?« fragte ich.

»Wie wahr.«

»Ich werde euch sagen, wie das hier für mich aussieht«, sagte Logue. »Ich glaube, wir haben hier jemanden, der schon so lange nicht mehr in der Branche aktiv war, daß sie ihre Aussichten auf ein langes Leben nicht mehr richtig einschätzen konnte. Also, das ist doch offensichtlich. So was erleben Sie doch bestimmt auch nicht zum ersten Mal, Detective Hockaday?«

»Sie meinen, sie lag mit ihrer Einschätzung so daneben, daß sie vergessen hatte, daß man das Milieu niemals verläßt, selbst wenn man nicht mehr aktiv dabei ist?« dachte ich laut. »Ja, vielleicht.«

»Vielleicht auch nicht«, sagte Logue. »Was immer sie getan hat, und wem immer sie es getan hat, die Geschichte führt in eine Vergangenheit zurück, die viel zu trüb ist, als daß einer von uns etwas darin erkennen könnte. Deshalb bin ich auch nicht besonders scharf darauf, aus dieser Sache mehr als eine routinemäßige Mordermittlung zu machen, auch wenn's eine Lady erwischt hat.«

Von Logues Warte aus gesehen konnte ich das nachvollziehen. Trotzdem. »Celia hat mir von Problemen mit dem Finanzamt erzählt, und daß es ihr Leben ruiniert hätte. Da müßte es doch irgendwelche Spuren geben.«

»Vielleicht«, sagte Logue. »Vielleicht finde ich tatsächlich ein paar Anhaltspunkte, na und?«

Wieder fragte ich Angelo, ob er gesehen hätte, wie sie mit jemandem sprach. Er schüttelte den Kopf und wiederholte, was er bereits Logue gesagt hatte. »Ehrlich, Hock. Ich habe mit dieser unangenehmen Sorte von Gästen, die heutzutage hier reinkommen, alle Hände voll zu tun. Seit ungefähr fünf Uhr habe ich einfach nicht mehr weiter auf sie geachtet.«

Logue verließ uns, um mit dem Polizeifotografen zu sprechen, der gerade gekommen war. Ich sagte Angelo, er solle aufhören, weiter so zu schwitzen. Dann ging ich zu Logue rüber.

Der Fotograf schritt über und um die Leiche, um aus allen möglichen Perspektiven Aufnahmen von etwas zu schießen, das für ihn nichts als ein weiteres Stück totes Fleisch war. Von den Tischen im hinteren Teil des Lokals hörte ich jemanden sagen: »Uuh, ekelig!«

Ich schaute Celias Gesicht an, weiß durch den Blutverlust, und jetzt noch weißer im Blitzlicht. Ihre Mundwinkel waren leicht nach oben gezogen, als hätte sie jemanden spöttisch angelächelt, den sie gut genug gekannt hatte, um ihn zu verachten. Ich sah, daß ihr Haar kurz und schwarz war, eine Frisur, wie Frauen sie in den zwanziger Jahren getragen hatten, wie Louise Brooks mit ihrem Bubikopf. Ihre Haare waren mir vorher nicht aufgefallen; sie hatte einen Hut mit einer Feder getragen, der jetzt allerdings nirgendwo zu sehen war.

Aus einem ihrer Nasenlöcher zog sich ein Faden Blut. Über die Jahre hatte ich so etwas oft genug gesehen, um zu wissen, daß irgendwo in Celias Hals oder Kopf eine winzige Kugel steckte und ihr toter Körper Blutungen hatte. Schon sehr bald würde jede Körperöffnung nässen. Was auch der Fotograf wußte, weswegen er sich bei der Erfüllung seiner Rolle bei dieser Ermittlung beeilte.

»Nach ihrem Gesichtsausdruck zu urteilen«, sagte ich zu Logue, »würde ich meinen, die Lady hat eine unangenehme Nachricht bekommen.«

»Ziemlich milde ausgedrückt«, sagte er.

»Außerdem würde ich sagen, daß die arme Celia Furman irgendwie mit dem rechnete, was dann passierte.«

Logue stimmte zu. »Ja, also, sie sieht nicht so schockiert aus wie die meisten Leichen. Was ist denn Ihrer Meinung nach passiert?«

»Ich denke, sie muß auf irgendeinen Köder reingefallen sein, um sich in so eine Situation manövrieren zu lassen. Möglicherweise lag es daran, daß sie so lange nicht mehr mitgemischt hat, wie Sie schon sagten; im Milieu muß man wissen, welche schrecklichen Dinge einem passieren können. Dinge, die sogar noch schrecklicher sind als das, was man jemand anderem antut – oder angetan hat.«

»Klingt vernünftig.«

»Vernünftig, ich weiß nicht.«

In diesem Augenblick sehnte ich mich nach einem Drink. Aber ich erinnerte mich, daß ich mich in ein paar Stunden mit Ruby zum Abendessen verabredet hatte, daher bat ich Angelo um ein Mineralwasser mit Zitrone.

Dann fragte ich Logue, ob er oder die Spurensicherung die Hülse der Patrone gefunden hatte, die immer noch irgendwo in Celia steckte. Er verneinte. »Was für eine Kanone hat der Täter benutzt, was meinen Sie?«

»Ich wette, es war eine .25er Automatik«, sagte Logue.

»Sehen Sie, es gibt keinerlei Schmauchspuren auf ihrem Hals. Nur ein sauberes Einschußloch. Eine Automatik ist außerdem leise, und im Gedränge ist es kein Kunststück abzudrücken, ohne daß einer etwas mitkriegt, bis jemand auf dem Boden zusammenbricht . . .«

»Was in einer Kneipe durchaus passieren kann.«

»Ja, so was kann passieren.« Logue gähnte und warf wieder einen Blick auf seine Uhr.

Wir standen schweigend da und beobachteten, wie die Spurensicherung Servietten mit Pinzetten aufnahm, alles mögliche mit einem klebrigen, schwarzen Pulver einstäubte und in Celias Handtasche wühlte. Hinter der Theke spülte Angelo Gläser.

Die Leute von der Gerichtsmedizin kamen und packten

Celia in einen Leichensack, der zufälligerweise ebenfalls grün war. Dann brachten sie sie mit dem Krankenwagen ins Leichenschauhaus, verzichteten jedoch auf Blaulicht und Sirene.

Logue ließ sich von Angelo einen Dollar wechseln. »Muß meine Frau anrufen«, brummte er.

Ich fragte den Cop von der Spurensicherung, der inzwischen mit Celias Handtasche fertig war, ob er irgend etwas Interessantes gefunden habe. Er rasselte die übliche Liste von Dingen runter, die Frauen eben so dabei haben, was eine ganze Menge ist. Dann zeigte er mir, was er gerade in einen Beweismittelbeutel stecken wollte – einen alten, gewellten Schwarzweißschnappschuß, ungefähr fünf mal acht Zentimeter groß.

Einzelheiten waren wegen all der Risse und Knicke des Papiers schlecht zu erkennen, aber es bestand kein Zweifel daran, was fotografiert worden war: ein junges, hübsches und temperamentvolles Mädchen im Badeanzug, Celia auf einer Uferpromenade, in einem erstarrten Augenblick ihrer sorglosen Vergangenheit. Hinter ihr ein Riesenrad und Menschen, die in Shorts und mit Strohhüten vorbeigingen. Auf dem zerknitterten Rand des Fotos stand mit blauer Tinte: CONEY I., SOMMER 54.

Die Badeschönheit stand auf der Promenade zwischen zwei Männern, die beide einen Arm um ihre schlanke Taille gelegt hatten. Einer war ungefähr von Celias Größe oder nur leicht größer. Der andere war mindestens fünf Zentimeter kleiner und stämmig.

Ich bemerkte das bärtige Kinn des kleineren Mannes. Und seine Brille und sein Barett.

Logue hatte mit seiner Frau telefoniert und stand wieder neben mir, sagte, daß er jetzt Feierabend machen werde und keinen großen Sinn in der üblichen Verfahrensweise sehe, den Tatort selbst zu schließen und zu versiegeln. Und falls mir noch irgendwelche sachdienlichen Dinge einfielen, dann sollte ich ihn doch bei der Mordkommission anrufen, ». . . was auch immer das bringt«.

Was immer es auch brachte, ich beschloß, meine Gedanken wenigstens eine Nacht zu überschlafen. Gleichzeitig sagte ich mir wieder: *Vergiß jetzt das abgedrehte Zeug . . .*

Aber natürlich konnte ich das nicht. »Hat irgendwer einen grünen Hut mit einer Feder gefunden, einen Hut in Celias Größe?« fragte ich Logue.

»Einen Hut? Hat sie denn einen Hut getragen?«

Ich sagte, ja. Logue sagte, nein, niemand hätte einen Hut gefunden.

»Vielleicht schaue ich morgen oder übermorgen mal bei Ihnen rein«, sagte ich.

Logue gähnte und ging.

Dann erkundigte ich mich bei Angelo nach dem Gemälde.

»Das habe ich irgendwann Anfang der sechziger Jahre gekriegt, damals, als du noch auf dem City College studiert hast, Hock. Ich glaube, ich will's jetzt nicht mehr haben.«

»Weil *sie* das auf dem Bild ist . . . Celia?«

»Ja, bei Gott, sie ist es.«

Angelo drehte sich um und griff nach einer Flasche Red Label. Er bot mir ein Glas aufs Haus an, das ich im Interesse meiner abendlichen Verabredung widerstrebend ablehnte. Er selbst schenkte sich allerdings ein und starrte traurig in das tiefe Bernsteingelb. Im Hinterzimmer, wo Celia früher einmal gewürfelt hatte, waren die uniformierten Beamten mit den Happy-hour-Typen fast fertig. Ich hörte einen von ihnen jammern: »Aber, Officer – das hier ist wirklich so, so ungelegen!« Angelo neigte sein Glas, verschüttete ein paar Tropfen Scotch für seinen Kreis abwesender Freunde, der sich soeben vergrößert hatte.

Er trank den Whisky aus, erhob dann das leere Glas zum Toast auf Celias Gemälde und sich selbst. Ich fragte nach dem Künstler.

»Das dürfte wohl Celias verloren geglaubter Ehemann Charlie Furman sein.«

»Wenn Charlie heute reingekommen wäre«, fragte ich, »hätte Celia ihn dann wiedererkannt? Oder du?«

»Charlie Furman und hier reinkommen?« Angelo schüttelte den Kopf. »Das glaube ich kaum.«

»Kanntest du ihn?«

»Tja, ich bin ihm ein paarmal begegnet, falls du das meinst. Geredet haben wir allerdings nur darüber, was er trinken wollte.«

»Aber du hast ihn hier an der Theke kennengelernt?«

»Ja, vor langer, langer Zeit, wenn er manchmal mit Celia reinkam. Sie ging ins Hinterzimmer und hat gewürfelt, und er hat hier vorn gesessen und alles beobachtet. Mann, der Bursche war ein Beobachter.«

»Wieso nennst du ihn Celias ›verloren geglaubten‹ Ehemann?«

»Celia und Charlie, die zwei hatten jede Menge Probleme. Erstens war Celias Job nicht gerade förderlich für eine lange Ehe. Zweitens war Charlie ein Künstler, und Künstler sind meistens bekloppt. Er ist irgendwohin verschwunden, und als er ging, hat Celia die Bilder ausgeräumt, die der Knabe nie verkauft hatte. In meinem Fall das, was du da über der Theke hängen siehst.«

»Hier im Viertel läuft ein Obdachloser rum, der sich Picasso nennt«, sagte ich. Kein Zeichen von Wiedererkennen auf Angelos Gesicht. »Kennst du ihn?«

Angelo dachte nach. »Nein.«

Ich sagte mir: Du bist so weit gegangen, wie du kannst ... ruf Logue morgen an und erzähl ihm, was du weißt; es ist sein Fall, und schließlich hast du Urlaub!

Ich wollte gehen. Die Happy-hour-Gäste erhielten ihre Freiheit zurück; an der Theke wurde es voll.

»Ist schon komisch, was?« sagte Angelo.

»Wie meinst du das?«

»Komisch, daß sie auf dem Bild Grün getragen hat, und daß sie heute auch Grün getragen hat.«

»Vielleicht mochte die Lady Grün?«

»Sie hat fast immer Grün getragen. Sie hat gesagt, das sei ihre Glücksfarbe.«

4

Da saß ich nun, an einem kleinen Tisch in einem warmen Zimmer und schaute Ruby Flagg an. Im flackernden Kerzenlicht bewunderte ich ihr Gesicht mit diesen schokoladenbraunen Augen und der Mandelhaut, ihr schwarzes, schwarzes Haar und die vollen Lippen mit einem Hauch Kastanienbraun, ihren glatten, schlanken Hals, der aus einer weißen Spitzenbluse ragte. Mit einer schmalen Hand nahm sie den Kragen der Bluse zwischen zwei Finger und fächelte sich Luft zu. Und verflucht sollte ich sein! Verflucht wegen meiner Gedanken an Bilder von Picasso, an seine verrückten Drohungen ... und an Celia und ihr Gesicht, das den Tod so wenig überrascht begrüßt hatte.

Ruby redete. Ich hatte sie gebeten, mir mehr über sich zu erzählen, da dies erst unsere zweite Verabredung war, den Abend mitgerechnet, an dem wir uns auf einer Party in Soho kennengelernt hatten, zu der sie mit einem dummen Mann gekommen war, der sich nicht dafür interessiert hatte, daß Ruby und ich den größten Teil des Abends in einer stillen Ecke des Lofts zusammen verbrachten. Ich bat sie, mir zu erzählen, wie sie aus ihrer Heimatstadt New Orleans nach New York gekommen war; ich wollte wissen, ob sie an die »Smaragd-Stadt« glaube. Und als sie antwortete, waren meine Gedanken woanders.

»... Oh, ich wußte, daß es ganz schön hart werden würde«, sagte sie. »Und ich hatte irrsinnig viele Verwandte zu Hause, die ihr ganzes Leben lang Louisiana noch nie verlassen hatten, die aber trotzdem alles über New York City wußten, vor allem, daß es keine Stadt für mich sei; daß ich schon sehr bald mit eingekniffenem Schwanz wieder zurück in den Süden kommen würde, und das hoffentlich heil und in einem Stück.«

In *Princess Pamela's Little Kitchen* spielte eine fünfköpfige Band, was eine Menge Musik für ein Lokal mit nur einer zweieinhalb Meter langen Theke und einem Dutzend Tischen ist. Doch das machte unsere Unterhaltung nicht unmöglich. Die Musiker waren fünf alte Knaben mit fünf alten Instrumenten, und keiner von ihnen hatte besonders viel Puste. Die Band spielte ein sanftes Medley von Bix-Beiderbecke-Melodien – darunter »Fidgety Feet«, »Flock o' Blues« und »Prince of Wails«. Hinter der Band war eine Tür mit einem Vorhang, hinter der sich die Princess persönlich um die gebratenen Hühnchen kümmerte, deren Duft man in der ganzen Lower East Side schnuppern kann.

Doch weder die Musik noch Rubys hübsches Gesicht und sanfte Stimme, noch das Aroma von Princess Pamelas Herd vertrieb meine Gedanken an Celia und Charlie Furman und die vielen Fragen, die ihre Leben urplötzlich aufgeworfen hatten. Was hatte Picasso gemeint, als er zu mir sagte: *»Weißt du, ich studiere dich schon seit Monaten«*? Was meinte er, als er sagte: *»Ich ziehe dich ins Vertrauen«*? Und wieso hatte er mich ins *Ebb Tide* gelotst, wo sein Gemälde im Dunkel hing, wo das Leben die Kunst nachahmte, bis es starb?

». . . Ich erinnere mich, daß mir all die netten, gut gemeinten Lügen Angst gemacht haben, die die Familie über New York erzählt hat«, sagte Ruby. »Aber ich hatte noch mehr Angst vor dem Gedanken, zu Hause zu bleiben, jung zu heiraten, schnell zu altern und eigene Lügen erfinden zu müssen, um andere junge Leute daran zu hindern, mich zu verlassen.

Außerdem war ich nicht ganz richtig im Kopf. Ich wollte zum Theater.«

Künstler sind meistens bekloppt.

Ruby lachte. »Tja, schon im ersten Jahr hier bin ich auf die Bühne gekommen, was sagst du nun? Das war in einem Kellertheater unten an der Bond Street. In meiner ersten Rolle spielte ich einen Kannibalen in einer gar nicht komischen Komödie über Amway-Vertreter, die im afrikanischen Busch neue Absatzmärkte schaffen wollen.«

»Es gab eine Zeit, da hab ich mich dazu verleiten lassen, mir solche Stücke anzusehen«, verriet ich ihr.

Und ich dachte, wenn Celia den ganzen Tag im *Ebb Tide* verbracht und telefoniert hatte, dann hatte sie doch offensichtlich auf jemanden gewartet; anrufen konnte sie von überall. War also der ihr bekannte Mörder schließlich gekommen und hatte gewußt, daß die Bar gegen fünf Uhr voll sein würde? War es Picasso – Charlie Furman – gewesen? Aber hätte Angelo ihn nicht wiedererkannt?

Ruby lachte wieder. »Als dann keine Angebote für größere und bessere Rollen auf mich niederregneten, habe ich noch ein paar Stücke wie das an der Bond Street gemacht. Womit man sich hier, wie du weißt, nicht mal die Miete leisten kann. Und wodurch man, wenn man bei dieser ruhmreichen Kunst bleibt, am Ende völlig verarmt ist, was mir dann auch passierte.«

»Und dann?«

»Dann habe ich beschlossen, daß mir Armut nicht gefällt. Also bin ich, über einen Freund, in einem Job bei einer ziemlich guten Werbeagentur an der Madison Avenue gelandet. Sie fanden es schick, mich die Karriereleiter aufsteigen zu lassen – wo ich doch eine Frau war und schwarz, in ihren Köpfen allerdings auch wieder nicht *so* schwarz.«

»Du sprichst hier von Köpfen, die man leicht durchschaut?«

Sie lächelte mich an. »Und so wurde ich für mehr Jahre, als ich zugeben möchte, Detective Hockaday, ein ganz normales As in der Werbebranche. Ich trug immer die richtigen Business-Kostüme, und ich habe viele Stunden damit verbracht, an Tisch 89 im Pool Room des *Four Seasons* zu Mittag zu essen, damit jedes andere As der Werbebranche in dieser Stadt mich in meiner ganzen Pracht und Herrlichkeit bewundern konnte.«

»Nun, wenigstens hast du Geld damit verdient.«

»Haufenweise. ›Verdient‹ will ich allerdings nicht sagen. Es war jedenfalls genug, um mir eine Wohnung an der East Seventy-fourth Ecke Fifth Avenue kaufen zu können, mit einer großen Terrasse und Blick auf den Central Park. An Sommerabenden engagierte ich einen Klavierspieler für Parties, und er spielte Gershwin und Porter, und ich habe versucht, mir einzureden, daß ich meine Karriere liebte, und daß ich in New York erfolgreich wäre, und daß all die Leute, die meinen Alkohol tranken, auch meine lieben, gute Freunde wären.

Aber ich habe nicht und ich war nicht, und sie waren auch nicht. Ich hatte nichts wirklich Wichtiges . . .«

Princess Pamela kam an unseren Tisch. Auf ihren üppigen Armen brachte sie große Teller mit Schmorhühnchen und kleinere Teller, vollbeladen mit kreolischem Kartoffelsalat und Maisbrot und grünen Bohnen. Das alles stellte sie auf unseren Tisch, zog sich dann ohne zu fragen einen Stuhl heran und ließ ihre zweihundert Pfund Lebendgewicht darauf nieder. Sie rückte ihre rotblonde Perücke zurecht und rief dem Barkeeper zu: »Schätzchen, bring uns ein Bud.« Dann frönte sie der Haussitte, ihren Gästen kostenlos gute Ratschläge zu erteilen.

»Ich verrat euch, was wichtig ist im Leben, meine Schätzchen«, sagte Princess. »Man muß Scheiße von Weihnachten unterscheiden können. Sagen wir, ihr werdet an irgendeinem netten Ort auf dem Land zu einer Gartenparty eingeladen. Jetzt könntet ihr Krocket spielen – oder ihr könntet zum Kartentisch in den Schatten gehen, wo es schönen Eistee und eine heiße Party Whist gibt. Scheiße von Weihnachten.«

Der Barkeeper brachte Princess ihre Dose Budweiser. Sie riß den Verschluß auf und trank, wobei sie mich aufmerksam musterte. »Hock, du bist schon seit ich-weiß-nicht-mehr-wann mit keiner anständig aussehenden Frau mehr hier gewesen. Aber jetzt sitzt du hier und hörst dem hübschen Kind nicht mal richtig zu. Was beschäftigt dich, Schätzchen?«

Ich erzählte Princess – und Ruby – von Celias Tod. Außerdem ein bißchen über Picasso. Und von Logue, und daß ich wußte, daß sein Schreibtisch in der Mordkommission überquoll und er Celias Akte ganz an den Rand schieben würde in der Hoffnung, sie fiele vielleicht in den Papierkorb. Und ich entschuldigte mich für meine Unaufmerksamkeit, besonders da es der erste Tag meines wohlverdienten Urlaubs war und alles.

Als ich fertig war, drehte sich Princess zu Ruby und sagte: »Hübsches Kind, wenn du diesen Mann willst, mußt du verstehen, daß er ein armer Narr ist, der nicht anders kann, als in dieser Vierundzwanzig-Stunden-Stadt ein Rund-um-die-Uhr-Cop zu sein. Genausowenig wie er was dagegen tun kann, daß er der einzige Cop ist, der weiß, daß vielleicht nicht jedes Leben wertvoll, aber auf jeden Fall ne große Sache ist. Mein Freund Hock – tja, ein pflegeleichter Mann ist er sicher nicht, hübsches Kind.«

Princess stand auf. »Laßt's euch schmecken«, sagte sie. Dann rülpste sie leise und schob sich zum nächsten Tisch weiter.

»Ich mag sie, Hock«, sagte Ruby. »Sie spricht, wie laut Hemingway ein Schriftsteller schreiben sollte. Das heißt, alles wissen, was es über ein Thema zu wissen gibt, und dann alles bis auf das Wesentliche rausschmeißen. Hemingway nannte das einen ›vollen Klang‹. Princess würde es ›Seele‹ nennen.«

Dann stützte Ruby ihr Kinn auf die Hände und beugte sich vor. Ich beugte mich ebenfalls vor und küßte sie. Die Little-Kitchen-Band spielte »Old Devil Moon«, und ich glaube, genau in diesem Moment erkannte ich, daß Ruby Flagg und ich einen langsamen, romantischen Blues begonnen hatten.

»Du hast mir meine Frage noch nicht beantwortet, ob du an die ›Smaragd-Stadt‹ glaubst«, sagte ich.

»Nein, aber ich glaube an ›die gelbe Ziegelsteinstraße‹«, erwiderte Ruby.

»An der welcher Haken doch gleich verborgen lag? Ein Rastplatz?«

»Ja, so ähnlich. Der Trick bestand einfach darin, nach der Rast wieder zurück auf die Straße zu kommen.«

»Und wie hast du's geschafft?«

»Ich bin einfach eines schönen Tages von meinem großen Schreibtisch in meinem Eckbüro mit Blick auf den East River bis runter zur Williamsburg Bridge aufgestanden. Ich bin rausgegangen und nie wieder zurückgekehrt. Nicht mal, um meinen letzten Lohn abzuholen . . .«

Verflucht sollte ich sein! Verflucht dafür, daß meine Gedanken wieder zu Charlie und Celia zurücktrieben! Was war mit Charlie Furmans Versagen als Ehemann und Vater? *»Die Frau wurde schlampig, das Kind wurde fromm.«* Was war mit dem anderen Mann auf dem Schnappschuß eines glücklichen Tages auf Coney Island, damals im Sommer 54?

». . . Und jetzt wohne ich, wie du ja weißt, direkt über dem Laden. Über meinem eigenen kleinen Theater. Nur daß wir dort richtige Stücke von richtigen Dramatikern spielen. Meine Wohnung darüber ist kleiner als mein altes Büro oben in der Stadt, und ich verdiene weniger als zehn Prozent von dem, was ich früher gemacht habe.«

»Gemacht, nicht verdient.«

»Genau.«

»Und ich vermute, du wirst mir jetzt wahrscheinlich sagen, daß du noch nie glücklicher gewesen bist.«

»Wirfst du mir vor, daß meine Gedanken leicht zu durchschauen sind?«

Ich lachte. Dann küßte ich sie wieder.

Und dann aßen wir einfach unser Abendessen und bestellten zum Nachtisch Süßkartoffelkuchen und Kaffee. Danach fragte Ruby in aller Unschuld: »Wie ist es, ein Cop zu sein?«

Die perfekte Frage, die man einem Cop stellen kann, wenn man unterhalten werden will. Denn im Leben eines Cops ereignen sich Dinge, die sich niemand ausdenken könnte, der nur Bücher und Filme über Cops schreibt.

Da war zum Beispiel dieser völlig normale Morgen vor einigen Jahren, als ich auf einen Sprung in mein übliches Stammlokal ging und wie immer meine kurz gewendeten Spiegeleier mit Würstchen, Roggentoast und schwarzen Kaffee bestellte. Und als ich das Zeug gegessen hatte, ließ ich das übliche Trinkgeld liegen. So gestärkt mit Normalität, warf ich mich ins Straßengewühl. Und die Straße warf sich auf mich, sozusagen.

»Aus dem Weg, Bübchen!« kreischte mir eine aufgeregte Matrone mit breiten Hüften, lockigen Haaren, Strohhut und rosa Kleid mit Rosenkohlmuster entgegen. Sie sah aus wie die Tapete im Wohnzimmer der Hell's-Kitchen-Wohnung, in der ich aufgewachsen war, was nicht sonderlich weit von meinem jetzigen Apartment in Hell's Kitchen entfernt ist.

Wie auch immer, die Matrone unterstrich ihre Worte mit einem ausgestreckten, auf meinen Adamsapfel zielenden Arm, der mich fast aus den Latschen gehauen hätte. Also machte ich schnell Platz, um zu sehen, was ihre Eile bezweckte.

Anscheinend versuchte sie, einen mageren Ganoven einzuholen, der mit der Handtasche die Straße hinunterschlenderte, die er ihr gerade erst von der Schulter gerissen hatte. Die Matrone veranstaltete ein ordentliches Gezeter, doch niemand außer mir schien sich weiter darum zu kümmern, was die Sache zu keinem besonders aussichtsreichen Unternehmen machte. Das arme alte Ding mit der gemeinen Rechten schleppte einfach zu viele Jahre und zuviel Ballast mit sich herum. Der Ganove, inzwischen ein gutes Stück die Straße hinunter, drehte sich um und lachte uns beide frech an.

Ich ging zu ihr und fragte, was los ist. Sie war stehengeblieben und schnappte nach Luft. »Bei Gott«, sagte sie, »sehen Sie sich die kleine Rotznase da an. Er hat meine Handtasche geklaut, mit meiner Rente und meinen Schlüsseln und meiner kleinen Flasche Kaopectate. Und für ihn ist alles nur ein Scherz. Er glaubt, er kommt ungeschoren damit durch. Wahrscheinlich ist das einer von diesen Crack-Junkies. Wo sind die verdammten Cops, wenn man sie braucht?«

Zu diesem Zeitpunkt hatte ich keine Gelegenheit, mich groß vorzustellen, denn genau in diesem Augenblick kehrte der Ganove zu uns zurück. Ich vermute, er war wirklich ein Crackhead; Drogenfreaks machen solche ausgesprochen verrückten Dinge, wie zum Beispiel sofort an den Tatort eines Verbrechens zurückzukehren.

»Jetzt kommt meine große Chance!« sagte die alte Dame.

Sie wartete, bis er noch ungefähr einen halben Block entfernt war, und dann machte sie etwas Erstaunliches und Aufregendes und ausgesprochen Großartiges. Ich mußte an etwas denken, was ich damals mit Power aus Phil Niekros Hand fliegen sah. Damals, als er gegen Ende des neunten Innings auf dem Hügel im Yankee Stadium stand, zwei gegnerische Spieler auf den Bases, und Niekro hatte nur noch einen Wurf, um einen guten Schläger der Red Sox auszuschalten, damit die Yanks ihren Vorsprung von einem Home run behielten.

Nur daß die Matrone keinen Baseball benutzte.

Statt dessen nahm sie ihr Glasauge heraus, ließ den Arm kreisen und pfefferte ein Viertelpfund Kristallglas mit blauer Iris die Straße hinunter, landete einen Volltreffer genau auf die Nase des immer noch lachenden Ganoven. Die augenblicklich wie eine platzende Farbdose rot explodierte. Der Ganove lachte nicht mehr, als er zu Boden ging.

»Komm schon, Bübchen! Geh einer hilflosen alten Frau zur Hand, hörst du?«

Adrenalin brachte die hilflose alte Frau ungefähr gleichzeitig mit mir zu dem Ganoven, um eine hübsche, saubere Festnahme wegen schweren Raubs vorzunehmen. Ich griff gerade nach den Handschellen in meiner Gesäßtasche, als die Matrone einen freudigen Luftsprung machte und sich auf die Brust des Ganoven krachen ließ, so wie ich's schon bei Catchern im Fernsehen gesehen hatte. »Ich bleibe hier auf dem kleinen Mistkerl sitzen, während Sie die Cops rufen, okay?«

Sie hatte ihre Handtasche wieder an sich genommen und drosch damit auf das geschundene Gesicht des Burschen ein. Das Glasauge rollte vom Bordstein in einen Gulli und verschwand in einem klebrigen Sumpf aus alten Kaugummis, Zigarettenkippen, Spucke und Latex-Andenken an ausgelassene Bordsteinfeiern.

»Zum Teufel!« krähte sie. »Die Versicherung ist bezahlt, und ich wollte sowieso ein neues.«

Ruby hatte seit »Komm schon, Bub! Geh einer hilflosen alten Frau zur Hand . . .« ununterbrochen gelacht.

»Wenn das mal kein irisches Märchen ist, dann habe ich noch nie eins gehört«, sagte Ruby.

»Ja, ich bin Ire«, antwortete ich. »Bestehlen würde ich dich, aber niemals belügen.«

»Erzähl mir, wieso du Cop geworden bist, Ire.«

»Genau kann ich das nicht sagen. Aber ich stelle mir gern vor, daß ein Cop, ein guter Cop, jemand ist, der ein bißchen die Welt verstehen will.«

»Oh, dann stimmt es also, was man über Detective Neil Hockaday sagt. Du bist kein pflegeleichter Mann.«

»Was ist ein pflegeleichter Mann?«

»Jemand, der nicht zweimal darüber nachdenken würde, etwas verstehen zu wollen, weil er bereits wüßte, daß – wenn die Welt überhaupt einen Sinn ergäbe – eigentlich die Männer im Damensattel säßen.«

Ich lachte herzhaft, und es war ein gutes Gefühl. »Kann es sein, daß in Ruby Flaggs Adern irisches Blut fließt?«

»Könnte schon sein«, erwiderte sie.

Ruby fixierte mich mit ihren schokoladenbraunen Augen. Dann faltete sie wieder die Hände, lange Finger mit klaren, lackierten Nägeln berührten das winzige Grübchen in ihrem Kinn.

Ich dachte an den Champagner, den ich zu Hause kaltgestellt hatte.

Und fast vergaß ich Charlie und Celia. Fast.

Das alles passiert so früh. Früher als ich erwartet habe!

Oh, aber es war gut, stimmt's? Und, Bruder, es mußte ja so kommen – dieses verdorbene Miststück! Stimmt doch, oder, stimmt doch?

Ich muß mich fertig machen!

Meine Farben, meine Leinwände . . . meine Kamera.

Wohin in drei Teufels Namen hat sie das geräumt?

Verdammte Scheiße! Das ist großartig, stimmt's?

O mein Gott, ich wünschte, ich hätt's mit eigenen Augen gesehen.

Ho, ho, was muß das für ein Anblick gewesen sein. Stimmt's nicht? Gottverdammt wahr!

Dieses verkommene Miststück . . .!

Tja, so sieht's aus. Sie ist losgezogen, und dann hat sie's spät, aber immerhin doch noch erwischt, Junge. Das ist es. Kannst du's fassen?

Glaubst du, sie hätt jemals die herrliche Ironie darin gesehen? Ich mein, nach einem Leben des Würfelns – und meistens auf der Hausseite des Tisches – sind die Würfel gefallen, und sie fielen gegen sie. Hah!

Sie hatte ihre Glückssträhne, sicher. Das muß ich ihr lassen.

Aber jede Glückssträhne hat mal ein Ende. Das hab ich schon oft beobachtet.

Und gegen die Wahrscheinlichkeit kommt keiner an. Nicht mal diejenigen, die sie machen.

5

Entweder bin ich der engagierteste Cop der Welt oder der undankbarste Narr, den man sich vorstellen kann. Das hielt ich an jenem Morgen für meine Alternativen, als ich zur Abwechslung mal nicht allein aufwachte, während meine Gedanken dennoch fast ausschließlich darum kreisten, Charlie Furman festzunehmen, den verzweifelten Picasso.

Dort neben mir in meinem normalerweise einsamen Bett lag die immer noch sanft schlummernde Ruby Flagg, deren glatte, nackte Schultern sich mit ihrem Atem hoben und senkten. Ich berührte die warme Haut, und sie tat mir genau wie all die anderen unglücklichen Frauen leid, die sich in New Yorker Cops verlieben mußten.

Zum ersten Mal hatte ich sie auf dieser Party in Soho gesehen. An diesem Abend erlebte ich ein kleines philosophisches Wunder; urplötzlich ging mir auf, wie es die menschliche Rasse geschafft hatte, sich selbst zu überleben. Weil – so zynisch, wie ich über das Leben im allgemeinen und Frauen im besonderen angesichts einer Ehe werden kann, die, solange sie dauerte, ein Triumph der Gewohnheit über den Haß darstellte – ich schon allein von ihrem Anblick vollkommen weg war. Ruby Flagg und ihr freundliches und hübsches Gesicht, ihre sanfte, schlanke Figur, diese umwerfenden Beine, diese Augen.

Das war ein Abend vor zwei Wochen in einem überfüllten Raum, der zur vergangenen Nacht in meinem kleinen Apartment und der elementaren Zeit führte, die wir daraus machten. Nur wir beide.

Noch im Restaurant, bei den letzten Bissen Süßkartoffel-

Kuchen, hatte sie gesagt: »So wie du mich ansiehst, Freundchen, meinst du's besser ernst.«

Ich versicherte ihr, es ernst zu meinen. Sie sagte, sie wolle sehen, wo ich wohne.

Da saß ich dann auf meinem grünen Heilsarmee-Fransensessel, der aussieht, als wäre er aus einem altmodischen Bordell ausrangiert worden, und sie auf der Couch vor dem Fenster, und als sie die Schuhe auszog, sagte sie: »Erzähl mir deine Lebensgeschichte, Hock.«

»Das ist eine lange und größtenteils unwahre Geschichte.«

»Nach und nach werde ich sie erfahren.«

Und dann tranken wir den Perrier-Jouët, die ganze Flasche. Ich legte eine meiner Lieblings-LPs mit Balladen des verstorbenen Leslie Hutchinson auf, darunter meine Lieblingsversion von »A Nightingale Sang in Berkeley Square«. Außerdem amüsierte ich Ruby mit dem Eingeständnis meiner Detektivarbeit seit der Party in Soho; daß ich mich nach ihrem blöden Begleiter erkundigt und herausgefunden hatte, daß er ein Theateragent war und ein goldenes Medaillon um den Hals trug, in dem sich ein winziges, herzförmiges Foto von jemandem namens Vito befand; daß ich daraus gefolgert hatte, es wäre keine Zeitverschwendung und vergebene Liebesmüh, die Lady anzurufen und sich mit ihr zu verabreden.

Sie lachte. »Du bist ein Spinner, Hock. Aber du bist ein Spinner nach meinem Geschmack.«

So leise ich konnte, stand ich auf, duschte, zog mich an und machte Kaffee. Und telefonierte.

Dann stand Ruby, verführerisch in mein Hemd gewickelt, vor mir und fragte, als ich den Hörer wieder auflegte: »Wer war das?«

»Ein Mann, den ich sprechen muß.«

»Es geht um einen Fall.« So wie sie es sagte, wußte sie es.

»Ja.«

»Okay, aber vergiß nicht, Freundchen – ich warte auf dich.«

»Was glauben Sie, wie ich so weit gekommen bin, Hock?«

Das war Inspector Tomassino Neglios erste Reaktion auf meinen Bericht über die Begegnung mit Picasso, darüber, am selben Tag, an dem er seine Morddrohungen ausgestoßen hatte, gerufen worden zu sein, um einen Blick auf die sterblichen Überreste seiner Frau zu werfen, und über meine Besorgnis, daß es Celia Furmans vorzeitiger Tod wahrscheinlich nicht an die Spitze von Logues Terminkalender schaffte. Ziemlich mies von mir, so hinter dem Rücken eines Kollegen zu reden. *»Was glauben Sie, wie ich so weit gekommen bin?«*

Ich sollte besser sehr genau über meine Antwort nachdenken. Mein Chef liebt elliptische Fragen. Klare Antworten im Rahmen einer solchen Plauderei versetzen mich leicht in die Rolle des schwachsinnigen Neffen eines welterfahrenen Onkels. Das ist die natürliche Folge, wenn sich zwei sehr unterschiedliche Cops an entgegengesetzten Seiten eines Schreibtisches gegenübersitzen und eine heikle Sache besprechen. Ein normaler Cop wie ich, in Jeans und Baseballjacke, neigt zu unverblümten Fragen, um herauszufinden, was jemand weiß; ein Schreibtischhengst wie Neglio – ein Cop mit Anzügen, die in Chinatown maßgeschneidert wurden, ein Cop, der seine Kanone nur noch selten trägt – neigt dazu, präparierte Fragen zu stellen, um herauszufinden, was jemand nicht weiß. Jeder New Yorker Detective, der diesen Unterschied nicht sieht, ist ungefähr genauso effektiv wie ein Stepptänzer auf einem Teppichboden.

»Beischlaf, Sir?« Die Erfahrung hat mich gelehrt, daß Witzeleien bei Neglio oft die beste Vorgehensweise sind. Meistens ignoriert er mich, was er auch an diesem Morgen machte.

»Ich habe gelernt, die Gefahr zu verstehen, die dieser Gegenstand hier bedeuten kann, Hock.« Neglio deutete auf das

Telefon auf seinem Schreibtisch. Er bemerkte das idiotische Funkeln in meinen Augen, lächelte ein zufriedenes Lächeln und erklärte geduldig: »Jedesmal, wenn es klingelt, bedeutet das Ärger.«

Neglio erhob sich von seinem Schreibtisch. Er verschränkte die manikürten Hände auf dem Rücken, drehte sich um und trat ans Fenster. Von seinem Büro in einem oberen Stock des One Police Plaza bot sich ein Blick auf den New Yorker Hafen – auf Ellis und Governors Islands, die Freiheitsstatue, die Fährschiffe unterwegs zum grauen Staten Island –, und ich dachte, daß es schon irgendwie zum Heulen war, daß ein Mann mit so einem wunderbaren Ausblick und so wunderbaren Anzügen hier oben in diesem wunderbaren Büro Angst vor einem Telefon hatte. Traurig schüttelte ich den Kopf, als er mich nicht sehen konnte. Dann erkannte ich, daß ich mit dieser Geste, so verstohlen sie auch immer war, einen ziemlich guten Cop verraten hatte, Schreibtischhengst oder nicht.

Er drehte sich um und starrte mich an. »Ich bin schlau geworden und habe gelernt, vorsichtig zu sein, Hock. Bei allem. Sogar vorsichtig, ans Telefon zu gehen. Was, wie Sie jetzt selbst sehen, sehr klug von mir ist, da ich heute morgen Ihren Anruf angenommen habe, und sehen Sie nur, was uns das eingebracht hat.«

»Soweit ich das sehe, gibt es keinen Ärger, Inspector. Ich halte mich hier nur an die Vorschriften und ...«

»Bringen Ihren Arsch in Sicherheit, meinen Sie wohl.«

»Bin vorsichtig.«

Neglio setzte sich und seufzte. »Ich will Ihnen nur einen guten Rat geben, Hock. Sie müssen nicht jeden Anruf beantworten. Verstanden?«

»Sehr nett von Ihnen, ich verstehe.«

»Sie haben sich Ihren Urlaub verdient.«

»Als wüßte ich das nicht selbst.«

»Aber statt dessen ...«

»Inspector, Sie wissen doch selbst, was aus dem Fall wird, wenn Logue ihn bearbeitet.«

»Ich weiß es, ja, ich weiß es«, gab Neglio zu. »Logue steht kurz vor der Pensionierung, also arbeitet er stur nach Bürozeiten, bis er sich irgendwo unten in Florida eingerichtet hat. Wenn Sie jemandem erzählen, daß ich das gesagt habe, werde ich Sie einen gottverdammten Lügner nennen, alles klar? Aber, ja, ich verstehe, was Sie meinen.«

»Danke. In den Vorschriften steht, daß ich es dem Chef sagen muß, wenn ich einen zwingenden Grund sehe, mich in den Fall eines Kollegen einzumischen. Also sage ich es Ihnen, damit Sie eine Aktennotiz machen können, falls ich die mal brauche. Inoffiziell, sind es, na ja, persönliche Gründe.«

»Ach, um Himmels willen, Hock! Das verstößt doch gegen Regel Nummer eins. Man nimmt diesen Job niemals persönlich; es ist schon schwer genug, mit wildfremden Menschen fertigzuwerden.«

Ich sagte nichts, weil er recht hatte.

»Wann werden Sie das endlich lernen? Wir sind nur Cops; wir haben die Welt nicht gemacht, und wir sind für keinen anderen verantwortlich, der die Welt gemacht hat.«

Ich versuchte, mir eine passende Antwort einfallen zu lassen, aber es ging nicht. Wieder einmal hatte Neglio etwas gefunden, das ich nicht wußte – nicht mal über mich selbst. Erneut schüttelte ich traurig den Kopf, als mir klar wurde, daß dieses Spiel für meinen Chef leichter und leichter wurde.

Durch mein Schweigen ungeduldig fügte Neglio hinzu: »In Ordnung, ich sage Ihnen folgendes, Hock: Es ist kein Fall für Logue, Ihr Name steht in Großbuchstaben drauf.«

Er machte eine Handbewegung, daß ich ihn endlich allein lassen und aus seinem Büro verschwinden sollte. Doch bevor ich die Tür erreichte, hielt er mich zurück. »Vielleicht verstehe ich ja, warum Sie das persönlich nehmen, auch wenn Sie es selbst noch nicht verstehen. Sie wissen, was ich meine?«

Ich antwortete mit einem kleinlauten »Nein«.

»Ich weiß es, weil ich über die Jahre so viele Male abends die Drinks bezahlt habe, während Sie sich darüber ausließen, wie es ist, ganz allein mit der Mutter aufgewachsen zu sein, Gott hab sie selig. Und daß Ihr alter Herr im Krieg gefallen ist, daß Sie ihn nie kennengelernt haben, daß Ihre Mutter nie von ihm gesprochen hat – und all die Geheimnisse. Auf eine bestimmte Art von Geschichten fallen Sie immer rein, Hock. Genau das meine ich.«

»Was für Geschichten?«

»Die meisten Cops – mich selbst eingeschlossen – wären völlig zufrieden damit, einen Burschen festzunehmen, der nach fünfundzwanzig Jahren Ehe eines schönen Tages zu seinem Frauchen geht und auf dem Küchenboden blutiges Hackfleisch aus ihr macht. Akte geschlossen.

Aber nicht Sie, Hock. Sie, Sie irischer Schnüffler – Sie wollen immer das Geheimnis hinter allem ergründen.«

»Welches Geheimnis?«

»Das Geheimnis, warum ein Bursche eine Frau vor fünfundzwanzig Jahren so lieben konnte, daß er sie heiratete, sie dann aber eines Tages so sehr haßte, daß er schließlich Gehacktes aus ihr macht. Sie gehören zu den vorwitzigen Cops, die genau wissen wollen, was während dieser fünfundzwanzig Jahre passiert ist.

So, wenn Sie jetzt sagen, daß Sie dadurch zu einem guten Cop werden, Hock, dann werde ich *Ihnen* recht geben. Aber wenn ich sage, daß Herumstochern auch eine Menge Schwierigkeiten nach sich ziehen kann – nun, ich würde mich freuen, wenn Sie dann zu verstehen versuchen, daß *ich* recht habe.«

Ich legte eine Hand auf den Türknauf. »Was war das dann also? Ihr Segen?«

Neglio seufzte. »Ja, gehen Sie nur, Hock. Wenn's soweit ist, kläre ich alles mit Logue ab.«

»Danke, Sir.«

»Bedanken Sie sich nicht. Und zwei Dinge sollten Sie nicht vergessen.«

»Was?«

»Erstens: Es gibt eine Menge Fragen auf dieser Welt, die besser unbeantwortet bleiben. Zweitens: Sie machen das in Ihrer Freizeit.«

Zwei Stunden später fuhr ich mit dem Lexington Avenue Local von der City Hall Station rauf zur East Thirty-third Street. Dann ging ich zur First Avenue, wo hinter schwarzen Eisengittern eine massige Gruppe schmutziger, roter Ziegelgebäude kauert – das Bellevue Hospital Center. Dies war der einzige Ort, an dem es vielleicht so etwas wie Unterlagen über Charlie Furman alias Picasso gab.

Da ich sowieso downtown gewesen war, hatte ich schon bei einigen der üblichen Behörden recherchiert, wo ich manchmal einen Ansatzpunkt fand, um einen Mann aufzuspüren – beim Arbeitsamt, dem Amt für Kulturförderung, wo ein kleiner Künstler vielleicht eine Stütze beantragt haben könnte, und bei der Rentenversicherungsanstalt an der Federal Plaza. Aber ich erfuhr nur, daß Charlie Furman für die Behörden überhaupt nicht existierte. Kaum überraschend, daß die Telefonauskunft mir keine große Hilfe war, und der Bursche auch in keiner Wählerliste auftauchte.

Ich folgte Hinweistafeln am Tor des Haupteingangs des Bellevue und fand die psychiatrische Abteilung; ich erinnerte mich daran, daß Picasso mir erzählt hatte, er sei dort über einen längeren Zeitraum ambulant behandelt worden. In einem mit rotem Klebeband auf dem Boden abgetrennten Bereich am Ende des Foyers saß eine Gruppe Patienten in Rollstühlen. Sie waren mit Thorazine vollgepumpt und mit Gurten festgezurrt, damit sie nicht aus den Stühlen fielen.

Ich zeigte der diensthabenden Schwester meine Marke und sagte, ich wolle mit jemandem sprechen, der mir mit den medizinischen Unterlagen über einen Charlie Furman weiterhelfen könne. Und während sie diesen Namen in einen summenden Computer eintippte, fragte ich sicherheitshalber auch noch, ob sie schon einmal von einem Patienten namens Picasso gehört habe.

»O sicher, Sie meinen den Gentleman, der Maler ist«, sagte sie. »Früher ist er immer recht regelmäßig zu uns gekommen. Ein reizender Mann. Aber wir haben ihn schon ewig nicht mehr gesehen.«

Das war das erste Mal, daß ich das Wort »nicht« aus dem Mund einer Krankenschwester hörte. Sie starrte auf ihren Bildschirm, kaute Kaugummi und zog ihren Slip hoch. »Ich habe hier nichts über einen Furman, Charlie. Auch nicht über einen Charles.«

»Okay«, sagte ich. »Als Picasso noch gekommen ist, hatte er da einen festen Arzt?«

»Sicher«, sagte sie und verdrehte die Augen. »Das müßte dann Dr. Reiser sein. Ronald Reiser. Er ist oben im Zoo – und wenn Sie mich fragen, es hat auf ihn abgefärbt. Äh, Sie kennen den Zoo?«

Ich bejahte. Obwohl ich seit Jahren nicht mehr auf der obersten Etage der psychiatrischen Station des Bellevue gewesen war, konnte ich mir kaum vorstellen, daß sich dort sehr viel verändert hatte. Eine große, weitläufige Etage voll stark sedierter Patienten. Sie lagen in Betten, die mit elektromagnetischen Schlössern im Boden verankert waren. Sie hatten Nylongurte um den Bauch und waren mit Lederriemen um Handgelenke und Knöchel an die Bettpfosten gefesselt. Es gab keine Fenster. Ärzte mit langen weißen Kitteln schwebten von Bett zu Bett und raunten ihre Zärtlichkeiten: »Wir wollen Ihnen nur helfen ... das ist alles nur zu Ihrem Besten ...«

Ich sprach mit der Oberschwester, die mich zu einem Sicherheitsbeamten mit kantigem Gesicht begleitete, der vor einer Tür mit der Aufschrift ZUM DACH postiert war. Mir wurde gesagt, Dr. Reiser kümmere sich gerade um seinen

Garten. Also ging ich die Treppe hinauf, weiter über das mit Kies bestreute Dach und entdeckte eine Gruppe hölzerner Pflanzkübel, zwischen denen ein kleiner Mann in einem Polohemd und mit krausem, schwarzem Haar stand, das über einem runden, sonnenverbrannten Kopf im Wind flatterte.

»Dr. Ronald Reiser?«

Er drehte sich um und fragte mißtrauisch: »Wer will das wissen?«

Ich zeigte ihm meine Marke. »Ich muß mit Ihnen über einen Ihrer Patienten sprechen. Er nennt sich Picasso. Sein richtiger Name ist Furman, Charlie Furman.«

»So heißt er also, was?«

»Ja, Sir.«

»Mögen Sie Tomaten, Officer?«

»Ich bin Detective Hockaday, Hock, wenn Sie mögen.«

»Sicher, Detective. Mögen Sie Tomaten?«

»Eigentlich schon, ja. Ich bin ein begeisterter Chili-Koch.«

»Oh, das ist gut. Sie können sich gar nicht vorstellen, wie schwer es für mich ist, die guten Tomaten, die ich hier auf dem Dach dieser Klapsmühle anbaue, an den Mann zu bringen. Kommen Sie Mitte August noch mal vorbei, dann können Sie meine Prachtstücke bewundern.«

»Das mache ich. Was Furman betrifft ... Picasso ...«

»Ach ja. Wie geht's dem Patienten?«

»Das würde ich gern von Ihnen hören.«

Reiser brummelte irgend etwas und stocherte mit einer Kelle im Mutterboden seiner Pflanzkübel. »Vier oder fünf Jahre habe ich diesen Burschen gesehen. Was ich eigentlich gar nicht tun durfte, weil er mir weder einen Namen noch sonst etwas verraten wollte. Ich verschwende also vier, fünf Jahre das Geld der Steuerzahler – und alle anderen vor mir haben es genauso gemacht. Niemand bekommt irgendwas aus diesem Burschen heraus, bis auf seine Beobachtungen zu diesem und jenem, dem einen oder anderen. Allerdings reimt sich nichts davon zu einem größeren Ganzen zusammen.«

»Wissen Sie, wo er wohnt?«
»Hat er Schwierigkeiten mit der Polizei?«
»Haben Sie eine Adresse?«
»Nein, ich weiß nicht, wo der Bursche wohnt.«
»Kannten Sie Celia, seine Frau?«
»Nicht dem Namen nach. Ich dachte mir schon, daß er mal verheiratet war. Er hat immer von seiner verkommenen, unehrlichen Frau geredet, die eine professionelle Spielerin war. He! Hat er vielleicht seine Frau fertiggemacht?«
»Ich möchte ihn nur verhören.«
Reiser schlug sich vor seine knallrote Stirn. »Dann ist das hier also sehr ernst, was? Warum sonst sollte ein Cop mit einem Shrink auf einem Dach stehen?«
»Ja, es ist ernst.«
»Was halten Sie davon, wenn wir runter in mein Büro gehen?«
»Sie sind der Arzt.«
»Das bin ich, das bin ich.«
Ich folgte Reiser die Treppe hinunter in den Korridor des Zoos, wo der Sicherheitsbeamte mit dem markanten Kinn immer noch auf Posten war. Reiser begrüßte ihn mit einem freundlichen Winken seiner Gartenkelle und einem »Hallöchen, wie geht's, wie steht's?« nach Art des verstorbenen Gouverneurs Rockefeller. Das gleiche sagte er zu einer Horde Krankenschwestern und Psychiaterkollegen. Und dann schlängelten wir uns den Korridor hinunter, einen zweiten und dritten, wobei Reiser die ganze Zeit vorausging und freundlich mit der Kelle fuchtelnd bei einer kleinen Armee kräftiger Sicherheitsbeamter das »Hallöchen«-Ritual wiederholte. Schließlich erreichten wir einen Bürotrakt. Auf einer der Türen standen auf einem Stahlschild Reisers Name und Titel: DR. RONALD REISER, LEITENDER STATIONSPSYCHIATER.

Das Büro war nichts Besonderes. Ich habe in manchen Polizeirevieren schon bessere gesehen, selbst oben in der Bronx.

In der Mitte des Raumes stand ein großer, brauner Schreibtisch, der überquoll von Tageszeitungen, Telefonnotizen, Krümeln und alten Styroporbechern. Eine braune Ledercouch vor der Wand war mit Stapeln medizinischer Fachzeitschriften bedeckt. In einer Ecke stand ein brauner Aktenschrank, in dem Reiser jetzt wühlte.

Ich setzte mich auf einen Metallstuhl mit rissigem Vinylpolster und ließ meinen Blick über deckenhohe Bücherregale gleiten. Zum größten Teil medizinische Fachbücher, aber ich entdeckte auch einige Romane von Robertson Davies, was mir verriet, daß Reiser vermutlich in Ordnung war. Zwei der Bücherstützen auf den Regalen waren menschliche Schädel, die ziemlich echt aussahen.

An der Schreibtischkante balancierte ein Keramikbecher, gefüllt mit Kugelschreibern und Bleistiften, mit der Aufschrift: FINGER WEG, ODER ICH POLIER DIR DIE FRESSE. An der Wand hinter dem Schreibtisch hing eine gerahmte Fotografie von Sigmund Freud.

Reiser fand, wonach er in dem Aktenschrank gesucht hatte, und setzte sich damit hinter den Schreibtisch. Er schlug eine Akte auf und blätterte durch mehrere Jahre von Notizen auf hellblauem, liniertem Papier. Er gab einige gakkernde Laute von sich. »Möchten Sie die allerersten Worte hören, die unser Freund Picasso zu mir gesagt hat?«

Ich wollte.

»Das war am siebzehnten November 1984, bei unserer ersten Sitzung. Ich war so beeindruckt, daß ich es mir aufgeschrieben habe.« Reiser hob ein blaues Blatt aus der Akte. »Er saß übrigens genau dort, wo Sie jetzt sitzen, schaute zu dem Bild an der Wand hinter mir auf und sagte: ›Ich möchte eine kurze Feststellung zur Psychoanalyse abgeben: Scheiß auf Dr. Freud.‹«

»Picasso hält mit seiner Meinung nicht hinter dem Berg.«

Reiser gluckste wieder. »Da muß ich Ihnen bei allem Respekt widersprechen, Detective Hockaday. Picasso fängt jedes Gespräch an, indem er einen offensichtlich völlig aus dem Konzept bringt . . .«

Ab dieser Bemerkung bis zum Ende meiner Unterhaltung mit Reiser hörte ich immer wieder Logues Worte, als wir über Celia Furmans Leiche standen: *»Ich glaube, wir haben hier jemanden, der schon so lange nicht mehr in der Branche aktiv war, daß sie ihre Aussichten auf ein langes Leben nicht mehr richtig einschätzen konnte. Also, das ist doch offensichtlich. So was erleben Sie doch bestimmt auch nicht zum ersten Mal, Detective Hockaday?«*

». . . und dann zwingt er einen, dem zuzuhören, was er seine ›Beobachtungen‹ nennt, die ihm sehr wichtig sind. Wenn er dann mit einem fertig ist, wirft er einen gleich wieder aus dem Gleichgewicht, und man kriegt diesen Vogel nicht mehr aus dem Kopf.

Was einen aber wirklich aus dem Konzept bringt, ist, daß man nie wirklich etwas über diesen Burschen erfährt. Nun, zumindest nichts, das besonders viel Sinn ergibt, sagen wir es mal so. Er denkt gar nicht daran, viel zu erzählen. Wenn er einem etwas Konkretes gibt, dann kann dies wahr sein oder auch nicht. Aber wahrscheinlicher gibt er einem ein Rätsel auf, und dann muß man selbst sehen, wie man daraus schlau wird.

Als Picassos Psychiater und als Wissenschaftler würde ich sagen: Unser armer Charlie ist verrückt.«

Für einen Arzt ziemlich direkt, dachte ich. »Haben Ihre Vorgänger Charlie ebenfalls für verrückt gehalten?« fragte ich.

»Oh, ich glaube kaum, daß er je ernsthaft untersucht wurde. Niemand führt so genaue Patientenunterlagen wie ich. Niemand hatte je die Zeit oder einen Grund, Picassos Rätsel zu knacken. Ach ja, die Rätsel . . .«

Reiser zog eine Schreibtischschublade auf und holte ein Päckchen Zigarren, gute Zigarren, heraus. Wir zündeten uns beide eine an.

»Wissen Sie«, fuhr Reiser fort, »normalerweise wurde Picasso immer von den Cops zu uns gebracht, die ihn brüllend und tobend auf der Straße aufgegriffen hatten, meistens vor irgendeiner Kunstgalerie. Sie machten sich nicht die Mühe, eine offizielle Sache daraus zu machen, da er niemandem etwas tat. Sie brachten ihn einfach zu uns, und für die Klempner hier war er nur ein Routinefall, da sie mit ihren eigentlichen Patienten ohnehin bis über beide Ohren ausgelastet waren . . .«

Ich unterbrach ihn. »Wieso hat eigentlich nie jemand den Mann ernst genommen?«

»Aha! Tja, genau *das* ist die Frage, was?«

»Wie lautet die Antwort?«

»Pragmatisch geantwortet: Es geht um einen Burschen, der offenbar keinen festen Wohnsitz hat, durch die Gegend zieht und sich Picasso nennt. Sein einziges Vergehen gegen den Frieden unserer ruhigen Stadt besteht darin, daß er von Zeit zu Zeit vor einer Galerie krakeelt. Also, wer will sich da schon mit Papierkram belasten? Abgesehen davon verrät Picasso weder Namen, Anschrift noch sonst irgendwas, und wir sind nicht befugt, diese Informationen aus ihm herauszuprügeln, richtig? Also, was haben wir denn schon außer diesem Mann, der offiziell gar nicht existiert?

Komische Sache, Hock. Vor ein paar Jahren haben ihn die Cops eines Abends wie üblich hergebracht, weil er wieder mal vor einer Galerie rumgebrüllt hatte. Der Inhaber dieser Galerie erklärt den Cops, daß es ihm gefällt, wenn Picasso vor seinem Laden rumkreischt, er nennt es ›Performance Art‹. Dieser Typ widerte Picasso dermaßen an, daß er vor dieser Galerie nie wieder rumgetobt hat.«

Wir lachten und pafften an unseren Zigarren. »Also schön, ich verstehe die Zweckmäßigkeit, Picasso inoffiziell zu belassen. Aber haben Sie vielleicht noch eine andere Idee?«

»O ja, das habe ich. Ich habe eine Theorie: Wenn man ein waschechter New Yorker Irrer ist, dann ist man auch schlau genug zu wissen, wie man es anstellen muß, sich nicht in den Maschen des Systems zu verfangen, das wir erfunden haben, um unsere New Yorker Irren im Auge zu behalten. In Picassos Fall läuft das so, daß er *zuviel und zuwenig* Schwierigkeiten macht, um offiziell mit dem üblichen Papierkram registriert zu werden, wenn er hier eingeliefert wird, falls Sie mir folgen können. Dann bringt er uns alle aus dem Konzept, was durchaus einen gewissen, sonderbaren Reiz besitzt. Am Ende nimmt Picasso mit, was immer er für nützlich hält, womit ich etwas meine, von dem einer von uns faszinierten und zuvorkommenden Quaks glaubt, es könne für einen aufgewühlten Geist eventuell beruhigend sein.«

»Er muß Sie lieben, Doc.«

Reiser gluckste. Er schloß die Akte auf seinem Schreibtisch. »Nun, wir haben unsere erfreulichen Augenblicke. Manchmal. Ich weiß, daß *ich* ihn mag. Oh, ich weiß, was Sie jetzt denken. Wenn ein Shrink sagt, er ›mag‹ einen Patienten, dann bemitleidet er den armen, dummen Spinner. Aber ich sage, daß ich die Gesellschaft dieses Burschen wirklich genieße. Picasso ist ein Spinner, aber er besitzt einen erstklassigen Verstand.«

Falls ich je durchdrehen sollte, soll Ronald Reiser mein Shrink sein. Ich war nicht gerade wild auf sein Gegluckse, aber seine Zigarrenmarke schmeckte mir, und mir gefiel auch, was ich hörte. Vielleicht könnte ich mir eine Karte für die Brieftasche drucken lassen, auf der für den Notfall sein Name stand.

»Er hat Sie nicht erwähnt, Doc«, sagte ich, als ich mich an mein Schwätzchen mit Picasso im Park erinnerte. »Aber er hat Shrinks erwähnt, und soweit ich mich erinnere, schätzt er Ihren Berufsstand nicht sonderlich.«

»Als Berufsstand mag ich uns auch nicht. Deshalb macht es mir auch so einen Riesenspaß, wenn er versucht, mir mit seinen Beobachtungen über meine Branche eine Reaktion zu entlocken. Einmal hat er zu mir gesagt: ›Wissen Sie, Reiser, Ihr Held da oben an der Wand, dieser Dr. Freud, der hat auch Zigarren geraucht. Und Carl Jung, sein Kumpel, hat sie ihm geklaut. Denken Sie irgendwann mal darüber nach, was das bedeutet.‹«

Wir lachten wieder.

»Er hat immer zu mir gesagt: ›Reiser, Sie hochkarätiger Irrer, was die Psychotherapie betrifft, habe ich nur eine wichtige Beobachtung gemacht: Durch einen faulen Trick hat sie Millionen einfältigen Leuten eingeredet, sie seien vielschichtige Individuen.‹ Doch, ich vermisse den alten Spinner wirklich.«

»Ich habe auch schon gehört, daß Picasso hier vermißt wird«, sagte ich. »Wann ist er das letzte Mal vorbeigekommen?«

»So ungefähr vor sechs, sieben Monaten. Und nun sitzen wir hier, ich in meinem Leben als Seelenklempner, und Sie in Ihrem Leben als Cop. Ich habe gerade die ärztliche Schweigepflicht verletzt. Aber Sie, Sie sagen mir überhaupt nichts, Schnüffler. Sagen Sie mir, was in aller Welt Picasso angestellt hat, und wie um Himmels willen Sie seinen richtigen Namen herausgefunden haben?«

»Ich bin nicht mal sicher, ob er überhaupt etwas angestellt hat . . .«

Ich wollte eigentlich ausweichend antworten, überlegte es mir dann jedoch anders. Ich skizzierte Reiser, was seit der ersten Begegnung im Park passiert war, um zu sehen, was er damit anfangen konnte. »Also«, kam ich zum Ende, »schließlich sagt er mir, daß er mich längere Zeit beobachtet hat. Er sagt, er wolle, daß ich die ›mildernden Umstände‹ seines gescheiterten Lebens erfahre. Dann beendet er dieses reizende Schwätzchen mit ein paar Drohungen.«

»Drohungen?«

»Er sagt, und das ist jetzt ziemlich wörtlich: ›Ich arbeite an einem Plan, einem Plan, zu töten, was dafür verantwortlich ist, daß ich so atemberaubend tief gefallen bin, wie du ja selbst gesehen hast . . .‹«

Ich wartete auf eine Reaktion von Reiser, aber es kam nichts. »Doc, in meinem Beruf hört man eine Menge Drohungen. Ich würde Sie nicht mit dieser Sache belästigen, wenn nicht möglicherweise mehr dahinterstecken könnte.«

Wieder keine Reaktion.

»Im Park erzählt Picasso mir . . . nun, er und sein imaginärer Freund erzählen mir . . .«

»Ach ja«, sagte Reiser. »Ich habe seine Alter-ego-Nummer auch schon erlebt.«

»Picasso verrät mir, daß er Picasso genannt wird, weil er Maler ist. Als ich ihn frage, ob es Werke gibt, die ich mir ansehen kann, sagt er mir, daß eines seiner Bilder zufälligerweise in meinem Stammlokal hängt.«

»Ein Bild?« Und jetzt hob Reiser die Augenbrauen so hoch, daß sein Gesicht aussah wie der Buchstabe M.

»Also«, sagte ich, »gehe ich in die Bar, und tatsächlich, da ist es – etwas, das ich nie wirklich registriert habe, das Bild einer Frau in Grün, die an der Theke sitzt und mit dem Barkeeper redet. Das Gemälde hat nichts Besonderes. Also, ich bin zwar kein Kunstkenner, aber ich glaube kaum, daß wir dieses Ding mal im Met sehen werden, Sie verstehen?

Genau unter Picassos Bild befindet sich aber sehr wohl etwas Bemerkenswertes. Eine andere Lady in Grün. Ich meine, eine Lady aus Fleisch und Blut, ganz in Grün gekleidet. Sie sitzt an der Theke und unterhält sich mit meinem Freund Angelo, dem Besitzer der Bar. Die Szene hätte Modell für das Bild oben an der Wand sein können.«

»O mein Gott«, stieß Reiser leise aus, beinahe als wüßte er, was jetzt noch kam.

»Die Lady ist eine gewisse Celia Furman. Ich plaudere lange genug mit ihr, um zu erfahren, daß auch sie eine glücklose Lebensgeschichte zu erzählen hat. Aber ich gehe, bevor ich viel davon erfahre. Kurze Zeit darauf werde ich von Angelo wieder in die Bar gerufen, weil Celia Furman ermordet wurde.«

Wieder sagte Reiser leise, »O mein Gott.« Seine Mimik drückte die gleiche wenig überraschte Stimmung aus, die ich auch auf Celias totem Gesicht gesehen hatte.

»In Celias Handtasche habe ich ein interessantes altes Foto gefunden«, fuhr ich fort. »Eine Aufnahme von Celia und zwei Männern. Der eine sieht aus wie der junge Picasso, einschließlich Ziegenbart und Barett. Die drei schlendern über die Uferpromenade, vor langer Zeit, draußen in Brooklyn – Coney Island.«

Wieder schossen die Augenbrauen hoch und senkten sich dann. »O mein Gott – Astroland«, meinte er schließlich tonlos.

»Wie es aussieht, wollte Celia gestern ihren alten Freund Angelo besuchen, den sie schon sehr lange nicht mehr gesehen hatte. Von Angelo weiß ich, daß Celia früher eine hochkarätige Profizockerin war. Sie war mit einem verrückten, unbekannten Maler verheiratet, den sie am Ende einweisen lassen mußte. Der Ehemann hieß Charlie.«

»Ich verstehe. Natürlich haben Sie sofort Picasso mit Charlie Furman in Zusammenhang gebracht«, sagte Reiser.

»Natürlich.«

»Also hat Picasso seine Frau in der Bar umgebracht und ist verschwunden?«

»Das weiß ich nicht, Doc. Celia wurde in einer überfüllten Bar aus kurzer Distanz mit einer kleinkalibrigen Pistole erschossen, und kein Mensch hat irgendwas gesehen. Was zur Abwechslung mal die Wahrheit ist. Angelo sagt, er hätte Charlie Furman ganz bestimmt bemerkt, wäre er im Lokal gewesen – er hat ihn aber nicht bemerkt.«

»Also möchten Sie jetzt natürlich Picasso verhören.«

»Natürlich.«

Reisers sonnenverbranntes Gesicht sah plötzlich gar nicht mehr so sonnenverbrannt aus. »Er will verhört werden,

Hock. Er will gefunden werden, aber todsicher wird er es Ihnen nicht leicht machen.«

»Was wissen Sie, Doc? Helfen Sie mir.«

Reiser legte seine Zigarre fort, als verursache sie ihm plötzlich Übelkeit. Kläglich sagte er: »Ich habe doch erwähnt, daß wir durchaus unsere erfreulichen Augenblicke hatten, Picasso und ich?«

»Ja, das haben Sie.«

»Nun, außerdem hatten wir auch einen ausgewachsenen Streit. Das war an dem Tag, an dem ich Picasso das letzte Mal gesehen habe. Vor etwa sechs oder sieben Monaten.«

»Und ...?«

»Ich hatte ihm meine große Theorie präsentiert, was bei ihm aber nicht besonders gut angekommen ist ...

Wissen Sie, wir hatten immer wieder dieses leidige Gespräch über die Kunst, wenn er nach einer seiner Eskapaden zu uns gebracht wurde.«

»Womit Sie seine Brüllereien meinen?«

»Richtig. Immer das gleiche Muster. Die Cops griffen ihn auf, als er vor einer Galerie stand und aus Leibeskräften ›Banausen!‹ brüllte. Wieder und immer wieder, so lange, bis er schließlich die Kunden verjagte. Also habe ich ihn natürlich gefragt, warum er das machte.

Er sagte: ›Weil das alles nur Dummköpfe sind. Was glauben Sie denn, warum die sonst lausige Bilder von absolut untalentierten Malern verkaufen?‹ Worauf ich dann antwortete: ›Ah, Sie können es besser?‹ Dann sagte er: ›Ich hab's schon *viel* besser gemacht!‹«

»Ich bin kein Mediziner, aber das klingt für mich nicht nach einem Weg, auf dem Sie bei ihm weiterkommen könnten«, sagte ich.

»Nicht direkt. Aber wenigstens brachte uns das manchmal auf das Thema Kunst, die einzige persönliche Sache, über die Picasso je bereit war zu sprechen. Ansonsten ging es immer nur um seine ›Beobachtungen‹ oder seine stets trübe Sichtweise des Lebens, oder er zog diese verfluchte Alter-ego-Nummer ab.

Aber, Hock, Sie haben ihn kennengelernt. Sie wissen selbst, was für ein faszinierender Bastard dieser Bursche ist. Man will einfach die Rätsel des Kerls lösen, verstehen Sie? Das verstehen Sie doch, oder?«

Ich antwortete ihm nicht direkt, erinnerte mich daran, was Neglio mir gesagt hatte, um mich vor mir selbst zu warnen. Schließlich brachte ich dann jedoch ein »Ja, vermutlich« heraus.

»Sicher, Sie wissen, wie es ist, Hock. Ich meine, ich habe auch früher schon mit Cops geredet. Sie sind der erste mit einer meßbaren Konzentrationsspanne, dem ich begegne.«

Ich zuckte mit den Achseln.

»Im wesentlichen gibt es zwei Dinge, die ich, im Gegensatz zu Ihnen, nie aus Picasso herausbekommen habe: seinen wirklichen Namen und die Gelegenheit, einen Blick auf eines seiner Bilder zu werfen. Eines schönen Tages dämmert mir schließlich, was mit diesem Burschen nicht stimmt. Allerdings bin ich nicht schlau genug, diese Erkenntnis für mich zu behalten. Ich mußte unbedingt mit meiner großartigen Theorie raussprudeln.

An diesem letzten Tag habe ich zu ihm gesagt: ›Picasso, mein exzentrischer Freund, Sie sind deshalb ein Spinner, weil Sie der denkbar schlechteste Künstler überhaupt sind, ein Künstler von der Sorte, die ignoriert wird.‹

Worauf Picasso antwortet: ›Ich sehe das so: Wenn im Wald ein Baum umstürzt, und kein Mensch ist in der Nähe, um es zu hören, gibt es keinen Grund zu glauben, daß das nicht trotzdem einen Höllenlärm macht! So was nennen Sie verrückt, Doc, oder?‹«

Reiser lachte. Tatsächlich war es eine gar nicht komische Abfolge von Grunzern, die er zweifellos von Picasso übernommen hatte. »Raten Sie mal, was er dann gemacht hat!« sagte Reiser.

Ich hatte keine Ahnung.

»Picasso sagt: ›Okay, ich hab die Schnauze voll von dieser Klapsmühle!‹ Dann erhebt er sich von dem Stuhl, auf dem Sie jetzt sitzen, und schlägt mich k.o. Haut mich glatt von meinem Sessel, dieser Spinner! Dann liege ich auf dem Boden und wälze mich mit ausgerenkter Kinnlade herum. Und Picasso steht über mir, verdreht die Augen, fuchtelt mit den Fäusten und brüllt: ›Banause!‹

Ich habe wahnsinnige Schmerzen. Alles was ich verschwommen wahrnehme ist Picassos Kopf und der von Freud, von dem Bild oben an der Wand, die hintereinander herjagen. Und ich kann nicht auseinanderhalten, welcher von beiden mich anbrüllt: ›Du ungebildeter Shrink! Mach die Augen auf und sieh!‹«

»Und das war das letzte Mal, daß Sie ihn gesehen haben?«

»Ja. Er hat mich k. o. geschlagen, dann sind zwei Schränke vom Sicherheitsdienst reingekommen und haben ihn in eine Zwangsjacke gesteckt. Wir haben ihn für ein paar Tage mit Beruhigungsmitteln vollgepumpt. Ich habe keine große Sache daraus gemacht. Ich meine, was hätte ich auch schon groß tun können? Wir haben diesen Typen seit Jahrzehnten inoffiziell mit durchgezogen, richtig? Er hat nicht kooperiert, und wir haben ihn trotzdem immer wieder aufgenommen. Was erwarten Sie da?

Außerdem«, fügte Reiser hinzu, »kam er an dem Tag, an dem wir ihn entlassen haben, in mein Büro und verkündete, daß ich als sein Arzt gefeuert wäre. Na, wie gefällt Ihnen das?«

Reiser schlug den Aktenhefter wieder auf. Er nahm etwas heraus und reichte es mir – einen weißen Briefumschlag von der billigen Sorte, wie man sie in Hunderterpacks bei Lamston's bekommt. Adressiert war er an Dr. Ronald Reiser c/o Bellevue. Einen Absender gab es nicht. Abgestempelt in Brooklyn. Die Briefmarke zeigte die amerikanische Flagge, die in der oberen rechten Ecke des Umschlages verkehrt herum aufgeklebt war.

»Dieses Ding«, erklärte Reiser, »kam ungefähr eine Woche, nachdem er mich niedergeschlagen hatte. Sehen Sie sich mal an, was drin ist.«

Ich zog ein etwa zehn mal zehn großes Polaroidfoto heraus. Das Bild war überbelichtet und unscharf, wie Polaroids es manchmal sind. Ich erkannte darauf ein großes Gebäude, weder Wohn- noch Geschäftshaus, sondern etwas anderes – voller Farben, größtenteils Rot- und Gelbtöne. Im Vordergrund ein kleines Gebäude, ein Kartenhäuschen mit einem Schild daran, auf dem TICKETS stand.

Auf den Rand des Fotos war mit schwarzem Kugelschreiber in ordentlichen Druckbuchstaben geschrieben worden: UND SIEHE, MEIN MEISTERWERK – IN LIEBE, PICASSO.

»Was ist das denn?«

»In der Branche nennt man es ein ›Dunkles Labyrinth‹. Sie finden es draußen in Coney Island«, antwortete Reiser.

6

Es gibt immer diesen einen Augenblick, an dem ich ganz sicher weiß, daß ich mit einem Fall verheiratet bin, in guten wie in schlechten Zeiten, bis daß der Tod uns scheidet. Es war so ein grimmiger Augenblick, als ich Dr. Ronald Reisers Büro im Zoo-Flügel des Bellevue verließ.

So wie ich mich gerade fühlte, hielt ich es im Interesse der familiären Harmonie für das beste, einen aufrichtigen, diplomatischen Anruf bei Detective Logue in der Mordkommission zu machen. Besser, er erfuhr es jetzt von mir, statt später von Inspector Neglio.

»Hören Sie, machen Sie einfach weiter«, sagte Logue, nachdem ich ihm einige Minuten von der Hochzeit erzählt hatte. »Wie ich schon mal gesagt habe – was soll ich mit Überstunden anfangen?«

»Gibt es schon irgendwelche Fortschritte?« fragte ich, nachdem das geklärt war.

»Da sind zum Beispiel Celias Vorstrafen. Kein schlechter Anfang, wenn man die Zeit und das Interesse hat, was bei Ihnen ja offensichtlich der Fall ist. Warten Sie, ich hab hier irgendwo Notizen.« Logue durchwühlte die Papiere auf seinem Schreibtisch. »Okay, wie's aussieht, hat der Staat der Lady mal übel mitgespielt. Bei einer dieser Gelegenheiten, zu denen es regelmäßig kommt, wenn unten in Washington mal wieder alle scharf auf den Mob sind, stimmt's?«

»Und Celia Furman war zur falschen Zeit am falschen Ort?«

»Genau. Sie war damals das, was man in den Casinos einen ›großen Fisch‹ nennt. Das bedeutet in Las Vegas, genau wie in europäischen und karibischen Läden, daß sie für eine Kreditlinie von fünfzig Riesen gut war. Und die Lady hatte es sich zur Gewohnheit gemacht, mit den richtigen Männern auf gutem Fuß zu stehen . . .«

»Von denen einige Verbindungen zur Mafia hatten?«

»Wieder richtig«, sagte Logue. »So hat sie angefangen, ihr Vermögen zu machen. Nützliche Bekanntschaften haben ihr den Rücken gestärkt, als sie die ersten billigen Nachtclubs in Detroit übernahm und sich allmählich hocharbeitete, bis sie eine Kette erstklassiger Clubs am ganzen Seeufer von Detroit bis nach Cleveland leitete. Gute, ehrliche Häuser, heißt es; und immer war Würfeln die Spezialität.«

»Aber das interessierte die Regierung nicht.«

»Nee, die waren hinter Celias Freunden her. Weil Celia wahrscheinlich der Schlüssel zu vielen Dingen war, die diese Typen Onkel Sam nicht anvertrauen wollten. Tja, das alles hören Sie ja nicht zum ersten Mal, Hockaday.«

»Also haben sie Celia unter Druck gesetzt.«

»Genau. Und wer kann besser Druck ausüben als das

Finanzamt. Die wußten genau, daß sie bei einer sorgfältigen Steuerprüfung nicht bestehen kann.«

»Dann schleifen sie sie vor das Bundesfinanzgericht?«

»Aber vorher nehmen sie sie gründlich aus. Sie haben ihr einen Laden nach dem anderen zugemacht und ihr keine Goldmine mehr gelassen, die sie als Einsatz für das wirklich große Geld in den hochkarätigen Casinos einbringen konnte. Das aber war die einzige Möglichkeit, alles das nachzuzahlen, was sie auf ihrer Steuererklärung an Einkünften nie angegeben hat. Ist schon irgendwie verrückt, aber vergessen Sie nicht, wir reden hier von der Regierung.«

»Das gehört alles dazu«, sagte ich. »Als nächstes haben sie ihr wahrscheinlich ein Geschäft angeboten, wenn sie aussagt?«

»Vermutlich werden sie's wohl versucht haben. Sie haben sie kreuz und quer durchs Land vor Grand Juries geschleift. Detroit, Chicago, L.A., New Orleans, Boston, hier in New York. Nennen Sie eine Stadt, und Celia war bestimmt schon im Sitzungssaal der dortigen Grand Jury.«

»Hat sie geredet?«

»Mein Freund, der mir das alles erzählt hat«, sagte Logue, »glaubt es nicht.«

»Wer ist Ihr Freund?«

»Ach, der Bursche ist in meinem Alter. Wir sind gemeinsam im Department die Beförderungsleiter hochgeklettert, und dann ist er irgendwann zur Besinnung gekommen und ist zu den Feds gewechselt. Heute arbeitet er unten in D.C. im Archiv des Justizministeriums, in einem Büro mit eigenem Telefon, Parkplatz und Klimaanlage im Fenster, durch das man einen schönen Blick auf das Lincoln Memorial hat ...

Jedenfalls, mein Freund sagt mir: ›Dein Subjekt hat eine Menge Zeit vor Grand Juries verbracht, was aber nie zu irgendwelchen Anklageerhebungen geführt hat. Daraus würde ich schließen, daß die Lady kein Kanarienvogel war.‹

Welche Ehre ihr das auch immer eingebracht hat«, fügte Logue aufrichtig empört hinzu.

Ich fragte nach, was er damit meinte.

»So wie ich das sehe, war sie eine erstklassige Lady«, antwortete er. »Sie hat nie jemanden verpfiffen, aber jeder in der Branche, den sie kannte, nahm an, daß sie ab und zu doch mal geredet haben mußte, nur um die Monotonie zu unterbrechen, immer von einer Grand Jury zur anderen zu fliegen. Also hat man sie geschnitten! Himmel, das ist erbärmlich, wenn man mal drüber nachdenkt. Die einzigen Würfel, die ihr noch geblieben waren, waren die beim Monopoly.

Nur um Ihnen klarzumachen, wie herzzerreißend es war, Hock: Mein Freund sagt, das letzte, was er über Celia Furman in seinen Akten hat, ist, daß sie so pleite gewesen war, daß schließlich ein Assistent der Staatsanwaltschaft Mitleid hatte und ihr half, Sozialhilfe zu beantragen. Was für ein beschissenes Spiel, häh?«

»Das ist es, mein Freund«, sagte ich. »Sie war schon tot, bevor sie wirklich gestorben ist.«

Ich brannte darauf, mein Telefonat mit Logue zu beenden, wollte unbedingt mit Inspector Neglio abklären, eine Fahndung nach Charlie Furman alias Picasso anlaufen zu lassen, brannte darauf, auf der Straße Geld in Umlauf zu bringen in der Hoffnung, daß der eine oder andere meiner Spitzel einen Anhaltspunkt für seinen Verbleib liefern konnte. Schließlich wollte ich unbedingt nach Hause, wo Ruby Flagg auf mich wartete.

Dann erinnerte ich mich an die Unterlagen der Telefongesellschaft.

»Bevor sie erschossen wurde«, sagte ich zu Logue, »hat Celia mehrere Anrufe von der Telefonzelle im *Ebb Tide* gemacht. Sie wollten sich die Unterlagen der Telefongesellschaft besorgen. Hat sich dabei irgendwas Interessantes ergeben?«

»Ach ja, das.« Wieder hörte ich, wie Logue in Papieren

wühlte. »Okay, einen großen Teil der Eintragungen können wir wahrscheinlich nach entsprechender Überprüfung ziemlich schnell abhaken. Wir haben zum Beispiel Anrufe bei einem Buchmacher aus der Gegend; ich kenne die Nummer selbst, verstehen Sie? Dann haben wir zwei Anrufe bei diesem Münztelefon auf der Straße, von dem wir wissen, daß es eine Kontaktstelle für Dealer ist. Ferner gibt's da einige Anrufe in Wohnungen von Burschen, mit denen Celia wahrscheinlich nichts zu tun hatte, und dann haben wir noch mehrere Anrufe bei diesem Auftragsdienst, der vermutlich für Nutten arbeitet ...«

»Machen wir's kurz, Logue. Haben Sie überhaupt etwas, das mit Celia Furman in Zusammenhang gebracht werden kann?«

»Also, ich weiß beim besten Willen nicht, in welchem Zusammenhang das stehen sollte, aber in den Unterlagen finden sich neun Anrufe bei derselben Nummer. Also denke ich: Vielleicht sind das ihre Telefonate, denn sie haben so lange gedauert, daß sie Münzen nachwerfen mußte.«

Wieder hörte ich Papiergeraschel. »Die neun Anrufe sind an einen öffentlichen Münzfernsprecher in einer anderen Bar gegangen, ein Laden namens Neptune, draußen in Brooklyn.«

»Brooklyn«, sagte ich tonlos. »Wie in Coney Island.«

»Ja ... He, was wissen Sie?«

»Ich weiß, daß ich zum ersten Mal seit meiner Kindheit einen Ausflug nach Coney Island machen werde.«

Während des Tages überkamen mich immer mal wieder gewisse erregende Gedanken, wie es wäre, bei Ruby in meiner Wohnung zu sein. Sie hatte doch gesagt, sie würde dort warten, oder? Ich wollte diese Gedanken nicht dadurch verderben, daß ich auch nur ein einziges Mal bei mir anrief, um mich zu vergewissern, ob sie tatsächlich noch da war. Das ist das Krankheitsbild eines Mannes, der schon mal in seinem

Leben auf die Schnauze gefallen war – durch eine Scheidung zum Beispiel.

Damals, als ich noch verheiratet war, hat mir meine Frau Judy tagsüber – und manchmal auch nachts – gefehlt, und dann habe ich zu Hause angerufen, und sie war meistens nicht da. Und als ich endlich einige der Gründe herausfand, warum sie nie da war, habe ich überhaupt nicht mehr zu Hause angerufen.

Man sollte doch glauben, daß ein Mann, der so intelligent ist, wie ich mich selbst gern sehe, eine Frau von einer anderen unterscheiden kann, besonders wenn die Frauen so gegensätzlich sind wie Judy und Ruby. Aber nein. Neben all den erregenden Aspekten, an die ich den Tag über denken mußte, gab es auch einen säuerlichen Unterton: die sich hartnäckig haltende Erinnerung, von verletzter Eitelkeit fertiggemacht worden zu sein.

Also hatte ich nicht angerufen.

Jetzt schob ich den Schlüssel ins Schloß, öffnete die Tür und ließ es wieder einmal drauf ankommen.

Auf meiner Couch vor dem Fenster saß Ruby Flagg, hatte ein Bein untergeschlagen, ein offenes Buch auf dem Schoß, und auf dem Beistelltisch neben einer Vase mit Blumen, die sie bei dem koreanischen Gemüsehändler an der Ecke gekauft haben mußte, standen eine Teekanne und eine Tasse. Sie trug eine Brille, die ich bislang noch nicht gesehen hatte, eine Brille, die mir verriet, daß sie kurzsichtig war. Erschreckt riß sie sie von der Nase.

»Ich möchte nicht, daß du mich damit siehst«, sagte sie. »Ich seh komisch damit aus, wie ein Käfer.«

»Du bist noch da.«

»Wie ich sagte – ich mein's ernst, Freundchen.«

Draußen setzte ein sanfter Aprilregen ein, ein Regen, der der Stadt etwas von ihrer Härte nimmt. Vom Hudson River hörte ich Nebelhörner und unten auf der Straße berittene Cops.

»Wenn du sagst, ›ich mein's ernst‹, meinst du dann . . .?«

»Wir haben beide schon einiges erlebt. Dabei sind wir wahrscheinlich auch schon mehr als einmal unter die Räder gekommen. Wir sind beide keine Teenager mehr. Verstehst du, was ich damit meine?«

Ich antwortete, so ganz sicher sei ich mir nicht, obwohl ich es vielleicht doch war.

»Ich meine, daß wir in einem Alter sind, in dem wir anfangen sollten, es lockerer zu nehmen, aber auf jeden Fall sollten wir's nehmen.«

Dann erhob sich Ruby von der Couch, kam zu mir und legte mir die Arme um den Hals, zog meinen Kopf zu sich herunter und küßte mich auf den Mund. »So was nenne ich mich dir an den Hals schmeißen, Freundchen. In Freud und Leid. Wie wär's, wenn du mir etwas von deiner Aufmerksamkeit schenkst?«

»Wir könnten was trinken gehen und uns unterhalten, danach gehen wir essen in ein nettes Lokal«, schlug ich vor.

»Wir werden irgendwo essen, wo's nett ist«, sagte Ruby. »Genau hier. Und Drinks gibt's hier auch.«

Sie manövrierte mich zur Couch und schenkte aus der Flasche Johnnie Walker auf dem Sideboard ein Glas ein. Ein Glas für mich, dann eines für sich selbst, mit Wasser. Dann las sie meine Gedanken.

»Du hast diesen Mordfall übernommen, stimmt's?«

Ich nickte und erzählte ihr von meinem Gespräch mit Neglio, meinen vergeblichen Versuchen, etwas über Charlie Furman herauszubekommen, von meinem Gespräch mit Dr. Reiser und dem Telefonat mit Logue. Und noch mehr.

Von meiner wachsenden Befürchtung, daß Charlie Furman, falls er der Mörder seiner Frau war, gerade erst angefangen hatte.

»Warst du schon mal auf Coney Island?« fragte ich.

»Nein. Aber ich mache jede Wette, daß es auch noch bis morgen warten kann.«

Nachdem das geklärt war, schenkte ich Ruby den Rest des Abends meine volle Aufmerksamkeit für einen langen, langsamen Tanz.

Der nächste Morgen war strahlend blau und kalt.

Wir brachen früh auf, frühstückten Eier und Bagels in einem Lokal, das ich von meinem Fenster aus sehen kann – Pete Pitsikoulis' All-Night Eats & World's Best Coffee. Dann ein strammer Fußmarsch rüber zum F-Train Ecke Sixth Avenue und Forty-second. Wir dösten fast die ganze lange Fahrt raus zum entlegensten Winkel Brooklyns.

Eine junge Frau mit einem Lockenkopf machte gerade das erste Geschäft auf, das man sieht, wenn man aus der U-Bahnstation Stillwell Avenue herauskommt – die Philips-Salt-Water-Taffee-and-Ka-Ra-Me-La-Bude. Obwohl erst April und das Schuljahr noch nicht zu Ende ist, würde sie, bevor der Tag zu Ende ging, ein paar hundert Pfund Lakritzstangen, Pistazien, Weingummis, Schokolade mit Cashewnüssen, Liebesperlen, Peanut-butter-Fudge und Käse-Popcorn verkaufen. Die Leute auf Coney Island machen am Strand nicht gerade grazile Figur.

Auf der anderen Seite der Stillwell Avenue befand sich eine andere bekannte Bude, an der es ab Mitte Juni Maiskolben zu kaufen geben würde. Jetzt war die Bude leer, aber in meiner Erinnerung zog mir der Duft Dutzender und aber Dutzender leuchtend gelber, gekochter Maiskolben, überschüttet mit Zucker und geschmolzener Butter, in die Nase. Ich konnte die Geräusche des Sommers hören – dickbäuchige Männer mit kräftigen Armen und Strohhüten und roten Nasen voller geplatzter Äderchen boten Geschicklichkeitsspiele, Süßigkeiten und die allerneuesten Küchengeräte feil; eine Million kleiner Jungs jagten hinter einer Million kleiner Mädchen her; die Ledersandalen meiner Mutter machten klatschende Geräusche auf der Uferpromenade, als wir dort Hand in Hand entlangspazierten, den Strand nach der besten Stelle absuchend, um für den Tag unsere Decke auszubreiten und den Sonnenschirm aufzustellen.

Automatisch drehte ich mich zu der Stelle, wo früher einmal ein umlagerter Zeitungskiosk gewesen war, an dem sich die Leute Lesestoff für den Strand gekauft hatten, damals, bevor es Transistorradios gab, damals, als die Menschen noch lasen. Der Zeitungsstand war fort.

»Früher konnte man ziemlich genau an dieser Stelle den ›Brooklyn Eagle‹ kaufen. Und den ›Daily Mirror‹. Und all diese Film-Magazine, und ›Boy's Life‹ und Comics und den ›Popular Detective‹. Das muß schon hundert Jahre her sein.«

Ruby sah aus, als täte ich ihr leid. Als täten ihr all die Dinge leid, die heute verschwunden waren, und als täte es ihr leid, daß sich alles, was noch von der Vergangenheit geblieben war, in einem so heruntergekommenen Zustand befand.

Ich schaute auf zu den Fenstern des Seashore Hotel gegenüber der U-Bahnstation. Als Kind hatte ich hinter diesen Fenstern keine alten Männer in Unterhemden sitzen sehen, die wie hypnotisiert auf Fernsehbildschirme starrten. Jetzt schon.

Ich hielt Rubys Hand, während wir die Surf Avenue überquerten und auf einen Kaffee zu dem weitläufigen, grün und gelb gestrichenen Nathan's Famous gingen. Ich war erleichtert zu sehen, daß sich Nathan's praktisch *nicht* verändert hatte: Immer noch das ganze Jahr über rund um die Uhr geöffnet, und das herrlich durftende Aroma von Frankfurtern und Pommes frites ergoß sich immer noch auf die Straße und hinaus auf den Boardwalk.

Hier und da standen Kunden an den langen Holztheken von Nathan's. Wir standen in der Nähe eines Mannes mit tätowierten Armen. Er war mit einem großen Teller Austern beschäftigt, die mit Meerrettich und scharfer Sauce bekleckst waren.

»Sieh dir diese Austern an«, sagte ich zu Ruby. Sie warf einen Blick auf den Teller des tätowierten Mannes. »Siehst du, daß sie ganz grau sind? Mutter Natur hat Austern rosa gemacht, und genauso sahen sie auch aus, als ich sie als Kind gegessen habe. Aber dank der Ölkonzerne sind sie heute grau.«

Ruby stöhnte. »Wir sind den ganzen weiten Weg rausgekommen, nur damit du in Erinnerungen an arme, alte, rosa Austern schwelgen kannst?«

»Okay, vergiß die Austern«, sagte ich. Dann erzählte ich ihr von dem Foto, das Picasso Dr. Reiser ins Bellevue geschickt hatte, das Bild seines »Meisterwerks«. Und daß Reiser erklärt hatte, Picasso habe die Außendekoration einer Promenadenattraktion gemalt. Dies war der eigentliche Grund, warum wir den ganzen weiten Weg raus nach Coney Island gemacht hatten.

»Und wo genau finden wir das?« wollte Ruby wissen.

»Irgendwo in Astroland.«

»Astroland?«

»So wird hier in Coney Island der Vergnügungspark genannt, so was wie ein Dauer-Jahrmarkt. Wir suchen hier nach einem ›Dunklen Labyrinth‹. Das ist Schaustellersprache für ein Spukhaus. Unseres heißt *Feuer und Schwefel.*«

»Oh, gut. Als ich noch ein Kind war, gab es im City Park von New Orleans auch ein Spukhaus. Gott, ich hab's geliebt! Innen war's groß und dunkel und voller gewundener kleiner Korridore, mit Spiegeln, die einen verwirren sollten, und unheimlichen Geräuschen und plötzlichen eiskalten Luftzügen. Skelette und Hexen sprangen einen praktisch von allen Seiten an.«

Ruby verschränkte die Arme und wiegte sich, während sie in Gedanken zurückwanderte. »Ich hab mir jedesmal in die Hosen gemacht.« Ihre Augen waren groß und strahlten wie die Wellen mit weißen Schaumkronen draußen auf dem sonnenbeschienenen Atlantik.

»Schade, daß wir nicht zusammen aufgewachsen sind«, sagte ich.

»Du warst einer von den Jungs, denen es einen Mordsspaß gemacht hat, ein Mädchen mit einer Spinne oder einer Kröte zum Kreischen zu bringen, stimmt's, Hock?«

»Könnte sein, daß ich es damit bei dir versucht hätte.«

»Für dich hätte ich vielleicht sogar geschrien.«

In der Stadt hätte das jetzt ein netter Augenblick sein können, in dem wir ganz schnell in meine Wohnung zurückgekehrt wären, um die Gardinen vorzuziehen. Ich hasse Brooklyn.

Wir tranken unseren Kaffee aus und umrundeten Nathan's zur Bowery Avenue, die auf dem Weg zur Uferpromenade und dem Strand mitten durch Astroland führt. Wir kamen an der Eldorado Arcade vorbei, am Sportland, an Faber's Fascination, am Silver Ski und an Treasure Island. Und an ein paar Dutzend Buden, an denen mich die rotnasigen Schausteller herausforderten, Milchflaschen mit Bällen zu beschmeißen, Ringe um Spindeln zu werfen oder mit Luftgewehren auf sich bewegende Reihen von Blechenten zu schießen. »He, Sportsfreund! Wie wär's, wenn du deinem Schätzchen einen netten Preis gewinnst? Komm, zeig uns, daß du schon ein großer Junge bist.«

Bei so einer Aufforderung wurde ich an jene unangenehmen Begegnungen erinnert, bei denen ich Astroland-Anreißern auf den Leim gegangen war, als ich noch ein magerer, lockenköpfiger irischer Junge gewesen war, der im Knabenchor der Holy Cross Church den Sopran sang. Diese Anreißer mußten allen Heiligen im Himmel gedankt haben, schon wenn sie mich kommen sahen. Noch heute, als aufgeklärter Cop, ist das ein wunder Punkt für mich. Daher fiel es mir auch nicht schwer, jeden abblitzen zu lassen, der mich ›Sportsfreund‹ nannte.

Ich drehte ihnen einfach den Rücken zu und zog Ruby mit. Ich zeigte nach Westen, während die Anreißer sich auf andere stürzten, und sagte zu Ruby: »Da drüben ist die Königin aller Achterbahnen, der Thunderbolt. Es ist dieses halb zusammengebrochene Ding, das heute nicht mehr in Betrieb ist, wie du ja siehst. Es ist ein Verbrechen, denn in Coney Island wurde die Achterbahn erfunden.«

Ruby drückte meinen Arm. »Niemand sollte es so sehen. Es müßte mehr Respekt für eine Königin geben.«

Genau in diesem Augenblick hätte ich Ruby zum ersten Mal sagen sollen, daß ich sie liebte. Vielleicht hätten wir dann das *Feuer und Schwefel* vergessen und wären nach Manhattan zurückgefahren – oder wären doch wenigstens runter an den Strand gegangen, wo ich vielleicht irgendein zappelndes Ding vom Sand hätte aufheben können, um Ruby zum Kreischen zu bringen. Vielleicht.

Von irgendwo hörten wir eine Stimme.

»Genießt die Sonne und die Meeresluft mit deinem Mädel, was Kumpel?«

Ich mußte nach unten schauen, um herauszufinden, woher die Worte kamen. Und da stand ein Zwerg, ein milchgesichtiger Mann von vielleicht fünfzig Jahren, bestenfalls einszwanzig groß. In seinem Mundwinkel klemmte eine Zigarette, und er trug einen weißen Overall und eine weiße Matrosenmütze. Über der Schulter hing die Leinentasche eines Zeitungsausträgers.

Er stellte die Tasche ab und meinte: »Und, wohnt ihr zwei hier irgendwo in der Gegend?«

»Nein«, antwortete Ruby für uns beide. »Wir machen nur einen Ausflug und schwelgen in Erinnerungen.«

Der Zwerg schniefte. »Früher waren's keine Erinnerungen.«

Dann griff er in seinen Beutel und zog zwei Handzettel heraus. Einen gab er mir, den anderen Ruby. Dort stand:

WIE HERRLICH WAR'S DOCH!
WIR KÖNNEN ALLES ZURÜCKHOLEN!
LEGALISIERT CASINOS!
DER BOARDWALK GEHÖRT UNS!
ENGAGIERT EUCH!

In kleinerer Schrift stand unter den Parolen: »Besorgte Bürger für Coney Island«, gefolgt von einer Postfachadresse in Manhattan und einer Manhattan-Telefonnummer.

Als ich es gelesen hatte, sah ich den Zwerg an und wollte etwas sagen. Doch er kam mir zuvor. »Erzählen Sie's weiter, okay, Kumpel?«

»Was soll ich weitererzählen?« fragte ich.

»Glücksspiel«, sagte er.

»Ich verstehe.«

Schon seit Jahren gab es Initiativen, die Einfluß auf die Legislative in Albany nehmen wollten, damit diese ein Gesetz zur Genehmigung des Glücksspieles verabschiedete. Ähnlich wie drüben in New Jersey sollte das zweifelhafte Heil von Atlantic City auch hierher geholt werden. Bemühungen dieser Art wurden in New York eine nach der anderen zunichte gemacht, was im wesentlichen den Gegnern zu verdanken war, die gebeutelte Bürger von Atlantic City vorführten, um ihre traurigen Zeugenaussagen zu machen.

»Dann sind Sie also von hier?« fragte Ruby den Zwerg.

»Und ob ich das bin, meine Schöne.«

»Können Sie uns sagen, wo wir das *Feuer und Schwefel* finden? Das Spukhaus?«

»Natürlich kann ich«, sagte er. »Ich habe hier schon bei praktisch jeder Attraktion gearbeitet. Aber zum Teufel, was wollen zwei nette Leutchen wie ihr an einem so schönen Tag wie heute in einer so finsteren Bude?«

Ruby lächelte. »Sag's uns einfach, Schätzchen. Okay?«

Der Zwerg zuckte mit den Achseln. »Ihr geht da vorne rechts, vorbei an dem Tilt-a-Whirl«, erklärte er. »Dann haltet ihr euch wieder rechts und geht die Gasse runter, dann findet ihr euer ›Dunkles Labyrinth‹ direkt drüben beim Unicef-Pavillon. Ihr könnt's gar nicht verfehlen.«

Wir bedankten uns, und er sagte: »Wißt ihr, diese Attraktion ist geschlossen.«

Ich faltete das Flugblatt und steckte es in meine Gesäßtasche. Dann bogen Ruby und ich rechts und noch mal rechts in die Gasse direkt am Tilt-a-Whirl vorbei ab.

Der Zwerg hatte recht. Wir konnten es gar nicht verfehlen.

Ruby legte beide Hände auf den Mund und sagte: »Oh, Hock. O mein Gott.«

7

Tja, natürlich hab ich's geschickt. Hab ich doch gesagt, oder nicht? Mach ich nicht immer, was ich sag? Gottverdammt sicher mach ich das.

Hab's vorgestern abgeschickt, also hat er's entweder schon oder kriegt's heute. Ha, ha, und ob er's kriegt!

Da wird er dann aber hellwach, Junge, Junge. Dürft ihm eine Scheißangst einjagen. Hah! So eine Scheißangst, daß er sich in die Hose pißt. Ja – und das soll er mal ignorieren!

Wenn Mord eine lebenslange Vorgeschichte hat, dann ist der Mörder tödlicher verwundet als sein Opfer. Der teure Verstorbene wird vielleicht – oder auch nicht – betrauert, bevor man ihn vergißt. Aber der Überlebende mit der rauchenden Kanone oder dem blutigen Messer oder dem halswarmen Seil in der Hand hat bereits ein langes Delirium der Wut und der Trauer durchlitten. Jetzt kann er nur noch zusätzlich betrauern, daß nichts, aber auch gar nichts klarer wurde.

War das der Grund, warum Celia Furmans Gesicht keinerlei Überraschung gezeigt hatte?

Die subtilere, scheußlichere Bedeutung hinter so vielem, was Mord betrifft, findet man nicht in den nackten Tatsachen eines Zeitungsartikels oder eines Polizeiberichts. Journalisten sind auch nicht qualifizierter als ihre Leser, wenn es darum geht, sich mit dem Schlamassel der ganzen, langatmigen Wahrheit von Leben und Tod auseinanderzusetzen.

Und es schmerzt mich zu sagen, daß nur herzlich wenig Cops mit genug Neugier geschlagen sind, obwohl sie andererseits sicherlich ein mißtrauischer Haufen sind. Deswegen gibt es Lyrik, Theater und Literatur – und die Malerei. Damit sie uns helfen, das Undenkbare in Erwägung zu ziehen, wenn es sein muß.

Mir blieb wohl kaum etwas anderes übrig, an diesem Morgen in Coney Island, als ich neben der hübschen und schockierten Ruby stand, Angesicht zu Angesicht mit Picassos selbsternanntem Meisterwerk: das großartige, finstere Werk eines Künstlers mit einem Krebsgeschwür im Herzen.

War sein Meisterwerk am Ende das Brandmal eines verwundeten Killers?

Dr. Reiser war klug genug gewesen, den Schock und das Ekelgefühl unerwähnt zu lassen, die er beim Anblick dieses Werkes empfunden haben mußte. Er hatte in mir einen seltenen, mit Neugier gestraften Cop erkannt, oder nicht? Er hatte mich auf das *Feuer und Schwefel* aufmerksam gemacht, sehr richtig vermutet, daß ich der Versuchung nicht widerstehen könnte, einen Ausflug nach Brooklyn zu machen, um es mit eigenen Augen zu sehen. Recht hatte er.

Picasso hatte ein Wandgemälde von der Größe einer kleinen Scheune gemalt. Seine Leinwand war eine zweistökkige, geteilte Stahlfassade, die den dunklen, schmalen Eingang des *Feuer und Schwefel* umgab. Ich bemerkte, daß die Arbeit ein Thema hatte, als ich meinen Blick von oben nach unten über das häßliche Ding wandern ließ.

Zunächst einmal war da eine satanische Gestalt mit einem Gesicht wie ein Baumstumpf und einer großen, peitschenden gespaltenen Zunge, die sich windenden, nackten Männer aus einer Flasche Glaubersalz einflößte, die auf überlaufenden Klosettschüsseln saßen. Darunter tranken angekettete, nackte und verängstigte Frauen aus gewundenen

Schläuchen, die mit den Klosettschüsseln darüber verbunden waren. Diese wiederum saßen auf Toiletten, die in einen braunen Fluß mündeten, der von würgenden Männern, Frauen und Kindern und ganzen, mit Leichen übersäten Flößen blockiert wurde.

Gegenüber der ersten satanischen Gestalt gab es eine zweite, die Klavier nach Noten spielte, deren Titel »Andante Shake & Hammer Blow Struck« lautete. Von der Oberseite des Klaviers erhoben sich zwei knotige Hände, die wie ein Marionettenspieler Ketten kontrollierten, die um die blutenden Arme und Beine hochschwangerer Frauen geschmiedet waren.

Im Mittelpunkt des Gemetzels, scheinbar über allem präsidierend, befand sich ein weißhaariger Dämon mit vier Armen und vier Händen, aus dessen kanaldeckelgroßen Nasenlöchern Dampfschwaden quollen. Mit zwei Händen warf er Feuerbälle in die ohnehin schon lodernde und entlaubte Landschaft; mit den beiden anderen schleuderte er einen dikken, behaarten Schwanz, der sich zwischen seinen langen Beinen hinunterschlängelte. Eine dralle Teufelin flegelte sich zu seinen Füßen und streichelte die Spitze seines Schwanzes; von der Natur weniger üppig ausgestattete Teufelinnen drängten sich um sie und versenkten beeindruckende Fänge in ihren nackten Rücken und Arsch.

Ruby grub ihre Finger in meinen Arm, so wie überängstliche Menschen bei Flugzeugstarts ihre Sitznachbarn malträtieren. »Es ist ein schöner, sonniger Morgen, ich stehe neben einem bewaffneten Cop, und trotzdem jagt mir dieses *Ding*, das ich jetzt ansehe, eine scheußliche Gänsehaut über den Rücken!«

Aus dem nahe gelegenen Unicef-Pavillon wehte Glockenspielmusik herüber. »It's a Small World After All.«

Ich versuchte beruhigend zu wirken, aber ich weiß nicht, ob ich mir das abgekauft hätte, wäre ich an Rubys Stelle gewesen. »Tja, das ist wohl auch der Sinn der Sache«, sagte ich.

»Außerdem dachte ich, du würdest dir gerne Angst einjagen lassen. Das sollte heute für dich ein großer Spaß sein.«

Sie holte tief Luft. »Nein, ist es nicht. Ich vermute, weil es mich schlagartig daran erinnert, warum wir überhaupt hier sind, und daß dies keine normale Coney-Island-Verabredung ist. Wir sind hier und sehen uns das sogenannte Meisterwerk eines Künstlers an, weil er dich neulich im Park angesprochen und davon gefaselt hat, Leute umzubringen. Er hat dir von einem Gemälde in einer Bar erzählt. Daraufhin bist du dorthin gegangen, um es dir mal anzusehen. Dabei hast du seine Frau kennengelernt, und kurz darauf endet sie mit einer Kugel im Hals. Und jetzt das hier ... dieses Gemälde, dieses ekelhafte *Ding*!«

Wieder ließ ich meinen Blick über Picassos Meisterwerk wandern. Diesmal führte es mich zurück zu all den vielen Stunden, die ich als Kind in Astroland verbracht und ähnlich entsetzliche Jahrmarktskunstwerke gesehen hatte – nun, vielleicht nicht so entsetzliche. Damals fühlte ich mich auf merkwürdige Weise davon angezogen, genau wie jeder andere auch, die Kinder wie die Erwachsenen. Aber soweit ich mich entsinnen konnte, schauten wir damals nie ganz genau hin. Ein flüchtiger Blick auf den Albtraum eines anderen, und dann eine Runde tapferes Lachen – mehr brauchten wir nicht, um in die richtige Spukhaus-Stimmung zu kommen. Welchen Grund hätten wir auch schon gehabt, uns darüber Gedanken zu machen, was im Kopf eines Künstlers vor sich ging?

Hier und da war von dem gewaltigen Wandgemälde Farbe abgeblättert oder vom Winter stumpf geworden. Einzelne Tafeln der Verkleidung fehlten. Dann registrierte ich das kleine, eingezäunte Gelände neben dem *Feuer und Schwefel*, auf dem die vom Wetter beschädigten Tafeln aufgestapelt und mit grauweißer Rostschutzfarbe bestrichen worden waren, bereit, für die kommende Saison des Nervenkitzels und Schauderns neu bemalt zu werden. Zwei Schäferhunde bewachten die Kunst innerhalb des Zaunes, der von Natodraht gekrönt war. Ein Meisterwerk verdiente Schutz. Picasso muß zufrieden gewesen sein.

Ruby war immer noch schockiert. »Ich frage mich wirklich, was dem alten Charlie zu schaffen gemacht hat, als er das hier malte«, sagte sie.

»Du meinst, es läge so was wie eine Botschaft darin?«

»Falls es eine gibt, dann lautet sie vermutlich, daß wir armseligen, tumben Kreaturen uns vom Abfall unserer Grausamkeiten ernähren.«

Ich nickte.

Rubys Blick blieb auf das Wandgemälde gerichtet. Aber kurz darauf ging sie zu einer Stelle, von wo aus sie zwischen den Jahrmarktbuden und Gebäuden das blaue Meer und den Strand mit den ersten Sonnenanbetern sehen konnte. Ich ging zu ihr.

»Wir ignorieren viel zu oft Warnungen, die Leute wie Charlie Furman uns geben«, sagte sie, »bis es zu spät ist. Ich weiß, daß das nicht besonders originell ist, Hock.«

»Die Welt ist auch nicht originell, daher ignorieren wir uns meistens gegenseitig. Vergiß, was du vielleicht gehört hast – es gab nie ein Zeitalter der Vernunft. Die menschliche Rasse verbringt ihr Leben zu einem großen Teil in einem dunklen Labyrinth, in dem wir immer wieder von denselben Dingen überrascht werden.«

»Wo hast du denn diese nette Lektion gelernt?«

»Auf der Straße.«

»Das sollte mal jemand in einem Buch bringen.«

»Das würde die Menschen nur von den Straßen fernhalten.«

Ruby küßte mich.

»Hattest du genug?« fragte sie.

»Davon schon«, sagte ich. Und während wir uns auf den Weg zum erfreulichen Anblick des Meeres machten, erzählte ich Ruby, wie Picasso seinen unsichtbaren Freund und mich gefragt hatte: »*Ho, ho, und warum hab ich gemalt, was ich gemalt hab?*«

Es war noch nicht Mittag. Aber dies war wieder mal ein Tag, an dem ich schon früh einen Drink haben wollte. Außerdem: War ich nicht auch nach Coney Island gekommen, um eine bestimmte Spelunke an der Uferpromenade aufzusuchen, nachdem ich jetzt Picassos Meisterwerk erblickt hatte? Das Neptune war jenes Lokal, das Celia Furman am letzten Nachmittag ihres Lebens immer wieder vom Münztelefon aus angerufen hatte.

»Willst du wissen, was ich manchmal über New York denke, besonders jetzt?« fragte Ruby. »Wenn New York City ein Film wäre, dann dürfte niemand unter achtzehn rein.«

Das Neptune verkündete seinen Namen nicht auf einem Schild über der Tür. Dort stand einfach nur BAR. Da es die einzige noch übrig gebliebene Bar auf der Uferpromenade von Coney Island war, auf der es zu meiner Kindheit von Kneipen und Biergärten nur so gewimmelt hatte, nahm ich an, das BAR Neptune bedeutete.

Es war ein großes, rechteckiges Lokal mit einer langen Theke. Vereinzelt standen Tische und Stühle herum, und alle waren frei, als wir eintraten. Die Toiletten befanden sich hinten, auf einer Tür stand GENTS und auf der anderen LADIES, und Pappschilder über den Türknäufen informierten: UMZIEHEN VERBOTEN – GENAU DU BIST GEMEINT!

An der Theke befand sich eine Sammlung grauer Männer mittleren Alters, deren Leben auf die eine oder andere Weise zu grimmigen Formen des Überlebens verbogen und gehämmert worden waren. Der am nächsten zur Tür sitzende Überlebende hielt eine braune Bierflasche in der rechten Hand, die fast doppelt so groß war wie die linke; sein Kumpel auf dem nächsten Barhocker hatte einen tiefen Falz an der Seite des Kopfes, wo eigentlich ein Ohr hätte sein sollen.

Ein Stück von den beiden entfernt, hinter der langen Reihe anderer, die Bier vom Faß für einen Dollar tranken und filterlose Zigaretten rauchten, saß eine abgehalfterte Schönheit mit einer blonden Woolworth-Perücke und Lippen, die viel zu stark kastanienbraun geschminkt waren. Sie knibbelte an Schorf auf ihrem Hals. Unser Freund, der Zwerg, stand am anderen Ende der Theke und war mit dem Barkeeper in eine lebhafte Unterhaltung vertieft.

Unser Eintreten störte den düsteren Frieden des Lokals nicht. Die Leute schauten kurz auf, dann starrten sie wieder in ihre bernsteinfarbenen Gläser. Wir interessierten sie nicht. Ruby meinte, wir sollten uns in die Nähe unseres kleinen Freundes von der Bowery Avenue setzen.

»Hallöchen, Kumpel«, begrüßte mich der Zwerg und beendete das Gespräch mit dem Barkeeper. Er zwinkerte Ruby zu. Das Gesicht des Barkeepers war gerötet und voller zuckender Äderchen, als hätte er einen heftigen Streit gehabt. »Habt ihr zwei die gute Nachricht weitergegeben?« fragte uns honigsüß der Zwerg. »Ich hab euch drum gebeten.«

»Sicher«, antwortete ich.

Der Barkeeper schnaubte verächtlich. Dann fragte er, was wir trinken wollten. Ruby bestellte ein Club Soda, und ich sagte, ich hätte nichts gegen einen Red und ein Molson. Ruby war nicht einverstanden, dem Blick nach zu schließen, den sie mir zuwarf. Aber wenigstens gab sie keinen Kommentar ab.

Als der Barkeeper unsere Drinks brachte, deutete er mit dem Kopf auf den Zwerg. »Beachten Sie den kleinen Pisser nicht weiter. Big Stuff nennen wir ihn. Er versucht hier alle mit seiner Casino-Scheiße aufzustacheln.«

Big Stuff protestierte. »Die Casinos werden uns den Arsch retten!«

Der Barkeeper schüttelte eine geballte Faust in die Richtung des Zwergs, und Big Stuff machte einen Scheinangriff.

Dann sagte der Barkeeper zu mir: »Es gibt andere Möglichkeiten, Coney Island wieder zum Leben zu erwecken.«

»Scheiße!« brüllte Big Stuff.

»Sei still, du widerlicher kleiner Scheißhaufen«, warnte ihn der Barkeeper. Er zeigte auf uns. »Das hier sind freundliche Leute, die auf einen freundlichen Schluck vorbeigekommen sind, was bedeutet, keine verdammte Politik. Also, halt dich geschlossen. Oder verteil deine Flugblätter irgendwo, wo man nichts gegen deine Scheiße hat.«

Einige Überlebende nahmen träge Notiz von diesem Streit, ohne allerdings Energie darauf verwenden zu wollen, für die eine oder andere Seite Partei zu ergreifen. Die meisten tranken weiter oder starrten in ihre Gläser. Die abgehalfterte Schönheit knibbelte weiter an ihrem Grind.

Der Barkeeper streckte eine Hand aus. »Hab euch zwei hier noch nie gesehen. Ich heiße Johnny, Johnny Halo. Mir gehört der Laden.«

Erst schüttelte ich ihm die Hand, dann Ruby. »Ich bin Neil Hockaday«, sagte ich. »Darf ich Ihnen Ruby Flagg vorstellen?«

»Nett, zwei neue Gäste zu haben«, meinte Halo. Er verschränkte die Arme und wartete, daß einer von uns etwas über den Grund unseres Hierseins sagte. Doch wir schwiegen, was Halo zwang, direkt danach zu fragen: »Was treibt euch zwei denn hierher?«

»Jesus am Stiel«, fauchte Big Stuff. »Kannst du diese netten Leutchen nicht in Ruhe trinken lassen?«

»Ist schon in Ordnung«, sagte ich. »Eigentlich wollte ich nur mal telefonieren. Sie haben doch ein Telefon hier?«

»Direkt drüben neben dem Männerklo«, sagte Halo.

Ich ließ Ruby einen Moment allein und ging zum Telefon. Der Apparat hatte die Nummer, die Logue mir aus den Unterlagen der Telefongesellschaft genannt hatte. Wir waren im Neptune. Ich rief Logue in der Mordkommission an, und als er sich meldete, legte ich eine Hand um die Sprechmuschel. Ich erkundigte mich, ob die Fahndung nach Picasso schon Erfolg gehabt hatte. Leider nicht, sagte er.

Alle beobachteten mich, als ich zur Theke zurückkam. Jeder hatte mich erkannt. Halo, Big Stuff, die Überlebenden – sie alle.

Ich setzte mich neben Ruby. Sie spürte mein Dilemma sofort und holte mich elegant aus dem Zentrum des Interesses, indem sie Halo fragte: »Und wie lange sind Sie schon hier in Coney Island?«

»Ich bin hier geboren, als es in Coney noch kein Krankenhaus gab. Ich bin nur ein einziges Mal von hier weg gewesen. Das war damals, als sie mich aus diesem Sand hier rausgeholt, in eine Uniform gesteckt und mit dem 800. Pionierregiment rüber in den Sand nach Afrika geschickt haben.«

»All der Sand«, sagte Ruby. »Da haben Sie bestimmt kein Heimweh bekommen.«

»Von wegen«, brummte Halo. »Die ganze Zeit, die ich weg war, konnte ich es kaum erwarten, endlich zurück nach Coney zu kommen. Denn das hier ist Gottes Land . . .«

Big Stuff fiel ihm ins Wort. »Für das er jetzt absolut nichts tun will!«

Halo funkelte ihn an.

»Sie wollen wissen«, fragte er Ruby dann, »wie sehr ich an Coney hänge? Ich werd's Ihnen verraten. Ich erinnere mich noch, als ein Bursche namens Archibald Leach mit einer Reklametafel und auf Stelzen die Surf Avenue rauf und runter gelaufen ist und Werbung fürs Pferderennen gemacht hat. Jahre später konnte man im Kino sehen, daß er diesen Tuntennamen in Cary Grant geändert hatte. Okay?

Außerdem habe ich Abi Relis gesehen, als er von den Jungs der Murder Incorporated aus einem Fenster des Half-Moon-Hotel geworfen wurde, wo er doch angeblich hier in Coney unter Polizeischutz versteckt worden sein soll. Hah! Das war ein Witz.«

Halo funkelte mich an.

»Ich habe miterlebt, wie sich das Viertel verändert hat«, sagte er. »Und ich habe mich auch sehr verändert. Aber das Meer, das hat sich nicht verändert. Da draußen ist es immer noch blau.«

Ein paar nachdenkliche Sekunden verstrichen, und dann fragte ich: »Dann kennen Sie wohl so ungefähr jeden, der jemals nach Coney gekommen ist?«

Halo war nicht besonders begeistert von dieser Wendung des Gespräches, ganz zu schweigen von der Tatsache, daß ich mich eingemischt hatte. Er antwortete mißtrauisch. »Ich schätze, ja, so ungefähr. Sie sind ein Cop, stimmt's?«

Wieder Picassos Stimme. *»Ein Cop, stimmt's?«*

Ich zog meine Dienstmarke aus der Tasche und legte sie auf die Theke. »Detective Hockaday. Sie können mich Hock nennen.«

»Ist sie auch ein Cop?« erkundigte sich Halo, stieß einen dicken Daumen in Rubys Richtung.

»Nein, ist sie nicht«, sagte Ruby. »Ich bin nur mitgekommen, um etwas über die Straße zu lernen.«

Dann wurde Big Stuff ganz aufgeregt. Er erhob sich von seinen kurzen stämmigen Beinen, die er unter sich auf dem Barhocker gefaltet hatte, und sagte zu Halo: »Johnny, der da und die Frau haben nach dem *Feuer und Schwefel* gefragt.«

»Ach, halt's Maul!« knurrte Halo.

»Kennen Sie einen Mann namens Charlie Furman, der sich manchmal auch Picasso nennt?« fragte ich.

»Noch nie von ihm gehört.«

Big Stuff schüttelte ebenfalls den Kopf. Ein Schutzwall aus Lügen verbaute ihre Gesichter.

»Wie steht's mit Celia Furman?«

»Genausowenig«, sagte Halo.

»Nee«, sagte Big Stuff.

Ich entschied, daß die Unterhaltung etwas Anreiz benötigte. »Celia Furman wurde vor zwei Tagen ermordet. In der

City. Bevor sie den Löffel abgab, hat sie eine Menge telefoniert. Sie hat dieses Telefon da drüben neben dem Männerklo angerufen.«

Halos Augen wurden unfreundlich. »Zu dumm, das mit der Lady.«

»Laut den Unterlagen der Telefongesellschaft«, sagte ich, »muß sie Ihr Telefon so ziemlich den ganzen Nachmittag blockiert haben. Ich denke, das werden Sie doch wohl bemerkt haben.«

»Was für ein Tag war's noch mal?« fragte Halo.

»Vor zwei Tagen. Nachmittags.«

»Ach ja, jetzt erinnere ich mich wieder. Das war der Tag, an dem hier ziemlich viel los war.«

Ich schaute die Theke hinunter. Jeder starrte in sein Glas. Das hier ging sie nichts an. »So viel, daß Sie kein einziges Mal das dauernde Klingeln bemerkt haben?«

»Fürchte nein.«

Das hätte noch Stunden so weitergehn können. Was viel darüber sagt, wie schlecht ich die Sache anpackte. Ich würde wieder herkommen müssen, wenn ich herausgefunden hatte, warum Johnny Halo log, und wenn ich mich wieder an die Regel Nummer eins jedes Detectives erinnerte: Du mußt die meisten Antworten auf die meisten deiner Fragen kennen, bevor du sie stellst.

Wir tranken aus, gingen und kehrten an den Punkt zurück, an dem wir angefangen hatten – dem Süßigkeitenstand direkt vor dem Ausgang der U-Bahnstation. »Damit der Tag nicht völlig vergeudet ist, Hock«, sagte Ruby, »wie wär's, wenn du eine Runde Zuckerwatte spendierst? Ich hab schon keine Zuckerwatte mehr gegessen, seit ich als kleines Mädchen mit Zöpfen und in schicken Kleidchen rumgelaufen bin.«

Ich gab der jungen Frau hinter der Theke zwei Dollar, und dafür bekamen wir einen dicken Bausch fedrig rosa Zuckerwatte. Ich sagte, das Wechselgeld könne sie behalten, und sie antwortete: »Gott segne Sie.«

Dann nahmen Ruby und ich den F-Train zurück nach Manhattan.

Ich schlug ein Mittagessen in *Angelo's Ebb Tide* vor, was Ruby für eine gute Idee hielt, da sie dann ein weiteres Gemälde von Picasso studieren konnte. Nach einem ausgiebigen und guten Mittagessen schmiedeten wir Pläne für den Abend in Rubys Wohnung. Aber vorher würden wir noch auf einen Sprung in mein Apartment gehen, denn ich wollte meine Zahnbürste holen und die Post lesen, und Ruby mußte einige Telefonate führen.

Manchmal werden gute Pläne sogar von Leuten mit den besten Vorsätzen nicht in die Tat umgesetzt. In unserem Fall lag dies an der Post.

Genauer gesagt an einem schlichten, weißen und an mich adressierten Briefumschlag mit Poststempel aus Manhattan. Es war ein Umschlag von der billigen Sorte, wie man sie in Hunderterpacks in jedem Lamston's kaufen kann. Auf dem Umschlag klebte eine Flaggen-Briefmarke, verkehrt herum.

Darin steckte ein Polaroidfoto.

Es war die Aufnahme eines Gemäldes, das an einer ansonsten nackten Wand hing. Der Künstler hatte einen Mann mit krausem, schwarzem Haar gemalt. Der Mann lag bäuchlings auf einem Dachgarten, aus seinem Rücken ragte ein Messer.

8

Ich rief sofort Logue an, der natürlich schon Feierabend gemacht hatte. Dann versuchte ich es bei Neglio, bei dem es natürlich nicht anders war. Und dann machte ich den Fehler, das Bellevue anzurufen.

»Aufnahme. Womit kann ich Ihnen helfen?«

»Ich möchte Dr. Ronald Reiser sprechen.«

»Dr. Pfizer ist pensioniert. Letztes Jahr oder vielleicht war's auch schon das Jahr davor.«

»Nein, Reiser. Nicht Pfizer, *Reiser.*«

»Sie wollen gar nicht Dr. Pfizer sprechen?«

»Nein, ich will Reiser sprechen.«

»Dieser Dr. Kaiser, arbeitet er hier im Bellevue Hospital?«

»Ich will keinen Kaiser, ich will *Reiser.*«

»Junger Mann, soll das vieleicht ein Spielchen sein?«

»Was?«

»Ihr Typen in den Kneipen, ihr haltet euch wohl für ganz besonders witzig, was?«

»Hören Sie, Lady. Ich bin ein Cop, und ich will mit Dr. Ronald Reiser sprechen.«

»Nun, ich kann doch nicht wissen, mit wem ich spreche, und außerdem kenne ich hier niemanden mit dem Namen Rice.«

»Himmel noch mal, wie heißen Sie, Lady?«

»Das geht Sie ja wohl ganz sicher nichts an!«

Ich zählte bis zehn. »Fangen wir noch mal von vorne an. Mein Name ist Detective Hockaday . . .«

»Oh, und noch dazu ein Detective.«

»Bitte, ich möchte gern mit Dr. Ronald Reiser sprechen. Das buchstabiert sich R-e-i-s-e-r.«

»Glauben Sie vielleicht, ich könnte nicht buchstabieren?«

»Ich glaube, Sie wissen nicht, wie man ein Telefongespräch annimmt.«

»Erzählen Sie mir nicht, wie ich meine Arbeit zu machen habe!«

»Stellen Sie das Gespräch in den Zoo durch, um Himmels willen!«

»Aha, dann kennen wir also den Zoo, ja? Dachte ich's mir doch.«

»Stellen Sie endlich das beschissene Gespräch durch!«

Ich wartete. Es klickte in der Leitung. Eine Frau mit mindestens einer doppelten Ladung Kaugummi meldete sich.

»Psychiatrischer Dienst.«

»Dr. Ronald Reiser, bitte.«

»Normalerweise ist er um diese Uhrzeit schon weg. Soll er heute abend Dienst haben?«

»Ich weiß es nicht. Sagen Sie es mir.«

»Ich hab keine Zeit für Spielchen, Mann.«

»Ich auch nicht. Deshalb werde ich das jetzt auch nur ein einziges Mal sagen: Mein Name ist Neil Hockaday. Ich bin Detective beim New York City Police Department, und ich will mit Dr. Ronald Reiser sprechen, falls das von Ihnen aus in Ordnung geht.«

»Moment, Mann!«

Sie stellte mich zu einem Apparat durch, der ein dutzendmal klingelte, dann meldete sie sich wieder. »Hab's Ihnen ja gesagt. Er ist schon weg.« Sie kicherte.

»Aber er ist doch nicht ständig in seinem Büro. Er könnte auch irgendwo auf der Station unterwegs sein. Können Sie ihn nicht ausrufen lassen, Schätzchen?«

»Moment, Mann!« Ihr Kautempo steigerte sich. Dann bedeckte sie die Sprechmuschel, und ich hörte gedämpft, wie sie jemandem etwas zurief. »He, Freddy, sieh doch mal nach, ob Doc Reiser hier noch irgendwo steckt oder ob er schon nach Hause gegangen ist.«

Der Hörer wurde auf einen Schreibtisch geknallt, was ich als Aufforderung zu warten interpretierte, während Freddy auf der Zoo-Etage nachschaute. Ich wartete. Ich hörte das Knallen von Kaugummiblasen, Patientengemurmel und schlurfende Filzpantoffeln, hin und wieder einen Schrei. Ruby saß mir gegenüber auf der Couch vor dem Fenster, betrachtete das Polaroid des grausigen Gemäldes und verkündete: »Gar keine Frage, das hier ist eindeutig Charlie Furmans Stil.« Dann hörte ich (vermutlich) Freddy sagen: »Tja, ich hab so ziemlich überall nachgesehen. Schätze, er ist schon nach Hause.«

Und dann: »He, Mann, sind Sie noch dran?«

Ich schlüpfte in meinen Schulterhalfter und zog eine Tweedjacke über. Ruby machte einen Schmollmund.

»Was soll ich denn machen, während du weg bist?«

»Bitte, Ruby.«

»Nein, wie nett. Unser erster Streit.«

»Nun mach mal halblang. Die Verrückten leiten die Irrenanstalt. Du weißt, daß ich gehen muß.«

»Klar, geh nur. Laß mich ruhig wieder allein.«

Mit einer knappen Drehung ihres Kopfes machte Ruby eine mißbilligende Bestandsaufnahme meines trostlosen kleinen Apartments: klumpige Couch, grüner Fransensessel neben Tisch mit altem Radio aus Holz und Telefon mit Wählscheibe, funktionsuntüchtiger Kamin, eine mit Büchern vollgestopfte Regalwand, die mit einem Spülbecken voll schmutzigem Geschirr und einem verkrusteten Chili-Topf auf dem Herd verunstaltete Kochnische, Tür zu einem unordentlichen Bad, ungemachtes Bett hinter dem Durchgang in den anderen Raum, das Sideboard mit Johnnie Walker drin und einem alten Schwarzweißfernseher oben drauf.

»Du könntest ja fernsehen.«

»Oh, toller Vorschlag, Hock.«

»Es vertreibt die Zeit.«

»Ja, und es ist pädagogisch ungeheuer wertvoll. Sobald jemand einen Fernseher anschaltet, verlasse ich den Raum und lese ein Buch.«

»Eine Frau nach meinem Geschmack«, meinte ich lachend. »Ich sag's wirklich nur ungern, aber bleib wegen mir nicht auf.«

Ruby lachte nicht. »Ich hör's wirklich nur ungern. Aber ich vermute, ich werde mich wohl daran gewöhnen müssen.«

»Mußt du?«

Sie stand von der Couch auf und kam zu mir. Sie ließ ihre mandelfarbenen Hände über die Knöpfe der Jacke gleiten, strich die Ärmel glatt, umarmte mich und rieb ihre Hüfte an mir. Sie schob ein Knie zwischen meine Beine. Sollte es mir je gelingen, durch die Tür und runter auf die Straße zu kommen, dachte ich, besäße ich die Kraft von zehn Männern.

Ihre Stimme war so tief und rauchig wie die eines weiblichen Diskjockeys in einem Jazz-Nachtclub. »Hast du deine Kanonen, Detective Hockaday?«

»Jawohl, Ma'am.«

»Deine Marke und dieses eklige Bild?«

»Ja.«

»Ein Mann nach meinem Geschmack.«

Und dann mußte ich gehen, ob ich wollte oder nicht.

Ich ging rüber zum Midtown North Precinct, das glücklicherweise nur einen Block von meiner Wohnung entfernt ist. Glücklicherweise, weil ich weiche Knie hatte, genau wie damals an jenem schicksalsschweren Abend im Mai, als die Welt noch jung war und ich eine Gardenie an den Spaghettiträger von Judy McKelveys Ballkleid heften mußte. Am Ende heiratete ich Judy McKelvey, aber es war kein himmlischer Bund, und wir ließen uns wieder scheiden. Nach alledem war ich jetzt nur ein großer, zittriger Cop, der plötzlich mit der angenehmen Tatsache konfrontiert war, daß wieder jemand zu Hause auf ihn wartete, und noch dazu mitten in den Ermittlungen in einem Mordfall. Wenigstens machte ich als normaler Mensch Fortschritte.

Der wachhabende Sergeant beantwortete meine Bitte um einen Fahrer, indem er mir einen Hilfscop namens Liz zuteilte. Liz war wie so viele andere weibliche Hilfscops, denen ich schon begegnet bin: Die Haare zu einem strengen Knoten frisiert, die Brüste von der Uniform merkwürdig plattgedrückt, jede Menge Make-up und übereifrig bis zum Gehtnichtmehr. Ich hätte es schlimmer treffen können; immerhin war sie keine Glucke.

»Oh, Detective Hockaday!« zirpte Liz. »Ich hab ja schon so viel von Ihnen gehört.«

»Ach, wirklich?«

»Ja, bestimmt. Ich weiß alles über Sie!« Sie starrte mich wie eine lebendig gewordene Baseball-Sammelkarte eines Sporthelden an. »Wo geht's denn heute abend hin? Sollte ich eine kugelsichere Weste tragen?«

»Kugelsichere Westen sind schon okay«, sagte ich. »Aber wissen Sie, heutzutage schießen die Bösen meistens auf die Köpfe der Cops.«

Der Eifer verblaßte von Liz' Lippen. »Das ist mir noch gar nicht aufgefallen.«

»Wie den meisten. Und vor Kopfschüssen kann man sich praktisch nicht schützen, besonders seit einem die Bösen ihre halbautomatischen Waffen praktisch ins Gesicht rammen und ein ganzes Magazin wegballern. Man kann nie wissen. Aber heute abend wird uns wohl nichts passieren. Ich möchte nur ans andere Ende der Stadt gefahren werden, alles klar?«

»Oh. Genau. Ich hole einen Wagen.«

»Das wäre nett.«

Liz machte sich nicht die Mühe, weiter mit mir zu plaudern. Gut so. Also genoß ich eine nette, unterhaltungsfreie Fahrt in ihrem Hilfspolizeistreifenwagen rüber zur East Side. Ich nutzte die Zeit, um darüber nachzudenken, was jemand anstellen mußte, um durch die Maschen des erstklassigen Sicherheitspersonals des Bellevue zu schlüpfen, falls dieser jemand sich in den Kopf gesetzt hatte, seinen Psychiater umzubringen. Das war vielleicht genau das, was vor kurzem passiert war. Es sei denn, Ronald Reiser saß jetzt in Shorts zu Hause vor dem Fernseher oder machte irgendwas anderes – in meiner Eile und Besorgnis hatte ich versäumt, das zu überprüfen.

Aber mal langsam. Als Picasso das letzte Mal im Bellevue gewesen war, hatte er Reiser angegriffen, und er war in eine Zwangsjacke gesteckt worden. Warum also jetzt zurückkehren? Weil er eine Mordszene gemalt hatte? Weil er mir eine Polaroidaufnahme seines Werks mit der Post geschickt hatte? Erwartete ich wirklich, ich würde, eo ipso, den Tod vorfinden, wie er die Kunst nachahmt? War dieser Gedankengang verrückt, oder was?

Oder was. Ich ließ mich von Liz drei Blocks vom Eingang des Bellevue entfernt absetzen, damit ich nicht gleich von jedem als Cop erkannt wurde. Unterwegs kaufte ich in einem Blumenladen einen großen Strauß Gänseblümchen.

Im Foyer der psychiatrischen Abteilung befanden sich dieselben chemisch geknebelten Patienten in Rollstühlen, die ich schon neulich bemerkt hatte. Doch statt einer Oberschwester saß ein ziemlich unterernährt wirkender Angestellter hinter der Anmeldung, die über den Zugang zur Station wachte. Er trug eine Hornbrille, die er sich auf den Scheitel seines knochigen Schädels geschoben hatte, und fixierte mit einer Lesebrille ein Rätselheft.

»Sagen Sie, ist das zufälligerweise die neueste Ausgabe?« fragte ich ihn.

Er zuckte zusammen, und die Brille auf seinem Kopf rutschte runter. »Häh? Ja, hab's heute morgen erst gekauft.«

»Ich löse selbst Kreuzworträtsel«, sagte ich, was nicht ganz der Wahrheit entsprach, da ich nur die Rätsel in der ›Times‹ und der ›Daily News‹ löse, allerdings nie Sonntags.

»Tunse das?«

»Sicher, sicher. Was ist das Q-u-o-c-n-g-u, Bruder?«

Er schlug sich vor die dünne, blauweiße Haut seiner Stirn und sagte: »Warten Sie ne Sekunde ... Das kenne ich. Ah – *quocngu* ... das vietnamesische Alphabet!«

Ich streckte eine Hand aus. »Gib mir fünf, Kumpel. Sie haben's wirklich drauf.«

Wir schüttelten uns die Hand. Ich versuchte, ihm nicht den Arm abzureißen. Er wartete darauf, daß ich sagte, was ich wollte. Und wartete. Langjährige Erfahrung in der Polizeiarbeit hat mich gelehrt, den Mund zu halten, während überall um mich herum die Welt laut und geschwätzig ist. Dann werden die Leute, mit denen ich zu tun habe, nervös und verlegen, und wenn sie erst mal in diesem Zustand sind, ist es für mich nicht mehr besonders schwer, sie zu überreden, genau das zu tun, was ich möchte. Lügen sind ebenfalls hilfreich.

»Ah, Sie sind hier, weil Sie, was, jemanden besuchen wollen oder so?« fragte er schließlich. »Besuchszeit ist aber erst nach dem Essen, wissen Sie.«

Ich schwieg, schaute auf meine Blumen und grinste ihn an. »Ach, Sie meinen deswegen?«

»Ja. Haben Sie die einem Patienten mitgebracht?«

Ich grinste.

»Bitte, Mister, Sie müssen mir schon sagen, was Sie wollen.«

Ich grinste weiter, versuchte Zeit zu gewinnen, um eine Antwort zu improvisieren. »Ach, ich bin nicht hier, weil ich einen Patienten besuchen will. Also, wenigstens nicht direkt.«

»Was wollen Sie dann?«

»Hat man Ihnen nicht von mir erzählt?«

»Wer?«

»Jetzt hören Sie aber auf, Sie waren doch nicht etwa so in Ihr Kreuzworträtsel vertieft, daß Sie's nicht mitgekriegt haben, oder?«

Sein Kopf wurde puterrot, und er stammelte: »Scheiße, ich hab hier meinen Job gemacht, wie man's von mir erwartet.«

»Sagen Sie nichts mehr, Bruder. Ist mir schon klar, wie's hier so ist. Man muß schließlich irgendwas tun, um abzuschalten. Sie müssen mit dem Publikumsverkehr fertigwerden, Sie müssen mit den Ärzten fertigwerden. Wir Ärzte, wir sind die Schlimmsten. Na, habe ich recht?«

»Also, äh, ja . . .«

»Gott segne Sie. Wie heißen Sie?«

»Stanley.« Plötzlich war er beunruhigt. »He, Sie wollen doch wohl nicht behaupten, ich hätte im Dienst gepennt!«

»Von mir haben Sie keine Schwierigkeiten zu erwarten,

keine Angst. Ich bin Dr. Neil, auf Besuch aus White Plains. Wenn mich einer fragen sollte, sage ich einfach, Sie hätten Bescheid gewußt. Haben Sie vielleicht eine Zigarette, Stanley?«

Er wühlte in seinen Hosentaschen, und schließlich kramte er ein Päckchen Kools hervor. »Außer in den dafür vorgesehenen Aufenthaltsräumen dürfen Sie hier aber nicht rauchen.«

»He, das weiß ich doch. In White Plains haben wir die gleichen Vorschriften. Die ist für später.«

»Oh, ja. Tut mir leid, Dr. Neil.«

»Gefallen Ihnen die Blumen?«

»Sind schon okay.«

»Meinen Sie, die werden meiner Frau gefallen?«

»Klar.«

»Gut. Heute ist nämlich unser Hochzeitstag, und sie wartet oben in Westchester auf mich, und ich hänge hier in der Stadt fest, weil ich noch eine Besprechung im Zoo habe. Meinen Sie, oben im Zoo gibt's irgendwo eine Vase und Wasser, Stanley?«

»Kann ich Ihnen leider nicht sagen.«

»Mensch, ich will's hoffen. Ich will sie meiner Lady noch halbwegs frisch mitbringen. Verstehen Sie?«

»Klar.«

Ich grinste Stanley ein oder zwei Sekunden an. Und er wartete, daß ich etwas sagte. Und wartete. »Ich gehe jetzt besser rauf, meinen Sie nicht auch, Stanley? Was brauche ich von Ihnen, einen Besucherausweis oder was?«

»Oh, . . . 'türlich.«

Stanley konnte mir gar nicht schnell genug einen Ausweis mit der Aufschrift GASTARZT anstecken. »Vielen Dank, Stanley – von einem *Blindfisch* zum anderen, stimmt's?«

Er strahlte, und als ich mich auf den Weg zu dem für Ärzte reservierten Fahrstuhl machte, hörte ich ihn noch murmeln: »*Blindfisch* – jemand mit schlechtem Sehvermögen, eine einfältige oder begriffsstutzige Person, jemand, der etwas übersieht oder meidet.«

Oben auf der Zoo-Etage ließ ich mich von meinen Ohren zu dem Geräusch platzender Kaugummiblasen und damit zum Schwesternzimmer leiten und sah die Frau, mit der ich vorhin telefoniert hatte. Sie war rundlich und schielte, und auf ihrem Namensschild stand Desiree. Ich stand da mit meinen Blumen und sah sie an.

Desiree sah mein GASTARZT-Namensschild, starrte die Blumen an und wartete. Schließlich sagte ich: »Dr. Neil möchte mit Dr. Ronald Reiser sprechen.«

»Äh, der ist schon weg.«

»Das ist aber merkwürdig. Er erwartet mich.«

»Wir haben ihn eben erst selbst gesucht. Ungefähr vor ner halben Stunde, vielleicht auch vor fünfundvierzig Minuten. Wir konnten ihn nirgends finden.«

Ich drückte ihr die Blumen in die Hand. »Er hat gesagt, Sie mögen Gänseblümchen.«

»Was reden Sie da? Doc Reiser soll gesagt haben, ich mag Gänseblümchen?«

Ich zuckte mit den Achseln.

»Wann haben Sie überhaupt Ihren Termin mit Doc Reiser?«

Ich sah auf meine Armbanduhr. »Oh, ich bin ein bißchen zu früh dran.«

»Ach, dann kommt er heute abend sicher noch rein.«

»Muß wohl so sein. Ich vermute, er hat Ihnen nichts gesagt? Wir Ärzte würden einfach alles vergessen, wenn's keine Schwestern gäbe, habe ich recht?«

»Das kann man wohl sagen.« Sie fand eine Vase im Schrank unter ihrem Schreibtisch und arrangierte die Gänseblümchen darin. »Möchten Sie solange Platz nehmen?«

»Also, eigentlich hat Dr. Reiser gesagt, es könnte ein bißchen später werden, und dann sollte ich nach Freddy fragen, der mich direkt in sein Büro bringen würde.«

»Okay. Ich hol ihn.«

Sie brüllte nach Freddy, und fünf Minuten später fand ich mich dank des entgegenkommenden Freddy und seines Spezialschlüssels zu den doppelten elektromagnetischen Schlössern an der Bürotür des Psychiaters in Reisers Zimmer wieder.

»Möchten Sie vielleicht einen Kaffee und dazu ein Sandwich? Oder sonst irgendwas?« fragte Freddy.

Ich schaute mich in Reisers vollgestopftem kleinem Büro mit dem Freud-Bild an der Wand und dem Finger-weg-oder-ich-polier-dir-die-Fresse-Becher um. Es war nur ein flüchtiger Blick, der aber gründlich genug war, um zu erkennen, daß hier keine gewalttätige Auseinandersetzung stattgefunden hatte. Der Becher hätte mal gespült werden können. Ich lächelte Freddy an, der in der Tür stand und darauf wartete, daß ich etwas sagte. Freddy erwiderte das Lächeln.

Ich zog Stanleys Zigarette aus der Brusttasche meines Hemdes. »Ich möchte Rons Büro nicht verpesten.«

»Nee, würde ich auch nicht tun. Die Leute sind ziemlich pingelig geworden, was das betrifft.« Freddy klimperte mit dem beeindruckenden Schlüsselbund, der an seinem Gürtel befestigt war. »Kommen Sie, ich bringe Sie ins Raucherzimmer fürs Personal.«

Auf dem Korridor fragte ich ihn: »Halten Sie das Raucherzimmer auch immer verschlossen?«

»Verdammt, ja, Doc. Wir sind hier verflucht pingelig, was so was betrifft. Müssen's aber auch sein. Fall Sie's noch nicht bemerkt haben, auf dieser Etage wimmelt's nur so von Irren, die einen sofort umbringen würden, wenn sie nur die kleinste Chance dazu bekämen.«

»An euren Sicherheitsbeamten kommt nichts und niemand vorbei, Freddy, stimmt's?«

»Nur sehr wenig, mein Freund.«

Ich blieb stehen, als ich das Schild ZUM DACH bemerkte.

»Es ist so ein netter Abend, vielleicht sollte ich dort raufgehen und da meine Zigarette rauchen.«

»Klar, gehen Sie nur. Die Tür ist auf.«

»Ach, ja?«

Freddy seufzte. »Ja, Doc Reiser geht dauernd seine Tomaten besuchen, und er kann sich einfach nicht merken, welches der richtige Schlüssel ist. Als er dann eines Tages den falschen Schlüssel benutzt, bricht der im Schloß ab. Langer Rede kurzer Sinn, wir mußten das ganze beschissene Schloß rausbrechen, damit die Tür wieder normal auf- und zuging, und bislang haben wir das Ding noch nicht wieder repariert.«

»Wie lange fehlt das Schloß schon?«

»Ich würde sagen, so ungefähr einen Monat.«

»Ein ganzer Monat, und Sie haben noch keinen Schlosser kommen lassen können?«

»He, Doc, wir sind hier in New York. Wenn man einen Handwerker innerhalb von einem Jahr kriegt, ist das n Blitz-Service.«

»Ich verstehe, was Sie meinen.« Ich legte eine Hand auf das kaputte Schloß. »Man hat mir gesagt, Sie haben Dr. Reiser heute abend schon mal gesucht. Haben Sie da auch auf dem Dach nachgesehen?«

Wie ein Säugling, der kurz davor stand, in die Windeln zu machen, sah Freddy mich fragend an. »Nein, Mann. Daran hab ich nicht gedacht.«

»Dann gehen wir doch jetzt mal nachsehen, Freddy.«

Klar, ich hab's ihr oft genug gesagt. Oft genug! Gottverdammt, das hab ich.

Ich hab ihr sogar gesagt, was in der beschissenen Heiligen Schrift steht, schwarz auf weiß steht da: »Ich werde dich vermählen mit mir auf immerdar; und mehr noch, ich werde dich vermählen mit mir in Rechtschaffenheit und Gerechtigkeit und liebender Güte und Gnaden.«

Frauen – hah! Oh, sie schlagen ihre Haken wirklich in gottverdammt alles, was es gibt, oder? Sag ich nicht die Wahrheit?

Wußtest du, daß es mehr Frauen als alles andere auf der Welt gibt, Insekten mal ausgenommen?

Gottverdammt wahr.

Ich weiß, das hört sich bekloppt an. Tja, von mir aus. Ich bin eine verrückte beschissene Wanze, und was anderes hab ich nie behauptet. Deswegen bin ich doch so lange zu all den Kopfschrumpfern gegangen, okay?

Aber, he, jetzt ist Schluß damit!

Glaubst du, ich hätt jemals auch nur eine Unze Verständnis von den Typen geerntet? Sogar, als ich denen von ihr erzählt hab? Sogar, als ich aufgezeigt hab, daß man sich nicht mal mehr auf die beschissene Heilige Schrift verlassen kann? Hah!

Aber dieser eine Shrink ... der hat mir richtig zugehört. So scharf zugehört, wie einem sonst nur ein Cop zuhört. So verschlagen war er, dieser Kerl.

Er hält sich für Gott weiß wie witzig. Der bildet sich ein, Lachen wäre gut für mich. Einmal hat er zu mir gesagt: »Das Leben ist ein Zoo in einem Dschungel.«

Na, wie ist das? Tja, darüber mußte ich lachen.

Aber was bringt uns verrückten beschissenen Wanzen das Lachen schon groß ein?

Das eine will ich dir über die Shrinks verraten: Eigentlich müßten sie's ja besser wissen, und sie behaupten auch, es besser zu wissen. Aber sie tun's nicht. Nicht mal, wenn's ums Lachen geht.

Lache, und die Welt lacht mit dir. Weine, und sie fängt erst recht an zu lachen.

9

Freddy mußte kotzen.

Ich fragte, ob er nicht warten könne, bis ich ihn zurück nach unten gebracht hatte. Doch statt dessen schlug er sich beide Hände vor den Mund, plusterte die Wangen auf, ruderte mit den Ellbogen und hüpfte auf und ab, wodurch die Schlüssel an seinem Bund rasselten.

Ich bat ihn, sich doch bitte bei den Dampfgeneratoren und Entlüftungsöffnungen am anderen Ende des Daches zu entleeren. Andernfalls würde er nämlich den Tatort ernstlich verunreinigen, an dem Dr. Reiser seine vorläufig letzte Ruhestätte gefunden hatte, bäuchlings zwischen seinen geliebten Tomaten, dreißig Zentimeter Metzgermesser fast bis zum Heft an der Mittelnaht seines blutverschmierten Arztkittels in den Rücken gestoßen.

Wenn man streng nach den Vorschriften geht, dann muß ein Cop, der ein Mordopfer findet, sofort die Spurensicherung und genug Uniformierte rufen, damit die nähere Umgebung abgesperrt und die übliche Horde von Anwälten und Schaulustigen ferngehalten werden kann; anschließend ist die Mordkommission zu verständigen, die mit der Staatsanwaltschaft Kontakt aufnehmen muß, die wiederum den Gerichtsmediziner im Leichenschauhaus anzurufen hat, das im Borough Manhattan direkt neben dem Bellevue Hospital liegt. In diesem Fall jedoch sah ich keine Notwendigkeit, an dieser Verfahrensweise zu kleben. Ich wollte im Mondschein ein paar Minuten allein mit den sterblichen Überresten von Ronald Reiser sein, bevor der Rest der Welt erfuhr, daß jemand sich unter Vortäuschung falscher Tatsachen ziemlich problemlos Zugang zum Bellevue verschaffen und einen Psychiater umbringen konnte, wenn ihm danach war. Außerdem konnte ich nicht guten Gewissens runtergehen und telefonieren, während Freddy allein auf dem Dach zurückblieb, mit seiner Übelkeit kämpfte, würgte und rasselte.

Der arme Freddy. Den ganzen Weg die Treppe hinauf vom Zoo aufs Dach entschuldigte er sich für sein Versäumnis bei der Suche nach Reiser. Ich wußte, was er dachte: Diese Etage wimmelt vor Spinnern . . .

Die Atmosphäre auf dem Dach machte es Freddys Schweißdrüsen nicht leichter. Es war still und pechschwarz hier oben. Ruby hatte mir erzählt, daß es unten in Louisiana, kurz bevor ein Hurrikan vom Golf von Mexiko heraufjagte, genauso war: Die Luft fühlte sich feucht und tot an. Wir gingen die knapp zehn Meter von der Tür zu Reisers Garten, wo sechs seiner großen Pflanzkübel kreisförmig angeordnet waren, mit einem siebten genau in der Mitte. Das Geräusch unserer Schritte auf dem festgestampften Kies wurde von dem heulenden Summen der Klimaanlagenpumpen und Schornsteine fast übertönt.

Dann bemerkten wir die Tauben.

An die dreißig oder vierzig Tauben drängten sich um den mittleren Kübel des Gartens. Sie pickten wild an etwas, machten dabei bis auf das Rascheln der Flügel keinerlei Geräusch. Noch einen Schritt näher, und uns schlug der scharfe, widerliche Gestank von Blut, Urin und Kot entgegen. Genau in diesem Augenblick meldete sich Freddy krank.

Während Freddy mit großen Schritten davonsprang, verscheuchte ich die aasfressenden Tauben. Dann trat ich in den trüben Lichtschein, der aus dem neonbeleuchteten Treppenhaus eines Nachbargebäudes auf das Dach fiel, und fischte das Polaroid aus der Tasche, das Picasso mir geschickt hatte. Ich kniff die Augen zusammen und studierte im schwachen Licht das Foto. Das Gemälde auf dem Foto zeigte Reiser von hinten, wie er der Länge nach über dem Rand eines seiner Kübel hing, während das Messer etwa dort herausragte, wo sich die Gürtelschlaufen befinden mußten. Dann kehrte ich zu Reisers Leiche zurück, um die Kompositionen zu vergleichen.

Das reale Messer in Reisers Rücken befand sich beträchtlich höher als auf Picassos Bild. Auf dem Bild hätte das Messer auf dem Weg zu Reisers Unterleib die Nieren durchbohrt. Beim wirklichen Tod jedoch mußte ein oder beide Lungenflügel aufgeschlitzt worden sein, wenn man nach der Position der Waffe und der riesigen Blutlache unter seinem Kopf ging. Dort, wo Reisers Gesicht in den Kübel gekracht war, glitzerte der Boden. Eine von einem Messer zerfetzte Lunge füllt sich schnell mit Blut, das dann in die Luftröhre schießt und durch Mund und Nase den Körper verläßt; nahezu immer erstickt das Opfer eines Stiches in den Rücken an seinem eigenen Blut, noch bevor die Lunge ihre eigentliche Funktion einstellt.

Die große Menge an Körperausscheidungen verriet mir, daß Reiser vor dem Überraschungsangriff völlig entspannt gewesen sein mußte, daß er seinem Mörder zweifellos den Rücken zugewandt und keine Ahnung gehabt hatte, was ihn da erwischte. Folglich verkrampften sich weder Blase noch Gedärme, wie es der Fall ist, wenn man seinem Angreifer von Angesicht zu Angesicht gegenüber steht.

Inzwischen machte auch mich der Gestank langsam fertig. Und das Taschentuch, das ich mir auf Nase und Mund preßte, half auch nicht mehr. Eine weitere Untersuchung würde keine neuen Erkenntnisse mehr bringen.

Etwa drei Meter von dem Kübel mit Reisers leblosem Körper entfernt lag eine Gartenkelle; sie mußte ihm bei dem ersten Stich aus der Hand geflogen sein. Ich berührte das verkrustete Blut auf Reisers Kittel; es war immer noch etwas klebrig, nahm aber bereits diese staubartige Konsistenz von der Luft ausgesetztem Blut an. Der Autopsiebericht würde die genaue Todeszeit benennen, aber fürs erste vermutete ich, daß Reiser ziemlich genau zu dem Zeitpunkt den Hut genommen haben mußte, als im Bellevue Schichtwechsel gewesen war und jeder davon ausging, daß er bereits Feierabend gemacht hatte. Wahrscheinlich starb er gerade, als

Ruby und ich unser spätes Lunch bestehend aus fish and chips, in *Angelo's Ebb Tide* zu uns nahmen.

Ich war bereits halb über das Dach zu Freddy gegangen, als es mir aufging: Auf Picassos Bild trug Dr. Reiser keinen Arztkittel. Ich machte mir eine geistige Notiz, um das später aufzuschreiben.

Freddy war bis auf ein gelegentliches Husten und leises Wimmern völlig leer. Ich berührte seine Schulter. Er sah mich dankbar an, als ich ihn zurück nach unten lotste.

Es war ein ruhiger Abend für die Mordkommission. Es ging auf zehn Uhr zu, und während des ganzen Tages wurde in allen fünf Bezirken von New York City nur dieser eine, von mir entdeckte Mord gemeldet. Die ersten Aprilwochen sind eine relativ gewaltlose Jahreszeit in New York, allerdings nimmt das Mordtempo der Stadt mit den näherrückenden Abgabeterminen der Steuererklärungen zu, und bis zu den Hundstagen im August haben wir eine schöne, halsbrecherische Geschwindigkeit erreicht. Im Moment jedoch hatten mürrische Detectives in schlechten Anzügen und mit käsigen Gesichtern praktisch nichts zu tun. Sie tippten die verhaßten Berichte über unerledigte Fälle, quälten sich mit anderen ungeliebten Schreibtischjobs oder aßen Doughnuts und tranken Kaffee.

Ich selbst hatte mich die vergangenen fünfunddreißig Minuten letzterer Aktivität gewidmet, praktisch von dem Augenblick an, seit ich vom Bellevue hier angekommen war. Pflichtbewußt hatte ich die erforderlichen Anrufe aus dem Krankenhaus erledigt. Als dann die Dachparty in vollem Gange war und ich mich elegant entfernen konnte, beschloß ich, mich von einem der Uniformierten zum Präsidium fahren zu lassen, damit ich dort in amtlicher Ruhe und Abgeschiedenheit zwei weitere Telefonate führen konnte: mit Logue, aus Respekt und um zu fragen, wo ich seine Akte über Picasso finden konnte, und mit Inspector Neglio.

Neglio war der schwierigere Anruf.

Natürlich rief ich Logue zuerst an. Ich erreichte ihn zu Hause in der Bronx. Zu meiner großen Überraschung sagte er: »Freut mich, daß Sie anrufen, Hock. Ich komme sofort runter. Lassen Sie sich vom Captain mein Büro aufschließen und machen Sie sich's bequem.«

Der Mann von der Nachtschicht in Neglios Büro las mir den abendlichen Terminplan des Inspectors vor, und hätte ich es nicht besser gewußt, wäre ich vielleicht auf die Idee gekommen, der Bursche kandidiere für ein öffentliches Amt. Um halb sieben mußte Neglio zu einem Spaghetti-Bankett der Knights of Columbus draußen in Bay Ridge, etwas später mußte er zu einer Stippvisite in Manhattan bei irgendeiner Park Avenue-Benefizsoirée für die Armen und Geknechteten, um anschließend noch einige Worte nach einem Dinner des New York Press Club zu sprechen. Schließlich erreichte ich ihn oben in der Gracie Mansion, wo der Bürgermeister und seine Frau eine Party für die UN-Typen schmissen.

»Was gibt's denn, Hock?« bellte er, als ein städtischer Butler ihm das Telefon gebracht hatte. Ich war ziemlich sicher, eine Frau zu hören, die an seinem Hals oder Ohr knabberte. »Und ich rate Ihnen, einen verdammt guten Grund zu haben!«

»Haben Sie heute abend schon Nachrichten gehört?«

Neglio seufzte. »Damit meinen Sie, ob ich schon von dem Mord im Bellevue gehört habe?«

»Genau die Nachricht meine ich, ja.«

»Ich wußte doch, daß ich nicht ans Telefon hätte gehen sollen!« seufzte Neglio, und dann sagte an seinem Ende der Leitung im Hintergrund eine Babydoll-Stimme: »Ach, du bist langweilig!« Dann legte Neglio eine Hand über die Sprechmuschel und sagte zu Babydoll: »Himmel, ich telefoniere gerade!«

»Inspector?«

»Okay, also hab ich's schon gehört«, sagte er jetzt wieder

zu mir. »Tatsächlich bin ich im Presseclub um eine Stellungnahme gebeten worden, und ich habe gesagt, daß ich diesen sinnlosen Gewaltakt bedaure.«

Babydoll brummelte: »Oh, pfui!« Neglio seufzte wieder. »Okay, wer war's? Wieder Ihr aktueller Irrer in Aktion, wie war noch gleich sein Name?«

»Picasso.«

»Ja, den meine ich. Wir haben doch eine Fahndung nach dem Kerl laufen, oder? Was wird das jetzt, eine Serienkillernummer?«

»Gar keine Frage. Und Sie wissen selbst, wie nervös das Präsidium bei Serienmorden reagiert.«

»Ganz zu schweigen davon, daß bei dem zweiten Mord ein Arzt dran glauben mußte, und noch dazu *im* Bellevue Hospital.«

»Tut mir leid, wenn ich Ihnen den Abend verdorben habe, Inspector.«

»Nein, ich vermute, für den Arzt ist es wohl noch bedauerlicher. Dr. Wie-heißt-er-noch-gleich.«

»Reiser.«

»Ja, dieser Doktor. Hören Sie, Hock, haben Sie schon irgendeine Spur, was diesen Picasso betrifft?«

»Wir haben nicht viel, womit wir weitermachen können. Ich habe Logue aus der Bronx hergerufen, und wir werden die Akten durchgehen, was auch immer dabei rauskommt. Aber eins weiß ich jetzt schon ...«

»Und das wäre?«

»Ich werde Sie brauchen, um mir bei dieser Sache den Weg zu ebnen. Sie können gut mit den Typen umgehen, die sich mir höchstwahrscheinlich in den Weg stellen werden.«

»Wie zum Beispiel die Presse, meinen Sie? Ja, ich seh's auch so kommen.«

»Außerdem wird sich wahrscheinlich das Rathaus in meinen Fall einmischen wollen. Dazu kommt dann noch die übliche Bande freischaffender Gerechtigkeitsfanatiker.«

»Ich *wußte*, daß ich nicht ans Telefon hätte gehen sollen.«

Also legte Neglio einfach auf.

Und da fing ich dann mit den Doughnuts und dem Kaffee an. Nach dem dritten Kaffee mußte ich aufs Klo, wo ich schließlich Davy Mogaill über den Weg lief.

Ich stand vor einem dieser großen, altmodischen Marmorurinale, genoß meine Erleichterung und einige Graffitis in Augenhöhe: BIN GLEICH ZURÜCK – GODOT und LEGASTHENIKER DER WELT, VEREINIGT EUCH! Und dann kam Davy Mogaill reinmarschiert. Ich kannte ihn noch aus den uralten Tagen oben im 26. Revier in Morningside Heights. Mogaill war schon Detective, als ich noch ein grünschnäbliger Cop war, dann stieg er die Karriereleiter bis zum Captain der Mordkommission rauf.

Mogaill stellte sich neben mich vor das Pißbecken, zog seinen Reißverschluß runter, erkannte mich, lächelte und sagte: »Hängen hier die Schwänze rum?« Er gluckste zufrieden. »Was führt dich zum Mord, Hock?«

Ich erklärte, daß ich außerplanmäßig am Celia-Furman-Fall arbeite, einem Mord in meinem eigenen Viertel, und daß Logue offiziell den Fall leite. Mogaill ließ den Kopf kreisen und schniefte. »Ach ja, das schöne Kind in der Kneipe – und der Bürohengst.« Ferner erzählte ich ihm, daß der Verdächtige, den wir im Fall von Celia Furman suchten, jetzt auch noch in den heutigen Tagesmord verwickelt war. Was Mogaill einen bewundernden Pfiff entlockte. »Also die Sache«, sagte er, »wird garantiert fette Schlagzeilen machen.«

Wir zogen gleichzeitig die Reißverschlüsse hoch und gingen zu den Waschbecken, um uns die Hände zu waschen.

»Im Moment warte ich auf Logue«, sagte ich.

»Was, der kommt nach Feierabend noch her? Ich bin tief beeindruckt.«

»Er hat gesagt, ich soll es mir in seinem Büro bequem machen.«

»In seinem *Büro*, tatsächlich? Das ist ein großes Wort für sein Dreckloch. Dann komm mal mit.«

Logues Büro stellte sich als eine Ecke des Archivraums heraus, die sonst niemand haben wollte, weil es keine Fenster gab. Logue hatte etwa ein Dutzend Aktenschränke so aufgestellt, daß er einen abgeteilten Raum erhielt, in dem ein standardgrüner, von Unterlagen überquellender Schreibtisch sowie ein ebenfalls mit Akten überhäufter niedriger Schrank standen. Auf seinem Schreibtisch befand sich eine Lampe, und auf einem Beistelltisch daneben eine elektrische Kaffeemaschine. »Herzlich willkommen«, sagte Captain Mogaill.

Ich hob einen Stapel Aktenordner von einem Stuhl, stapelte sie auf den Boden und setzte mich.

»Wann haben wir beide eigentlich das letzte Mal zusammen einen getrunken, Hock?« fragte Mogaill.

Ich versuchte mich zu erinnern. »Das muß im Nugent's oben an der Thirty-fourth gewesen sein.«

»Jeee-sus, ist das schon so lange her?«

»Lange her, allerdings.«

»Ich erinnere mich daran, daß immer viele Cops in dem Laden waren, ich meine, außer den Schriftstellern, Dichtern und anderen Nichtstuern, die wegen der niedrigen Mieten in Inwood wohnten. Und die Musikbox! Viel in der Richtung von ›Ireland United‹. Ein Bushmill's oder ein Paddy's hat einen halben Dollar das Glas gekostet. Mensch, was ist wohl aus diesem herrlichen Schuppen geworden?«

»Ich geh noch manchmal hin.«

Mogaill sah mich verblüfft an.

»Ich kann mich noch erinnern, wie wir uns das erste Mal im Nugent's getroffen haben. Ich dachte damals, du wärst einer der Hauspoeten«, sagte ich.

»Ich kann mich auch noch dran erinnern. Ich hatte schon

ziemlich gebechert und dachte über die andere Seite nach, versuchte, liebe Erinnerungen zu verscheuchen ...«

»Und du sagtest so was wie: ›Ist es nicht herrlich, hier in New York in einem großartigen, dunklen Pub zu sitzen, so gesegnet weit weg von den Torfmooren und all dem stinkenden Tweed der Bauern?‹«

»Ja ...« Mogaills blaue Augen leuchteten. »Und außerdem dachte ich daran, wie Brendan sich zum Thema New York geäußert hat, und ich hab ihm eine seiner Zeilen geklaut: ›Ich fühle mich wie ein einsamer Floh, der endlich seinen Hund gefunden hat.‹«

»Natürlich mußte ich dich da für einen Dichter halten.«

»Du bist ganz schön nobel gewesen, an diesem längst vergangenen Abend. Wie du den Barkeeper mit dem Whiskey und dem Dank eines Mitbewunderers des Borstal Boy zu mir geschickt hast. Ich habe dir damals salutiert, und ich salutiere heute noch vor dir, Hock, obwohl du ziemlich daneben gelegen hast.«

»Daneben gelegen?«

»Ja, was uns betrifft. Wie sich herausgestellt hat, bist du der Poet.«

»Nein, ich bin ein Cop.«

»Sicher, sicher, aber ich kenn mich aus bei Cops wie dir und Cops wie mir. Weswegen ich ja auch zum Captain befördert worden bin, und weswegen du nie befördert werden wirst, mein Freund. Es bedeutet, du bist derjenige, der für immer verflucht sein wird mit der Neugier, wissen zu wollen, was es ist, das die Menschen vor der Welt verbergen möchten. Es bedeutet, du bist ein Eindringling.« Er fügte hinzu: »Detective Hockady, haben Sie noch nie davon gehört, daß es ein Naturrecht des Dichters ist, einzudringen?«

»Ich –«

Mogaill unterbrach mich. »Siehst du die Aktenordner da auf dem Boden, Hock? Und all die anderen Mappen auf dem Schrank hinter dem Schreibtisch?«

»Ja.«

»Komm mal einen Augenblick her.« Ich folgte ihm aus Logues improvisiertem Büro in den geräumigeren Archivraum. Mogaill trat vor eine lange Wand mit Stahlregalen und ließ eine Hand über die Rücken großer Bände streifen, die sich unter noch mehr Aktenordnern und gelochten Computerausdrucken wölbten. »Siehst du das alles hier?«

»Ja.«

»Das hier ist ein Büro voller Namen, die Menschen gehören, die nicht besonders viel reden, weil sie tot sind. Zuerst hab ich mir Gott weiß was für Mühe gegeben, mir ihre Namen zu merken, selbst wenn sie nur John Doe oder Mary Roe hießen.

Aber, Hock, sie haben mich überrannt. Und jedes Jahr habe ich mehr und mehr Namen vergessen. Dann bin ich meistens nur noch nach den Nummern gegangen. Und rat mal, was passiert ist?«

»Ich will nicht raten.«

»Dann werd ich's dir sagen. Sie haben mich zum Captain befördert.«

»Und dann?«

»Dann habe ich sogar angefangen, die Nummern zu vergessen. Eines Tages wurde mir klar, daß jeder für mich nur noch eine Null war, und daß eine Null keine richtige Zahl ist, wenigstens soweit es mich betrifft. Jetzt verstehst du, was für ein Cop ich geworden bin, Hock – ein Bursche, der die Leitung der Mordkommission in einer mörderischen Stadt hat, der Bursche, der die Leitung über all die Nullen hat.«

»Was dir überhaupt nicht poetisch vorkommt?«

»Gottverdammt nicht besonders.«

Mogaill drehte sich schwerfällig um und wollte gehen. »In Erinnerung an alte Zeiten sollten wir demnächst mal wieder zusammen ein Gläschen heben.«

»Ich wünsche dir viel Glück, Davy.«

»Gleichfalls, Hock.«

Ich kehrte in Logues winziges Büro zurück und setzte mich, um nachzudenken, kam damit allerdings nicht besonders weit. Fünf Minuten später saß mir Logue hinter seinem Schreibtisch gegenüber, wühlte in dem Chaos von Akten und verriet mir den Grund, warum er so froh war, jetzt mit mir in seinem Büro sitzen zu können, statt in seinem gemütlichen Haus oben in der Bronx. Der Grund war alles andere als poetisch.

»Meine Frau hat sich in den Kopf gesetzt, daß wir kulturell an uns arbeiten müssen. Zum Abendbrot hören wir uns jetzt immer Opern im Radio an«, sagte Logue.

»Das ist hart.«

»Wem sagen Sie das. Ich versuche, meine Schweinskoteletts, die heiße Apfelsoße und überbackene Kartoffeln zu genießen, und meine Frau erzählt mir was von diesem unglückseligen Haufen äthiopischer Sträflinge, auf ihrem Gewaltmarsch vor diesem Pharao flüchtend, anschließend von diesem Mäuschen namens Aida, die übrigens ein Sklavenmädchen ist, aber eigentlich ist sie ja die äthiopische Prinzessin ... Ach, und so geht's einfach immer immer weiter, Hock. Und alle singen in dieser Spaghettisprache. Meine Frau, auf einmal versteht sie die Spaghettis, oder was?«

Ich stellte mir Ruby und mich an einem Tisch mit Schweinskoteletts und einer Oper im Radio vor. Ich fand die Vorstellung gar nicht so übel, auch wenn ich kein Italienisch verstehe.

»Tja, das mit Ihren Problemen tut mir leid«, sagte ich.

»Danke.« Schließlich hatte Logue gefunden, wonach er suchte. »Okay, was gibt's Neues von unserem guten Charlie Furman alias Picasso?«

Ich setzte Logue schnell über den Mord an Dr. Reiser und die Beziehung zwischen Picasso und dem Psychiater ins Bild. Außerdem zeigte ich Logue das Polaroidfoto, das Picasso mir geschickt hatte.

»Heilige Scheiße!« sagte Logue. »Der alte Charlie baut

sein Geschäft nach dem Mord an seiner Frau wirklich aus, was?«

»Scheint so.«

»Gibt's sonst noch was, das ich wissen sollte? Nur falls mich jemand fragt.«

Da er schon mal fragte, erzählte ich Logue, wie alles aus meiner Sicht angefangen hatte, von dem Gemälde an der Wand des »Dunklen Labyrinths« in Coney Island. Das alles erzählte ich Logue hauptsächlich deswegen, damit ich es mir selbst noch einmal vergegenwärtigen konnte.

»Das *Feuer und Schwefel*«, sagte ich. »Sie müßten es selbst sehen, um es zu glauben.«

»Ich habe dieses Coney-Island-Zeugs früher schon gesehen. Von Kunst verstehe ich nichts, aber einen durchgeknallten Künstler, den erkenne ich immer. Die haben sich wirklich ein paar Asse ausgesucht, um Coney anzumalen, was?«

»Ja, allerdings.« Ich weiß nicht, warum, aber ich ließ meine Begegnung mit Johnny Halo und Big Stuff im Neptune sowie ihre leicht durchschaubaren Lügen aus. Ebensowenig erzählte ich Logue von Celias altem Schwarzweißschnappschuß, auf dem sie noch jung und schön und temperamentvoll war und damals, '54, Arm in Arm mit zwei Männern über die Uferpromenade von Coney Island schlenderte.

»Dann sind Sie also hinter einem durchgeknallten Künstler her, Hock. Sie werden Hilfe brauchen. Ich hätte nichts dagegen, Ihnen zu helfen.«

Ich war überrascht. »Sie haben mir doch selbst gesagt, Sie hätten einen Bürozeitenjob, Logue. Keine Minute mehr. Außerdem erzählt man sich, daß Sie schon bald in Rente gehen.«

»He, Sie haben wohl noch nie Ihre Meinung geändert? Und wer behauptet, daß ich mir schon den Fallschirm anschnalle?«

»Was spielt's für eine Rolle?«

Logue strich über sein kantiges Kinn. »So wie ich die

Sache sehe, wird Pensionierung bedeuten, daß ich im Haus rumhänge und versuche, die Vorstellungen meiner Frau davon zu überleben, wie wir unser Leben bereichern sollten – wie zum Beispiel das mit ihren beschissenen Opern. Aus diesem Grund sehe ich die Pensionierung heute mit völlig neuen Augen.«

Ich mag Offenheit, und zwei zusätzliche Beine konnte ich gut gebrauchen. »In Ordnung, Logue. Ich sage Ihnen, was ich brauche: Ich möchte, daß Sie alles ausgraben, was Sie über Celia Furman herausfinden können. Über ihr Leben, ihre Liebhaber und das alles eben. Es müßte leichter sein, von ihr ein Profil zusammenzustellen als von Charlie.«

Logue machte sich Notizen auf einem Block.

»Erinnern Sie sich, daß Sie neulich im *Ebb Tide* gesagt haben, Ihrer Meinung nach hätte Celia mit ihrer Einschätzung von so manchem ziemlich daneben gelegen?« fragte ich.

»Ja, daneben, was das Glücksspiel betrifft, woher sie ja laut Angelo kommt.«

»Da ist außerdem noch diese Sache mit dem Finanzamt.«

»Ach ja, diese Regierungstypen führen ziemlich penibel Buch, und das könnte ich überprüfen.«

»Das meinte ich«, sagte ich. »Wir brauchen einen Ansatzpunkt. Über ihren Mann habe ich weder Ansatzpunkte noch sonst irgendwas gefunden.«

»Glauben Sie ich vielleicht?«

»Ich hatte es gehofft.«

Logue nahm ein Blatt Papier in die Hand, auf das er sich vorher Notizen gemacht hatte.

»Ich wünschte, ich könnte sagen, ich hätte eine Menge herausgefunden«, sagte er. »Aber ehrlich, wenn man nach den Akten geht, ist das Leben von Picasso nicht sonderlich berühmt.«

»Es ist nicht deine Schuld, daß du mich nicht kennst. Ich hab in diesem Leben keine großen Spuren hinterlassen.«

»Sagen Sie mir einfach, was Sie haben.«

Logue setzte eine Lesebrille auf und konsultierte seine Notizen. »Wir haben eine Geburtsurkunde aus einer kleinen Stadt namens Payne in Kentucky, was paßt. Im September 1945 wurde Private first class Charles Bernard Furman ehrenhaft aus der Army entlassen. Irgendwann kurz darauf ist er in Detroit gelandet.«

Logue sah mich über die Halbbrille hinweg an. »Aus Detroit hab ich übrigens den Kram hier. Hier in New York gibt's nichts über ihn.«

»Ja, ich weiß.«

»Jedenfalls«, fuhr Logue fort, »das Veteranen-Krankenhaus in Detroit teilt mit, Charlie hätte ein Klingeln in den Ohren und wäre einige Male zur Behandlung bei ihnen gewesen, helfen konnten sie ihm allerdings nicht.«

Logue las weiter. »Ach, und es gibt Unterlagen des Sozialamtes, nach denen er Hilfe brauchte, seine Familie zu ernähren, die aus ihm und seiner schwangeren Frau Celia bestand.«

»Wie steht's mit Arbeit?«

»Der Bursche hatte nie einen festen Job. Können Sie sich so was vorstellen? Und das, wo Detroit doch nach dem Krieg nur so boomte. Jedenfalls, aus diesen Unterlagen geht hervor, daß er früher auf Jahrmärkten und so weiter kleinere Bilder verkaufte, die er gemalt hatte. Mehr weiß niemand über irgendwas in Richtung Job. Charlie war kein großer Ernährer.«

». . . Als Ehemann und Papa war ich ein totaler Versager.«

Logue ließ das Blatt aus den Händen fallen. »Womit wir im Jahr 1950 angelangt sind, soweit es Charlie Furman betrifft.«

»Und dann?«

»Ende der Geschichte.«

»Das ist alles?«

»Es sei denn, Sie wissen noch etwas, das ich nicht weiß.«

»Nein«, sagte ich. Wenigstens nicht über Charlie Furman.

»Ist schon komisch, oder? Mir ist noch nie jemand begegnet, der wie dieser Bursche einfach so von der Bildfläche verschwindet. Es ist, als würden die offiziellen Unterlagen über Charlie Furman in der Blüte seines Lebens von einem aufs andere Jahr einfach aufhören.«

»Als hätte er aufgehört zu leben.«

»Genau, als hätte er einfach aufgehört.«

Und in diesem Augenblick passierte das, was mir jeden Tag passiert. Ich hatte den flüchtigen Gedanken an einen Mann, den ich nie kennengelernt habe. Er ist ein Foto in einem Bilderrahmen auf der Kommode in meinem Schlafzimmer. Mein ganzes Leben schon habe ich von ihm geträumt. Aber in den Träumen schafft er es nie aus diesem Bilderrahmen heraus; in meinen Träumen bekommt der Rahmen manchmal zwei Beine und trägt Soldatenstiefel, und das Foto marschiert über ein Schlachtfeld.

»Ich kenne so einen Burschen«, sagte ich.

»Wen?«

»Meinen alten Herrn.«

10

Logue gähnte laut und feucht. »Väter und Söhne, das ist mal eine beschissen lange Geschichte. Ich wette zehn zu eins mit Ihnen, daß schon mal irgendwer eine Oper draus gemacht hat.«

Jetzt war ich froh, daß ich Logue instinktiv nicht alles erzählt hatte. Vielleicht hatte ich recht; vielleicht war er einer dieser Steak-und-Kartoffel-Detectives, die man am besten nicht mit dem Gesamtbild eines Falles belastet. Gib dem Mann eine konkrete Ermittlungsaufgabe – seine eigene, persönliche Aufgabe –, und er wird zu einem fähigen Bluthund. Also okay. Logue würde sich um die Vorgeschichte von

Celia Furmans Leben kümmern. Der Rest gehörte mir, einschließlich aller surrealistischen Gedanken an Bilder, die zu Leben erwachten.

»Ich denke, wir sind für den Moment fertig«, sagte ich.

Logue gähnte wieder. »Toll. Ich bin jetzt auch reif für die Falle und seh mir zwischen den gespreizten Zehen noch die Johnny-Carson-Show an. Wie steht's mit Ihnen?«

Logues Buick parkte vor dem Präsidium. Er bot mir an, mich nach Hause zu bringen.

Ich sah auf meine Uhr.

»Es ist noch nicht so spät«, sagte ich. »Ich kann immer noch verschiedene Dinge überprüfen.«

»Wie zum Beispiel was?«

»Zwei Läden, in denen Charlie Furman mal Jobs hatte – ich meine, außer dem Auftrag draußen in Coney Island, was aber auch bis morgen warten kann.«

»Und ich dachte doch tatsächlich, Sie wüßten null über ihn.«

»Im Park hat er diese Jobs erwähnt, die er gelegentlich annimmt. Kleine Aushilfsjobs, nichts Festes.«

»Oh, natürlich nicht. Dieser Bursche bringt nichts außer Farbe zu Papier.«

»Scheint so.«

»Was für Jobs sind das überhaupt?«

Wir verließen sein Büro, und während wir den Korridor hinuntergingen, erzählte ich Logue: »Picasso malt Schaufenster für einen kleinen Lebensmittelladen in meinem Viertel. Sie kennen so was, Kalkfarbe auf der Schaufensterscheibe? Außerdem verteilt er Handzettel für das Horny Poodle, ein Strip-Laden am Times Square.«

»Tja, ein Mann muß schließlich was zum Beißen haben«, sagte Logue lachend. »Also, wohin zuerst?«

»Ich denke, am besten zum Lebensmittelladen. Sie können mich dort absetzen, und ich gehe dann zu Fuß zum Horny Poodle. Hell's Kitchen – Tenth Avenue Ecke Forty-fifth.«

Wir waren durch die Tür, die Treppe runter und fast schon in Logues Buick, als jemand meinen Namen rief. Ich drehte mich um und sah Captain Mogaills stämmige Silhouette in der Tür am Kopfende der Treppe.

»Ja, dich mein ich, Hockaday. Komm rauf, ich hab was für dich«, brüllte Mogaill zu uns herunter.

»Meinen Sie, ich sollte warten?« fragte Logue.

Mogaill beantwortete die Frage, bevor ich die Chance dazu bekam. »Logue, Sie können nach Hause fahren.«

»Okay, Captain.« Logue zuckte mit den Achseln, stieg in den Wagen und fuhr los. Ich ging zu Mogaill hinauf.

»Ich habe eine Nachricht«, sagte Mogaill. Dann wedelte er mit seiner Hand, als würde sie brennen, und fügte hinzu: »Und hier kommen sie, die dicken, fetten Schlagzeilen.«

»Was willst du damit sagen, Davy?«

»Ich hab gerade mit deinem Chef geredet, und er ist jetzt hierher unterwegs – direkt aus dem Gracie Mansion, wo er ein kleines Schwätzchen mit dem Bürgermeister hatte.«

»Ich vermute, ich soll wahrscheinlich auf Inspector Neglio warten?«

»Genau. Und übrigens, rat doch mal, wer noch mit mir geplaudert hat?«

»Ich sagte es doch schon, ich rate nicht gern.«

»Ach ja, richtig. Also, ich sprach gerade mit dem Inspector, als auf einmal der Herr Bürgermeister persönlich ans Horn kommt. Der Bürgermeister setzt mich davon in Kenntnis, daß dir die Mordkommission jetzt ganz zur Verfügung steht, soweit es diese Sache im Bellevue betrifft. Wie's scheint, hat dich der Inspector bei Hizzonor als führenden Experten für frei herumlaufende Irre verkauft.«

»Fragt sich, ob ich mich geschmeichelt fühlen sollte.«

»Das kannst du halten, wie du willst, Hock. Ich dagegen frage mich, ob ich nicht jetzt auf der Stelle meinen Kram zusammenpacken soll. Ich könnte meinen Abschied einreichen, und in drei kurzen Wochen kassiere ich auch schon –

wenn Gott will – das halbe Captainsgehalt für den Rest meiner Tage.«

Ich konnte ihm das nachfühlen. »Ich denke selbst darüber nach.«

»Ich bin noch nicht zu alt, um einen ordnungsgemäßen Befehl entgegenzunehmen, verstehst du.«

»Ich weiß . . .«

»Es ist nur diese gottverdammte Arroganz, diese Unverschämtheit und die ganze beschissene Politik!« Mogaill verschränkte die Hände im Nacken und ließ die Knöchel knacken. Was ihn etwas ruhiger machte. »Du solltest mich besser bremsen, denn sonst lasse ich mich noch richtig über diese beschissene Politik aus.«

»Wenn du dich dann besser fühlst: Ich finde auch, daß die Sache stinkt.«

»Danke, Hock. Himmel, ich könnte jetzt einen Drink gebrauchen! Wir sollten heute abend unser Gläschen zusammen trinken. Aber du hast deine Befehle, oder? Und ich meine.«

»Heute abend, ja.«

»Pech für uns.«

»Ein andermal, Davy. Und schon bald, wenn du magst. Wir werden der ›auld lang syne‹ wegen ins Nugent's gehen.«

»Das Nugent's – Gott, ja, das ist genau der richtige Schuppen für uns.«

»Aber bis dahin, Captain, schlaf gut. Ich werde mich zurückhalten.«

»Nein, das wirst du nicht. Nicht mal du, mein Freund. Scheiß auf den Bürgermeister und alle anderen. Ich werde schon dafür sorgen, daß hier fair gespielt wird!«

»Stimmt. Fürs erste werde ich nur via Logue arbeiten, damit die Wellen nicht zu hoch schlagen.«

»Gut. Ich wünsche dir jetzt eine gute Nacht. Komm gut nach Hause.«

Er drehte sich um und ließ mich stehen. Ich wartete auf Inspector Neglio.

Ich schaute Davy Mogaill nach, der empört durch sein Lehnsreich der Nullen stapfte, zu seinem schwer erkämpften Chefsessel und seiner Flasche.

»Glauben Sie, dieser Psycho hat tatsächlich erwartet, das Bild verkaufen zu können?« Neglio starrte auf das Polaroid, das ich ihm gegeben hatte. »Ich meine, gottverdammt, wie wahrscheinlich ist es, daß so ein Müll je über dem Sofa von irgendwem landet?«

Wir fuhren im Fond von Neglios gepanzerter, schwarzer Chrysler-Limousine in den Norden der Stadt. Der Wagen gehörte zur den hohen Rängen vorbehaltenen Flotte des Präsidiums. Vorn hinter dem Steuer saß ein fleischiger, junger Cop, in einen glänzenden Anzug gezwängt und mit gegelten, roten Haaren. Ein schmaler Lichtstrahl von der hinteren Leselampe fiel auf Neglios Satinrevers. Im Smoking wirkte er sogar noch dünner als gewöhnlich. Ich bemerkte, daß an meiner Manschette ein Knopf fehlte. Es hatte zu regnen begonnen.

»Er verdient sich seinen Lebensunterhalt nicht mit der Malerei«, sagte ich. Neglio starrte weiter auf das Polaroid. »Aber ein Hobby ist es auch nicht.«

»Ach? Kein Scheiß, Sherlock.« Neglio lachte über seinen Witz. Der glänzende Anzug lachte ebenfalls. »Aber wollen Sie wissen, was ich hier sehe?«

»Was denn?«

»Eine Chance.«

»Sie klingen ganz so, als hätten Sie sich diese Werbesendungen für Schlaflose im Kabel angesehen. Man bestellt sich Videos und Broschüren, damit man weiß, wie man Millionär wird und seine Nächte nicht mehr vor dem Fernseher verbringen muß, während man sich das Hirn wegen der Rechnungen zermartert, die man nicht bezahlen kann.«

Ich lachte über meinen Witz. Neglio und der glänzende Anzug nicht.

»Sagen wir einfach, daß wir hier einen erstklassigen Psycho auf dem Kriegspfad haben. *Außerdem* haben wir einen frischgebackenen Bürgermeister, stimmt's? Und Sie wissen selbst, wie frischgebackene Bürgermeister so sind.«

»Nein, wie sind sie denn, Inspector?«

»Immer noch von sich selbst und ihren Wahlkampfslogans überzeugt. Zum Beispiel glauben sie noch all die knallharte Scheiße zum Thema Straßenkriminalität.«

»Unser neuer Bürgermeister ist gegen das Verbrechen?«

Womit ich Neglio ein angespanntes Lächeln entlockte. »Kommen Sie, kommen Sie, Detective Hockaday. Wir sollten alle versuchen, diese Leute in hohen Ämtern ernst zu nehmen. Gleich erzählen Sie mir noch, daß Sie nicht wählen gehen.«

»Die meisten von uns haben es schon vor langer Zeit kapiert. Darum würden wir niemals einen wunderbaren Wahltag verderben, indem wir zur Wahl gehen.«

»Wie alt sind Sie jetzt, Hock?«

»Irgendwo in der Mitte.«

»Und man sieht Ihnen auch jeden einzelnen Tag davon an.«

»Macht mir nichts aus«, log ich.

»Nein, jetzt vielleicht noch nicht. Andererseits sind Sie aber auch nicht der sicherheitsorientierte Typ. Deshalb hören Sie mir besser genau zu. Mein Rat für einen Mann Ihres Alters mit Ihren Fähigkeiten, der schon seit so vielen Jahren auf seinem Dienstgrad festklebt, lautet: Sie sollten langsam mal zur Vernunft kommen –«

Ich fiel ihm ins Wort, diesmal mit der Wahrheit. »Ich will keine Karriere machen.«

Neglio war verzweifelt. »Eines Tages sollten Sie sich vielleicht für die Leute erwärmen, die Ihnen doch noch weiterhelfen können.«

»Das klingt unangenehm.«

Er sagte mir, ich solle den Mund halten.

Was ich dankbar tat, denn ich reagiere gereizt, wenn Neglios Konversation auf sein intimes Verhältnis zu Leuten in hohen Ämtern zusteuert. Ich kann es nicht ertragen, wenn er darüber plaudert, wie er sich bei solchen Leuten einschmeichelt, genausowenig wie es ihm gefallen würde zu erfahren, wie ich mich manchmal bei meinen kleinen Spitzeln einschmeichle. Meiner Meinung nach ist es manchmal besser, den Mund zu halten; so können Cops aus zwei verschiedenen Welten vielleicht in Freundschaft und gegenseitigem Respekt miteinander klarkommen.

Neglio gab das Polaroid zurück, und ich verstaute es wieder in meiner Jacke. Er knipste die Leselampe aus. Der junge Cop vorne schaltete den Nachrichtensender WINS im Radio ein, und neben anderen aktuellen, erwähnenswerten Ereignissen erfuhren wir die letzten Neuigkeiten über den »Bellevue-Schlitzer«, der auf dem Dach des bekanntesten Krankenhauses der Stadt einen prominenten Shrink ermordet hatte. Es folgte ein Bericht über den »Happy-Hour-Killer«, der erst kürzlich eine weniger bemerkenswerte Barfliege in einem nicht besonders feinen Block der Ninth Avenue umgelegt hatte.

Die öffentlichen Informationen reichten nicht weit über clevere Anspielungen und reißerisch aufgebauschtes Nachplappern der schlichten und grausigen Fakten der Fälle hinaus, die beide als dreist und äußerst schaurig und, natürlich, sinnlos bezeichnet wurden. Zwischen beiden Morden wurde allerdings kein wirklicher Zusammenhang hergestellt; noch nicht wenigstens. In einem oder höchsten zwei Tagen würden die wichtigen Leute nervös werden, und dann würden sie Druck auf jene ausüben, für die sie schon soviel Gutes getan hatten.

Wir kamen an den alten West Side Piers im Lower Village vorbei, wo Transvestiten-Nutten versuchen, Männer mittleren Alters zu verführen, die mit ihren Kombis unterwegs sind, um sich in der Stadt blendend zu amüsieren. Wir ließen die Zufahrten des Holland Tunnel hinter uns, auf denen Teenager aus Jersey wegen Roxie und China White herumkurven. Wir passierten die schäbigen Kneipen auf der Twelfth Avenue, namenlos bis auf die an schmuddelige Türen gepinselten weißen Xe, wo die Gelangweilten und die Heruntergekommenen sich trafen.

Es war einige Blocks hinter den gespenstisch fahlen Nachtlichtern des Javits Convention Center mit seinen gläsernen Wänden, als Neglio unser drückendes Schweigen brach.

»Ich meine ja nur«, flüsterte er verschwörerisch, »daß es unter den gegebenen politischen Umständen keinem von uns schaden würde, wenn ein frischgebackener Bürgermeister, Sie verstehen schon, bei dieser Ermittlung seine Hand im Spiel hätte. Können Sie mir folgen?«

Ich warf einen Blick auf Neglios gut geschnittenen Smoking. »Gehen Sie wieder auf Ihre Party. Sagen Sie dem Bürgermeister, ich gebe mein Bestes, diesen Mörder so schnell wie möglich zu fassen.«

»Das ist noch nicht alles, Hock. Aber Sie scheinen das nicht ganz mitzubekommen.«

Oh, und ob ich es mitbekam. *Politische Umstände.* Dann mußte ich an Davy Mogaill denken, und wie schwer sein Schritt heute geworden war; wie sehr er das Nugent's vermißte, während ich mich immer noch und jederzeit in dieser alten Spelunke vollaufen lassen konnte. Daher war ich auch nicht daran interessiert, mich auf Neglios Unterschwelligkeiten einzulassen.

Neglio seufzte, reagierte unduldsam. »Sie wissen doch, daß ich für Sie alle wichtigen Trommeln rühren würde, Hock. Das wissen Sie! Was halten Sie von einem Posten im Präsidium? Im Rang eines Detective Sergeant? Mit einer eigenen Sekretärin vielleicht?«

»Dann würde ich mehr Geld kriegen. Und? Sollte ich von meiner Gehaltserhöhung einen Butler engagieren?«

»Seien Sie doch nicht so gottverdammt stur. Ich will Ihnen doch nur helfen.«

»Ich verstehe. Sie wollen mir helfen, daß ich meine große Chance erkenne.«

»Richtig!«

»Wofür ich was genau tun muß?«

»Benutzen Sie doch mal ein bißchen Ihre Phantasie. Mehr verlange ich ja gar nicht.«

»In meinem Alter ist die Phantasie vielleicht nicht mehr ganz so verläßlich. Vielleicht müssen Sie mir das mal haarklein buchstabieren, Inspector.«

Neglio spielte den Zuhälter, und er wußte es, und außerdem wußte er, daß ich es wußte. Wir haben diesen heuchlerischen Tanz schon oft abgezogen. Jetzt kam der Teil, bei dem ich ihn schmoren lassen wollte, denn ich kann sehr gereizt reagieren, wie ich schon sagte. Aber Neglio blieb ganz cool. Er rückte die Spitzen seines überflüssigen weißen Satineinstecktuches zurecht, das aus der Brusttasche der Smokingjacke vorschaute.

»Stellen Sie sich doch nur mal vor, wie gut es sich im Fernsehen machen würde, wenn der Bürgermeister dabei wäre, während Sie unseren Burschen einlochen«, sagte er. »Sie wissen selbst, wie glatt es normalerweise läuft, wenn es schließlich zur Festnahme kommt, besonders dann, wenn es sich um irgendein armes, verrücktes Arschloch von Serienkiller handelt.«

Ich weiß, daß ein Mord im allgemeinen bösartiger ist als der Mörder. Es gibt eine berühmte Geschichte über einen deutschen Mörder namens Joachim Kroll, die sich Kriminalbeamte auf der ganzen Welt erzählen. Man hielt Kroll für das personifizierte Böse, da er ungefähr ein Dutzend Schulmädchen ermordet und vergewaltigt hatte, anschließend Teile ihrer kleinen Körper mitnahm. Wie sich herausstellte, war er ein ziemlich freundlicher, recht zerstreuter Mensch, der sich an die meisten seiner Verbrechen nicht mehr erinnern konnte. Er arbeitete als Toilettenmann. Es war kaum nötig, aber die deutschen Cops benutzten einen Rammbock, um den Bösen zu schnappen. Das Monster befand sich in der Küche seiner bescheidenen Wohnung, kochte einen Eintopf zum Abendessen – die linke Hand seines letzten Opfers, eines hübschen, fünfjährigen Mädchens mit braunen Augen und blonden Zöpfen, kochte in einer Hühnerbrühe mit Nudeln und ein paar Möhren. Kroll räumte ein, daß sein Geschmack ein wenig ungewöhnlich sei, aber er wußte wirklich nicht, daß das Verspeisen von Kindern zum Abendessen verboten sei, geschweige denn moralisch verwerflich. Völlig ruhig begleitete er die Cops, fest davon überzeugt, daß sie ihn nach einer medizinischen Behandlung in seine Wohnung zurückbringen würden.

»Schon wahr, die meisten Serienkiller sind richtige Lämmchen, wenn sie festgenommen werden«, sagte ich. »Ich weiß das, Sie wissen es, und die angeberischen Kandidaten für das Bürgermeisteramt wissen es auch. Andernfalls steckt es ihnen jemand.

Aber die Wähler wissen es nicht, richtig? Sie sehen den Bürgermeister in den Abendnachrichten, wie er irgendeinem jämmerlichen Psycho Armbänder und Fußeisen anlegt, nachdem von irgendeinem hart arbeitenden Cop wie mir die ganze Drecksarbeit erledigt wurde. Bei Gott, der Führer unseres großartigen Metropolis ist ein furchtloser Verbrechensbekämpfer! So, ist das vielleicht das nette Bild im Fernsehen, von dem Sie reden?«

»Wenn's gut genug für LaGuardia war, dann ist es auch gut genug für den jetzigen Bürgermeister«, sagte Neglio.

»Fiorello hatte kein Fernsehen, um sich so billig zu verkaufen wie die gefönten Typen in ihren blauen Anzügen, die wir heute haben. Außerdem war LaGuardia ein Held.

Heute gibt es keine Helden mehr. Wir haben nur noch Berühmtheiten – im Fernsehen.«

Unser Fahrer hatte inzwischen den West Side Express Highway verlassen, und wir überquerten die West Thirty-sixth Richtung Tenth Avenue. Etwa auf halbem Weg den dunklen Block gedrungener, schmutziger Mietskasernen und Lagerhäuser hinunter entdeckte ich einen meiner Spitzel, der sich selbst Rat nennt, die Ratte. Er stand im trüben gelben Licht eines Hauseingangs und schob eine Nadel in seinen Arm. Ich würde Rat schon sehr bald aufsuchen müssen, vielleicht morgen. Konnte gut sein, daß er etwas über Picasso wußte.

Auch Neglio bemerkte Rat, genau wie den allgemeinen Verfall dieses Teils meines Viertels. Neglio reagiert ebenfalls oft gereizt, wenn die bedauerlichen Unterschiede zwischen uns deutlich werden. Er machte dem Fahrer gegenüber eine Bemerkung. »Ist es hier in Hell's Kitchen nicht reizend, wo Detective Neil Hockaday mit seinen hohen Idealen lebt?«

Der Fahrer warf mir im Rückspiegel einen Blick zu. Er schnaubte verächtlich.

Ich beugte mich vor und tippte auf die Schulter seiner schmucken Uniformjacke. »Sei ein braver Laufbursche und laß mich Ecke Forty-fifth und Tenth raus. Und spring kurz in einen Drugstore und besorg dir was für deine Nase.«

»He«, protestierte er zu Neglio, »so was muß ich mir doch nicht gefallen lassen!«

»Officer Handlanger, er kann sprechen!« sagte ich.

Neglio befahl uns beiden, den Mund zu halten. Und so genoß ich die nächsten neun Blocks in himmlischer Ruhe.

Als wir an meiner Wohnung an der Forty-third vorbeikamen, sah ich, daß Ruby die Lampe am Fenster angemacht hatte. Ich stellte mir vor, wie sie jetzt mit einem Buch auf der Couch saß und ihre glatten, braunen Beine hochgelegt hatte.

Als wir den kleinen Lebensmittelladen schließlich erreichten, berührte Neglio mich am Arm, bevor ich den Wagen verlassen konnte. »Wenn sonst schon nichts, dann versuchen Sie wenigstens soviel zu verstehen: Meine Welt ist genauso real wie Ihre, Hock. Okay?«

Ganz sicher war ich gerne bereit, ihm in diesem Punkt recht zu geben. »Ja, okay.«

»Dann versuchen Sie mal, es von meiner Warte aus zu sehen. Sie erinnern sich doch, wie unser neuer Bürgermeister – ob Sie ihn nun gewählt haben oder nicht – die Wahl um Haaresbreite an diesen italienischen Hohlkopf von einem Bundesstaatsanwalt verloren hätte? Der mit der richtig üblen Frisur. Sie wissen schon, er kämmt sich immer die Haare von hinten nach vorne über die Glatze. Der mit all diesen miesen Law-and-order-Reden?«

»Na, na, Tomassino Neglio. So redet man doch nicht über einen *paisano*.«

»Vergessen Sie das. Die Sache ist doch die. Sie glauben, das Rathaus wolle sich jetzt in die Arbeit der Cops einmischen? Können Sie sich vorstellen, wie das erst unter einem ehemaligen DA aussieht?«

Wieder gab ich ihm recht.

»Sie verstehen also, daß es durchaus nicht schaden kann, das Image unseres Knaben ein wenig aufzupolieren? Denn mehr ist es nicht – nur Image. Wir helfen dem Bürgermeister, und der Bürgermeister läßt uns in Ruhe, wenn's wirklich drauf ankommt.«

Neglios Worte besaßen eine gewisse verlockende Logik. Aber ich hielt entschieden an meinen Zweifeln fest, was nach einigen Jahren in meiner Branche nahezu automatisch geschieht.

»Damit wir uns hier richtig verstehen«, sagte ich. »Angenommen, unser Bursche widmet sich weiter seinem Hobby und legt noch ein paar anständige Bürger um, und die Boulevardblätter zählen zwei und zwei zusammen und haben ihren großen Tag ...«

»Oh, das werden sie. Es sei denn, Sie glauben, unseren

Mann noch heute nacht kassieren zu können, und die Sache ist abgehakt.«

»Nun, wahrscheinlich nicht.«

»Nein.«

»Worauf läuft's also hinaus? Wenn ich soweit bin, meinen Mann zu schnappen, dann soll ich auf das Kamerateam und die Limousine des Bürgermeisters warten?«

»Ziemlich grob ausgedrückt, aber so sieht's mehr oder weniger aus, ja.«

»Und falls ich das mache, besorgen Sie mir einen Job im Präsidium? Und Sie werden dafür sorgen, daß ich mehr Gehalt bekomme?« Mir kam in den Sinn, daß ich das alles vielleicht mit Ruby besprechen sollte.

»Sehen Sie? Ist doch gar nicht so übel, oder?«

»Was springt für Sie dabei heraus? Haben Sie's auf den Senior Inspector abgesehen? Oder den Super Chief, damit Sie einen größeren Wagen und einen intelligenteren Lakaien kriegen?«

Der Fahrer schnaubte wieder. Keiner von uns beachtete ihn.

»Könnte es zwei netteren Burschen passieren?« antwortete Neglio.

»Was ist mit Ihnen los, fühlen Sie sich einsam unten im Präsidium? Wollen Sie mich in der Nähe haben, damit wir das Elend gemeinsam ertragen?«

»Es ist eine Belohnung –«

»Versuchen Sie es mal von meiner Warte aus zu sehen«, unterbrach ich. »Wenn ich da unten bei Ihnen einen Schreibtischjob übernehme, dann wäre das für mich so was wie Pensionierung. Nur daß Sie mir wahrscheinlich nicht erlauben würden, jeden Tag ins Baseballstadion zu gehen.«

»Himmel, Hock! Bei allem gebührenden Respekt . . .«

»Ja, bleiben wir respektvoll. Was bedeutet, ich möchte eines schönen Tages meine Pension kassieren, aber gleichzeitig möchte ich derjenige sein, der sagt, wann es soweit ist. Außerdem bedeutet es, daß ich meine eigenen verdammten Festnahmen auf meine eigene verfluchte Weise mache!«

Ich stieg aus und konnte so dem Chef mit Tusch und fliegenden Fahnen noch eins drauf geben.

In dem kleinen Laden waren keine Kunden mehr. Die Gitter waren noch nicht runtergelassen, und es sah immer noch geöffnet aus. Picassos angsterfülltes Schwein war vom Schaufenster verschwunden, doch an seiner Stelle war da etwas Neues, wieder in weißer Tünche.

Neglio kurbelte eine Seitenscheibe des Wagens herunter und bellte: »Hock, kommen Sie her, das ist ein gottverdammter Befehl!«

Also ging ich rüber, aber ich ließ mir Zeit dabei. Neglio beugte sich mit seinem Smokinghemd und der schwarzen Fliege aus dem Fenster. Durch zusammengebissene Zähne preßte er: »Ich könnte Sie als erstes morgen früh wegen Insubordination am Arsch kriegen, Hock. Vergessen Sie das nicht. Legen Sie's drauf an, und Sie werden erfahren, daß es gute Chancen im Leben gibt, aber auch schlechte.«

»Ich habe Urlaub, haben Sie das vergessen? Und Sie lehnen sich verdammt weit aus dem Fenster, wenn Sie einen Officer unter Druck setzen. Vielleicht hat also dieses aufsässige Gespräch nie stattgefunden. Gehen Sie mir nicht auf die Eier, auf mich wartet Arbeit.«

Neglio gab ein paar gefährlich knurrende Laute von sich.

»Außerdem habe ich diesen Job sowieso nur, weil Sie und Ihr Kumpel, der Bürgermeister, beschlossen haben, daß ich der einzige Cop bin, der alles aufklären kann, bevor in dieser Stadt noch eine wirklich ernstzunehmende Panik ausbricht«, sagte ich. »Was mich übrigens daran erinnert: Ich mache das alles in meiner Freizeit – Ihre Worte.«

»Nun, was können wir da schon machen?« sagte Neglio lächelnd.

»Ich mache heute nacht ein kleines Geschäft mit Ihnen,

nur damit Sie Ihren Kumpel glücklich machen können. Sie kümmern sich um den Papierkram und sorgen dafür, daß mein Urlaub für die Dauer der Ermittlungen ausgesetzt wird, und ich werde es mir durch den Kopf gehen lassen.«

»Was denn? Das mit dem Bürgermeister?«

»Ich werde drüber nachdenken, aber ich verspreche nichts.«

»Abgemacht.«

Neglio kurbelte das Fenster hoch: Ein glücklicher Mann, weil es ihm gelungen war, mich ein klein wenig zu korrumpieren. Er winkte, dann schoß seine Limousine vom Bordstein, überquerte die Avenue, bog an der Forty-ninth Street nach Osten ab und war verschwunden.

11

»¡Han matado mi esposo!«

Die Schreie kamen aus dem Inneren des Lebensmittelladens. Sie wurden lauter und lauter, schnitten durch alle anderen Geräusche der Nacht in Hell's Kitchen, bis nur noch das Kreischen der Frau zu hören war: *»¡Han matado mi esposo!«* Sie haben meinen Mann umgebracht!

Eine Gang von Teenagern lungerte vor einer Videothek an der Ecke herum. Sie setzten sich in meine Richtung in Bewegung.

Auf der Feuertreppe vor einer Wohnung direkt über dem Laden tauchte eine Frau auf. Sie beugte sich über das schwarze schmiedeeiserne Geländer und rief: »Carolena, Carolena?«

Ich zog den .38er Revolver aus dem Schulterhalfter und ging hastig und geduckt auf den Eingang zu. Ich suchte Deckung hinter einer Metallverkleidung zwischen dem langen, geschwungenen Schaufenster und der Tür.

Die Frau oben auf der Feuerleiter bemerkte die Kanone in meiner Hand und kreischte.

»Carolena! Benito!«

Die Teenie-Gang, vielleicht ein Dutzend Jungs und drei oder vier Mädchen, verstummte. Sie schoben sich weiter auf mich zu, jetzt allerdings langsamer.

Ich zog den Hahn des Revolvers zurück, umklammerte den Knauf und drückte den Lauf an meine Brust. Ich hatte nur Sekundenbruchteile, um herauszufinden, was mich im Laden erwartete.

Der Verkaufsraum war klein. Es gab einige Trennwände zwischen den Gängen mit Konservendosen, in Zellophan eingepackten Snacks, Babynahrung und Windeln, Sechserpacks Bier, Limonade, Mausefallen und Kakerlakengift. Rappelnde Kühlschränke enthielten Milch, Käse und frisches Fleisch. Zigaretten, Kaffee, Süßigkeiten und Sandwiches wurden an der Theke verkauft. Hinten befand sich eine Türöffnung mit einem Vorhang, die wahrscheinlich in eine illegale Wohnung führte.

Eine etwa fünfzigjährige Frau saß breitbeinig vor der Theke auf dem Boden, den blutverschmierten Kopf eines Mannes auf ihrem Schoß. *»¡Han matado mi esposo!«* Obwohl sie mich direkt anblickte, sah sie nichts außer Angst und Schrecken.

Sie hob den Kopf zur Decke. Sie wiegte sich vor und zurück. Ihr gewaltiger Busen war voller Blut, das über Arme und Ellbogen in die staubigen Ritzen der Bodendielen tropfte. Ihre Schreie verwandelten sich in ein verzweifeltes Gebet: *»¡Dios, guarda mi esposo!«* Gott, schütze meinen Mann!

Die Teenager waren etwa zehn Meter entfernt stehengeblieben, trauten sich nicht näherzukommen, waren erschreckt durch den Anblick meiner Kanone.

Ich zog die Dienstmarke aus der Seitentasche meiner Jacke und hielt sie so hoch, daß sowohl die Frau auf der Feuerleiter als auch die Teenager sie sehen konnten. Zuerst auf Spanisch, dann auf Englisch sagte ich: *»¡Llame por teléfono la policía!«* Rufen Sie die Polizei!

Die Frau auf der Feuerleiter verschwand in ihrer Wohnung.

Einer der Jungs trat vor. Gott sei Dank kannte ich ihn.

»Luis, ich brauche deine Hilfe«, sagte ich.

»Was isn los, Hock?«

»Hör mir jetzt genau zu. Hier ist jemand ermordet worden. Die Leute haben Angst. *Ich* auch. Der Mörder könnte immer noch im Haus sein.«

Ich drehte mich um schaute wieder zur Witwe. Sie schluchzte und wiegte sich weiter. Aus einer klaffenden Wunde am Hals ihres Mannes sickerte Blut.

»Hast du verstanden? Es ist gefährlich.«

Luis drehte sich zu den anderen um und sagte etwas, das sie dazu brachte, einige Schritte zurückzuweichen und aus dem Gefahrenbereich zu verschwinden. Mein eigenes Spanisch reichte bei weitem nicht aus, so viele Schaulustige unter Kontrolle zu halten. Und so war Luis, Hilfskellner in meinem Stammlokal, unversehens mein Deputy geworden.

Mit leuchtenden, aufgeregten Augen drehte er sich wieder zu mir. »Was brauchst du, Hock?«

»Verstärkung. Jemand soll die 911 anrufen: Ein Kollege steckt in Schwierigkeiten. Verstanden?«

»Ja.« Er drehte sich um und wiederholte alles auf Spanisch zu dem Mädchen direkt hinter ihm. Sie lief zur Telefonzelle an der Ecke.

»Okay, ich verlasse mich auf dich, Luis. Auf dich und deine Freunde. Ihr müßt ganz cool bleiben, und ihr müßt mir helfen. Sorgt dafür, daß keiner zu nahe rankommt, kapiert? Ich will nicht, daß noch jemand verletzt wird.«

Mehr und mehr Schaulustige strömten zusammen. Auf der anderen Straßenseite stand bereits eine Gruppe, eine andere an der gegenüberliegenden Ecke.

»Gebongt, Chef.«

»Toll. Danke, Luis.«

Luis und die anderen bildeten eine Kette zwischen mir und den Leuten, die langsam näher an die schreiende Frau heranrückten.

Und dann hörte ich das beruhigende Geräusch der Sirenen. Nicht mehr lange, und ich hätte jede Menge Hilfe. Ich warf wieder einen Blick in den Laden.

Augenscheinlich war der Mörder bereits fort. Aber noch nicht lange. Neglios Limousine hatte mich Sekunden zu spät bei einem weiteren Mord in meinem eigenen Hinterhof abgesetzt.

Der Killer könnte sich zwar in dem Hinterzimmer verstecken, doch das war unwahrscheinlich. Möglicherweise war die Ehefrau – Carolena, wenn man nach ihrer Nachbarin von oben ging – aus der Tür hinter dem Vorhang gekommen, um ihren Mann tot im Laden vorzufinden. Und nach dem Aussehen der klaffenden Wunde zu schließen, die Benitos Hals halbierte, war der Mörder genauso schnell und todsicher bei seinem Job vorgegangen wie die beiden Male zuvor.

Woher ich wußte, daß es gerade mein Killer war, der jetzt zum dritten Mal zugeschlagen hatte?

Ich wußte es.

Ich drehte mich um und schaute über die Menge verängstigter Gesichter zum dunklen Park auf der anderen Seite der Tenth Avenue, dem Park, wo ich ihm begegnet war und ihm zugehört hatte. *»... Und das sind heute im wesentlichen meine künstlerischen Kicks als Maler ... Ich wünschte, du würdest irgendwann mal rübergehen, bevor das neue Sonderangebot der Woche angekündigt wird – damit du dir aus der Nähe ansehen kannst, wie ich die nackte Angst des zum Tode verurteilten Schweins eingefangen habe ...«*

Ich wußte es. Der Beweis existierte. Aber ich mußte ihn mir nicht sofort ansehen. Er würde warten.

Gerade jetzt heulte die Witwe lauter denn je. Und betete.

Sechs Streifenwagen kamen die Avenue heraufgerast. Uniformierte zerstreuten die Menge. Straße und Bürgersteig reflektierten die zuckenden blauen, roten und weißen Lichter. Noch mehr Wagen trafen ein, riegelten die Avenue und die Seitenstraßen ab.

Von überall kamen Polizisten auf mich zu. Ich hielt meine Dienstmarke hoch. »Detective Neil Hockaday – Street Crimes Unit, Manhattan!« rief ich laut.

Auf beiden Seiten der Tür standen Uniformierte. Jemand sagte: »Wir haben ein Team auf dem Dach und ein paar Teams hinter dem Haus. Falls er noch da ist, kriegen wir ihn.« Ein anderer rief der Witwe etwas auf Spanisch zu. Sie reagierte nicht. Sie wiegte sich weiter und schrie und betete. Das Blut floß.

»¡Han matado mi esposo . . . Dios, guarda mi esposo!«

»Ich gehe rein . . .« sagte ich.

»Haben Sie eine Weste?« fragte irgendwer.

»Ich gehe rein!«

Ein Mord legt eine unvergleichliche Ruhe über einen Raum. Das Blitzen der Lichter draußen vor dem Laden, das Herumschreien der Leute, das schreckliche Jammern der Witwe, dies alles beschleunigte den Puls der Nacht. Drinnen schienen die Schreie mit jedem Schritt näher zu ihr leiser zu werden. Als ich sehr nah an der Frau vorbeikam, auf dem Weg zur hinteren Tür, waren sie kaum mehr als das Raunen des Windes in den Bäumen.

Neben der Theke blieb ich stehen. Nichts rührte sich im Laden, außer der leise weinenden Witwe. Ich sah ein großes Teppichmesser auf dem Boden neben den Füßen des Toten liegen. Straßenräuber, die sich keine Kanonen leisten können, benutzen solche *shanks* als Waffe.

Es war ein häßliches, effizientes Messer – und feucht von Blut. Die Spitze der verstellbaren Klinge ragte noch aus dem glatten, stählernen Griff. Diese Klinge – ideal, selbst den stabilsten Karton mit einem einzigen Streich aufzuschlitzen –

war ausgezeichnet geeignet, Luftröhre und Stimmbänder freizulegen.

Der Vorhang über der Tür bewegte sich nicht.

Die Witwe, wie paralysiert in ihrem Schock, registrierte nicht, daß ich mich an ihr vorbeischob.

Ich schaute auf den Boden und achtete darauf, nicht in das Blut zu treten, das in die Ritzen der Holzdielen sickerte. Am Rande einer kleineren Blutlache lag etwas Grünes: eine Feder. Ich bückte mich, hob sie auf und schob sie in meine Brusttasche.

Ich griff den Vorhang vor dem Durchgang in den benachbarten Raum. Dann zog ich ihn zurück.

Dahinter war ein Nebenraum, der zu einer Ein-Zimmer-Wohnung umgebaut worden war, mit einer separaten Nische im vorderen Teil, in der sich Waschbecken, Toilette und eine improvisierte Duschkabine befanden. Niemand.

Die Nadeln und Fäden und eine Dose mit Knöpfen, die neben dem Stuhl lagen, und einige Hemden und eine Hose, die über einer Lehne hingen, ließen darauf schließen, daß die Frau des Ladenbesitzers wahrscheinlich mit ihrer Näharbeit beschäftigt gewesen war. Vorne hatte sich ihr Mann derweil um den Laden gekümmert. Vielleicht hatte sie sich gewundert, daß es so ruhig geworden war, vielleicht hatte sie seinen Namen gerufen, und er hatte nicht geantwortet; vielleicht hatte sie dann den Fernseher ausgeschaltet, um zu lauschen, und war dann von ihrem Schaukelstuhl aufgestanden, hatte das Nähzeug aus der Hand gelegt, war in den Laden geeilt und hatte ihren Mann tödlich verwundet vorgefunden.

So war es gelaufen.

Ich kehrte in den Laden zurück. Der Cop, der nach der kugelsicheren Weste gefragt hatte, stand unmittelbar vor der Eingangstür. An den Streifen auf seinen Schulterstücken erkannte ich, daß es ein Gruppenleiter vom Midtown North war. Auf seinem Namensschild stand Sergeant Walsh.

Hinter dem Sergeant bemerkte ich auf der Straße eine neue

Art blauweißen Lichts. Es waren mobile Scheinwerfer, wie sie von Kamerateams des Fernsehens benutzt werden.

Ich ging zu Sergeant Walsh. »Unauffällig rein, unerkannt raus.«

Walsh nickte. »So läuft's heute, was? Diese verdammten Kids rennen hier durch die Gegend und rauben Läden aus, als hätten sie das Recht, sich bei allem zu bedienen, wonach ihnen gerade der Sinn steht. Die glauben wohl, sie wären alle beschissene Kongreßabgeordnete, oder sonst was.«

Ich grinste. »Ich glaube, das war kein Raubüberfall.«

»Wieso? Haben Sie schon einen Blick in die Kasse geworfen?«

»Nein. Reine Intuition.«

Walsh starrte meine Kleidung ein. »Für eine SCUM-Streife im Dienst sehen Sie zu gut aus.«

»Bin ich auch nicht, nicht direkt.«

»Und was machen Sie dann hier und stellen wilde Vermutungen an?«

Ich nahm den Sergeant am Arm und lotste ihn mit Rücksicht auf die jammernde Frau durch die Tür. Ich hatte keine Lust ihm zu erzählen, daß ich zufällig nur ein paar Blocks entfernt lebe. Soweit ich weiß, bin ich der einzige New Yorker Cop, der in einem Viertel mit hoher Kriminalität wohnt. Das ist keine so hohe Ehre, daß ich das ausgerechnet mit jemandem wie Sergeant Walsh diskutieren wollte. Statt dessen erzählte ich ihm kurz, daß ich in zwei miteinander in Verbindung stehenden Mordfällen ermittelte, was mich zu dem Laden geführt hatte, um mit dem Inhaber über einen Tatverdächtigen zu sprechen. Außerdem erzählte ich ihm, daß Inspector Neglio und der Bürgermeister am Fortschritt meiner Ermittlungen größtes Interesse hätten.

Walsh stieß einen anerkennenden Pfiff aus. »Dann ist Ihr Verdächtiger also losgezogen und hat noch einen Burschen umgelegt, und jetzt haben Sie einen echten Serienkiller.«

»Sieht ganz so aus.«

»Was soll hier weiter passieren?«

»Ich werde die Mordkommission rufen. Sie brauchen Ihre eigene PDU nicht zu verständigen.«

»Soll mir recht sein.« Walsh warf einen Blick über die Schulter auf die Witwe. »Meinen Sie, man kann sie schon ansprechen?«

»Geben Sie ihr noch eine Minute«, sagte ich. »Dann lassen Sie sie von zwei Ihrer freundlichsten Männer in ein Krankenhaus bringen.«

Ich ließ Walsh zurück und trat hinaus in das gleißende Licht greller Scheinwerfer. Sie wurden auf mich gerichtet. Ich war schließlich der einzige Cop in Zivil.

Die Kameras standen hinter einer Mauer blauer Uniformen und Absperrgittern, die am Bordstein aufgestellt worden waren. Reporter schrien Fragen herüber, die ich zu ignorieren beschloß. Ich schirmte meine Augen gegen das grelle Licht ab und schaute mich nach Luis um. Ich entdeckte ihn hinter den Kameras und winkte ihm.

Mit stolzgeschwellter Brust marschierte Luis durch die Scheinwerfer zu mir. Wir standen vor dem Schaufenster. Endlich sah ich es mir an und wußte genau, was ich sehen würde.

In gekonnten Pinselstrichen war das Bild eines auf dem Boden liegenden Mannes mit einer klaffenden Halswunde auf das Glas gemalt. Unverkennbar war die existentielle Angst in den Augen des Opfers, trotz des schlichten Strichs.

»Wer hat das gemalt?« fragte ich.

»Ich schätze, derselbe Typ wie immer.«

»Der komische alte Knabe mit dem Barett?«

»Ja, genau der.«

Ich berührte einen Strich der Kalkfarbe. Immer noch feucht. »Hast du ihn gesehen, wie er das gemalt hat?«

»Vor einer Stunde vielleicht. Er hat hier rumgehangen. Du weißt schon, er hat halt gemalt.«

»Und es war jemand bei ihm, stimmt's?«

»Nein, Mann. Er war allein. Er ist immer allein.«

»Weißt du, wo er wohnt?«

Luis' Augen wurden größer. »He, hat dieser alte Knabe Benito auf Eis gelegt?«

»Keine Ahnung, aber ich will mit ihm reden.« Ich deutete auf Picassos letztes Werk. »Was hältst du davon, Luis?«

»Sieht irgendwie unheimlich aus, Mann. Nicht wie die andere Scheiße, die er sonst immer malt? Hühnchen und Schweine und so n Mist.«

»Habt ihr den ganzen Abend vor der Videothek rumgehangen?«

»Ja, fast. Wir haben drüben im Park ein paar Bier geknallt.« Luis zeigte auf die andere Straßenseite. »Aber die Mädchen sind da nicht gern. Also hängen wir mit ihnen vor dem Videoladen rum. Verstehst du?«

»Wer ist in den letzten ein, zwei Stunden in Benitos Laden gegangen?«

»Ach, ich weiß nicht, jede Menge Leute.«

»Hast du gesehen, wie der komische Alte mit dem Barett rein ist?«

»Ja, aber dann ist er mit Benito wieder rausgekommen. Dann ist Benito wieder rein, und dann hat der alte Knabe angefangen, das Schaufenster zu bemalen – total schnell.«

»Und was dann?«

»Dann ist er weg.«

»Ist er zurückgekommen?«

»Nein, glaub ich nicht.«

»Wer ist nach ihm noch reingegangen?«

Luis dachte kurz nach. »Keine Ahnung, echt nicht. Vielleicht so zehn verschiedene Leute, verstehst du?«

»Wen hast du als letzten reingehen sehen?«

Luis dachte nach. »Weiß nicht, Hock. Ich hab nur da drüben an der Ecke rumgehangen, und ich hab wirklich nicht besonders drauf geachtet, verstehst du? Wenn ich

Leute gesehen hab, die in Benitos Laden rein und wieder raus sind, dann waren das, also, das waren nur so Gestalten für mich.«

»Ist dir irgendwas Besonderes aufgefallen?«

»Nein, Mann.« Dann lächelte Luis. »Nur daß du in dem schicken schwarzen Wagen angekommen bist. Das hab ich gesehen. Und dann hat Carolena auch schon angefangen zu plärren und alles.«

Die Frau aus der Wohnung oben tauchte wieder auf der Feuerleiter auf. Sie schaute zu mir herunter, während ich zu ihr aufschaute, dann sah sie Luis an. Und dann fing sie an zu kreischen und huschte zurück in ihre Wohnung.

»Wer war das?« fragte ich Luis.

»Meine Mutter, Mann. Ich wohne da oben, direkt über Benitos und Carolenas Laden. Meine Mutter kann kein Englisch.«

»Deine Freunde und deine Mutter – könntest du sie fragen, wer heute abend in den Laden gegangen ist? Ich brauche eine Liste mit Namen, so gut es eben geht. Und Informationen über jeden, der so ausgesehen hat, als gehöre er nicht in die Gegend. Du verstehst, was ich meine?«

»Klar«, sagte Luis und nickte. »Ich kann fragen.«

Ich war ziemlich sicher, daß Luis die richtigen Fragen stellen würde, und genauso sicher war ich, daß die Antworten nicht besonders viel weiterhelfen würden. Wenn ein Killer einen leichten Job hat – problemlos rein, problemlos wieder raus –, dann ist die Arbeit eines Cops mindestens doppelt so schwer. Kein Mensch registriert den unauffälligen Killer; er ist so gut wie unsichtbar, wie der Toilettenmann in Deutschland.

»Luis, kennst du den Alten mit dem Barett?«

»Ob ich seinen Namen weiß?«

»Ja.«

»Tja, ich weiß, daß Benito ihn Picasso genannt hat, wie den berühmten Picasso, verstehst du? Benito mochte den alten Knaben, er hat versucht, ihm zu helfen. Aber ich, ich hab nie selbst mit ihm geredet.«

»Dann gab's zwischen Picasso und Benito also nie irgendwelchen Ärger?«

»Nein, Krach hat's nie gegeben. Hab nie was von irgendwelchen Schwierigkeiten gehört.«

»Seit wann hat Picasso die Schaufenster bemalt?«

Luis dachte nach. »Ich würde mal so schätzen, ein Jahr ungefähr. Er ist einfach so aufgetaucht, verstehst du? Ein Penner war er nicht, aber ganz richtig im Kopf war er auch nicht.«

Vor etwa einem Jahr, dachte ich. Ungefähr zur gleichen Zeit, als ich nach Hell's Kitchen zurückgekommen war, in das Viertel meiner Kindheit.

»Hat Picasso nicht mal mit dir geredet?« fragte ich.

»Tja, ich bin runtergekommen, und er hat seine Hühnchen und Kühe und so n Scheiß aufs Schaufenster gepinselt. Und dann hat er angefangen, irgendwas zu reden. Zuerst dachte ich, der spricht mit mir, aber dann wurde mir klar, daß er so ein Typ ist, der sich selbst vollabert, so als glaubt er, einer steht neben ihm.«

Wahrscheinlich gab es nichts mehr, das Luis oder sonst jemand am Tatort mir hätte sagen können, daher bedankte ich mich für seine Hilfe und sagte, ich würde in ein oder zwei Tagen bei ihm vorbeischauen. Er war enttäuscht und ein bißchen sauer.

»Sagst mal, mehr hast du nicht für mich, Mann?« fragte er mürrisch. »So hilfsbereite Typen wie ich, wir sollten doch eigentlich ne Belohnung kriegen oder so, verstehst du?«

Ich schaute zu den Fernsehteams hinter den Absperrgittern. Eine ausgelassen drängelnde Menge war durch Zeitungsreporter und Fotografen verstärkt worden. Inmitten der Pressemeute erkannte ich den unsäglichen Bill Slattery von der ›New York Post‹, und ich dachte mir, sollte ich in dieser Nacht je zum Schlafen kommen, würde ich von Schlagzeilen und Presseausweisen in Hutbändern träumen.

»Weißt du, Luis, du hast recht«, sagte ich. »Du hast wirklich was verdient. Etwas, das sogar noch besser ist als Geld.«

»Was denn?«

»Fünfzehn Minuten Ruhm, Luis.«

Ich packte seine Schulter und sagte, »Komm schon«, schleifte ihn hinter mir her zu dem Gewimmel der Pressetypen. Die Scheinwerfer flammten wieder auf und tauchten uns in grelles Licht. Trenchcoats mit Mikrophonen und Notizblöcken stürzten sich auf uns. Slattery brüllte: »Wie sieht's aus mit ner Stellungnahme?« Und dann kläfften alle nach derselben Sache, bis sie sich anhörten und auch so aussahen wie eine Horde hungriger, bellender Seehunde im Zoo. Also fütterte ich sie mit Luis.

»Dieser junge Mann hier hat eine Story für euch.« Ich hob die Hände, um ein bißchen Ruhe und Ordnung zu bekommen. Zu Luis sagte ich: »Erzähl denen einfach, was du mir erzählt hast. Das ist deine Belohnung, Junge. Du kommst ins Fernsehen.«

Vor all seinen Freunden aus dem Viertel stand Luis nervös im Scheinwerferlicht und erzählte, was er von dem Mord im Laden unter seiner eigenen Wohnung wußte. Als ich ging, hörte ich noch das Surren der Zoomlinsen, die Nahaufnahmen für die Sensationsberichte des kommenden Tages einfingen.

Aber ich hörte auch Dr. Reisers Stimme: *». . . Picasso, mein exzentrischer Freund, Sie sind deshalb ein Spinner, weil Sie der denkbar schlechteste Künstler überhaupt sind, ein Künstler von der Sorte, die ignoriert wird.«*

Das würde nicht so bleiben. Morgen früh würde Picasso der gefeierte Star der Boulevardpresse in der ganzen Stadt sein.

12

Als ich wieder im Laden war, hatte man die Witwe Carolena inzwischen erfolgreich vom Leichnam ihres Mannes getrennt; ein Cop stützte sie, sagte »Beruhigen Sie sich jetzt« und strich ihr übers Haar, als streichelte er den Kopf seiner eigenen Mutter auf einer Beerdigung.

Sergeant Walsh tippte mir auf die Schulter. »Wie ich gesehen habe, hatten Sie da draußen alle Hände voll zu tun, mit der Presse und so weiter. Ich hab für Sie schon mal die Mordkommission angerufen.«

»Danke«, sagte ich. Dann ging ich in das Nebenzimmer, von da hinaus in den Hof und durch ein angrenzendes Mietshaus auf eine Seitenstraße.

Ich fand eine Telefonzelle außer Sichtweite der Pressekonferenz und rief Mogaill an.

»Großer Gott, Hock«, sagte er, »da hast du aber einen fleißigen Mörder, was?«

»Diesmal ist es ganz locker gelaufen.«

»Wieso?«

»Keinerlei Anzeichen von Widerstand, und es ist ein ruhiger Abend. Der Killer geht rein, legt das Opfer mit einem Teppichmesser um, und geht wieder raus.«

»Kein Mensch hat irgendwas gesehen, hab ich recht?«

Es war wie bei den beiden anderen, Celia Furman und Dr. Reiser. Völlig problemlos. »Es gab nichts zu sehen«, sagte ich.

»Mit anderen Worten: Eine weitere Null für meine unermeßlichen Akten.«

»Nun, deine Jungs werden aber trotzdem ihre Fragen stellen wollen, und ich hab auch noch welche, und vielleicht bekommen wir dieses Mal ein paar Antworten, bei denen mehr herauskommt als nur eine Null.« An Mogaills Ende der Leitung hörte ich das Klingen einer Flasche gegen Glas. »Ich werde mit Logue morgen prüfen, was der Bericht der Jungs am Tatort hergibt.«

»Falls überhaupt was, he?« sagte Mogaill. Ich legte auf und überquerte zügig die Tenth Avenue, hielt mich nach Osten Richtung Times Square und Horny Poodle, wo ich mir einen dringend benötigten Scotch genehmigen und vielleicht ein Glied in einer Kette von Ereignissen finden konnte, die meinen Urlaub usurpiert hatten.

Ich warf einen kurzen Blick zurück. Luis hatte immer noch seinen Auftritt vor den Reportern und seinen Freunden.

Der Times Square mitten in einer milden Aprilnacht gibt mir normalerweise einen recht guten Vorgeschmack auf den bevorstehenden Sommer. Anfang April ist die Jahreszeit, zu der eine Armee aus kleinen Ganoven, Nutten, Taschendieben, Bettlern, Knackis, Räubern, Pushern, Spinnern und religiösen Eiferern in Erwartung der sommerlichen Hochsaison ihre Reviere an der »Kreuzung der Welt« abzustecken beginnen.

Am Times Square verbringe ich während des Sommers einen großen Teil meines Dienstes, was meine Mutter, lebte sie noch, nicht nur mit Stolz erfüllen würde wegen all der Verbrechen, die ich verhindere, sondern auch mit Trauer wegen der Tatsache, daß ich es in meinem Leben nicht sehr weit gebracht habe.

Als ich bei meiner Mutter in Hell's Kitchen aufwuchs – ein Ort, an dem unsere Sorte Iren willkommen war –, waren die umliegenden Straßen des Times Square geradezu vornehm, gemessen am miesen heutigen Niveau. Dennoch waren sie eine verbotene Welt gewesen für fromme Sonntagsschüler wie mich, der jeden Tag zur Schule Knickerbocker und Krawatten trug und seinen Katechismus aufsagen konnte, ohne die mit honigsüßen Stimmen ausgesprochenen Drohungen ewiger Verdammnis der Nonnen zu benötigen, und der bei allen drei Messen an jedem Sonntagmorgen im Knabenchor der Holy Cross Church die Sopranstimme sang. Natürlich verbrachte ich jede mögliche freie Minute genau dort, wo ich meine Mutter am meisten enttäuschen mußte.

Damals lag der Himmel an der Ecke Forty-second und Eighth, genauer gesagt innerhalb der wunderbaren Mauern von Hubert's Museum and Flea Circus. Von dem Geld, das ich mir mit Schuheputzen vor der Bibliothek an der Fifth Avenue verdiente, spielte ich bei Hubert's Flipper und Skee-Ball, ballerte in einer Schießbude mit alten .22er Gewehren aus Armeebeständen auf Holzenten und bestaunte den Großen Waldo, der lebendige Mäuse verspeiste. Die ehemaligen Sportgrößen taten mir leid, die nichts anderes mehr tun konnten, als für ein paar Groschen den Kindern von ihrer großen Zeit zu erzählen. Und ich zerbrach mir mächtig den Kopf über die Kenntnisse, die ich eines Tages besitzen würde, wenn ich alt genug sein würde, mir eine Karte für die Show auf einer kleinen Nebenbühne zu kaufen, wo ich dann mit den Matrosen zusammen alles über die verborgenen Geheimnisse des Sex erfahren könnte, genau dort bei Hubert's, mit freundlicher Unterstützung der »French Academy of Medicine, Paris, France«.

Es gab Tanzsäle wie das Varsity und den Satin Ballroom und den Tango Palace, wo verhuschte Typen in Anzügen Möchtegern-Schauspielerinnen trafen und zur Musik drittklassiger Bands mit ihnen tanzten. Im Tango hatten Barbara Stanwyck und Joan Crawford ihre ersten New Yorker Auftritte.

Im Royal Roost und Zanzibar's trieben sich Mafiosi rum, und manche, wie mein Liebling Frank Costello, trugen immer noch Gamaschen. Andere Gäste kamen, um die Ganoven zu begaffen. Meine Freunde und ich schauten immer zu, wie sie mit ihren dicken Wagen auftauchten und wieder verschwanden.

Und dann war da das Birdland, wo Charlie Parker spielte, bis er an zuviel Heroin und zuwenig Verständnis starb. An der Forty-second Street gab es auch Premierenkinos, die die ganze Nacht geöffnet hatten und vor denen die Stars in ihren Limousinen vor laufenden Kameras vorfuhren.

Irgendwie waren die Lichter damals heller, die Neonreklamen größer und kerniger. Der Camel-Raucher blies perfekte Ringe hoch über der ungebärdigen Kreuzung von Broadway und Seventh Avenue, einen Ring pro Minute dank der zuverlässigen Dampfrohre der Consolidated Edison Power Company. Maxwell-House-Kaffee tropfte noch lange aus seiner Kanne weiter in eine scheinbare Ewigkeit. Ein Zehntausend-Gallonen-Pepsi-Cola-Wasserfall überflutete einen ganzen Block von den Dächern des Herrenbekleidungsgeschäftes Bond und des alten Criterion. Little Lulu hüpfte sieben Stockwerke an der Seite eines Gebäudes hoch, um Kleenex aus einer Schachtel zu zupfen.

Jeder putzte sich in Abendgarderobe heraus für das Strand oder das Capitol oder das Roxy oder das Paramount, wo der große Frank Sinatra sang. Broadway-Schauspieler aßen nach ihren Auftritten Spaghetti bei Romeo's. Die Cops waren die ganze Nacht auf Fußstreife, und man konnte spazierengehen, wo immer man wollte.

Das war die Glitzerwelt des Broadway.

Das war die Zeit, bevor die Menschen ihre Fähigkeit zu staunen dem Fernsehen geopfert hatten, als populäre Musik noch Musik für das Volk war, und Musiker noch nicht durch seelenlose Synthesizer arbeitslos gemacht wurden. Es war eine Zeit, als noch jeder Hüte trug und gebügelte Kleidung, die Zeit vor all dem japanischen Neon, als gewerblicher Sex noch verführen und nicht Übelkeit hervorrufen konnte. So war's damals.

Während meines sieben Blocks langen Spazierganges zum Horny Poodle erlebte ich folgendes: Eine dralle, transsexuelle Nutte vor ihrer Geschlechtsumwandlung paradierte an einer gut beleuchteten Straßenecke in einem mit Pailletten besetzten, roten, rückenfreien Top und dazu passenden Hot pants, sein Schwanz baumelte aus ihrem Reißverschluß; vor der schmierigen Süßigkeitenbude eines mürrischen Riesen mit Turban debattierten zwei Tunten über die Vor- und Nachteile der den Orgasmus verstärkenden Wirkungen von Rush und Quicksilver; ein großmäuliger Säufer spuckte und heulte wie ein tollwütiger Hund und versuchte, mitten auf der Eighth Avenue Autos zu verjagen; eine Pennerin kauerte unter einem Zelt aus alten Lumpen und Zeitungen, teilte sich eine Dose Irgendwas mit einer Katze, die einen Großteil ihres Fells verloren hatte; vier jugendliche Stricher drängten sich um eine Crack-Pfeife in einen Hauseingang; ein hirngeschädigter Evangelist krähte durch ein Megaphon dies und das über Jesus; und ein kleiner, muskulöser Betrunkener mit zwei großen Dosen Ballantine's in den Pranken sprang einem Ehepaar aus Nebraska oder so hinterher und knurrte: »Is n los, mööcht ihr keine Lattienos?«

Ich tat, was ich konnte.

Von einer Telefonzelle aus rief ich die 911 an und meldete den fluchenden Hunde-Mann, warf einen Dollar in das Zelt der Pennerin und war froh, als ich die beiden Touristen in einem Hotelfoyer verschwinden sah. Falls sich irgendwer auf den Transi oder die Stricher oder den Jesus-Freak einlassen wollte, dann mußten sie das mit sich und ihren inneren Dämonen ausmachen.

Was mich betraf, ich wollte immer noch zur Ecke Fiftieth und Seventh Avenue und zum Horny Poodle. Am TKTS-Stand auf der Forty-ninth, wo Restkarten von Broadway-Shows zum halben Preis verramscht werden, wechselte ich die Straßenseite. Früher war dort eine Statue namens »Virtue«. Es handelte sich um eine zwölf Meter hohe Nachbildung von Miss Liberty unten im Hafen, aufgestellt von einem Komitee altmodischer Weltverbesserer, um einem verkommenen New York die große amerikanische Vergangenheit vorzuhalten. Auf Miss Virtues Bronzeschild stand UNSERE STADT, und das arme Ding war von der Krone bis zu den Sandalen mit großen, dunklen Flecken überzogen, ein ungewolltes Symbol für den miserablen Ruf der Stadt; unbeirrt wurden auf einer Tafel alle wackeren New Yorker eindringlich aufgefordert: BESIEGT DIE VERLEUMDUNG.

Einen Block weiter von Virtues letztem Standort entfernt lag das Horny Poodle, das letzte lebende Fossil der einstmals allgegenwärtigen Oben-ohne-Bars des Viertels. Von der breiten, zweiflügeligen Eingangstür grinsten anzüglich zwei Pudel in Cutaway und Zylinder; beleuchtet wurde dieses Portal durch zwei enorme, rosafarbene Neon-Brüste mit blinkenden, braunroten Nippeln. Der Laden glitzerte in einer ansonsten eher tristen Ecke des sich verändernden Times Square, lag eingebettet zwischen einem Homo-Kino, in dem an diesem Abend *Schäumende Ärsche* gezeigt wurde, und einem Zeitungskiosk, wo man alles von ›USA Today‹ bis zur letzten Ausgabe des ›Nuns & Nazis Magazine‹ kaufen kann.

Durch all das zu gehen, machte mich heute ein wenig müde, und ich spürte Trauer in meinem nicht mehr ganz jungen Herzen, mehr als nur ein bißchen. Plötzlich fiel mir ein, daß ich meinen Johnnie Walker und Molson zum Nachspülen auf mein Spesenkonto setzen konnte, da ich ja wieder offiziell im Dienst war. Das hellte meine Stimmung ein wenig auf.

Ich ging durch die Glastüren hinein. Im Innern des Horny Poodle war die Atmosphäre dann doch nicht so ganz das Paradies des Tittenfreundes, das es angeblich sein sollte.

Die paar Millionen Handzettel, die während der vergangenen Jahrzehnte von Typen wie Picasso auf den Straßen verteilt worden waren, versprachen einem einsamen Burschen in pubertärer Stimmung die Aussicht, in einem bezaubernden, lachenden Schwarm barbusiger dienstbarer Frauenzimmer zu landen. Die Wahrheit sah allerdings so aus, daß keines der Frauenzimmer lachte, und so wie sie die Biere und Schnäpse auf die kleinen Tische knallten, die gedrängt um eine Bühne standen, war das alles andere als bezaubernd. Sie sahen angeödet aus, und ihre Haltung war entsprechend. Die Frauen mit Akne auf Rücken und Schultern machten sich nicht mehr die Mühe, die Unreinheiten mit Schminke und Puder zu kaschieren. Das letzte, was man bei dieser mürrischen Truppe registrierte, war, daß sie zwischen Kinn und Gürtel zufälligerweise nackt waren; der allgemeinen Friedhofsstimmung nach zu schließen, war ich durchaus nicht der einzige Gast, der einen ziemlichen Dämpfer bekommen hatte.

Oben auf der Bühne gab ein großer, grauhaariger Kerl in Smoking und mit wächsernem Gesicht sein Bestes, die Desillusionierten mit Zauberkunststücken zu unterhalten. Seine erdbeerblonde Assistentin hatte Silikonbrüste, die viel zu hoch waren, und sie trug einen dieser Oben-ohne-Badeanzüge aus den Sechzigern, die seinerzeit halfen, die sexuelle Revolution loszutreten, die ich persönlich allerdings verpaßt hatte. Einige Altrevolutionäre im Publikum hatten ihre müden Häupter mitten zwischen die leeren Bierflaschen auf den Tischen gebettet.

Ich setzte mich auf einen Hocker an die Bar, an der kaum jemand war. Eine der niedergeschlagenen Amüsierdamen schlurfte auf ihren Platteausohlen in meine Richtung. Ihre Brust sah kalt aus.

»Was darf's denn sein, Schröder?« sagte sie träge mit rauchiger Stimme.

Ich konnte diese Unverschämtheit nicht wirklich ihr allein vorwerfen. Zweifellos hatte sie ein Leben hinter sich, in dem sie zu viele Männer viel zu gut hatte kennenlernen müssen. Trotzdem mag ich es nicht besonders, wenn man mich mit einem Spießer verwechselt. Und außerdem war ich immer noch ein bißchen empfindlich, nachdem ich gerade erst einen frischen Mord gesehen hatte. Mir war nicht nach Small talk zumute.

Also musterte ich sie von oben bis unten und war unbarmherzig mit dem, was ich da sah. »Weißt du, du erinnerst mich an jemanden«, sagte ich.

»Ach ja, und wer ist das wohl, Schröder?«

»Meine Großtante draußen in Canarsie, die mit den Furunkeln und den schlimmen Knien.«

»Und was bist du? Einer von den Homos, die aus den Filmen nebenan abgehauen sind?«

»Du verstehst mich falsch, Schwester. Allerdings, ich arbeite im Showbiz. Möchtest du zufälligerweise die Hauptrolle in meinem nächsten Film?«

»Oh, wir haben hier einen kleinen Klugscheißer.« Sie drehte sich um und kreischte dem Barkeeper zu. »Benny, komm hier rüber und kümmer dich um diesen Homo-Klugscheißer, der uns heute abend die Ehre gibt.«

Dann warf sie ihren Kopf zurück, wie sie es vielleicht auch getan hatte, als sie noch ein gekränktes kleines Mädchen und Harry Truman Präsident war. Sie schlurfte zu einem anderen Spießer ans Ende der Bar.

Benny hatte einen Glatzkopf von der Form einer Kidney-Bohne, und er trug eine schwarze Hornbrille. Er entschuldigte sich.

»Es ist verdammt schwer, heutzutage gutes Personal zu kriegen, was soll ich Ihnen sagen?« sagte er. »Diese Babes, die wir einstellen müssen, die glauben, nur weil sie Titten zeigen, wären sie gleich schon so was wie eine Diva. Aber ich sag Ihnen was, suchen Sie sich einen schönen Drink aus, und der zweite geht dann auf mich. Wie wär's damit?«

Ich sagte, alles sei vergeben und vergessen. Eine Minute später standen zwei schöne Red Labels on the rocks vor mir, dazu zwei Molsons in feucht schimmernden grünen Flaschen. Offensichtlich in Plauderlaune blieb Benny in der Nähe.

Natürlich brannte ich darauf, ihn nach Picasso zu fragen. Aber ich mache die Polizeiarbeit schon lange genug, um genauestens hinzuhören, wenn gewisse Glöckchen klingeln. Diesmal war das Glöckchen die Erinnerung an Inspector Neglio an dem Tag, als er mir meine goldene

Dienstmarke verlieh und seinen Standardvortrag zu diesem Ereignis hielt:

»Heute, Neil Hockaday, sind Sie Detective. Was bedeutet, Sie sind so etwas wie ein Künstler unter den Cops. Ein Künstler ist jemand, der weiß, wie er Funktion durch Form erreicht, können Sie mir folgen? Mit anderen Worten, er besitzt Finesse. Von nun an sind Sie also Künstler, Hock. Mit anderen Worten, Sie sollten versuchen, sich von der Seite an das heranzumachen, was Sie haben wollen, was in dieser Branche Antworten auf Fragen sind. Seitwärts gehen, das ist es. Sie werden sehr überrascht sein, wieviel Sie dabei erfahren können.«

Also schlug ich auch bei Benny den indirekten Weg ein.

»Bißchen ruhig heute abend, nicht?« fragte ich.

»Ja, also, die Fleischtöpfe sind auch nicht mehr das, was sie mal waren.«

»Was ist das schon?«

»Ist das nicht die traurige Wahrheit?«

Durch einen Rauchschleier blickte ich an Benny vorbei zu dem Zauberer auf der Bühne. Die Assistentin mit der Silikonbalustrade band ihm gerade eine schwarze Augenbinde um. An einer Seite hing ein Holzschild mit dem Namen des Zauberers in blauen Zirkusbuchstaben, aber ich konnte ihn nicht entziffern.

»Meine Augen sind auch nicht mehr, was sie mal waren. Das ist gottverdammt sicher«, sagte ich.

Benny tippte an seine Hornbrille. »Sie und ich, wir beide, Kumpel. Deshalb trage ich diese Bifokalbrille hier. Vor ein paar Jahren hat's mich einfach umgebracht, wenn ich irgendwas lesen wollte, und auch alles, was etwas weiter weg war, war ein bißchen verschwommen. Also gehe ich zum Augenarzt. Er gibt mir gar nicht erst die Gelegenheit, die Buchstaben von der Wand zu lesen; er fragt sofort, wie alt ich bin. Ich sag's ihm. Dann lächelte er dieses große, unverschämte Lächeln, und raten Sie mal, was er dann sagt?«

»Ich rate nicht gerne.«

»Er sagt: ›Ich habe schon auf Sie gewartet!‹«

Ich schüttelte den Kopf und trank einen Red halb aus. Mit zusammengekniffenen Augen versuchte ich noch einmal, das Holzschild zu lesen, aber auch diesmal hatte ich kein Glück. Irgendwie kam mir der Zauberer bekannt vor. Hoffentlich würde ich nicht ausgerechnet Bennys Augenarzt erwischen, wenn meine Zeit gekommen war.

»Wer ist der Zauberer?« erkundigte ich mich.

Benny stöhnte. »Mein genialer Partner. Der Große Morris.«

»Ihr Partner?«

»Klar. Ich und der Trickser, uns beiden gehört der Laden hier. Aber, wie ich schon sagte, es ist nicht mehr das, was es mal war. Ich meine, sehen Sie sich doch um. Glauben Sie, diese runtergekommene alte Spelunke hätte immer noch die Anziehungskraft, daß wir die Kohle für eine richtige Show hinblättern könnten?«

»Vermutlich nicht.«

»Da haben Sie richtig vermutet. Wir schwitzen hier sogar den Saft selbst, der nötig ist, um die Neon-Titten über der Tür einzuschalten. Irgendwo müssen wir sparen, also stehe ich hinter der Theke, und mein Partner Moe Stein macht die Unterhaltung. So ist das heute.«

»Und seine charmante Assistentin?«

»Ach, das ist eine reizende alte Braut, die früher mal hier und in einigen anderen Lokalen gestrippt hat. In ihrer besten Zeit nannte sie sich Delilah. Sie glauben's vielleicht nicht, aber im nächsten Jahr kassiert sie ihre Altersrente.«

»Tja, ich weiß nicht ... meine Augen.« Ich blinzelte zu Delilah hinüber und konnte gerade soviel erkennen, daß ihr Badeanzug an den Hüften ziemlich spannte. Ich versuchte es auch noch mal mit Bennys Partner. Wo hatte ich diesen Burschen schon gesehen?

»Strippen ist heute keine heiße Nummer mehr«, sagte

Benny unterdessen, »und es ist auch sehr arbeitsintensiv, wie die Ökonomen dazu sagen. Also mußten wir alle bis auf Delilah feuern. Verdammt, jeder, der sich den ganzen Abend Mösen ansehen will, hockt doch heute mit einem Six Pack zu Hause vor seinem beschissenen Videorecorder, verstehen Sie?«

»Taugt er was?« fragte ich. »Der Große Morris, meine ich.«

»Wie Sie ja sehen können, gibt er sich Mühe. Er macht diese Gedankenlese-Nummer, die er auch schon gemacht hat, als Mickey Maus noch in die Windeln schiß. Irgendwer hat ihm gesagt, Gedankenlesen wäre die absolut größte Sache für japanische Touristen, die heute mit ihrem Geld in der ganzen Stadt um sich schmeißen. Also zieht Moe seine alte Masche ab. Er hat mich sogar überredet, Sake und Pflaumenwein für die Bar zu kaufen. Aber bislang – keine Japse. Mein genialer Partner!«

Die Augenbinde des Großen Morris saß inzwischen an Ort und Stelle. Delilah stolzierte ins Publikum, was einige Gäste dazu anregte, sich aufrecht hinzusetzen und aufzupassen. Sie suchte sich einen einsamen Typen in der kümmerlichen Menge heraus und wackelte ihm mit ihren Titten zu, um ihn zum Lachen zu bringen. Dann beugte sie sich vor und nahm einen Dollarschein von seinem Tisch, führte ihn auf die Bühne und ließ ihn den Schein hochhalten. Einige der anderen Trottel klatschten und pfiffen.

Ich sah aufmerksam zu.

Benny stöhnte wieder. »Jetzt liest er gleich Gedanken.«

Der Große Morris hob eine Hand und legte sie mit dramatischer Geste an seine Stirn. Eigentlich hätte an diese Stelle ein Trommelwirbel gehört, aber ich vermutete, die Kosten dafür waren unerschwinglich. Das Versuchskaninchen grinste dümmlich ins Publikum, während der Große Morris Anweisungen erteilte, die ich nicht ganz verstehen konnte.

»Was hat er vor?« fragte ich Benny.

»Die Nummer, die er gleich macht, ist schon so alt, daß sie Arthritis hat«, erwiderte Benny. Er sprach es *Arthur-itis* aus. »Sehen Sie den Dollarschein, den der Dussel hält?«

»Ja.«

Benny ging zur Kasse und holte etwas. Er hatte einen roten Fettstift in der Hand.

»Sehen Sie das?« fragte er. »Der Dreh bei dieser Nummer besteht darin, daß man sich einen ahnungslosen Idioten aus dem Publikum zum Helfershelfer macht. Und wie stellt man das an? Man nimmt einen Dollar, irgendeinen Schein, und gibt ihn vor der Show dem Großen Morris, der sich die Seriennummer einprägt. Dann macht man mit dem Stift zwei kleine rote Punkte an die Ecken des Scheines – ein Punkt je Seite und etwas unterschiedlich, damit es nicht zu offensichtlich ist. Kapiert?«

Hatte ich. »Dann sorgt man dafür, daß der gekennzeichnete Schein schließlich als Wechselgeld wieder bei irgendwem auf dem Tisch landet, und Delilah muß sich nur umsehen, bis sie den perfekten Freiwilligen gefunden hat.«

»Und tataaa! Der Große Morris kann, obwohl seine Augen doch verbunden sind, die Seriennummer sagen, auf den sich der Schmock auf der Bühne so fest er nur kann konzentriert.«

Was oben auf der Bühne geschah, war genau das, was wir gerade durchgespielt hatten. Von Zeit zu Zeit *ooh*ten und *aah*ten die Dummköpfe.

»Zwischendurch reißt er auch mal einen Witz«, sagte Benny. »Er sagt dann so was wie: ›Nun, die Zahl, die ich sehe, scheint auf dem Kopf zu stehen, und ich kann nicht sagen, ob es eine Sechs oder eine Neun ist. Also wirklich, Sir, Sie müssen schon mitspielen! Konzentrieren Sie sich, Mann! Lassen Sie sich nicht so von Delilahs Tittengewackel einheizen, wie sie's jetzt wahrscheinlich macht, und he, denken Sie nicht immer an die Neunundsechzig! Ich kriege so was mit, müssen Sie wissen.‹ Bei solchen Gags fliegen hier die Hüte.«

Und natürlich lachten die Trottel alle.

»Sehen Sie, was ich meine?« sagte Benny. »Tja, und manchmal vermasselt er sogar absichtlich eine Nummer. Diese Vollidioten sehen, daß Moe einen Schnitzer macht, und schon kaufen sie ihm alles andere ab, was er ihnen zuwirft.«

Ich leerte das erste Glas Red Label, dann nahm ich einen großen Schluck vom Molson. »Gibt's irgendeinen besonderen Grund, warum Sie mir Betriebsgeheimnisse verraten?« fragte ich Benny.

Genau in diesem Augenblick kam meine Großtante aus Carnarsie zur Bar gewalzt, knallte ein Tablett auf die Theke und sagte, sie brauche zwei Rolling Rock vom Faß. Sie sah mich an, verzog den Mund und sagte: »Bist du immer noch hier, Lance?« Ich warf ihr eine Kußhand zu. Benny brachte ihr Bier, und sie schlurfte auf ihren Platteausohlen davon, die aus irgendeinem Reptil gemacht waren, wie ich bemerkte.

»Kein besonderer Grund«, beantwortete Benny schließlich meine Frage. »Ich versuche nur, bei einem netten Gast, wie Sie einer sind, ein bißchen das wiedergutzumachen, was diese gottverdammte alte Hexe Ihnen an den Kopf knallt.«

»Danke, aber um mich brauchen Sie sich keine Sorgen zu machen. Mein Freund hat mich schon vor ihr gewarnt. Ich bin trotzdem gekommen.«

»Ach ja? Wer ist denn Ihr Freund?«

Ich schob mich von der Seite an Benny heran. »Tja, er arbeitet manchmal hier. Freischaffend, sagt er.«

Benny kratzte sich am Kopf. »Wenn er hier arbeitet, dann müßte ich ihn doch eigentlich kennen. Wer ist es?«

»Ja, wahrscheinlich kennen Sie ihn, wo Sie ja der Inhaber sind und alles. Ich kenne ihn allerdings nur unter seinem Straßennamen. Picasso, so wie der Maler.«

Bennys Gesicht und Kidney-Bohnenkopf verdunkelten sich. »So ein komischer kleiner Bursche? Mit Spitzbart und einer von diesen französischen Mützen auf dem Kopf? Der ist Ihr Freund?«

»Ja.« Ich erinnerte mich, wie ich die Sopranstimme im Chor der Holy Cross gesungen hatte, und blinzelte unschuldig.

»Kumpel, der Knabe ist unheimlicher als Halloween.«

»Aaah, vielleicht ist er ja ein bißchen bekloppt, aber . . .«

Benny fiel mir ins Wort. »He, der Ajatollah war auch ein bißchen bekloppt, oder? Ich sage Ihnen – meiner Meinung nach ist Ihr Knabe gefährlich.«

»Wie kommen Sie denn darauf? Ich meine, er arbeitet hier, oder nicht? Sie haben ihn selbst engagiert – und mein *Knabe* ist er auch nicht.«

Benny rieb sich aufgeregt den Skalp. Ich legte ein paar Scheine auf die Theke und sagte, er sollte einen auf mich trinken, was er dann auch tat – ein Bushmill's, pur. Er entschuldigte sich für die blöde Bemerkung von wegen *Ihr Knabe*, er hätte es nicht so gemeint.

Er kippte seinen Whiskey. Ich nahm einen Schluck von meinem zweiten Red Label.

»Wenn Sie so clever sind, wie ich vermute«, sagte Benny und wischte sich über den Mund, »dann verstehen Sie das als gutgemeinte Warnung. Dieser Picasso ist eine tickende Zeitbombe. Eines schönen Tages – *Boooom!* Und mit ihm geht jeder hoch, der dumm genug ist, sich in seiner Nähe aufzuhalten.«

»Das verstehe ich nicht ganz«, sagte ich. »Wenn Sie glauben, daß Picasso kurz vor der Explosion steht, wieso lassen Sie ihn dann hier arbeiten?«

Benny klopfte mit den Knöcheln auf die Theke. »Ich klopf auf Holz, daß er nie wieder vorbeikommt.«

»Er arbeitet gar nicht mehr hier?«

»Er war nie fest bei uns angestellt oder so. Wir haben ihn einfach nur Handzettel für unseren Club verteilen lassen. Sie wissen schon, wahrscheinlich haben Sie unsere Reklamezettel schon gesehen, falls Sie je über den Times Square gegangen sind. Tja, eines Tages taucht Picasso an der Tür auf, als wir mit einer Zeitungsanzeige Handzettelverteiler gesucht haben. Zuerst schien er auch ganz okay zu sein«, sagte Benny. »Er sagt, er sei kein Penner oder so, er hätte ein eigenes Zimmer draußen in Brooklyn und alles.«

»In Coney Island vielleicht?« fragte ich, die Unschuld in Person.

»Genau, im Seashore Hotel. Woher wissen Sie das?«

»Er hat erzählt, daß er da drüben mal für die Jahrmarktsattraktionen gemalt hat, im Astroland.«

»Klar, deshalb nennt man ihn ja auch Picasso. Toller Witz, was?«

»Nicht so, wie Sie ihn erzählen«, sagte ich. »Aber fahren Sie fort. Was hat er Ihnen getan?«

»Zuerst nichts. Er erzählte uns von der Malerei, und daß es heute draußen in Coney Island auch nicht mehr so ist wie früher, und daß er unbedingt Arbeit braucht, und auch, daß er Kohldampf hat und Durst. Okay, denke ich, der Bursche ist offensichtlich keines dieser armseligen Skelette aus der Gegend hier, also ist er vielleicht halbwegs zuverlässig. Tja, dann gaben wir ihm eben was zu essen und eine Chance.«

»Wie ist das gelaufen?«

»Okay. Wir haben ihn direkt vor dem Laden postiert, wo er die Handzettel an die Feierabend-Meute verteilen sollte. So konnten wir ihn im Auge behalten, verstehen Sie?«

»Und?«

»Er war ein bißchen faul, will ich mal sagen. Jedenfalls ist er nicht losgezogen und hat die Zettel gleich in den Müll geschmissen, wie's ne Menge von diesen Typen machen, also konnte man sehen, daß der Bursche wenigstens ehrlich war. Außerdem war klar, daß er ganz offensichtlich nicht mehr alle Tassen im Schrank hatte, so wie er die ganze Zeit mit einem eingebildeten Freund quatschte, so wie n dummes kleines Kind.«

»Ja, das ist mir auch schon mal aufgefallen!« sagte ich und sah Benny mit großen, treuen Augen an.

»Ja, dann wissen Sie ja auch, daß es nicht gut für uns ist, wenn wir einen Burschen zum Zettelverteilen beschäftigen, der so durchgeknallt ist, daß er die Hälfte der potentiellen Kundschaft gleich verjagt.«

»Also haben Sie ihn gefeuert?«

»He! Wenn's nur nach mir gegangen wär, dann hätten wir den kleinen Psycho mit seiner Franzosenkappe in der Rushhour auf die Krankenwagenspur der Seventh Avenue geschmissen. Aber, o nein! Mein genialer Partner hatte natürlich Mitleid mit dem alten Kauz. Genau wie er auch Mitleid mit der alten Delilah und mit dieser gottverdammten Hexe hat. Ehrlich, manchmal weiß ich wirklich nicht, ob ich hier eine Bar hab oder n Wohltätigkeitsverein für geistige Querschläger.«

»Ich nehme an, mit Picasso wurde es schlimmer?«

»Hören Sie sich das an«, sagte Benny. »Eines Tages lassen wir uns diese neuen Reklamezettel drucken. Es ist meine Idee. Ich will wissen, ob wir tagsüber nicht etwas mehr von den Schlipsträgern reinlocken können, verstehen Sie? Raten Sie mal, was auf den neuen Zetteln steht?«

»Sagen Sie's mir einfach, Benny.«

»Ach ja, Sie raten ja nicht gern. Auf den Zettel steht: ›Sex zum Lunch‹.«

Ich lachte. »Nicht schlecht.«

»Ja, also, ich fand, das war eine ziemlich gute Idee«, sagte Benny. »Auch Moe meinte, es wäre ein Knüller. Jeder, der noch halbwegs gerade denken kann, mußte das einfach ziemlich witzig finden. Jetzt raten Sie mal, wer's gar nicht komisch fand?«

»Ich rate nicht.«

»Genau. Also, kaum haben wir Picasso die neue Reklame gegeben, da hören wir draußen vor der Tür auch schon so ein Höllenspektakel, man hätte glauben können, der dritte Weltkrieg wär ausgebrochen. Moe und ich stürmen also raus, und da steht dann Picasso und brüllt jeden an. Er bewirft die Leute auf der Straße mit meinen neuen Handzetteln und kreischt: ›Dreck! Spießbürgerlicher Dreck!‹ Wieder und wieder. Und er tritt und schlägt die Leute auch noch, und ein paar von denen landen aufm Arsch. Er wirft Moe und mir einen Blick zu und schreit dann sofort ›Zuhälter!‹. Immer und immer wieder. Dann verpaßt er uns beiden ein ziemliches Pfund. Mir schlägt er das Gebiß aus dem Mund und macht Mus aus meiner Nase, und Moe verpaßt er so eine Ohrfeige, daß er eine ganze Woche nicht mehr richtig hören konnte. Und dann kommen endlich die Cops angerannt und schleppen ihn weiß der Teufel wohin, ins Bellevue, glaub ich.«

Benny holte Luft und schenkte sich noch ein Glas ein. Ich trank einen Schluck von meinem zweiten Bier.

»Der Bursche ist klein«, sagte Benny, »aber er ist eine gemeine Pißnelke und erheblich stärker, als er aussieht. Es war ein halbes Dutzend Cops nötig, um ihn wegzuschaffen.«

»Wann war das?«

Benny kratzte sich am Kinn. »Vor knapp einem Jahr.«

»Ist er je wiedergekommen?«

Wieder klopfte Benny auf die Theke. »Nee. Ich hab dem diensthabenden Cop damals gesagt, wir wollten wegen dem Kerl keine Schwierigkeiten. Ich hab ihm gesagt, daß wir ihn schwarz bezahlt haben und alles, und daß ich ihn nicht mehr haben wollte, mein Partner, der Mitleid mit Gott und der Welt hat, der hätte ihn eingestellt, und Sie sehen ja selbst, was uns das eingebracht hat. Ich steck dem Cop einen Zwanziger für seine Mühen zu, und er sagte: ›Tja, vielleicht können wir alles einfach vergessen.‹ Und das war's dann.«

Aber Benny war noch nicht fertig. »Wissen Sie, später hat er mich immer wieder in meinen Träumen heimgesucht. Ich sehe ihn dann hier an der Theke sitzen und essen, was wir ihm wegen Moe und seiner gottverdammten Herzensgüte spendiert haben. Ich sehe dann seine Augen, diese irren, großen Augen, die mir unentwegt folgen, während er da sitzt und mampft. Haben Sie sich den Vogel schon mal richtig angesehen, ich meine, aus der Nähe?«

»Jetzt, wo Sie's erwähnen«, sagte ich, »muß ich zugeben, daß er schon ein bißchen komisch aussieht.«

»Ein bißchen! Adolf Hitler sah auch ein bißchen komisch aus.«

»Ich verstehe, was Sie meinen.«

Ich wollte so schnell wie möglich weg, um Picasso von der Brooklyner Polizei aus dem Seashore Hotel abholen zu lassen – den unwahrscheinlichen Fall vorausgesetzt, daß er tatsächlich dort war; ich wollte Benny sagen, daß ich ein Cop war. Ich wollte, daß er in Anbetracht dessen, was mit Celia Furman, Dr. Ronald Reiser und jetzt auch noch Benito passiert war, angemessene Vorsichtsmaßnahmen ergriff. Aber irgendein Instinkt sagte mir, ich solle den Mund halten, wenigstens eine Weile noch; jeder halbwegs fähige Cop, für den ich mich im übrigen gern halte, lernt, seinen Instinkten zu vertrauen.

»Aber verraten Sie mir eins«, sagte ich. »Was passiert, falls Picasso jemals wieder hier aufkreuzt?«

Benny lächelte. So ein Lächeln konnte nichts Gutes bedeuten.

Er beugte sich unter die Theke. Als er sich wieder aufrichtete, hatte er einen .44er Revolver in der Hand, genauso groß und häßlich wie meine eigene Charter Arms und genauso in der Lage, einem Mann ein Loch von der Größe eines Baseballs in den Brustkorb zu fetzen.

Liebevoll streichelte Benny die schwere Kanone mit der freien Hand. Er lächelte. »Wenn Sie Ihren Freund Picasso das nächste Mal sehen, dann sagen Sie ihm, daß ich und mein Freund hier bereit sind und auf ihn warten.«

Ein Mann mit meiner Beobachtungsgabe lernt natürlich erheblich schneller als der durchschnittliche Trottel. Das ist eine Tatsache des Lebens. Hab ich nicht recht?

Gottverdammt recht hab ich.

Der typische Bauer hat dieses blöde, flache Gesicht, bis er ungefähr fünfzig hirnlose Jahre alt geworden ist. Das liegt daran, daß der Trottel ein halbes Jahrhundert braucht, bis er endlich die Tatsache kapiert, daß die Spielregeln manipuliert sind, doch dann ist es allerdings viel zu spät.

Also sollte man doch meinen, daß ein Bursche wie ich, der schnell lernt, eine erheblich bessere Chance hat, zu bekommen was ihm zusteht, richtig?

Falsch, Trottel!

Gott ist ein beschissener Zyniker. Er hat kaputten Künstlern wie mir und anderen Unangepaßten dieser Welt die Macht der Beobachtungsgabe geschenkt, und dann ist er hergegangen und hat dem Rest Scheuklappen angelegt, damit sie sich dumpf und dümmlich darauf konzentrieren, ihr Glück zu finden.

Wenn du mich fragst, dann ist das verrückt. Aber weil alles Gottes Schuld ist, sagt man, auch das sei von Gottes Gnaden.

Gut, von mir aus.

Ich hab schon vor langer Zeit gelernt, den richtigen Augenblick abzuwarten. Und ich hab auch gelernt, daß sich die Lektionen an jeden heranschleichen.

Und hier ist eine der wichtigsten Lektionen, die ich je gelernt habe: Keine gute Tat bleibt ungestraft . . .

13

Draußen fand ich tatsächlich eine intakte Telefonzelle und rief die Mordkommission an. Es war zehn nach eins, und Mogaill war nach Hause gegangen. Der diensthabende Sergeant stellte mich zu einem Detective der Nachtschicht durch, der gerade einen Bericht über die ersten Untersuchungsergebnisse vom Tatort im Bellevue tippte.

»Neil Hockaday hier. Ich arbeite an dem Reiser-Mord.«

»Ja, hab ich schon gehört. Ich habe gerade Ihren Namen getippt. Ich heiße übrigens Hooper. Der Captain hat gesagt, ich soll das Zeug hier für Sie bei Logue abgeben.«

»Danke. Ich möchte, daß Sie noch etwas anderes für mich tun, Hooper.«

»Und das wäre?«

»Rufen Sie das Coney Island Revier in Brooklyn an und lassen Sie von denen das Seashore Hotel an der Surf Avenue überwachen. Alles, was rein und raus geht, okay? Besser, wenn sie auch noch das Dach im Auge behalten.« Ich gab noch eine kurze Beschreibung von Picasso und der Kleidung durch, die er im Park getragen hatte. »Der Name ist Charlie Furman, auch bekannt als Picasso.«

Hooper pfiff leise. »Ja, Picasso – das ist doch der Bursche, der in sämtlichen Nachrichten erwähnt wird. Wie ich höre, hat er heute abend gleich zwei Leute umgelegt – den Doc im Bellevue und einen Ladenbesitzer auf der West Side. Was dann alles in allem bislang drei macht, wenn man die Schluckschwalbe von neulich mitrechnet.«

Dann war es also jetzt raus und wurde miteinander in Zusammenhang gebracht, dachte ich. »Sagen Sie den Jungs in Brooklyn, ich ginge nicht davon aus, daß unser Mann dort sein wird, aber ich will trotzdem eine Überwachung rund um die Uhr, bis Sie etwas anderes von mir hören. Was Besseres haben wir im Moment nicht, soweit es einen möglichen Aufenthaltsort betrifft. Falls die in Brooklyn damit ein Problem haben, sagen Sie ihnen, sie sollen sich mit Inspector Neglio in Verbindung setzen.«

»Okay«, bestätigte Hooper. »Das war's?«

»Geben Sie Brooklyn meine Privatnummer.« Ich nannte Hooper die Telefonnummer. »Ich will sofort verständigt werden, wenn er auftaucht. Ich denke, ich kann eine Menge Schwierigkeiten vermeiden, wenn ich bei der Festnahme dabei bin.«

Und dann, weil ich so müde war und, um die Wahrheit zu sagen, nach zwei Morden und vier Drinks auch ziemlich benommen, rief ich mir ein Taxi und fuhr die paar Blocks von der Ecke Forty-third und Tenth nach Hause. Aber erst, nachdem ich von einem alten Matrosen angesprochen wurde, der mit seinem Becher den Broadway abklapperte; der Times Square wollte in dieser Nacht nicht so schnell auf mich verzichten.

Der Matrose war groß und hager, hatte ein Gesicht, das in besseren Zeiten ganz eindeutig mal gutaussehend gewesen sein mußte; ein Gesicht wie das in dem Bilderrahmen auf der Kommode in meinem Schlafzimmer, wie das zuversichtliche Soldatengesicht meines Vaters. Die Kleider, die er trug – zwei karierte Hemden, eine schmierige Buschjacke, eine an den Aufschlägen ausgefranste Cordhose, Schuhe mit abgebrochenen Absätzen –, besaßen kein Leben, als wären sie einem Toten genommen worden. Seine Haare waren braun und verfilzt und seine Augen grün, das eine näßte.

»Junger Herr«, sagte er, als ich aus der Telefonzelle trat, »Sie sehen mein Dilemma.« Er schüttelte einen Pappbecher in meine Richtung, und die Münzen darin klimperten.

Ich griff nach einem Quarter in meine Tasche.

»Ach, Ihr Geld will ich nicht«, sagte er.

»Was willst du dann?«

»Ich hätte gern Ihre Meinung.«

»Zu was?«

Es blitzte, und schnell wurde die Luft drückend und feucht. Dann fielen die ersten Tropfen eines feinen Frühlingsregens.

»Sie sehen hier einen Bettler vor sich«, sagte er, während der Regen über sein faltiges, gelbliches Gesicht lief. »Bitte, junger Herr, sehen Sie in meinen Becher und sagen Sie mir, ob er halb leer oder halb voll ist?«

Ich gab ihm den Quarter und dazu noch einen Fünf-

Dollar-Schein. »Tut mir leid, alter Mann. Ich kann dir nichts anderes sagen außer Gott segne dich.«

Dann stieg ich in den Fond eines Yellow Cab und fuhr durch das nächtliche Gewitter. Das billige Flackern des Times Square schimmerte durch die nassen Scheiben. Für ein paar Augenblicke beklagte ich in der privaten Dunkelheit meines Taxis das Schicksal alter, verlorener Männer.

Ruby schlief in meinem Bett.

Draußen im Wohnzimmer hatte sie mir einen Teller bereitgestellt: Einen Doughnut, zwei Aspirin und ein Glas Milch. In einem Glas Wasser stand ein Strauß Gänseblümchen.

Ich holte ein Handtuch aus dem Bad, setzte mich in den grünen Sessel und trocknete Kopf und Gesicht ab. Ich rief die Auskunft an und ließ mir die Nummer des Seashore Hotel geben.

Nach neunmaligem Klingeln krächzte eine Brooklyner Stimme: »Seashoa.«

»Das Zimmer von Charlie Furman, bitte.«

»Von wem?«

»Picasso.«

»Was soll das werden, so was wie n Witz, oder was?«

»Nein – legen Sie nicht auf!«

Es folgte ein kurzes Schweigen. »Wer zum Teufel sind Sie überhaupt?«

»Detective Neil Hockaday, New York Police. Ich suche einen Ihrer Gäste mit dem Namen Charles Furman alias Picasso.«

»Falls Sie den alten Jahrmarktsmaler meinen, sind Sie viel zu spät, Mister. Der ist schon seit einem Jahr nicht mehr hier gewesen.«

In etwa was ich erwartet hatte.

Die Stimme aus Brooklyn fügte hinzu: »Wir mußten ihn an die Luft setzen, als er seine Miete nicht mehr bezahlt hat.«

»Wissen Sie, wohin er gegangen ist?«

»Machen Sie Witze? Die Leute hier hinterlassen keine Nachsendeadressen. Außerdem, wir haben in ganz Coney nach dem Bastard gesucht, weil er noch schnell sein Zimmer abgefackelt hat, bevor er gegangen ist. Ich würde *ihm* auch gern Feuer unter dem Arsch machen, falls ich ihn je erwische!«

»Okay, trotzdem vielen Dank«, sagte ich. Ich beschloß, die Observierung des Seashore vorläufig aufrechtzuerhalten.

Nachdem diese letzte Aufgabe des Tages erledigt war, zog ich mich aus und stieg zu Ruby ins Bett. Was mir so richtig und normal vorkam, als wären meine Nächte schon seit Jahren so vollkommen. Sie wurde wach und reagierte nur ein wenig erschreckt auf die ungewohnte Umgebung; sie schmiegte sich an mich und sagte mit belegter Stimme: »Ich bin froh, daß du endlich nach Hause gekommen bist, Hock. Morgen früh mußt du mir alles erzählen.«

Sie war so warm neben mir und machte leise Schlafgeräusche. Ich berührte ihre nackte Schulter, und mir kam der Gedanke, daß selbst Picasso einmal in seinem Leben so eine Zuneigung gekannt hatte. Vielleicht hatte ich nur ein wenig mehr Glück als er. Ich legte einen Arm um Rubys schmale Taille und konnte eine Stunde nicht einschlafen, wartete auf meine Cop-Träume. Die Bilder des Blutes verblaßten langsam, und schließlich spürte ich, wie ich in den sicheren Hafen des Schlafes abdriftete.

Dann fiel ich.

Und in dieser Nacht schlichen sich Picasso und der Matrose und ein Presseausweis in einem Hutband in meine Träume.

Wir saßen in der letzten Nische vor den Schaufenstern des Imbiß auf der anderen Straßenseite, in Pete Pitsikoulis' All-Night Eats & World's Best Coffee. Pete stand persönlich in der Küche und machte unser Frühstück.

Wanda, die Kellnerin, hatte mir schwarzen Kaffee, der in

Wahrheit nicht der beste der Welt war, und Ruby einen Kräutertee gebracht, dazu bekamen wir Eiswasser und guten, frischgepreßten Orangensaft – echten Orangensaft von der Sorte, der durch das Valensina-Kartell verdrängt worden war. Auf unserem Resopaltisch ausgebreitet lagen die letzten Morgenausgaben der ›Post‹ und der ›Daily News‹. Ich hatte es mir geschenkt, ›Newsday‹ oder ›Times‹ zu kaufen, die auf ihre unterschiedliche Weise doch eher Zeitungen der umliegenden Region waren. Des weiteren lag dort mein Notizbuch. Ich hatte mich daran erinnert, daß es gut war, manche Dinge aufzuschreiben.

Wir tranken und lasen eine Weile. Ich die ›Daily News‹ und Ruby die ›Post‹.

Als Ruby fertig war, sagte sie: »Na, wenn das für mich mal nicht äußerst lehrreich ist. Ein Schauspieler sitzt nach der großen Premiere bei Sardi's und wartet auf die ersten Kritiken seines Stückes, während ein Cop sich in einem griechischen Café herumdrückt, um zu studieren, wie die Boulevardpresse den großen Mordfall rausbringt.«

»Theater ist doch beides, oder nicht? Ein guter Reporter weiß, daß das New Yorker Verbrechen alles besitzt, um das Publikum in seinen Bann zu ziehen: Komödie, Drama und Tragödie – und alles ohne Proben.«

»Und dieses Stück ist der große Renner?«

»Sicher. Solange die schreckliche Geschichte oben auf der Bühne keine echte Auswirkung auf den Geschichtenerzähler hat.«

»Wie zynisch«, sagte Ruby.

»Ganz und gar nicht. Es ist die Möglichkeit der Zeitungsbranche, außergewöhnliche Reporter zu ermutigen, endlich damit Schluß zu machen, immer nur Tatsachen hinzukritzeln und schließlich zur Wahrheit der Fiktion zu gelangen.«

Wir tauschten die Zeitungen.

Der ›Daily News‹-Bericht über die letzte Mordserie in New York City war angemessen flott und weitgehend akkurat. So weit, so gut. Aber wie üblich schoß die Zeitung, die 1801 von dem Aristokraten Alexander Hamilton gegründet worden war, weit über das Ziel hinaus.

Tintenschwarze Blockbuchstaben und ein grobkörniges Foto, zusammen mit Blut und Elend zu einem Päckchen verschnürt, bedeckten die erste Seite der ›Post‹, wie die Leiche eines fetten Mannes, der nach einem langen Sturz vom Empire State Building mit dem Gesicht nach unten auf der Thirty-fourth Street landet. »IRRER TERRORISIERT MANHATTAN« lautete die prägnante Schlagzeile über einem Foto des armen, blutverschmierten Benito, als er auf einer Bahre aus seinem Laden zum Wagen des Leichenschauhauses getragen wurde, während die schluchzende Carolena sich in die Arme eines Cops schmiegte und Luis mit großen Augen dorthin zeigte, wo das Schaufenster des Geschäftes auf unheimliche Art geschändet worden war. Auf dem unteren Rand der Seite wurde dem Leser versprochen, daß all die grauenerregenden Details im Inneren zu finden wären: »Horror bei Tag & bei Nacht, Ausführlicher Bericht und mehr Fotos auf Seite 2 – 3.«

Ich schlug die Zeitung schnell auf.

Ein altes Agenturfoto von Celia Furman und eine neue, von der anderen Straßenseite aus geschossene Aufnahme von *Angelo's Ebb Tide*. Die Bildunterschrift lautete: »Profispielerin aus Detroit erstes Opfer, erschossen in Hell's Kitchen Bar.« Ein Bachrach-Porträt von Dr. Reiser erschien neben einem ›Post‹-Archivfoto des Bellevue Krankenhauses, ein Pfeil wies auf das Dach, auf dem Reiser gestorben war: »Spitzen-Psychiater von verrücktem Eindringling erstochen.« Ein vergrößerter Ausschnitt des Fotos auf der Titelseite zeigte Picassos groteske Zeichnung eines halslosen Mannes, das förmlich die Frage provozierte: »Markenzeichen eines Killers?« Ich vermutete, das Fragezeichen war auf Empfehlung und Rat des Anwaltes der Zeitung gedruckt worden. Dann eine zwei Spalten breite Aufnahme eines nun lächelnden Luis – »Zeuge beschreibt ›Post‹-Zeichner Hauptverdächtigen«. Dazu eine Skizze von Picasso, die ich für ausgezeichnet getroffen hielt. Ich fragte mich, was Picasso wohl dachte, und wo er seine Pressekritiken an diesem Morgen las.

Die wuchtigen Schlagzeilen der Story waren ein Meer aus Schwarz, breiteten sich über ganze zwei Seiten aus. Niemand schlachtet Verbrechen besser aus als die New Yorker ›Post‹, und niemand schreibt gekonnt detaillierter über sie als mein Freund Slats:

GROSSE MENSCHENJAGD
ANGELAUFEN – SERIENKILLER ZUM 3.
Cops suchen Straßenkünstler namens »Picasso«
von William T. Slattery

Am hellichten Tag begann der blutige Streifzug eines brutalen Serienkillers mit einem Mord in einer Bar an der Ninth Avenue. Zwei Tage später, mitten in der Nacht, meuchelte der Killer zwei weitere Opfer – zuerst trickste er das Sicherheitspersonal des Bellevue Hospital aus, um einem prominenten Psychiater ein Schlachtermesser in den Rücken zu stoßen, dann marschierte er seelenruhig in einen kleinen Lebensmittelladen in Hell's Kitchen, wo er einem unbescholtenen Ladenbesitzer mit einem Teppichmesser die Kehle durchschnitt.

Aus zuverlässigen Quellen hat die ›Post‹ erfahren, daß Detectives der Mordkommission fieberhaft Jagd auf einen obdachlosen Künstler machen, der sich Picasso nennt. Offiziell läßt die Polizei nur verlauten, daß Picasso »routinemäßig vernommen« werden soll. Aber die ›Post‹ hat erfahren, daß Picasso möglicherweise auch früher schon durch Gewalttätigkeit und Unzurechnungsfähigkeit aufgefallen ist und direkte persönliche Verbindungen zu wenigstens zwei der drei jüngsten New Yorker Mordopfer besaß. In der Reihenfolge ihres Todes sind dies:

- Celia Furman, 59, aus Detroit. Niedergeschossen inmitten einer lärmenden Menge von einem unbekannten Täter, in den Medien auch »Happy-Hour-Killer« genannt, in *Angelo's Ebb Tide Bar* an der Ninth Avenue Ecke West 44th Street. Laut Angaben der Polizei war die bislang nicht gefundene Tatwaffe eine kleinkalibrige Pistole. Man geht davon aus, daß der Mörder aus kürzester Distanz geschossen hat, während Ms. Furman auf einem Barhocker saß. Er konnte anschließend unerkannt verschwinden. Angelo Cifelli, Besitzer der Bar, sagte in einem kurzen Telefoninterview: »Sie war eine alte Freundin aus Motown, und ich bin selbstverständlich zutiefst erschüttert. Dieses Lokal ist eine freundliche Nachbarschaftskneipe. Niemand hat etwas gesehen, niemand hat Schüsse gehört, und mehr habe ich dazu nicht zu sagen.« Wie eine Detroiter Zeitung berichtet, die der ›Post‹ freundlicherweise ein Exklusivfoto von Ms. Furman zur Verfügung stellte, hat sie in dieser Stadt ein umfangreiches Vorstrafenregister wegen mehrerer Verstöße gegen die Glücksspielgesetze.
- Dr. Ronald I. Reiser, 48, aus Manhattan. Bei seinen Kollegen im Bellevue Hospital sehr angesehener, innovativer Psychiater. Irgendwann gestern während der frühen Abendstunden erstochen von dem sogenannten »Bellevue-Schlitzer«, während er sich um seinen Garten kümmerte, den er auf dem Dach der psychiatrischen Station des Krankenhauses angelegt hatte. Der Mörder ließ ein zwanzig Zentimeter langes Fleischermesser im Rücken des Arztes zurück. Die Pressestelle des

Bellevue ließ zu dem Vorfall lediglich folgenden Kommentar verlauten: »Einer oder mehrere Unbekannte verschafften sich offenbar Zugang zu Dr. Reisers nicht genehmigtem Dachgarten und griffen den Arzt daraufhin mit einem Messer an, was schließlich zu seinem tragischen Tod führte. Sicherheitsbeamte des Krankenhauses arbeiten bei der gründlichen Untersuchung dieser Angelegenheit eng mit der Polizei zusammen.« Andere Angehörige des Bellevue-Personals, die ungenannt bleiben wollten, erklärten, Dr. Reiser sei ein »selbstloser Philanthrop« gewesen, der Picasso seit mehreren Jahren kostenlos behandelt habe – bis er vor etwa acht Monaten von Picasso körperlich angegriffen worden sei, aus Gründen, über die sich Reiser nie äußern wollte. Unseren Quellen zufolge wurde Picasso nach diesem Vorfall von Pflegern überwältigt und aus dem Krankenhaus entfernt. Man nimmt nicht an, daß Dr. Reiser in jüngster Zeit von Picasso wegen einer regulären Behandlung aufgesucht wurde, die von unseren Quellen beschrieben wird als »psychiatrische Behandlung in Zusammenhang mit notorischen und latent gewalttätigen, halluzinatorischen Schüben«.

• Benito Molevo Reyes, 40, aus Manhattan, Inhaber des B & C Superette, Tenth Avenue Nähe West Forty-fifth Street. Ihm wurde gestern nacht zwischen 11 Uhr und 11:30 Uhr die Kehle durchgeschnitten, als er sich allein in seinem Geschäft befand. Der Mörder, der von Anwohnern aus der Nachbarschaft unbemerkt Reyes' Laden betreten bzw. verlassen hat, ließ ein blutverschmiertes Teppichmesser zurück. Nach Angaben der Polizei fanden sich keinerlei Hinweise auf einen Kampf. Ca-

rolena, Reyes' Witwe, entdeckte die Leiche, nachdem ihr Mann nicht reagierte, als sie ihn aus einem Hinterzimmer des Ladens rief. Etwa eine Stunde vor dem Mord hat Picasso angeblich die Gestalt eines an einer Schnittwunde am Hals sterbenden Mannes mit weißer Farbe auf das Schaufenster von Reyes' Laden gemalt. Laut Luis Riestra, 16, der mit seiner Mutter in einem Apartment unmittelbar über dem Geschäft wohnt, wurde Picasso gelegentlich von Reyes beschäftigt, um Werbung für Sonderangebote auf das Schaufenster zu malen. Gestern abend erzählte Riestra allerdings der ›Post‹: »Es war schon ungewöhnlich, denn normalerweise malte Picasso tagsüber. Gestern abend stand ich mit meinen Freunden an der Straßenecke und sah Picasso kommen und in Benitos Laden verschwinden. Dann kamen sie zusammen raus, unterhielten sich, und Benito ging wieder rein.« Die beiden Männer hatten keinen Streit, sagte Riestra. »Dann bemerkte ich, daß Picasso unheimlich schnell das Schaufenster bepinselte. Anschließend ist er wieder verschwunden. Ich habe nicht gesehen, daß danach noch einer in den Laden gegangen ist. Aber irgendwer muß wohl.«
Riestra fügte hinzu, daß ein ihm persönlich bekannter Polizeibeamter, der in diesem Teil von Hell's Kitchen lebt – Detective Neil Hockaday von der Street Crimes Unit, Manhattan –, wenige Minuten, bevor Reyes' Leiche entdeckt wurde, in einer großen, schwarzen Limousine vor dem Laden vorgefahren war. Weiter sagte er aus, daß Detective Hockaday, den er nur kurz Hock nannte, aus dem Fond gestiegen wäre und noch geraume Zeit mit einer unbekannten Person auf dem Rücksitz gesprochen hätte, bevor der Wagen fortfuhr.

»Nachdem die schwarze Limo weg war, fing Benitos Frau an zu schreien«, sagte Riestra. »Meine Freunde und ich sind dann sofort zum Laden rüber, wo Hock mit gezogener Waffe neben der Tür kauerte. Er sagte, wir sollten die 911 anrufen, was meine Mutter und einer meiner Freunde dann auch gemacht haben. Und auf einmal wimmelte es nur so von Polizisten.«

Weiterhin erklärte Riestra, daß Detective Hockaday ihn nach Picasso gefragt habe. »Ich hab Picasso nicht erwähnt, das war Hock«, sagte Riestra. »Er hat mir eine Menge Fragen über Picasso gestellt, wie zum Beispiel, wo er wohnt und seit wann er schon in unserer Gegend ist. Aber kein Mensch weiß was über Picasso, nur, daß er ein komischer Kerl ist.«

Detective Hockaday wurde letzte Nacht von Reportern am Tatort des Supermarkt-Mordes gesehen. Er lehnte jedoch jede Stellungnahme ab. Allerdings stellte er Riestra den Reportern mit den Worten vor: »Dieser junge Mann hier hat eine Story für euch.«

Andere Beamte am Tatort des Tenth-Avenue-Mordes, leitende Beamte des Reviers Midtown North eingeschlossen, zeigten sich ebenfalls ungewöhnlich zurückhaltend bei der Beantwortung von Fragen. Bei Redaktionsschluß der ›Post‹ kam die einzige offizielle Stellungnahme von der Pressestelle des Polizeipräsidiums: »Das Department hat Schritte zur schnellen Ergreifung des Täters eingeleitet, der möglicherweise für eine Reihe in Zusammenhang stehender Morde verantwortlich ist. Inspector Tomassino Neglio hat vorübergehend Detective Neil Hockaday von der Street Crimes Unit, Manhattan, mit der Leitung eines Sonderdezernats der Mordkommission zur Aufklärung der Morde an Celia Furman, Dr. Ronald Reiser und Benito Molevo Reyes betraut.«

Inzwischen hat sich eine Reihe namhafter New Yorker Politiker der offiziellen Stellungnahme des Bürgermeisters angeschlossen, in der sie ihrer Empörung Ausdruck verleihen ...

Viel länger war Slatterys Artikel nicht, aber ich hörte an dieser Stelle auf zu lesen, da ich sah, daß jeden Augenblick das Frühstück serviert wurde. Es hat keinen Sinn, sich eine gute Mahlzeit mit den Zitaten von um den heißen Brei redenden New Yorker Politikern zu verderben. Wanda balancierte unsere Teller auf ihren üppigen Armen, und Pete trottete in seiner weißen Kochkleidung hinter ihr her. Schwarzes Haar kringelte sich aus Kragen und Manschetten.

»He, hast du Luis' Foto in der Zeitung gesehen, Hock?« fragte Pete, als er unseren Tisch erreichte. Wanda stellte mit ihren üblichen Ächzern die Teller ab, dann watschelte sie zu einem anderen Tisch. »Mein eigener Aushilfskellner – sein Foto ist in der Zeitung! Mann, der ist ganz schön auf Zack! Genau wie du, Hock, erinnerst du dich noch, als du noch ein kleiner Junge warst? He, vielleicht ist Luis so auf Zack, daß er mir eines Tages den Laden abkauft.«

»Du ohne dein Café?« sagte ich. »Wo verbringst du dann deine ganze Zeit, Pete?«

»Ich verschwinde aus dieser Stadt mit all ihren Kriminellen! Du kannst alles haben. Der alte Pete geht im schönen, sonnigen Florida aufs Altenteil.«

Da ich es nicht übers Herz brachte, ihm zu erzählen, wie's heutzutage im schönen, sonnigen Florida aussah, fragte ich: »Wo steckt dein aufgeweckter junger Mann der Stunde denn heute morgen?«

»Luis? Der kommt heute später. Er hat die Nachtschicht.«

Während des Gesprächs starrte Pete praktisch die ganze Zeit nur Ruby an, und schließlich dämmerte mir, daß ich vielleicht nicht der eigentliche Grund war, warum er an unseren Tisch gekommen war. Ich aß einen Bissen von meinen Eiern auf einer Scheibe Toast. Pete lächelte Ruby an. »Pete, darf ich dir Ruby Flagg vorstellen.«

Pete nahm ihre Hand und küßte sie. »Es gefällt mir nicht, Hock soviel allein zu sehen.«

»Mir auch nicht«, sagte Ruby.

»Sie ist so ein hübsches Kind. Du machst nichts, daß sie dir wegläuft, hörst du?« sagte Pete zu mir.

»Keine Angst, Pete«, meinte Ruby, »er ist immer noch gewaltig auf Zack.«

»Die hier gefällt mir, Hock«, sagte Pete und strahlte zuerst mich und dann Ruby an. »Aber sie ißt nicht so gut wie du. Bring deine Ruby immer schön vorbei, und ich werde dein Juwel schon aufpäppeln.«

»Gemacht«, sagte ich.

Pete schlug mir mit einer seiner großen Pranken auf die Schulter. »Du bist ein Glückspilz!« sagte er. Dann verschwand er wieder in der Küche und ließ den aromatischen Geruch gerösteter Zwiebeln zurück.

»Ich bin froh, daß ich ihm gefalle«, sagte Ruby.

»Ja, ich auch. Er bedeutet mir etwas. Ich kenne Pete schon eine Ewigkeit«, sagte ich. »Früher oder später wird er dir mein größtes Geheimnis verraten, das er bereits allen anderen in diesem Viertel erzählt hat.«

»Und welches Geheimnis ist das?«

»Pete behauptet, ich wäre sein verloren geglaubter Sohn. Als er noch ein junger Koch bei der griechischen Marine war, ist er eines schicksalsschweren Tages in Dublin von Bord gegangen und hat sich dann mit einem Mädchen angefreundet. Sie hat ihm das Herz gebrochen, als sie mit seinem kleinen Jungen heimlich nach Amerika verschwand. Was ihn natürlich hergebracht hat, auf der Suche nach mir.«

Ruby lachte, und ich lachte ebenfalls. Dann löffelte sie ein kleines Stück ihrer pfirsichfarbenen Melone. Ich schaute zu, wie es zwischen ihren Lippen verschwand. Ein oder zwei wunderbare Augenblicke teilte ich Petes Traum von unbeschwerten Tagen in der Sonne, Ruby und ich, irgendwo weit weit fort von New York.

»Kein Wunder, daß du am Ende zurück nach Hell's Kitchen gekommen bist«, sagte Ruby. »Mit deinem Herzen hast du immer hier gelebt, stimmt's? Erstaunlich ist nur, daß du überhaupt fortgegangen bist.«

Ja, das stimmte. Aber wieso hatte ich dann diese offensichtliche Wahrheit niemals geäußert, nicht mal vor mir selbst? Und wie hatte ich es so viele treue Jahre mit Leuten wie Judy McKelvey ausgehalten, deren Beschämung über die Straßen unserer Kindheit ich nie hatte teilen können, egal, wie sehr ich es auch versuchte?

»Ich erinnere mich noch an das erste Mal, als ich in dieses Lokal gekommen bin«, sagte ich.

»Erzähl!«

»Meine Mutter war an diesem Tag mit mir beim Arzt. Es war nicht angenehm, aber ich war tapfer. Anschließend ist sie mit mir hierher zu Pete's gegangen, als Belohnung – eine Coca-Cola und ein Sandwich mit Eiersalat. Und das war das Beste, was ich je gegessen hatte. Wenn ich jetzt daran zurückdenke, schmecke ich es immer noch.«

»Eines Tages möchte ich alles von deiner Mutter und eurem Leben hier wissen. Und auch über deinen Vater . . .«

Ruby berührte den Riß in meiner Seele.

». . . Ich meine, deinen richtigen Vater, Hock. Den hübschen Soldaten auf der Kommode in deinem Schlafzimmer, der dir so ähnlich sieht. Was ist aus ihm geworden?«

Die Worte meiner Mutter waren immer dieselben gewesen – waren stets exakt gleich wiederholt worden –, wenn ich mutig genug gewesen war, nach einem Mann zu fragen, den sie niemals erwähnt hatte; immer hatte ich einfach gefragt: »Was ist mit Papa?«

»Dein Papa ist im Nebel verschwunden, mehr gibt's da nicht zu sagen; es tut viel zu weh, so von ihm zu sprechen, als wäre er je aus Fleisch und Blut und Knochen gewesen.« Nur soviel und wenig mehr, bevor der Mut ihren Sohn schließlich verlassen hatte. Sie war gestorben, als ich ein erwachsener Mann gewesen war, in meiner ersten Woche als Cop. Neben anderen Dingen hatte meine Mutter mir das Bild eines jungen Soldaten hinterlassen, der niemals aus seinem Krieg zurückgekehrt war – und diesen Riß in mir.

Das alles erzählte ich Ruby, während sie mich still ansah.

»Tut mir leid, Hock, aber das war nicht richtig von deiner Mutter.«

Hatte ich mir nicht genau das auch schon gesagt?

»Dein Vater hätte niemals so sterben dürfen, ohne daß dir jemand eine Erinnerung an ihn mitgab«, sagte sie. »Niemand kann ohne Erinnerungen leben.«

War es nicht genau das, was ich an diesem Tag in Coney Island noch herausfinden sollte?

Die glauben, sie rücken mir langsam auf die Pelle, häh? Sollen sie doch denken, ich wäre nur ein weiterer armer Irrer. Ich hab wirklich versucht, es denen zu sagen, oder etwa nicht? Hab ich nicht das Innerste meiner alten, kranken Seele nach außen gekehrt, damit jeder sehen konnte, daß ich sterbe?

Hab ich's nicht?

Gottverdammt, und ob ich das gemacht hab.

Aber sie wollten nicht sehen!

Okay, also zeig ich ihnen noch ein bißchen mehr. Messer, Kanone – das ist bereits erledigt. Das nächste Mal etwas, das ein bißchen interessanter ist, hmh?

Klar, und warum auch nicht? Abwechslung ist die Würze des Todes.

14

Natürlich brannte ich darauf, Johnny Halo und Big Stuff in der Neptune Bar wiederzusehen. Das tat ich auch – bei Gelegenheit.

Im Augenblick allerdings waren sie so ziemlich die letzten, mit denen ich sprechen mußte. Eins nach dem anderen. Ich würde draußen in Coney Island mit einer Menge Leute reden, und das bedeutete einen langen Tag mit viel Lauferei. Vielleicht bekam ich so einen Hinweis auf die Lösung von Rätsel Nummer eins in meinem Notizbuch: Warum hatten Halo und der Zwerg behauptet, Picasso nicht zu kennen?

»Du hast dir gleich gedacht, daß die zwei neulich gelogen haben, stimmt's?« fragte Ruby.

»Natürlich.«

Wir waren damals mit der Absicht nach Coney Island gefahren, Picassos »Meisterwerk« an der Wand des *Feuer und Schwefel* zu besichtigen. Der zu diesem Zeitpunkt noch lebende Dr. Ronald Reiser hatte dies nahegelegt, als er mir das beunruhigende Polaroid zeigte, das ihm von einem nicht weniger beunruhigenden Ex-Patienten zugeschickt worden war. Außerdem hatte ich von Benny im Horny Poodle erfahren, daß Picasso ein Zimmer im Seashore Hotel hatte. Was problemlos durch ein Telefonat mit der Hotelrezeption bestätigt worden war. Nebenbei erfuhr ich im Verlauf dieses Gespräches, daß Picasso besagtes Zimmer als Reaktion auf seinen Rausschmiß abgefackelt hatte.

Um es vorsichtig auszudrücken: Picasso war eine bekannte Größe auf dem Boardwalk von Coney Island. Besonders für jemanden wie Johnny Halo, der stolz von sich behauptete, schon so lange in Coney zu leben, daß er Archie Leach noch auf Stelzen erlebt hatte und von Abie Relis wußte, der unabsichtlich absichtlich aus einem Fenster des Half-Moon Hotel gestürzt war. Das gleiche galt für Big Stuff *(». . . der da und die Frau haben nach dem* Feuer und Schwefel *gefragt«).*

Dann war da natürlich noch der allererste Hinweis auf Picassos Verbindung zu Coney Island: ein altes Schwarzweißfoto in Celias Handtasche, die Aufnahme einer Badeschönheit mit ihren beiden aufmerksamen Begleitern, von denen der mit dem Bart eine Brille trug und ein Barett auf dem Kopf hatte; die mit Füllfederhalter geschriebene Bildunterschrift: CONEY I., SOMMER '54.

Ich vergewisserte mich, ob der alte Schnappschuß in der Brusttasche meines Hemdes steckte. Ruby und ich waren wieder unterwegs zur Uferpromenade.

»Du hast von Anfang an gewußt, daß Halo und der kleine Bursche gelogen haben, aber wieso hast du sie nicht gleich darauf angesprochen?« fragte Ruby.

»Weil das keinen Sinn gehabt hätte«, erklärte ich geduldig. »Immer wenn mir dreiste Lügen aufgetischt werden – mein Onkel Liam von der anderen Seite würde so was ›Kokolores‹ nennen –, bin ich dankbar für dieses Geschenk.«

»Geschenk?«

»In acht von zehn Fällen bietet mir der Lügner eine hilfreiche Abkürzung. So läuft das, wenn man Cop ist: Meistens verbringe ich meine Tage damit, hilflos herumzustolpern und zu stochern. Du kannst dir gar nicht vorstellen, wie ermüdend so was ist. Aber wenn mich jemand freundlicherweise belügt, bekomme ich meine Verschnaufpause. Eine Lüge gibt mir Gelegenheit, etwas langsamer zu machen, den ausgefahrenen Weg zu verlassen und mich umzusehen, denn es ist sehr wahrscheinlich, daß hinter der Lüge etwas verborgen liegt, das mich weiterbringt.«

Ruby lächelte verstehend. »Und wenn Leute die Wahrheit sagen ...«

»Die Wahrheit ist der lange Weg zum Ziel«, beendete ich ihren Gedanken. »Ich bin Detective. Für mich besitzt die Wahrheit nicht denselben Wert wie für andere Menschen. Was nicht heißen soll, daß ich was gegen sie habe. Lügen allerdings – nun, das ist mein Brot und meine Butter.«

»Also dann«, sagte Ruby, »sind wir in beruflicher Hinsicht verwandt.«

Jetzt war ich der Ahnungslose. »Sind wir?«

»Sicher. Du bist der Detective, also suchst du nach nützlichen Lügen. Ich bin die Schauspielerin. Ich trete auf eine Bühne voller Kulissen, ich verkleide mich und trage frei erfundene Sätze vor, die nur dann wahr klingen, wenn ich meinen Text richtig geübt habe.« Ruby lächelte. »Verstehst du? Ich gebe dem Publikum das Geschenk der Lügen.«

»In deinem Fall ist das Kunst.« Und kaum war mir das über die Lippen gekommen, hatte ich Neglio im Ohr: *»Sie sind ein Künstler unter den Cops . . .«*

Wir hatten den F-Train genommen. Jetzt saßen wir einige Minuten schweigend da, lauschten auf die Geräusche der U-Bahn und hingen unseren jeweiligen Gedanken nach. Die Bahn erreichte den East Broadway, Türen öffneten und schlossen sich; Menschen stiegen aus, und Menschen stiegen ein, als wären es Schlafwandler. Wir rollten weiter durch den Tunnel unter dem East River Richtung Brooklyn; die Lichter verloschen, und für einen Augenblick war es pechschwarz im Wagen. Als es wieder hell wurde, hatten sich die Passagiere nicht gerührt, ihre Köpfe waren immer noch über Zeitungen und aufgeschlagene Bücher gesenkt.

Ich dachte daran, wie ich letzte Nacht nach Hause gekommen war, an Milch und Kekse, die sie für mich auf den Tisch gestellt hatte. Stellen Sie sich das vor – Milch und Kekse. Ich dachte an Ruby in meinem Bett, und an mich, mit meinen unruhigen Träumen.

Ich dachte daran, Lügen und schlichte Wahrheiten aufzudecken. An die unauffällige Arbeit ereignisloser Tage. Dachte an Picasso und an Mord.

Rubys Gedanken kreisten um erheblich unmittelbarere Dinge.

»Würd's dir übrigens was ausmachen, mir zu verraten, warum wir den ganzen weiten Weg raus nach Coney Island mit der U-Bahn fahren?« wollte sie wissen. »Kann die Polizei keinen Wagen für den Burschen entbehren, dem die Jagd auf den ›Irren von Manhattan‹ übertragen worden ist, der die Auflagen der Zeitungen heute gewaltig in die Höhe schnellen läßt?«

Tatsache war, ich hatte gar nicht daran gedacht, mir einen Wagen zu besorgen. Bis zu Rubys Frage lag der Grund für dieses Versäumnis tief und unausgesprochen in meiner Manhattaner Seele (mein Onkel Liam würde so jemanden wie mich einen ›Stadtwanderer‹ nennen).

»Mit dem Auto kenne ich den Weg nicht«, gestand ich Ruby.

Sie lachte mich aus. Aber von ihrem Lachen ließ ich mich bereitwillig zum Clown machen.

»Sieh sich einer diesen Mann an. Abends ißt er Hühnchen und Maisbrot bei Princess Pamela's, oder dieses Chili-Zeugs, das ich gestern überall auf seinem Herd entdeckt habe. Er frühstückt jeden Tag bei Pete und Wanda. Er wohnt in einer Hell's-Kitchen-Bruchbude, er bewegt sich per U-Bahn – falls er sich überhaupt bewegt –, und so wie er sich anzieht, wird er niemals in die GQ-Liga aufgenommen. Er gibt sich keine besonders große Mühe, einem Mädchen irgendwas vorzumachen, stimmt's? Bist du durch und durch unbestechlich, Detective Hockaday?«

Was sie da über meine Kleidung sagte, traf auf einen abgestorbenen Nerv. Ich trug eine schön weiche, braune Cordhose, die ich mal für fünf Dollar bei der Heilsarmee gefunden hatte, dazu ein grünes Zwei-Dollar-Hemd aus derselben Herren-Boutique, eine absolut gute, marineblaue Windjacke, die ich auf einer Parkbank gefunden hatte, und an den Füßen Reebok-Tennisschuhe, ganz normal in einem Geschäft gekauft.

»Ich kenn's nicht anders«, sagte ich, »falls du das meinst.«

»Ja. Bleib so.«

»Keine Angst. Für mich ist es sowieso zu spät.«

Sie lachte wieder – karamelfarbene Lippen über Reihen perfekter weißer Zähne. »Während meiner Jugend in New Orleans«, sagte sie, »haben auf der Schule alle Jungs immer nur davon geredet, eines Tages mit dicken Autos rumzufahren.«

»Ich fahre nicht gern«, sagte ich. »Das bringt mich nur aufs Land.«

»Wohin du nicht gehörst?«

»Genau. Außerdem finde ich mich da einfach nicht zurecht.«

»Wie kommt's? Gibt es nicht jede Menge Cops, die jeden Tag in die Stadt pendeln?«

»Traurigerweise verwandelt sich das Department zunehmend in eine Polizei mit fast ausschließlich vorstädtischen Beamten«, sagte ich. »Heute leben Tausende junger Cops draußen auf der Insel in ihren miesen kleinen Cop-Städten – Massapequa und Bethpage, solche Orte.«

»Bist du schon in einem dieser schrecklichen Orte gewesen?«

»Bin ich, ja, und genau das meine ich mit nicht zurechtfinden. Die Menschen dort leben in Gegenden, die von irgendwelchen Bauträgern erschlossen wurden, die die meisten Bäume gefällt und anschließend die Straßen nach ihnen benannt haben.«

»Trotzdem, ich wette, jeder dort draußen wird schwören, daß sie leben, wo sie leben, weil sie direkt hinter ihrem eigenen Haus die Natur haben.«

»Ach, die Natur ist auch nur eine überfüllte Straße. Ich begrüße selbst jeden Tag Mutter Natur, und nach allem, was sie mir über die Jahre geantwortet hat, beginne ich langsam zu argwöhnen, daß sie keine besonders feine Lady ist.«

Wir näherten uns der Endstation.

Der Zug bewegte sich langsam über Hochbahngleise, über Brooklyner Slums voller schiefer Fenster und tristem Leben unten auf den Straßen. Es regnete jetzt, ein Regen von der grauen Sorte, wie er bei Beerdigungen fällt. Bald würde hinter den Teerpappedächern die Weite des Atlantiks in Sicht kommen. Ich berührte kurz die Tasche meiner Windjacke, um mich noch mal zu vergewissern: Da war meine Brieftasche, in die ich das Foto gesteckt hatte, den Schnappschuß von Celia Furman und ihrem Beau an einem sonnigen Tag des unbeschwerten Jahres 1954.

Ruby rutschte auf dem Plastiksitz der U-Bahn dichter zu mir. Ich spürte die Wärme ihres Beines an meinem.

Sie legte eine Hand auf meinen Arm. »Hock, versprichst du mir, daß du dich nie ändern wirst?«

Ich verstand sofort den geheimen Code, den Frauen so oft benutzen, wenn sie über und mit ihren Männern sprechen. Eigentlich bedeutete diese Frage, daß Ruby Flagg hier und jetzt – im F-Train nach Coney Island – beschlossen hatte, daß sich sehr wohl für uns *beide* etwas ändern sollte, bis daß der Tod uns scheidet. Sie starrte mich an, suchte in meinem Gesicht, während ich sorgfältig über meine Antwort nachdachte.

»Ja«, sagte ich.

Wir gingen an dem eingezäunten, leeren Grundstück vorbei, das einmal der Steeplechase Park gewesen war. Früher hatte dort eine anmutige Kuppel aus Glas und Gußeisen gestanden, die eine Welt voller Wunder enthielt, von der ein kleiner Junge natürlich glaubte, sie würde für immer bestehen.

Wir gingen weiter, vorbei an der letzten noch stehenden Mauer des Steeplechase Park. Inzwischen hatte der Regen nachgelassen und war kaum mehr als ein feiner Dunst.

Auf der Mauer hatte Ruby ein Wandbild entdeckt, das kürzlich von einem Verein namens Coney Island Hysterical Society angebracht worden war. Es war das vertraute Logo des Steeplechase-Mannes mit öligen, schwarzen Ringellocken auf der Stirn und einem schwarzen Schnurrbart über einem vollen Lächeln mit viel Zahn. Daneben eine Zeichnung der alten Glas- und Gußeisenkuppel. Die Bildunterschrift lautete:

Steeplechase Park ...
Komm zurück ...
Komm zurück ...

Wir setzten unseren Weg auf der Rückseite von Nathan's Famous fort. Eine Prostituierte faulenzte in einem Hauseingang und steckte sich eine Zigarette an, nachdem sie mich als Nicht-Freier eingestuft hatte. Die Bowery Avenue glänzte stählern unter der Nässe. In der Ferne, zum Wasser hin, das Skelett eines längst vergessenen Riesenrades; die Speichen lagen im Sand und erinnerten an die übriggebliebenen Trümmer nach einem Kampf auf Leben und Tod mit Godzilla.

Dann drang ein Geräusch durch die klamme Luft der Bowery und reinigte sie wie Sonnenlicht, ein Laut, den ich so gut aus meiner Kindheit kannte. Es war so real wie die Stimme meiner Mutter, als wäre es tatsächlich möglich, daß eine andere Welt noch einmal zurückkehrte.

»Woher kommt das?« fragte Ruby.

Das leise Rumpeln, das Klappern und Jaulen und dumpfe Rattern eines Karussells. Ein Blasebalg preßte Luft durch perforierte Papierrollen, Orgelpfeifen röhrten, filzüberzogene Hämmer schlugen ein Dutzend verschiedener Töne. Und zur Musik würden sich die bemalten Pferde heben und senken, heben und senken ...

Es kommt aus einem anderen Leben, dachte ich. »Das kommt von dem Karussell drüben an der Surf Avenue«, sagte ich.

»Es klingt nett«, sagte Ruby. »Vielleicht können wir mal damit fahren, bevor wir zurückkehren?«

»Ich weiß nicht. Vielleicht.«

Wir gingen weiter, vorbei an der Gasse, die zu Picassos Meisterwerk führte, dann die Treppe über den Sand hinauf und zum Boardwalk, wo ich diesen Nachmittag verbringen und Informationen über die Furmans sammeln wollte – Charlie und Celia, auf dem Schnappschuß mit dem bislang unbekannten Mann. Vielleicht fand ich ja auch einen Grund für die Lügen von Johnny Halo und Big Stuff.

Es drohte wieder zu regnen, diesmal würde es ein ausgewachsener Sturm werden. Tief über dem Ozean schoben sich schwarze Wolken zusammen, und in der Ferne donnerte es.

Ein Anreißer auf der Promenade nutzte den Wetterumschwung: »Schnell, schnell, schnell! Kommt schnell ins Trockne. Die Show ist fast vorbei, Leutchen, aber ich sag euch was – bezahlt jetzt nur die Hälfte, und in einer halben Stunde beginnt eine neue Vorstellung, und ihr dürft gern bleiben. Na, besser könnt ihr's kaum treffen, oder? Schnell, schnell, schnell! Heute paradieren bei uns die Kuriositäten der Natur! Ihr seht sie alle, und das zum halben Preis! Ihr seht sie alle, hübsch im Trocknen. Schnell, schnell, schnell!«

Ruby zog mich am Arm zu dem Anreißer. Er stand auf einem Podest vor einem großen, wackligen Schuppen. Segeltuchplakate, auf denen Künstler der Attraktionen abgebildet waren, flatterten im Wind. Eine kleine Menge hatte sich um den Conférencier versammelt, größtenteils gelangweilte alte Männer, die nichts besseres mehr zu tun hatten, und junge Mütter aus den benachbarten Sozialsiedlungen.

»Sieh nur die Plakate!« sagte Ruby.

Ich sah, was sie meinte. »Das ist Picassos Stil«, sagte ich.

»Die Kuriositäten der Natur, Leutchen!« brüllte der Anreißer. »Ja, wir haben sie alle hier. Wir haben sie so, wie ihr sie haben wollt! Und jetzt, solange der Regen noch ausbleibt, jetzt kriegt ihr sie umsonst und gratis! Ja, richtig gehört, gratis! Behaltet euer Geld in den Taschen, Leutchen. Diese kleine Vorstellung geht auf mich!«

Eine magere junge Frau, aufreizend in schwarze Spitze gehüllt, trat neben dem Anreißer hinter einem Vorhang hervor und nahm ihren Platz unter einem Segeltuchplakat ein, das nur vage Ähnlichkeit mit ihr zeigte. Ihr langes, schwarzes Haar fiel wallend über Rücken und Taille herab, ihre Haut war olivfarben und die Augen arabisch schwarz. Auf den Schultern trug sie eine getupfte Python, eine zweite um den nackten Bauch. In der kalten Brise vom Meer standen die feinen Haare auf ihren Armen ab. In den Händen hielt sie die knochigen Köpfe der Schlangen, richtete die ledrigen Reptilaugen und die vorschnellenden Zungen auf die Zuschauermenge.

»Mal ehrlich! Ist sie nicht wun-der-schön?« fragte der Anreißer.

Als Antwort ging ein Murmeln durch die Reihe der alten Männer.

»Darf ich vorstellen! Sparkle, die Schlangenbeschwörerin, direkt aus Damaskus, im fernen Syrien.« Der Anreißer grinste anzüglich. »Na, Männer! Würdet ihr nicht gerne heute abend eure Schlangen von der wun-der-schö-nen Sparkle beschwören lassen?«

Die alten Männer lachten kehlig. Die jungen Mütter starrten Sparkle mit offenem Mund an, als sei sie eine Göttin. Ich warf einen Blick auf das Bild einer dunkelhaarigen, wohlgerundeten Frau, die von Schlangen erdrosselt wurde; in den Augen der Lady auf dem Poster sah ich nackte Angst.

Als Sparkle ihren Hals drückte, krümmte sich die Python und zischte. Dann glitt die Schlange in eine neue Position, enthüllte eine von Sparkles spitzenbedeckten Brüsten. Sie warf der Menge Handküsse zu, drehte sich auf den abgewetzten, hochhackigen Pumps anmutig um und kehrte ins Innere zurück.

»Wollt ihr sehen, wie Sparkle ihre Schlangen schleudert?« fragte der Anreißer. »Sie gehört euch, zum halben Preis – aber nur heute! Mit einem einzigen Dollar kommt ihr rein! Mit einem Dollar kommt ihr ins Trockne, Leutchen. Der Regen naht!«

Als nächstes trat ein Mann vor und baute sich unter dem Plakat eines kräftigen, rotgesichtigen Burschen auf, der die Hände auf die Knie gepflanzt hatte, dessen Mund weit offen stand und verängstigte Mäuse ausspuckte. Der Mann vor uns auf dem Podest war auch nicht annähernd so rund wie sein Abbild auf dem Plakat, aber er war schon dick, und Wangen und Nase waren gerötet. Er hatte die Arme über der breiten Brust verschränkt und sah aus, als wollte er nichts lieber als einen Drink.

»Begrüßt Waldo, Leutchen!« schrie der Anreißer. »Waldo, der professionelle Wiederkäuer!«

Die Menge war nicht sonderlich begeistert.

»Was ist denn mit euch?« fragte der Anreißer. »Ihr wollt eine kleine Demonstration? In Ordnung. Ich habe eine Gratis-Show versprochen, und ich stehe zu meinem Wort. Wer hat einen kleinen Gegenstand, der ruhig etwas klebrig werden darf?«

Ruby stieß mir in die Rippen. »Na los, gib ihm was, Hock.«

»Nein!«

Der Anreißer kreischte heiser: »Hat einer von euch vielleicht einen Silberdollar? Oder einen halben?«

Ruby öffnete ihre Handtasche und wühlte in der Geldbörse. »Ich hab einen Quarter«, rief sie.

»Schön, dann reichen Sie ihn mal rauf, kleine Lady, und weil Sie so schön mitspielen, lasse ich Sie kostenlos in die Vorstellung!« sagte der Anreißer.

Eine der jungen Mütter raunte ihrer Freundin zu: »Scheiße, ich wünscht, ich hätt n Quarter.«

Rubys Vierteldollar wurde zu dem Anreißer weitergereicht, der ihn wiederum Waldo gab, der die Münze prompt verschluckte. Dann beugte er sich vor und öffnete den Mund, damit die Leute in der ersten Reihe sich vergewissern konnten, daß er die Münze wirklich verschluckt hatte.

»Zufrieden?« fragte der Anreißer.

Waldo richtete sich wieder auf. Sein Gesicht lief rot an und verzerrte sich. Mit beiden Händen massierte er seinen Hals, während der Anreißer intonierte: »Es kommt ... es kommt ... es ...«

Waldo spuckte Rubys Quarter wieder aus. Er glitzerte feucht auf seiner Hand.

Die Menge applaudierte zaghaft. »Er kann ihn behalten«, rief Ruby.

Waldo steckte den Quarter ein und verneigte sich in Rubys Richtung. Dann kehrte er in den Schuppen zurück.

»So, Leutchen – was haltet ihr davon, wenn Waldo diese kleine Nummer mit einer lebenden Maus wiederholt?« fragte der Anreißer.

Die alten Männer klatschten zögernd, und die jungen Mütter wurden lebendig.

Und dann begann der Regen auf die Uferpromenade niederzuprasseln. Es donnerte. Der Anreißer öffnete einen Schirm, deutete auf das Drehkreuz am Eingang und sagte: »Nur ein Dollar, Leutchen, und schon seid ihr im Trocknen und werdet dabei noch wunderbar unterhalten. Na, wie steht's?«

Genau wie etwa zwanzig andere liefen Ruby und ich schnell hinein, um dem Sturm zu entkommen. Wir setzten uns auf die unterste Reihe einer Tribüne, die um eine große, hell erleuchtete Bühne errichtet war. Es gab Platz genug für zweihundert Personen, aber selbst mit uns Neuankömmlingen war kaum die Hälfte der Bänke besetzt.

Eine gewaltige blonde Frau, locker dreihundert Pfund Weiblichkeit, stand mitten auf der Bühne. Sie trug ein durchscheinendes, rotes Ballerina-Kostüm und war damit beschäftigt, ein Schwert aus ihrem Hals zu ziehen. Die Zuschauer applaudierten lustlos.

Der Anreißer sprang auf die Bühne, um das Tempo etwas zu beschleunigen. Er hatte ein Mikrophon in der Hand und trug einen Zylinder.

»Leutchen, einen großen Applaus für die holde Estelline, das hungrigste Mädel von ganz Coney Island!« Seine elektronisch verstärkte Stimme war lauter als nötig.

Der Applaus schwoll geringfügig an.

»Und jetzt ein kleines Extra, damit sie es bis zum Abendbrot schafft. Trommler, wenn ich bitten darf!«

Vor einem Schlagzeug im hinteren Teil der Bühne saß ein Mann, der ungefähr ein Drittel von Estellines Gewicht auf die Waage brachte. Er trommelte einen schwungvollen Wirbel. Estelline hob zwei wuchtige Schwerter auf und richtete die Klingen sorgfältig nebeneinander aus, während der Trommelwirbel andauerte. Dann legte sie ihren massigen Goldschopf zurück und stieß den stählernen Pfropfen senkrecht in ihre Speiseröhre.

»Na, wie ist das, Leutchen? Ein Doppeldecker-Schwert-Sandwich!«

Der Applaus gefiel dem Anreißer jetzt schon besser. Estelline verbeugte sich, die Schwerter immer noch im Hals. Der Aplaus schwoll an, Estelline entfernte die Schwerter, verbeugte sich wieder und verließ die Bühne.

Dann stand der Schlagzeuger auf und schob einen Rollstuhl auf die Bühne. In diesem Rollstuhl befand sich, was wie eine Hälfte eines rothaarigen Mannes aussah, der eine Zigarette rauchte. Der Conférencier verkündete: »Und jetzt: Begrüßen Sie Sealo, den Mann mit Flossen statt Armen und Beinen!«

Der Schlagzeuger schob den Stuhl an einen Tisch an der Seite der Bühne und blieb stehen. Dann hob er Sealos Torso und setzte ihn auf den Tisch. Kleine, flossenähnliche Gliedmaßen ragten aus Hemdsärmeln und durch Löcher, die in die Taschen einer Hose geschnitten waren, mit Nadeln wie eine Windel aufgesteckt.

Mit geschickten Lippen schob Sealo die Zigarette in den Mundwinkel. Er schaute ins Publikum und hustete.

Dann ließ er seinen Kopf nach vorn fallen und spuckte die

Zigarette aus. Sie landete auf dem Bühnenboden, und der Anreißer hob sie auf. Sealo streckte seine beweglichen Lippen vor und fischte damit in der Brusttasche seines Hemdes nach einer weiteren Zigarette und einem langen Streichholz.

Er manövrierte die Zigarette in den linken Mundwinkel, das Streichholz in den rechten. Dann schob er mit der Zunge das Streichholz nach oben und riß die Spitze an einem seiner Schneidezähne an. Das Holz flammte auf.

Sealos Zunge schob die Streichholzflamme dicht an die Spitze der halb verschluckten Zigarette. Die Zigarette brannte an, und Sealo ließ das Streichholz fallen, dann bugsierte er die Zigarette wieder in die Mitte seiner Lippen. Er nahm ein paar tiefe Züge, und das Publikum johlte.

Ruby und ich applaudierten höflich. Sealo setzte gerade zu einer Zugabe an, als mir jemand auf die Schulter tippte.

Ich drehte mich um. Ruby ebenfalls.

Ein knapp einszwanzig großer Mann mit Kindergesicht meinte: »Sind Sie wieder nach Coney gekommen, um sich einen schönen Tag mit Ihrem Mädchen zu machen, Kumpel?«

Fast auf dieselbe Art hatte er uns neulich begrüßt, als er auch schon diesen weißen Overall und die weiße Matrosenmütze angehabt hatte. Über eine seiner mißgebildeten Schultern trug er außerdem dieselbe Zeitungstasche.

»In der Tat, so ist es«, sagte ich.

Big Stuff verteilte Handzettel an die Leute in unserer Nähe:

Wie herrlich war's doch!
Wir können alles zurückholen!
Legalisiert Casinos!
Der Boardwalk gehört uns!
Engagiert euch!

»Wie ich sehe, verbreitest du immer noch das Evangelium«, sagte Ruby.

Big Stuff beäugte sie mißtrauisch. »Ha, stimmt. Und wie ich sehe, hängst du immer noch mit deinem Cop-Freund rum.«

»Stimmt«, sagte sie. »Ich mag meine Freunde. Ich rede gern über meine Feunde. Redest du auch gern über deine Freunde?«

Big Stuff ignorierte sie. Er sah mich an. »Ich hab heute dein Bild in der ›Post‹ gesehen.«

»Es war ein langer Artikel, und ich bin erst ganz am Schluß erwähnt worden«, sagte ich. »Praktisch der ganze Rest war über einen Burschen, von dem du ja noch nie was gehört hast – von Charlie Furman, besser bekannt als Picasso. Wie der Künstler. Natürlich ist mein Mann auch Künstler. Er hat das *Feuer und Schwefel* bemalt, von dem du ja schon gehört *hast*, und auch die Plakate vor dieser Bude hier. Toller Kerl. Ich hab mich mal mit ihm unterhalten, weißt du.«

Was Big Stuff überraschte. »Hast du das?«

»Oh, ja klar. Und auch mit seiner Frau, der armen Celia.«

»Ja, das arme Ding.« Es schien Big Stuff nicht weiter zu überraschen, daß Charlie und Celia verheiratet gewesen waren.

»Ich würde alles geben, um noch mal mit ihm reden zu können«, sagte ich.

Big Stuff dachte einen Moment nach. »Tja, was, wenn ich sagte, ich wüßte vielleicht das eine oder andere über den alten Knaben?«

»Ich würde antworten, wir sollten mal drüber reden.«

»Reden ist billig.«

»In diesem Fall nicht unbedingt.«

Big Stuff kapierte schnell.

Ich behielt mein Pokerface. Ich wollte, daß Big Stuff bettelte, was, wie ich herausgefunden habe, eine vernünftige Vorgehensweise ist, wenn ich es mit einem Möchtegern-Informanten zu tun habe, den ich nicht gut genug kenne. Ein bißchen Betteln weckt bei dem Spitzel das Bedürfnis zu gefallen.

»Dann haben wir also vielleicht etwas für uns beide?« sagte Big Stuff.

»Das trifft es nicht ganz. Ich will viel, und dafür bin ich auch bereit, viel zu bezahlen.«

Ich zückte meine Brieftasche und öffnete sie, damit Big Stuff das Geld sehen konnte, das ich der Stadt später in Rechnung stellen würde. Ich zog einen Fünfziger raus.

Big Stuff leckte sich über den Mund. Aber das Geld nahm er nicht an, noch nicht.

»Du sagst, du hättest dich schon mal mit ihm unterhalten?« fragte er.

»Du meinst mit Picasso, ja.«

»Was hältst du von ihm?«

»Picasso sollte meine Antwort persönlich hören. Sag ihm, ich fände, es wäre doch zu schade, wenn am Ende nicht mehr über ihn gesagt wird als: ›Er kam und er ging, und wen kümmert's?‹ Sag ihm, mich kümmert's.«

Big Stuff kramte einen Stift unter seiner Matrosenmütze heraus und zog einen Zettel aus der Zeitungstasche. Er kritzelte eine Adresse auf die Rückseite des Zettels.

»Laß doch noch mal die fünfzig Mäuse sehen«, sagte er.

Ich gab ihm den Fünfziger, und er gab mir den Handzettel.

»Komm um sieben da vorbei«, sagte er. »An der Tür steht kein Schild. Aber wenn jemand aufmacht, dann sagst du, du suchst den Carny Club. Ich werde auf dich warten.«

»Ich werde da sein«, versprach ich.

Big Stuff verließ uns. Auf seinen Stummelbeinen ging er vor der Bühne auf die andere Seite, wuchtete die Zeitungstasche auf die andere Schulter und marschierte dann hinaus, kehrte auf die Promenade zurück und in den grauen Regen.

Waldo nahm seinen Platz auf der Bühne ein.

Er hielt eine Maus am Schwanz hoch – eine zappelnde, rotäugige, weiße Maus, die nicht gerade wie ein begeisterter Mitarbeiter aussah.

Der Schlagzeuger machte einen Trommelwirbel.

Und Waldo brachte das Publikum zum Toben.

Es war keine Frage, daß Waldo die Maus schluckte. Wir sahen sie runtergehen, wir hörten das jämmerliche Klagen der Maus, und dann sahen wir ihren feuchten und panisch zappelnden Wiederauftritt.

15

Die nächsten paar Stunden wanderten Ruby und ich den Boardwalk hinauf und hinab. Der Sturm war abgezogen, und die Sonne gab ihr Comeback, dennoch war die Luft immer noch feucht. Unten auf dem regennassen Strand schimmerten Regenbögen um steinerne Wellenbrecher. Im Laufe des Tages füllte sich die Promenade mit Leuten aus der Gegend. Junge Pärchen, die Spanisch oder Russisch sprachen, schoben Kinderwagen; verwitwete alte Damen, immer noch in winterliche Wolle gemummelt, versammelten sich auf den Bänken in der Sonne, um zu schwatzen und zu rauchen; Teenager kehrten aus der Schule nach Hause zurück.

Ich fragte Budenbesitzer und jeden anderen, der wie ein Einheimischer aussah, ob sie Charlie Furman alias Picasso kannten. Alle starrten mich an, als wäre ich ein Cop. Im wesentlichen erfuhr ich, daß in Coney Island die Frage eines Fremden normalerweise mit einer Gegenfrage beantwortet wird, meistens mit: »Und wer will das wissen?«

Wenn ich dann mal richtige Antworten erhielt, bestätigten diese nur, was ich ohnehin bereits wußte oder leicht selbst folgern konnte: Picasso war ein umherziehender Jahrmarktsmaler mit bestensfalls nebulöser Vergangenheit. Er hatte Coney vor ungefähr einem Jahr verlassen, als die Zeiten so schlecht wurden, daß er sein Zimmer im Seashore räumen mußte. Er war ein schwer faßbarer, schwieriger und streitsüchtiger Zeitgenosse, der keine Freunde besaß, an die sich jemand erinnern konnte, abgesehen von einem imaginären Kumpel, mit dem er ewig schwatzte. Er war ein Eigenbrötler, der einige intelligente Beobachtungen abzugeben hatte, wenn man sich nur die Mühe machte, auf das zu hören, was zwischen den vielen geschwätzigen Sätzen versteckt lag, und wahrscheinlich nahm er seine Kunst zu ernst.

Die Einheimischen wußten weit weniger über Picasso als ich, und sie kannten ihn als eine erheblich einfachere Größe. Durch Logue hatte ich Einblick in einige Aspekte von Picassos Komplexität erhalten: Ich wußte, daß er seinem Land im Krieg gedient und als Folge der erlebten Kampfhandlungen ein Klingeln im Ohr zurückbehalten hatte; ich wußte von den fünf gescheiterten Jahren nach Kriegsende in Detroit; ich wußte, daß seine Frau Celia Schwierigkeiten mit dem Finanzamt bekommen hatte.

Aber was brachte mir das?

Ich zeigte auch den Schnappschuß herum. Niemand konnte darauf jemanden außer Picasso identifizieren.

Für das wenige an Informationen, das ich zutage förderte, hätte ich die Uferpromenade genausogut von einigen Cops der Mordkommission abklappern lassen können, meinte ich etwas enttäuscht zu Ruby. Ich schnüffelte selbst herum, so erklärte ich ihr, weil sich die wenigen Dinge, die ich von diesem Ausflug vielleicht mitnahm, wahrscheinlich als nützlicher erweisen würden als die nüchternen Tatsachen, die sich dank Logue, Mogaill und Konsorten unterdessen in Manhattan sammelten: die Berichte der Gerichtsmedizin und Kriminaltechnik, die Waffenüberprüfungen und Vorstrafenregister.

Hier stand ich also mittendrin, an einem Ort, von dem ich behauptet hatte, er gehöre mir. Neil Hockaday an einem Fall, der Cop, der uneigennützig seinen Urlaub geopfert hatte und zum Hoffnungsträger des angstgeplagten

New York City geworden war, dem Geburtsort der Mordserie. Hier war ich und kam nicht weiter.

»Mit einem Wort, ich bin entmutigt«, beklagte ich mich bei Ruby, die nicht sonderlich verständnisvoll reagierte.

»Meine Füße können nicht mehr«, verkündete sie.

Ruby spendierte Essig-Fritten in Papiertüten, eine Dose Molson für mich und sich selbst ein Barq's Vanilla Cream Soda. Wir setzten uns auf eine Bank und schauten zu, wie der Ozean den Sand aufwühlte.

»Es ist noch gar nicht solange her, da war ich ein magerer, sonnenverbrannter kleiner Junge dort draußen auf diesem Strand«, sagte ich. »Die Priester machten mit uns Ausflüge hierher, damit wir Chorknaben mal für einen Tag an die frische Meerluft kamen. Wir veranstalteten immer einen Wettbewerb, wer die weißesten Muscheln erwischte, die an Land gespült wurden.«

»Und? Hast du gewonnen?« fragte Ruby.

»Falls ich je gewonnen habe, kann ich mich zumindest nicht mehr daran erinnern. Ich war ein hoffnungsloser Fall. Die Muscheln wurden von den Brechern an den Strand geworfen, und ich konnte die hellen in der Gischt tanzen sehen. Aber ich konnte noch nie schnell genug zugreifen oder fest genug halten, um sie zu retten, bevor sie von der Unterströmung zurück ins Meer gespült wurden.«

»Wer kann das schon?« sagte Ruby.

»Eigentlich niemand. Es ist ein abgekartetes Spiel. Das Meer gewinnt immer. Und wenn man doch eine schöne weiße Muschel erwischt, dann hat das Meer eine andere, die noch weißer ist und mit der nächsten Welle hereinkommt.«

»Es ist schon so, wie Princess Pamela gesagt hat, Hock – du bist kein einfacher Mann.«

»Ich wünschte, ich wär's.«

»Und ich hoffe, daß du's nie sein wirst. Ich habe meinen Teil an einfachen Männern gekannt. Ich habe alle ihre Namen vergessen.«

»Du bist in Ordnung, Ruby.«

»Ja, bin ich.« Sie trank ihr Barq's aus und bot mir die Pommes frites an, die sie nicht mehr mochte. Dann erinnerte sie mich: »Es gibt noch viel zu tun, und die Uhr bleibt nicht stehen. Es gibt noch Lügen zu hören, dann ist das Hotel zu überprüfen, schließlich Johnny Halo unter Druck zu setzen, und wer weiß, was sich heute abend ergibt, wenn ich dir nicht weiter auf den Wecker falle und du in diesem Carny Club vorbeischaust.«

»Wo bist du dann?«

»Ach, hab ich's nicht erwähnt? Heute abend habe ich einen Termin im Theater. Die Bühnenlesung eines neuen Stückes. Für potentielle Geldgeber, du verstehst?« Ruby sah auf ihre Uhr. »Ich muß mich bald auf den Rückweg machen.«

Das war sehr überraschend. Ich gewöhnte mich allmählich an unsere Zusammenarbeit. Und auch sonst. Ruby war intelligent und beweglich, und in Gesellschaft eines Menschen wie ihr werde ich wie von allein beweglicher und intelligenter.

»Hock, du kommst doch heute abend im Theater vorbei, oder?« fragte sie. »Wir werden ziemlich lange dort sein.«

»Ich soll wegen Unmengen Weißwein, Käse und Leuten von der Sorte vorbeikommen, die das Zeug tatsächlich mögen?« sagte ich mürrischer, als ich es eigentlich meinte. »Ich dachte, du würdest heute abend mit *mir* reiten.«

»Schalt mal einen Gang runter, mein Lieber. Ich habe auch ein eigenes Leben. Ich bin hier nur die Freundin, hast du schon vergessen?«

Es ließ sich nicht zurücknehmen, was mir dummerweise rausgerutscht war, aber ich wollte nicht, daß Ruby mich jetzt schon verließ. »Was ist mit dem Neptune? Hast du noch soviel Zeit?«

Wieder warf sie einen Blick auf die Armbanduhr. »Okay, Hock. Aber du mußt mir versprechen, daß wir danach einmal mit dem Karussell fahren.«

Am anderen Ende der Theke, wo der einzige Gast seinen Kopf auf einen feuchten Lappen gelegt hatte und eingeschlafen war, blätterte Johnny Halo in der ›Post‹ und nippte an einem kleinen Bier. Halo schaute auf, als wir von der Promenade hereinkamen; er schien von der neuen Kundschaft nicht besonders begeistert zu sein.

»Ihr zwei schon wieder?« sagte er. »Officer Frick und Officer Frack.«

Wir setzten uns auf Barhocker in der Mitte der Theke. Halo schlug seine Zeitung zu und kam ohne eine Spur von Enthusiasmus zu uns rüber.

»Richtig muß es heißen Detective Frick und Frack«, korrigierte Ruby.

Halo verdrehte die Augen. »Was darf's denn diesmal sein?«

Ich bestellte ein Molson, Ruby sagte Club Soda mit Limonenschnitz. »Das mit dem Limonenschnitz können Sie vergessen, Lady«, sagte Halo. Er schenkte die Drinks ein – kein Limonenschnitz für Ruby –, stellte die Gläser ab und wartete offensichtlich darauf, daß ich fortfuhr.

Ich trank einen Schluck von meinem Bier und beachtete ihn nicht weiter.

Als das Glas halb leer war, konnte Halo sich nicht mehr beherrschen. »Wär besser, wenn Sie im Moment nicht im Dienst wären, Kumpel, denn andernfalls könnte ein besorgter Bürger das Department anrufen und melden, daß hier in meiner Bar ein Cop rumlungert, der im Dienst trinkt.«

»Tja, ich schätze, da haben Sie mich wohl erwischt, Johnny. Ich *bin* im Dienst.« Ich leerte mein Glas. »Genau wie ich auch das letzte Mal im Dienst war. Sie erinnern sich doch sicher noch, oder, Johnny?«

Halos Miene war boshaft. Er sah aus, als könnte er zubeißen. Er schwieg.

»Wissen Sie noch, wie Sie mir diese dicke, fette Lüge aufgetischt haben, noch nie was von einem Coney-Island-

Typen namens Picasso gehört zu haben? Und wie Sie nicht gemerkt haben wollen, daß der Münzfernsprecher an der Wand da drüben mit ständigen Anrufen von Celia Furman blockiert war? An dem Tag, an dem sie ermordet wurde?«

»Wenn ein Cop hier reingewalzt kommt und sich nach einem meiner Gäste erkundigt, dann lautet meine Devise: Nichts Böses sehen, nichts Böses hören.«

»Es ist wirklich nichts Persönliches«, sagte ich. »Aber ich werde Sie jetzt wohl verhaften müssen.«

»Was in drei Teufels Namen?«

»Die Anklage lautet, Behinderung eines Beamten bei der Ausübung einer polizeilichen Ermittlung. Was im Staat New York unter gewissen Umständen – wie zum Beispiel bei einer Mordfallermittlung – eine schwerwiegende Straftat darstellt.«

Ich erhob mich von meinem Barhocker und knöpfte die Windjacke auf. Halo erspähte das Schulterhalfter. Ich fischte eine kleine Karte aus meiner Hemdtasche, da es manchmal vorkommt, daß ich die Zeilen vergesse, die der Oberste Gerichtshof vorschreibt. Vielleicht brauchte ich wirklich eine Bifokalbrille, wie Benny vorgeschlagen hatte, denn ich mußte die Karte ziemlich nah vor mein Gesicht halten und blinzeln, während ich las: »Sie haben das Recht zu schweigen. Alles, was Sie sagen, kann vor Gericht gegen Sie verwendet werden . . .«

Halo unterbrach mich mit einem gekränkten »Aaach, kommen Sie! Geben Sie mir eine gottverdammte Chance, okay?«

Ruby öffnete gelassen ihre Handtasche. Sie nahm einen Quarter heraus und hielt ihn Halo mit den Fingerspitzen hin. »Der Anruf geht auf mich, Johnny«, sagt Ruby. »Na los, rufen Sie das Department an. Sagen Sie denen, daß Detective Hockaday im Dienst ein Bier trinkt.«

»Vergessen Sie das Telefon, Lady. Ich hab nie wirklich vorgehabt, so was zu tun!« Halo schob Rubys Hand fort. Inzwischen floß bei ihm der Schweiß wie Wasser aus einem offenen Hydranten im August. »Meine Devise lautet: Nichts Böses sehen, nichts Böses hören, Sie erinnern sich?«

Ruby seufzte und drehte sich zu mir. »Mein Gott, es gefällt mir nicht, wie dieser besorgte Bürger von einem Extrem ins andere fällt. Ich finde, er ist viel zu schleimig, um mit ihm rumzuscherzen.«

Sie sah wieder den sehr feuchten und blassen Halo an. »Sie wissen alles über die Morde, Johnny, stimmt's?«

»Ich hab in der Zeitung gelesen, daß ein paar Leute umgelegt worden sind«, antwortete er matt.

»Ist dir auch schon aufgefallen, wie merkwürdig Johnny aussieht, wenn er von Leuten redet, die umgebracht wurden? Vielleicht solltest du ihm seine Rechte noch mal vorlesen, Hock, ganz von vorne«, schlug Ruby vor.

Ich zuckte mit den Achseln. »Sie haben das Recht zu schweigen. Alles, was Sie sagen, kann vor Gericht gegen Sie verwendet werden ...«

Der arme Johnny Halo sah zuerst mich, dann Ruby und schließlich wieder mich an.

»Sie haben das Recht auf die Anwesenheit eines Anwalts bei jedem Verhör. Falls Sie sich keinen Anwalt leisten können ...«

Halo gab ein durchdringendes Geräusch von sich, das mich an die Maus erinnerte, die in Waldos Innereien verschwand.

»Was war das, Johnny?« fragte Ruby.

»Ich wollte gerade sagen ...« Halo würgte und bekam einen Hustenanfall. Er trank ein paar Schlucke Wasser und erholte sich. »Was wollt ihr zwei überhaupt von mir?«

»Nun, vielleicht wollen wir Ihnen ganz einfach eine Chance geben, Johnny. Denken Sie mal drüber nach, und dann reden wir über alles, okay? Inzwischen bringen Sie uns eine weitere Runde – ein Molson für Detective Hockaday hier, und noch ein Soda für mich – diesmal aber mit Limonenschnitz und einem schönen, großen Lächeln.«

»Sofort, Ma'am.« Halo lächelte, aber er hatte Zähne wie ein Kautabak kauender Baseballspieler, daher war es kein besonders erfreulicher Anblick.

Ruby legte einen Fünf-Dollar-Schein auf die Theke. Halo schob den Schein zurück. »Das geht aufs Haus.«

»Das ist wirklich zu freundlich von Ihnen«, sagte Ruby.

Dann drehte sich Halo um und holte unsere Getränke.

»Das war eine ziemlich gute Vorstellung«, flüsterte ich leise.

»Natürlich. Was ich mache, das mache ich gut.«

»Daran hab ich keine Sekunde gezweifelt. Wie nennen Schauspieler so was eigentlich? Improvisieren?«

»Na so was, Detective Hockaday. Sie kennen also ein bißchen Bühnenjargon. Habe ich Ihnen nicht gesagt, daß Schauspieler und Cops verwandt sind?«

»Das hast du.«

»Die Guter-Cop-Böser-Cop-Nummer ist eine der ältesten Improvisationen der Branche, stimmt's?«

»Die jetzt gerade eine klassische Wiederaufführung erlebt hat.«

»Gib's ruhig zu«, sagte Ruby. »Ich bin der beste Partner, den du je haben wirst.«

»Ich würde dich ja küssen, aber leider bin ich im Dienst.«

Johnny Halo kehrte zu uns zurück. Er stellte die frischen Drinks ab, diesmal mit Limone. »Okay«, sagte er, »dann kenne ich Picasso eben.«

Ich wartete, aber mehr kam nicht.

Ruby gab ihm wieder eine Ladung Böser Cop. »Du mußt schon erheblich mehr ausspucken, Johnny. Und zwar verdammt schnell.«

»Es ist nichts Persönliches«, fügte ich hinzu, »aber wir haben langsam keine Zeit mehr für Zwanglosigkeiten. Wenn Sie's offiziell haben wollen, müssen Sie schon die Bar zumachen und uns ins Präsidium nach Manhattan begleiten.«

»Aaah, ich will keine Scherereien«, sagte Halo.

Der am anderen Ende der Theke schlummernde Bursche rülpste leise. Sein Kopf zuckte hoch, und er schaute sich verdutzt um, dann ließ er ihn wieder auf den Lappen fallen.

»Wo ist Picasso?« fragte ich.

»Woher zum Teufel soll ich das wissen«, fauchte Halo. »Und nach allem, was ich gerade über ihn in der Zeitung gelesen habe, würde ich's Ihnen bestimmt sagen! Ich hab den Kerl seit Ewigkeiten nicht mehr gesehen. Muß schon über ein Jahr her sein.«

»Er war Stammgast hier?«

»Ja, hab ich doch schon gesagt. Noch dazu ein guter Gast, wenn er mal bei Kasse war. Was er normalerweise war, als die Zeiten hier in Coney noch besser waren. Der Bursche war ein großer Künstler, das muß man ihm wirklich lassen.«

Ich bestätigte Halo, daß sich über Geschmack nicht streiten ließ.

»Ja, stimmt. Aber eine andere Sache würde auch kein Mensch bestreiten: Das große Problem mit dem alten Picasso ist: Wenn er nicht malt, dann ist der Bursche eine tikkende Zeitbombe.«

»Wie damals, als er aus dem Seashore geschmissen wurde?«

Halo sah mich überrascht und mit Respekt an – und mit einer Spur Dreistigkeit, was mir verriet, daß sein Mumm zurückkehrte. »Sie sind gut, Hockaday«, sagte er. »Wirklich richtig gut. Woher wissen Sie, daß er dort gewohnt hat?«

Ich fragte mich, wieso ein Lügner wie Johnny Halo so was wissen mußte. Da ich darauf nicht auf Anhieb eine gute Antwort hatte, beschloß ich, ihn und Benny aus dem Horny Poodle vorläufig als völlig unabhängige Informationsquellen zu behandeln. Also log ich natürlich.

»Aus ärztlichen Unterlagen«, sagte ich. »Picassos Anschrift stand in den Akten im Bellevue, im Büro seines Arztes. Der Arzt wurde ermordet.«

»Ach ja«, sagte er, anscheinend zufrieden.

»Und was für einen Ärger hat Picasso hier im Neptune veranstaltet?«

»Och, eigentlich gar keinen«, erwiderte Halo. »Gelegentlich war er in ein Handgemenge verwickelt, aber er hat hier nie diese Wilder-Mann-Nummer abgezogen wie in so vielen anderen Lokalen.«

Ich fragte Halo nach dem Grund.

»Ich vermute, wir haben uns wahrscheinlich irgendwie verstanden«, sagte er. Dann wurden seine wäßrigen Augen freundlich und traurig zugleich, bis sie schließlich die Farbe eines alten, ausgefransten blauen Kragens hatten. »Wir haben uns oft unterhalten, er und ich. Ich wußte immer schon, daß er verrückt war, und ich wußte immer schon, daß er eines Tages komplett durchdrehen würde. Aber ich sag Ihnen was: Der Kerl hatte so eine Art, die Dinge ganz klar zu sehen, und er hat auch immer alles offen und klar ausgesprochen. Ist noch kein Tag vergangen, an dem ich den alten Spinner nicht vermißt habe.«

Ich unterbrach Halo. »Haben Sie je gehört, wie er damit gedroht hat, jemand Bestimmten umzubringen?«

»Nein, nicht direkt. Picasso hat vielleicht dem einen oder anderen Kneipenhocker eins aufs Auge gegeben, und dann floß auch ein bißchen Blut. Oder es lief genau andersrum. Aber weiter ging das, was ich hier erlebt habe, nie. Ich behaupte nicht, daß Picasso niemanden umlegen würde, wenn er die Chance dazu bekäme. Ich sage nur, daß ich persönlich nie gesehen habe, daß sich seine Rage so weit gesteigert hätte.«

»Drüben im Hotel hat er ein Zimmer angesteckt, daher wissen wir, daß der Bursche durchaus recht hitzig werden kann.«

»Ja, ja, ich verteidige weder das noch irgendeine andere gewalttätige Geschichte, die er laut der Zeitung vielleicht getan hat«, sagte Halo. Er deutete mit dem Kopf auf Ruby. »Wie sie's von mir wissen wollte, versuche ich nur zu erklären, daß Picasso leider eine dieser pathetischen Künstlerseelen hat.«

»Und Sie machen Ihre Sache sehr gut, Johnny«, bestätigte Ruby.

»Für mich war der Mann ein großer Künstler«, sagte Halo, »und es spielt überhaupt keine Rolle, daß er auch noch bekloppt war.«

An diesem Punkt unterbrach er sich. Er sagte, zum einen brauchte er jetzt noch einen Dewar's. Zum anderen kamen jetzt zwei gleichermaßen bedürftige Stammgäste vom Boardwalk herein, die ich schon von meinem letzten Besuch kannte – zwei verfilzte Überlebende, die außer dem Neptune nichts hatten, wo sie einen Nachmittag in der Woche verbringen konnten.

Halo zapfte ihnen Bier, und ich hörte ihn sagen, die Drinks gingen aufs Haus. »Herzlichen Dank, Johnny, herzlichen Dank«, sagten sie.

Ruby starrte in ihr Glas. Ich starrte in meines und suchte nach etwas, das ich sagen konnte. Aber die Bilder in meinem Kopf machten mir die Zunge schwer.

Ich sah Picassos schreckliches Meisterwerk, sein *Feuer-und-Schwefel*-Tableau des Leidens und Ertrinkens, der Kloake.

»Ruby«, sagte ich und nahm ihren Arm, »laß uns zu diesem Karussell gehen.«

»Was? Du meinst jetzt?« Meine plötzliche Eile überraschte sie. »Hast du hier keine weiteren Fragen mehr?«

Ich hatte noch viele. Zu viele für den Augenblick.

Ich schaute die Theke hinunter und machte Halo auf mich aufmerksam, was nicht weiter schwierig war, da er uns immer mit einem Auge beobachtete. Ich winkte ihn herüber.

Angespannt und mit mißtrauischen Blicken wie ein Cop, der zum erstenmal einen ihm unbekannten Raum betritt, kam er wieder zu uns. »Was kann ich euch noch über den alten Picasso erzählen?«

»Da Sie ja nicht wissen, wo er ist, gibt es auch nichts, das uns im Augenblick weiterbringen könnte«, sagte ich.

Dann zog ich den Schnappschuß heraus und legte ihn auf die Theke, damit Halo ihn sich ansehen konnte.

»Ich möchte, daß Sie mir sagen, wer die Leute auf diesem Foto sind, Johnny. Und es ist nur fair, Sie daran zu erinnern, daß es eine Schande und Sünde ist, zu lügen.«

Er griff in seine Brusttasche nach einer dieser Halbbrillen, wie man sie für zwölf Dollar in jeder Apotheke kaufen kann. Er setzte sie auf und funkelte mich über die vergrößernden Gläser an, während er das Foto in die Hand nahm. Er legte einen Daumen genau auf Celias Schenkel.

Jetzt trumpfte Halo richtig auf. »Ich werde mein Bestes geben, um meine Pflicht als anständiger Bürger zu erfüllen. Okay?«

»Ist schon gut, daß wir immer auf New Yorker bauen können, die der Polizei jederzeit helfen wollen«, sagte ich.

Halo brummelte irgendwas und senkte den Blick auf den Schnappschuß. Er drehte das Foto ein wenig und las die blaue Füllerbeschriftung entlang einer der welligen Seiten: CONEY I., SOMMER '54.

»Wie ich sehe, ist das hier ziemlich alt«, sagte er. »Woher haben Sie's überhaupt?«

Wieder fragte ich mich: Warum muß Johnny Halo das wissen?

»Na los, Johnny«, forderte Ruby ihn auf. »Verraten Sie mir einfach die Namen des glücklichen Trios.«

»Also, da ist natürlich Picasso«, sagte er und befingerte das Bild von Charlie Furman. »Ich schätze, er wird wohl mit diesem bescheuerten Barett auf die Welt gekommen sein. Der andere Typ hier und die Braut in dem Esther-Williams-Badeanzug – tja, was die beiden angeht, da hab ich wirklich keinen Schimmer.«

Halo schaute auf. Er trug eine Miene zur Schau, die so unschuldig sein sollte wie ein nacktes Baby, was einem Burschen mit Halos Falten und gelblich-braunen Zähnen überhaupt nicht stand. Er versuchte mir das Foto zurückzugeben, aber soweit war ich noch nicht.

Ruby kaufte ihm seine Unschuldsmiene auch nicht ab. Sie sah mich an und spielte mir den Ball zu. »Detective Hockaday, wenn ich bitten darf?«

Abermals zückte ich meine Karte, blinzelte, und fing wieder ganz von vorn an: »Sie haben das Recht zu schweigen ...«

Halo fiel mir zur erfrischenden Abwechslung mit einer unverblümten Lüge ins Wort. »Aaach, kommen Sie! Warten Sie doch einfach eine beschissene Minute, solange ich noch mal einen Blick auf ihr altes, gottverdammtes Foto werfe, okay? Kann man sich's gottverdammt nicht mal anders überlegen?«

»Wir haben aber keine Minute mehr Zeit«, sagte Ruby. »Wir können Ihnen fünf Sekunden anbieten, aber das ist dann auch schon das höchste der Gefühle. Die Zeit läuft.«

Halo sah den Schnappschuß wieder an, aber es war ein halbherziger und ziemlich überflüssiger Blick. Deutlich vor Ablauf der ihm zugewiesenen Zeit sagte er: »Okay, also schön. Die Braut hier ist Celia Furman. Ich kenne sie noch vom Zocken, ist schon verdammt lange her. Zu diesem Thema möchte ich nichts weiter sagen, weil es mich womöglich belasten könnte.«

»Braver Junge, Johnny«, meinte Ruby. »Noch zwei Sekunden! Also, wer ist der Knabe auf dem netten Foto? Sagen Sie's uns schnell, und wir stecken Sie heute nacht nicht in eine Zelle zu einem kräftigen Burschen, der unbedingt heiraten will.«

Halo wurde kalkweiß. »Kommen Sie, Hockaday, schaffen Sie mir diese Frau vom Hals, okay?«

»Die Zeit ist um«, verkündete ich grimmig.

Halo reagierte so lautstark und aufgebracht, daß er den Schlummernden am anderen Ende der Theke weckte, der über die Störung nicht besonders begeistert war. Die Überlebenden dagegen bildeten ein perfektes Gespann Niemande, die in nichts hineingezogen werden wollten, das sie nichts anging. Sie nippten an ihrem verwässerten Bier und ließen sich von all dem Lärm, den ihr Wirt veranstaltete, überhaupt nicht aus der Ruhe bringen.

»Jesus, Maria und Josef!« brüllte Halo. »Ich kenne den anderen Burschen nicht, den, der nicht Picasso ist, okay? Das ist die absolute Wahrheit, so wahr mir Gott helfe!«

»Gottverdammt noch mal! Wieso kann man in diesem Dreckloch eigentlich nicht mal in Ruhe schlafen?« krakeelte der Schlummerer.

»Halt's Maul, alter Mann!«

»Fick dich ins Knie!« knurrte der Schläfer. Anschließend legte er seinen Kopf wieder auf das Lumpenkissen und schnarchte weiter.

Ich schrieb etwas in mein Notizbuch.

»Was soll das da wieder werden?« wollte Halo aufgeregt wissen. »Was schreiben Sie da auf?«

»Sie sind viel zu neugierig, Johnny, wissen Sie das?« sagte ich.

»Hören Sie, wie ich schon sagte, ich will keinen Ärger. Ich sag's Ihnen ganz offen, ich kenne Celia und Picasso. Ich weiß sogar, daß sie mal verheiratet waren und daß sie ihn in die Klapse gesteckt hat. Sehen Sie, das hat nämlich nicht in der Zeitung gestanden.« Halo nahm ein Frotteehandtuch und tupfte sich die feuchte Stirn ab. »Aber Hockaday, bei Gott, ich weiß wirklich nicht, wer der andere Bursche auf dem Foto ist.«

»Johnny, mein Partner und ich sind wie nette und anständige Leute hier reingekommen, und wir haben Sie freundlich gebeten, das Richtige zu tun. Wir haben Ihre verschiedenen Wutanfälle mitbekommen, nur weil wohlerzogene Cops Ihnen ein paar Fragen stellen wollen, die im Zusammenhang mit Morden stehen.«

Ich holte tief Luft und machte eine weitere Notiz. »So, Johnny, ich kann nicht so tun, als hätte ich Verständnis für Ihr Zögern. Deshalb schreibe ich hier kurz meine heutigen Eindrücke auf. Außerdem notiere ich mir, daß ich Sie noch mal überprüfe, Sie verstehen?«

Halo ließ seine Hände langsam zu den Hosentaschen sinken.

Ich ließ den Bick fallen, riß die Windjacke auf und zog quasi schneller.

»Hier drin habe ich zwei Dinge«, erklärte ich und legte die Finger auf den Abzug der .38er. »Meinen Dienstrevolver und Handschellen des NYPD. Ich nehme an, Sie haben eines von zwei Dingen in Ihren Taschen, in die Sie gerade die Pfoten schieben wollen, Johnny.«

»Hören Sie, ich ...«

»Entweder ist es Geld oder eine Kanone«, fuhr ich ungerührt fort. »Ich verspreche Ihnen zweierlei: Wenn Sie eine Kanone ziehen, sehen Sie anschließend ziemlich übel aus; falls Sie mir Geld anbieten wollen, lege ich Ihnen die Armbänder an, und wir beide statten der Gummizelle im Coney-Island-Revier einen kleinen Besuch ab. Anschließend wird Ihnen das eine oder andere weh tun.«

»Also, wie soll's laufen, Johnny?« fragte Ruby.

Halo hob die Hände.

»So ist's brav«, sagte Ruby. »Schön langsam.«

»Himmel, ich würde nie was machen, womit ich mir Ärger einhandle«, sagte Halo. Seine Stimme klang irgendwie undicht, so als würde er alle Luft verlieren. Er sah Ruby an. »Kommen Sie, überprüfen Sie meine Hose.«

»Nein, vielen Dank«, erwiderte Ruby.

»Alles klar, Johnny«, sagte ich. »Ich werde Ihnen jetzt ganz ruhig ein paar Fragen stellen, auf die Sie bitte in aller Ausführlichkeit antworten, bis ich sage, daß Sie den Mund halten sollen. Da ich Ihnen aber nicht trauen kann, und da mein Partner Ihr Angebot ablehnt, Sie abzuklopfen, und da ich unmöglich wissen kann, wer hier reinkommt und wann, werde ich meine Kanone bereit halten.«

»Sie müssen wirklich nicht . . .«

»Halt's Maul, Johnny. Sie machen mich sehr nervös, wenn Sie ohne Aufforderung den Mund aufmachen.«

Halos Gesicht wurde ausdruckslos. Er nickte langsam. Ein ekelhaftes Lächeln spielte auf seinen trockenen Lippen.

»Viel besser«, sagte ich. »So, und jetzt will ich wissen, um was es bei Celia Furmans Anrufen an jenem Tag ging, an dem sie ermordet wurde.«

»Wie ich schon sagte, sie war eine Spielerin«, antwortete Halo.

»Hab ich schon gehört«, sagte ich. »Zu ihrer Zeit war sie ein großer Fisch.«

»Ja, aber die Zeiten sind – die Zeiten *waren* hart für sie, und jahrelang hat sie nicht mehr mitmischen können, weil sie so was wie ein Spitzel fürs FBI war. Trotzdem hat sie immer versucht, doch wieder reinzukommen.«

»Dann hat sie also hier angerufen, weil sie zocken wollte?«

»Nein, Hockaday, so war das nicht. Ich hab schon seit Jahren nichts mehr damit zu tun. Ich bin zwar noch nicht solange draußen wie Celia, aber es ist schon ziemlich lange her. Heute habe ich nur die Bar und ein paar Immobilien, okay? Hören Sie – ich will nicht in irgendwas reingezogen werden, das mich in Schwierigkeiten bringen könnte. Sie müssen mir eins versprechen: keine Schwierigkeiten.«

»Johnny, ich kann Ihnen nur soviel sagen: Ihre Sünden mit den Würfeln oder Blackjack oder was zum Teufel auch immer interessieren mich nicht«, sagte ich. »Wenn Sie dafür eine Absolution haben wollen, gehen Sie besser zu einem Priester. Ansonsten hören Sie auf Ihren besseren Engel . . . und mich.«

Halo nickte.

»Andererseits mache ich Sie sofort fertig, wenn ich herausfinde, daß Ihre Sünden irgendwas mit Mord zu tun haben.«

Halo schüttelte den Kopf.

»Also gut. Wieso hat Celia Furman wegen Glücksspiel bei Ihnen angerufen?«

»Es kursieren alle möglichen Gerüchte, daß das Glücksspiel nach Coney Island kommt. Verdammt, Hock, Sie haben doch selbst Big Stuff und seine beschissenen Handzettel von diesem Verein gesehen, der hier Casinos legalisieren will.«

»Ich habe die Handzettel gesehen, ja. Wer oder was steht dahinter?«

»Schon mal was von Wendell Prescott gehört, dem großen Immobilienzar?«

»Ich habe von *Daniel* Prescott gehört, dem Immobilienzar.«

»Wendell ist sein Bruder, der Prescott, von dem man nicht soviel hört, weil der Dan – so nennen ihn die Leute, *der Dan* – gleichzeitig einer der größten Medienzare aller Zeiten ist.«

»Ich komm da noch nicht ganz mit, Johnny.«

»Okay – Sie kennen doch die Casinos, die dem Dan unten in Atlantic City gehören?«

»Ich lese die Zeitung«, sagte ich. »Einer seiner brandneuen Läden geht pleite, womit der Dan wie der Esel dasteht, der er auch ist. Also hat er sich plötzlich seinen Presseagenten vom Hals geschafft?«

»Genau. Also denkt sich Bruder Wendell – und stellen Sie sich vor, Wendell ist der *ältere* Bruder –, jetzt wäre seine große Chance gekommen, nach dem Ruhm zu greifen, den der Dan all die Jahre für sich gepachtet hatte.«

Ruby unterbrach ihn. »Wendell will seinen Bruder übertrumpfen, indem er direkt hier in New York Casinos baut? Hier, in Coney Island?«

»Volltreffer.«

»Und was macht Wendell Prescott im Augenblick? Die politische Vorarbeit, oder was?« fragte ich.

»Ja«, antwortete Halo. »Hier draußen hat er diese miese Flugblattaktion angekurbelt, und in der Zwischenzeit schmiert er oben in Albany Politiker, damit die das Gesetz ändern und wir hier draußen in unserem kleinen, alten und runtergekommenen Coney Island endlich Casinos kriegen.«

»Hat er eine Chance?«

»Nur über meine Leiche!« erwiderte Halo.

»Was haben Sie dabei mitzureden? Und warum sollten Sie überhaupt mitreden wollen?«

»Ich habe drei persönliche Gründe. Erstens war ich selbst mal Zocker, wie ich schon sagte. Ich war keine große Nummer wie Celia, aber ich habe meinen Teil gemacht. Ich bin wieder davon losgekommen, weil ich eines Tages den Beschluß faßte, keine Matschbirne mehr von der Spielerkrankheit haben zu wollen. Von wegen dummer Hirngespinste, gegen die Bank gewinnen zu wollen, die alles andere als dumm ist. Ganz zu schweigen davon, daß ich nicht für den Rest meines Lebens immer auf der Hut sein wollte. Über diesen Aspekt der Spielerkrankheit werde ich wirklich nicht mehr sagen, denn egal, was Sie behaupten – wenn ich weiterrede, belaste ich mich bestimmt selbst.«

»In Ordnung, in Ordnung.«

»Okay. Zweitens bin ich ein hundertprozentiger Coney, wie ich ja schon sagte. Ich liebe meinen Stadtteil. Vielleicht sieht's hier heute nicht mehr so gut aus wie früher, aber es ist immer noch verdammt viel besser als die Jauchegrube, zu der Atlantic City geworden ist, nachdem Prescott und die anderen Ekeltypen da unten die Uferpromenade übernommen haben.

Also will ich mein Viertel beschützen. Ich frage Sie, was ist natürlicher und patriotischer als das?«

»Natürlich, patriotisch«, wiederholte ich.

»Ich hab ein bißchen Geld hier, und ich leihe mir etwas Geld da. Ich hab sogar diese Bar hier an die Bank verpfändet. Jedenfalls, überall an der Uferpromenade kaufe ich Parzellen auf, und ich denke ja gar nicht daran, an irgendwelche miesen Prescott-Typen zu verkaufen, und außerdem habe ich auch keine Angst vor den Gangstern, mit denen er sich inzwischen wahrscheinlich schon zusammengetan hat – tja, das bleibt auch unter uns, okay?«

»Vorläufig, in Ordnung«, sagte ich. »Aber wo kommt Celia hier ins Spiel?«

»In der ganzen Stadt wird erzählt, daß irgendwer den Strohmann für Prescotts Versuch macht, schon frühzeitig hier draußen die Casinos aufzumachen. Sie wissen schon, um Vorarbeit für einen überzeugenden Haufen Bockmist zu leisten, der den Politikern oben in Albany aufgetischt werden soll. Glücksspiel sei wirtschaftlich gesehen gut für einen alten, am Meer gelegenen Proletenslum, wieso es dann also nicht legalisieren und die Steuereinnahmen einsacken.«

»Und Celia war auf diese Sache aus?« fragte ich.

»Ja, sie hat mich Tag und Nacht genervt, wo wir doch die Branche noch von früher her kennen und mitgemischt haben. Weil sie ja schon so lange nicht mehr im Geschäft war, wußte sie nicht mal, daß ich sie nirgendwo einführen konnte, weil für mich das Glücksspiel gestorben ist, besonders hier, an diesem Ort, den ich liebe und beschützen werde.«

Ich dachte an all die Notizen, die ich mir jetzt machen mußte, und ich bekam Kopfschmerzen.

»Eine letzte Frage, Johnny«, sagte ich. »Sie haben doch drei persönliche Gründe erwähnt. Aber erzählt haben Sie mir bislang erst zwei.«

»Tja, der dritte . . . Ich hab Ihnen ja schon gesagt, daß ich persönlich Picasso für einen großen Künstler halte. Wissen Sie, was Prescott machen wird, wenn er hier Casinos aufmacht?«

Ruby sah mich an. »Hock, verstehst du denn nicht? Sie würden Picassos Meisterwerk abreißen.«

16

Sie sagte, sie hätte eine Scheißangst gehabt.

»Mich hast du ordentlich getäuscht«, sagte ich.

»Das liegt daran, daß ich Profi bin. Es soll leicht und lokker aussehen, wenn ich Theater spiele.«

»Es ist dir nicht nur leichtgefallen, es liegt dir im Blut.«

»Nein«, widersprach sie. »Um ein Haar wäre ich vom Barhocker gekippt, als du nach der Kanone gegriffen hast. In diesem Augenblick wollte ich nichts lieber auf der ganzen weiten Welt, als unauffällig auf die Toilette verschwinden und mich übergeben.«

»Tja, jetzt ist es ja vorbei. Was nun?«

»Ich will zurück nach Manhattan. Ich will in meine Wohnung. Ich will versuchen, mich vor der Lesung heute abend halbwegs zu erholen.«

»Und was ist mit dem Karussell?«

»Gott, Hock, nein! Wie kannst du in so einem Augenblick etwas ... etwas *Lustiges* und *Romantisches* tun wollen? Drei Menschen sind ermordet worden!«

»Dessen bin ich mir absolut bewußt.«

»Du hast es mit einem weiß der Himmel wie geistesgestörten Killer zu tun ...«

Sie sprach nicht weiter und sah aus, als könnte sie jeden Moment anfangen zu weinen. Ich legte einen Arm um ihre Schulter, und wir schlenderten über die Surf Avenue zum B & B Karrusell (so hatte vor langer Zeit der ursprüngliche Besitzer »Karussell« geschrieben, und das jetzige Management respektiert eine Coney-Island-Tradition).

Der Himmel zog sich zu und wurde wieder grau. Gerade als wir das B & B erreichten, fielen die ersten Tropfen.

»Komm rauf, Ruby. Such dir das schönste Pferd aus«, lud ich Ruby ein, nahm ihre Hand und zog sie auf die runde Plattform voller Holzpferde. »Alles brave Rösser. Sie werden nett zu dir sein, und ich bin ja auch bei dir.«

Wir waren die einzigen auf dem Karussell. Aber die Orgel beschwor Erinnerungen herauf: Der Blasebalg preßte Luft durch perforierte Papierrollen, Messingpfeifen, filzbespannte Holzhämmer – die Musik aus einem anderen Leben.

So real wie die Stimme meiner Mutter . . .

Neben der Orgel stand ein Mann, der das Karussell bediente. Ein kleiner, dunkelhaariger Mann, ungefähr in Picassos Alter und mit einem Lächeln, bei dem er viel Zahn zeigte. Er wartete geduldig, während wir über die Holzbretter des Karussells gingen und unsere exklusive Auswahl musterten.

Schließlich traf Ruby ihre Wahl: ein riesiger Apfelschimmel mit einem breiten, schwarzen Sattel, gehobenen Hufen, geblähten Nüstern und fliegender Mähne. Ruby setzte einen Fuß in den Steigbügel, und ich half ihr auf seinen Rücken.

»Du hast dir mein Lieblingspferd ausgesucht. Damals war das B & B immer von Kindern umlagert«, sagte ich.

»Hab ich? Ist nicht dein Ernst!«

»Doch, wirklich.«

»Warum ausgerechnet das hier?«

»Sieh her«, sagte ich und zeigte auf die Rückseite des Sattels.

Ruby fand die verborgene Schnitzerei: Eine magere, schwarze Katze mit grünen Augen, die sich hinter dem Sattel zusammengerollt hatte. Sie war entzückt.

»Fühlst du dich jetzt besser?« fragte ich.

»Ja, aber ich weiß nicht, warum.«

»Was spielt's für eine Rolle?«

Ich stieg auf das Palomino hinter Ruby. »Alle an Bord?« rief der Karussellführer. Ich nickte ihm zu, er lächelte und bimmelte eine Glocke, und langsam begannen wir uns zu drehen.

Geschützt vor dem Regen bewegten wir uns mit den schönen Holzpferden im Kreis, geschnitzt von großartigen Handwerkern, die schon lange tot waren – und von den meisten Menschen vergessen. Unsere Pferde galoppierten, als würden Husarensporen in ihre Flanken gegraben, als kämpften sie in einer Schlacht gegen Plünderer, die gekommen waren, Coney Island zu zerstören.

Sie galoppierten und galoppierten, immer im Kreis, trugen nur Ruby und mich. Und Runde um Runde stand dort der geduldige Karussellführer mit seinem Lächeln. Er nickte mir zu, Runde um Runde, als kenne er mich.

Der letzte Wolkenbruch hatte schließlich die Straßen leergefegt. Niemand wollte sich auf diesen Tag mit seinem launischen Aprilwetter einlassen.

Aber wir galoppierten weiter, Ruby und ich und unsere bemalten Pferde.

Die Orgel spielte »By the Sea«, und die Pferde hoben und senkten sich.

Und hoben und senkten sich.

Und was hat dieses Wunderbare Land der Freiheit der nächsten Generation zu geben? Einen Traum? Ein Versprechen?

Das war's doch, was wir gekriegt haben, stimmt's nicht?

Und ob das verdammt noch mal stimmt.

Aber ich frag Sie: Was ist mit der kommenden Generation? Ho, ho, auf die kommt langsam, aber sicher eine neue Wirtschaftsordnung zugekrochen, häh?

Früher war's so, daß mit Arbeit Geld gemacht wurde. Heute ist es nur noch das Geld, das Geld macht. Wollen Sie wissen, was ich dazu sage? Ich sage, das ist gottverdammt unamerikanisch!

Es bringt uns um!

Hab ich sie nicht genau davor immer wieder all die gottverdammt langen Jahre gewarnt, in denen ich mich der Beobachtung dessen geopfert hab, was ich hier in dem stolzen Land unserer Pilgerväter seh? Hab ich's nicht?

Hat ein Mann mit wahrer Liebe im Herzen nicht die Pflicht zu beobachten, wie ich es getan hab? Und die Leute sehen zu lassen, was ich seh?

Verdient nicht wenigstens das ein wenig Respekt?

Oh, aber sie wollen nicht sehen. Nein! Sie wollen nicht sehen. Folglich ist das auch der Grund, warum so viele große Künstler nicht besonders angesehen sind.

Und wo bleibe ich dabei?

Nun, Sir, Sie kennen ja den alten Spruch: Man tötet immer diejenigen, die man am meisten liebt . . .

Nachdem ich Ruby in die U-Bahn nach Manhattan gesetzt hatte, wartete ich das Ende, wie ich hoffte, des anhaltenden Regens in einer kleinen Bar an der Surf Avenue ab, in der es nicht einen Tropfen Red Label gab. Ich trank Kaffee und aß ein Käse-Sandwich mit Pickles, was Ruby vermutlich glücklich gemacht hätte.

Außerdem steckte ich Geld in die Musikbox, die gut und zahlreich mit Billie-Holiday-Melodien bestückt war. »My Sweet Hunk of Trash«, »Do Your Duty«, »In My Solitude« und »Gimmee a Pigfoot and a Bottle of Beer«.

Die Abenddämmerung kam früh, und mit ihr ein heftiger, naßkalter Wind vom Meer. Ich marschierte flott über die Surf Avenue zum Seashore Hotel, aber auch der schnelle Schritt verhinderte nicht, daß ich im feuchten Abendwind zitterte, der vom Strand herauffegte.

Wie ich verlangt hatte, wurde das Hotel überwacht. Ein blauweißer Brooklyner Streifenwagen parkte in der Gasse neben dem Hotel; zwei Uniformierte saßen darin, zwischen ihnen auf dem Armaturenbrett stand eine fleckige, geöffnete Papiertüte von Dunkin' Donuts. Im Osten, drüben auf der anderen Straßenseite, stand ein schwarzer, ungekennzeichneter Wagen, aus dessen Auspuff sich Abgase in die Luft schraubten. Ich nahm an, daß hinter dem Haus ein oder zwei Cops zu Fuß unterwegs waren und auch jemand auf dem Dach.

Ich betrat das Hotelfoyer, das kleiner war als meine Wohnung. Es wirkte allerdings größer, da es nur einen einzigen

Sessel gab. Dort saß eine Prostituierte mit roter Perücke und rauchte. Ihr Rock war fast bis zur Taille hochgerutscht. Unter der niedrigen Decke summten Neonröhren, die alles in ein hartes Weiß tauchten, das mich an das Eis in einem Kühlschrank erinnerte. Der säuerliche Geruch schmutziger Wäsche hing in der Luft. Irgendwie schien es hier immer so zu riechen. Vor der hinteren Wand neben der Treppe befand sich ein Käfig wie bei der Kasse in einer Bank. Darüber hing ein weißes Stahlschild mit einem Einschußloch und der braunen Beschriftung: WENN SIE HIER LEBEN WÜRDEN, WÄREN SIE JETZT ZU HAUSE.

Die Nutte musterte mich, als ich das Foyer zum Käfig durchquerte. Darin eingepfercht mit einer Kasse, einem Radio und einem Regal voller Post- und Schlüsselfächer saß ein junger, fetter Bursche. Er hatte eine bleiche, wächserne Haut, krauses, orangefarbenes Haar und eine dicke Warze auf der Unterlippe. Er lauschte konzentriert Dr. Ruth Westheimers Fragestündchen.

Er schaltete das Radio aus und sagte müde: »Die Nacht kostet zweiundzwanzigfünfzig plus Steuern – oder die ganze Woche ab hundert plus einer Pauschale für die Bettwäsche. Bar und im voraus.«

Ich nahm meine Brieftasche heraus und zeigte ihm die goldene NYPD-Dienstmarke.

»Schätze, dann wollen Sie wohl kein Zimmer?« fragte er.

»Heute nacht nicht, nein. Ich will nur ein paar Informationen.«

»Wie ich schon all den anderen Cops gesagt habe, die hier überall rumwimmeln, das Seashore Hotel gibt keine persönlichen Informationen über seine Gäste. Das ist ein Verstoß gegen die Privatsphäre, und kein Mensch hat irgendwelche Durchsuchungsbefehle oder so was mitgebracht. Ich kenne meine Rechte.«

»Das glaube ich Ihnen«, sagte ich. Die Brieftasche hatte ich noch nicht wieder eingesteckt. Ich öffnete sie, damit der

Angestellte das Geld sehen konnte. »Aber ich bin was Besonderes.«

Der Angestellte sah an mir vorbei hinüber zu der Nutte. »Was wollen Sie wissen?« flüsterte er.

»Kommt drauf an.«

»Darauf, was ich Ihnen über diesen Picasso-Typen sagen kann, den alle suchen?«

»Darauf und was mir sonst noch so an Fragen einfällt. Fangen Sie einfach mal an, und dann sehen wir, ob wir beide ins Geschäft kommen.«

Ich zog einen Zwanzig-Dollar-Schein heraus und ließ ihn knistern. Ich hörte, wie sich die Nutte von ihrem Sessel erhob und zu mir rüber kam.

»Also, lassen Sie mich mal nachdenken. Picasso hat sein Zimmer an dem Tag angesteckt, an dem wir den Marshall kommen lassen mußten, um ihn an die Luft zu setzen.«

»Das weiß ich schon, mein Sohn. Das war nichts. Erzählen Sie mir was Neues.«

»Der Typ war ein echter Einzelgänger.«

»Sie versuchen's nicht mal.«

Der Angestellte dachte scharf nach, wodurch sich sein breites Gesicht verzerrte. Dann strahlte er. »Einmal hatte er Besuch – ich hatte damals Dienst! Das war eine echt große Sache, denn es war der einzige Besucher, den der Kerl während der ganzen Zeit hatte, die er hier gewesen ist.«

»Zuerst mal, wie lange hat er überhaupt hier gewohnt?«

»Sagen Sie, Mann, lassen Sie das Geld auch mal irgendwann los?«

Ich knisterte wieder mit dem Schein und drehte mich um. Die Nutte lächelte mich an, und ich zählte drei Goldkronen auf ihren Zähnen. »Warst du schon mal bei Picasso, Schätzchen?«

»He!« Der Angestellte beschwerte sich so laut, daß es ein Echo im Foyer gab. »*Ich* erzähl Ihnen das!«

»Vergiß Fats in seinem Käfig, Schätzchen«, sagte ich. »Das

hier ist für *deine* Unterhaltung.« Ich gab ihr den Zwanziger. Sie stopfte ihn in ihren BH.

»He, ich heiße Jerry!« beschwerte sich der fleischige Angestellte.

Ich drehte mich um. »Okay, Jerry, und jetzt sei still, damit ich die Lady verstehen kann. Du denkst inzwischen scharf über diesen Besucher nach und siehst dir an, wie leicht es sein könnte, sich ein bißchen Geld zu verdienen.«

»Was bist du für einer? Ein Cop?«

Ich stellte mich vor. »Und wie heißt du, Schätzchen?«

»Chastity.«

»Die Unberührte! Wirklich ein netter Name«, sagte ich. Sie ließ Goldzähne aufblitzen. »Hast du jemals Picasso besucht?«

»Tja, ich war oben in seinem Zimmer, ach, vielleicht sechs- oder siebenmal. Keine große Sache. Meistens hat er mir fünf Bucks gegeben, damit ich mich hinknie und mit ihm bete.«

Ich zeigte Mitgefühl. »Heutzutage suchen viele Freier nur Maria Magdalena.«

»Ja, wem sagst du das.«

»Hat Picasso jemals noch etwas anderes gemacht?«

»Nee, aber ein- oder zweimal hat er mir das Doppelte gegeben, damit ich ihm dabei zusah, wie er mit Madame Daumen und ihren vier liebreizenden Töchtern gespielt hat, du verstehst?«

»Du bist jeden einzelnen Penny wert, Chastity, stimmt's?« Ich gab ihr noch einen Zwanziger. Ich hörte Jerry hinter meinem Rücken seufzen.

»Hast du Picasso jemals mit irgendwem gesehen, oben in seinem Zimmer, meine ich?«

»Nein«, sagte sie. »Ich hab ihn immer nur gesehen, wenn er hier durchs Foyer gegangen ist. Und dann oben in seinem Zimmer, wenn er mich gefragt hat. Draußen auf der Straße oder der Promenade hab ich ihn nie gesehen.«

»Kannst du mir sonst noch was über ihn erzählen?«

Chastity zuckte mit den Achseln. »Die Leute haben gesagt, er wär jähzornig, aber ich persönlich hab das nie erlebt. Ich weiß, daß er drüben im Astroland mal als Maler gearbeitet hat. Und das war's auch schon, schätze ich, es sei denn, du möchtest heute abend ein Date.«

»Nein. Danke, Chastity. Ich hab ne Art feste Freundin. Sie ist eine wirklich nette Lady.«

»Das ist gut«, sagte Chastity. Sie kehrte zu ihrem Sessel zurück.

»He, du!« bellte Jerry.

»Du hast dir gerade eine Zehn-Dollar-Strafe eingehandelt«, sagte ich und drehte mich zu ihm um. »Und jetzt erzählst du mir ganz ruhig, wie lange er hier gewohnt hat.«

»So ungefähr fünf Jahre.«

»Wo hat er vorher gewohnt?«

»Das weiß kein Mensch, ehrlich nicht.«

»Wann hatte er diesen berühmten Besucher?«

»Kurz bevor wir den Marshall kommen lassen mußten, damit der ihn an die Luft setzt.«

»Wie war der Name des Besuchers?«

»He, Mann – bei den Namen hier! Ich meine, gib mir eine Chance – Picasso und Chastity? Wir machen uns nicht mal mehr die Mühe, überhaupt noch danach zu fragen. Wenn uns irgendwer einen komischen Namen nennt, okay, dann nehmen wir den, und das war's.«

»Halten wir das hier kurz und bündig, Jerry.«

»Okay, aber was ist mit – Sie wissen schon?« Jerry schob eine fleischige Hand aus dem Käfig.

Ich gab ihm einen Zehner. »Versuchen wir's noch mal mit dem Zwanziger. Hast du persönlich den Besucher gesehen? Wie hat er – oder sie – ausgesehen?«

»Es war ein Er, ungefähr so alt wie Picasso, würde ich sagen. Er ist ziemlich genau jetzt um diese Uhrzeit reingekommen, und ich hab hier hinter meiner Rezeption gesessen.«

Jerry verdiente sich einen Zwanziger. Ich ließ einen weiteren rascheln. »Was glaubst du, worum es bei diesem Besuch ging?«

»Tja, das wissen wir nicht«, sagte Jerry. »Aber ich schätze mal, es wird wohl um Geld gegangen sein. Picasso stand wirklich mächtig unter Druck, da er uns ja für sechs Monate oder so die Miete geschuldet hat, und er hatte auch bei allen anderen den Boardwalk rauf und runter einen Haufen Schulden.«

»Hatte er keine Arbeit?«

»Nein. Heute wird in Astroland nichts mehr gemalt. Die alten Bilder werden nicht mal mehr instandgehalten. Es kommt einfach alles auf den Hund.«

»Hast du diesen Besucher früher schon mal hier in der Gegend gesehen?«

»Niemand hat ihn weder vorher noch nachher gesehen.«

»Wie lange hat dieser Besuch gedauert?«

»Wie lange muß ich noch Fragen ohne weitere Einkünfte beantworten?«

»Sei nicht so gierig, Jerry. Hast du vielleicht gesehen, daß Chastity da drüben gierig gewesen ist? Wenn ich meine, du hast es verdient, dann versorge ich dich schon.«

Jerry seufzte. »Okay. Sie waren ungefähr eine Stunde oben. In meiner Pause bin ich hoch und hab irgendwie vor der Tür gelauscht.«

»Dachte ich mir doch, daß du so einer bist«, sagte ich und reichte ihm einen weiteren Zwanziger. »Was hast du denn gehört?«

»Einen Streit, aber es war kein richtig übler Streit. Wissen Sie, ich hab gehört, wie Picasso mit sich selbst schon ganz schön rumgelabert hat. Alle haben das mitgekriegt. Er führt Selbstgespräche, wissen Sie. Meistens wenn er drüben im Neptune ordentlich einen gebechert hat, da, wo er immer rumhängt. Manchmal könnte man schwören, oben in seinem Zimmer wären zwei Leute gewesen.«

»Dieser kleine Streit, um was ging es dabei?«

»Ach, daran kann ich mich nicht mehr erinnern – ehrlich nicht. Kann gut sein, daß es dabei vielleicht um eine Frau ging. Aber wissen Sie, über die Jahre hört man, daß die Typen soviel Kummer mit Frauen haben, da vermischt sich das alles irgendwie, bis man gar nicht mehr weiter drauf achtet.«

Ich nahm den Schnappschuß aus meiner Brieftasche und zeigte ihn Jerry.

»Wer sind die Leute auf diesem Foto?« fragte ich.

»Das ist echt alt, stimmt's?«

»Vergiß das. Sag mir einfach, was ich wissen will.«

»Ich versuch's ja.« Jerry nahm den Schnappschuß und studierte ihn aufmerksam. Er zeigte auf Picasso. »Das ist Ihr Mann, Picasso. Auf dem Bild hier ist er natürlich jünger.«

»Wer ist der andere?«

»Der sieht irgendwie so aus, als könnte er dieser Besucher gewesen sein, über den wir gerade geredet haben. Aber hundertprozentig sicher bin ich nicht.«

»Und die Frau?«

»Sorry. Keinen Schimmer.«

Ich sah auf die Uhr. Es ging auf sieben zu, und in ein paar Minuten mußte ich im Carny Club sein.

»Du warst mir eine echte Hilfe«, sagte ich Jerry. »Wahrscheinlich komme ich bald wieder mal vorbei. Aber bis es soweit ist: Hast du vielleicht noch irgendwas zu sagen, von dem du meinst, es könnte mich interessieren?«

Jerry schaute auf. Seine Lippen bewegten sich beim Nachdenken, und er trommelte mit seinen dicken Wurstfingern. »Nee. Im Moment fällt mir nichts ein. Aber ich mach mir eine Liste fürs nächste Mal. Vergessen Sie nicht, Ihre Brieftasche mitzubringen.«

Er schaltete das Radio wieder ein. Irgendwer erzählte Dr. Ruth von Gummianzügen und lila Peitschen.

Es war Zeit, die Lobby des Seashore Hotel zu verlassen und in die vergleichsweise angenehm feuchte Brise der Surf

Avenue hinauszugehen. Ich durfte keine Zeit mehr verlieren. Nicht, wenn ich pünktlich zu meiner Verabredung mit Big Stuff drüben im Carny Club kommen wollte.

Dann brachte Chastity meinen Zeitplan durcheinander. Sie erhob sich von ihrem Sessel, strich mit einem Anflug von Züchtigkeit ihren Rock glatt und baute sich zwischen mir und der Eingangstür auf.

»Ich muß dich was fragen, Detective Hockaday«, sagte sie ernst.

»Schieß los.«

»Wie lange dauert's noch, bis die miesen Zeitungen den armen alten Picasso wegen Mord aufknüpfen?« In ihrer Stimme lag ein scharfer, anklagender Ton. Ich dachte, wir wären bislang gut miteinander ausgekommen; jetzt war es, als hätte sie mich in die vertraute Schublade des großen, dummen, herzlosen Cops gepackt.

»Ich schreibe keine Zeitungsartikel«, sagte ich. »Ich versuche nur, so schnell wie möglich Picasso zu finden. Wenn du mir dabei helfen willst, steckt ein bißchen leicht verdientes Geld für dich drin.«

»Ich will kein Geld. Ich will dir nur sagen, daß Picasso meiner Meinung nach in seinem ganzen Leben immer nur gewaltig herumgeschubst worden ist.«

»Ja, vielleicht. Was weißt du darüber?«

»Nichts, womit du vor Gericht gehen könntest. Es ist einfach nur das, was ich fühle. Lach nicht, sogar ein Mädchen wie ich hat so was wie weibliche Intuition.«

»Ich lache nie über die Intuition einer Frau.«

»Das sollten die Männer auch besser nicht tun. Aber die meisten tun's trotzdem. Es liegt daran, daß Männer von Natur aus Frauen hassen.«

»Ach, und wieso?«

Chastity sah mich mitleidsvoll an, als hätte ich eine ganz schöne Macke. »Es liegt an unserer weiblichen Intuition«, erklärte sie. »Ihr haßt uns, weil wir immer wissen, wo was ist.«

»Ich verstehe.«

»Das sagt ihr doch alle.«

Ja, vielleicht, gab ich ihr stumm recht. »Jetzt will ich *dich* mal was fragen.«

»Klar.«

»Magst du das Leben?«

»Wenn du das Auf-den-Strich-Gehen meinst, Honey, das ist wie mit dem schönen alten Coney Island selbst. Ich mag's nicht, aber ich hab auch nichts dagegen. Ich hab mich einfach dran gewöhnt.«

Ich beeilte mich, zu meiner Verabredung zu kommen.

Natürlich dachte ich darüber nach, was mich wohl im Carny Club erwartete. Aber damit war ich auch wieder nicht so beschäftigt, daß ich nicht Chastitys bestechende Logik in all ihrer Pracht bewundern konnte, auch Jerrys kleine Enthüllungen, Johnny Halos große Ausflüchte und Rubys unbestreitbare Schlußfolgerungen über die Aussichten von Picassos Hinterlassenschaft, falls die primitiven Fänge der Prescott-Organisation anfangen sollten, Grund und Boden in Coney Island zu verschlingen.

Schließlich war ich froh, daß Ruby und ich die Lauferei dieses langen Tages selbst übernommen hatten, daß ich es nicht Logue oder sonst jemandem von der Mordkommission überlassen hatte. Ich war erleichtert, daß ich meine Zeit durchaus nicht vergeudet hatte. Mit einem Wort, ich hatte wieder Mut gefaßt.

Ich hatte diesen interessanten und heiklen Punkt in einer polizeilichen Ermittlung erreicht – den intuitiven Punkt –, an dem ein Detective zu Recht das Gefühl haben darf, im Besitz aller wesentlichen Elemente zur Lösung des Falles zu sein, im rechtlichen, wenn schon nicht im moralischen Sinn. Was man wissen mußte, wußte man. Die Fakten mochten noch nicht alle offensichtlich sein, aber sie lagen direkt unter der Oberfläche bereit.

Erforderlich waren jetzt nur noch genügend Zeit und Gelegenheit, Dutzende nackter, flüchtiger Fakten miteinander zu kombinieren. Ein paar Stunden Schlaf könnten dabei nicht schaden. Ich bin fest davon überzeugt, daß Träume Sinn aus dem Sinnlosen schmieden.

Bis auf einen kleinen Schwachpunkt war ich zuversichtlich, als ich über dunkle, nasse Straßen zum Carny Club ging. Meine ganze Zufriedenheit, die Arbeit eines Tages gut gemacht zu haben, basierte einzig und allein auf männlicher Intuition.

Die West Fifth Street, auf der ich jetzt ging, lag hinter den Kulissen von Coney Island.

Ich erinnerte mich, Maschinensäle und Studios und Hangars gesehen, sowie Tag und Nacht ihre Geräusche gehört zu haben. Hier auf der West Fifth wurden einst riesige Achterbahnen hergestellt und montiert. Stolze Handwerker hatten hier Karussellpferde aus Holzstämmen geschnitzt und durch kleine Dinge, wie eine schwarze Katze, die sich hinter dem Sattel zusammenrollte, ihrer Arbeit eine persönliche Note hinzugefügt. Große Lichterketten waren auf dieser Straße aneinandergereiht worden, die eine Sommernacht auf der Uferpromenade, wie ich es nie vergessen werde, mit elektrischen Flammen eingerahmt hatten.

Hier wurden auch die Kulissen für Astroland-Attraktionen gemalt. Hier hatte Charlie Furman angefangen, an seinem Groll zu laborieren. Und das zu Recht.

Heute gab es auf dieser Straße weder Licht noch Laut. Die Gebäude waren rußgeschwärzt oder standen leer, waren Wohnsitz von Obdachlosen oder Ungeziefer.

In den kleinen Seitenstraßen der West Fifth standen holzverkleidete Mietskasernen und niedrige, beengte Reihenhäuser, in denen früher einmal Hunderte Brooklyner Arbeiter gelebt und ihre Kinder großgezogen hatten. Heute waren es überfüllte Kaninchenbauten für Arbeitslose, die der Regierung nicht zur Last fielen, solange die Regierung ihnen nicht zur Last fiel.

Ich warf einen Blick auf den Zettel, den Big Stuff mir gegeben hatte, und überprüfte die Adresse auf der West Fifth Street, die er auf die Rückseite geschrieben hatte. Noch zwei Türen weiter, dann war ich am Ziel.

Meine Stimmung besserte sich wieder, als ich aus der Tür eines niedrigen, mit Brettern vernagelten Ladens Musikfetzen auf die Straße wehen hörte. Es war der ungewöhnliche Bigbandsound von Benny Goodman, der mit »Mama, That Man Is Here Again« swingte, als ich anklopfte und wartete.

Dann erstarb die Musik.

»Was ist?« sagte eine Frauenstimme auf der anderen Seite der Tür.

»Ich suche den Carny Club«, sagte ich.

»Wer sucht?«

»Neil Hockaday.«

Ich hörte das Schlurfen von Schritten, dann erregte Stimmen. Schließlich wurde die Tür einen Spaltbreit geöffnet.

In dem Spalt tauchte das füllige Gesicht einer jungen Frau auf, die mir vage bekannt vorkam. Sie mochte Anfang dreißig sein, aber das Übergewicht ließ sie älter erscheinen. Sie hatte einen rosa Teint, eine breite Nase über einem schmalen Mund, der durch roten Lippenstift feucht glänzte, und einen Lockenschopf in der Farbe von Rühreiern. Ihre Augen waren braun und mit so viel Eyeliner und Mascara geschminkt, daß es aussah, als hätte sie zwei kleine Schokoladenkuchen in ihrem Gesicht zermanscht.

Sie musterte mich teilnahmslos. »Bist du der Cop?«

Ich zeigte ihr meine Marke.

Die meisten Menschen sehen sich eine Polizeimarke nicht genau an. Sie registrieren die grobe Form, ob es ein Stern ist oder nicht; sie sehen die abgeflachten Umrisse; sie sehen, daß es entweder silbern oder gold ist, erkundigen sich aber nie nach dem Unterschied. Diese Frau mit den Kuchenaugen war anders; sie inspizierte meine goldene Dienstmarke aufmerksam, so aufmerksam, daß sie den Namen und die Dienstnummer darauf vorlas.

»Detective Hockaday, 4321«, sagte sie. »Okay, Hockaday, laß deine Kanonen sehen.«

»Ich weiß n – «

Sie unterbrach mich. »Wenn du rein willst, mußt du deine Ballermänner abgeben. Nichts Persönliches, Vorschriften des Hauses.«

»Ich suche einen Zwerg namens Big Stuff«, sagte ich. »Sagen Sie ihm, er soll herkommen.«

»Laß deine Kanonen sehen.«

»Ich könnte mir einen Durchsuchungsbefehl besorgen.«

»Dann mach das.« Sie wollte die Tür schon wieder schließen.

»Okay, okay«, sagte ich. »Ich mach's, wie ihr wollt. Lassen Sie mich rein.«

Die Stimme eines Mannes hinter ihr. »Laß ihn rein. Er kann uns die Kanonen zeigen, wenn er drin ist.«

Die Musik setzte wieder ein, und ich betrat ein mit Sperrholzplatten abgeteiltes Foyer. Der Mann hinter ihr stellte sich als Waldo heraus, der berufsmäßige Wiederkäuer. In einer Hand hielt er einen Drink, der wie eine Rum-Cola aussah.

»Ich hab Sie schon draußen auf der Promenade gesehen«, sagte Waldo freundlich. »Sie waren mit dieser verflixt gutaussehenden schwarzen Lady unterwegs. Wo ist sie?«

»Nach Hause.«

»Pech«, sagte Waldo. Er deutete mit einem Daumen auf Kuchen-Auge. »Das hier ist Evie. Sie müssen ihr zeigen, was Sie dabeihaben.«

Ich öffnete die Windjacke, zog die .38er aus dem Holster und leerte das Magazin, gab die Waffe dann Evie, nachdem ich die Kugeln in meine Hosentasche gesteckt hatte. »Wo werdet ihr sie deponieren?« erkundigte ich mich.

An einer der Sperrholzwände befand sich ein Schrank. Evie öffnete das Vorhängeschloß und legte die Kanone hinein. »Hast du sonst noch was dabei?« fragte sie.

Ich hatte eine .22er Beretta an meinem Knöchel und debattierte mit mir über das Für und Wider einer ehrlichen Antwort. Da ich bemerkte, daß der Schrank voller Handfeuerwaffen war, tendierte ich zu Ehrlichkeit. Ich löste die Beretta vom Bein und gab sie Evie. Sie legte sie zu der .38er in den Schrank, drückte die Türen zu und schloß wieder ab.

»Okay, kommen Sie rein«, sagte Waldo.

Ich folgte Waldo und Evie durch das Foyer in einen großen Raum voller Stühle und niedriger Tische, auf denen schummerige Lampen, Gläser und Aschenbecher standen. An einem der Tische bemerkte ich den Conférencier vom Boardwalk. Seine Hand lag auf dem hübschen Knie von Sparkle, der Schlangenbeschwörerin, und sie lachte. Ihre Python sah ich nicht.

Die Benny-Goodman-Melodien kamen aus einem großen Standmodell eines Atwater-Kent-Radios, wie meine Mutter früher auch eines besessen hatte. Das Radio stand neben der Theke, hinter der der dunkelhäutige Mann vom B & B Karussell arbeitete; als ich ihn erkannte, nickte er mir freundlich zu, so wie er es schon getan hatte, als Ruby und ich auf dem Karussell all diese vielen Male an ihm vorbeigefahren waren.

An einem großen Tisch in der Ecke spielten vier Typen Karten. Vor ihnen lagen Poker-Chips, und alle rauchten Zigarren. An einem anderen Ecktisch spielten zwei Frauen Mah-Jongg. Die anderen Gäste saßen über den Raum verteilt, tranken und unterhielten sich.

Ich spürte etwas an meinem Bein.

»Willkommen im Carny Club.«

Die Stimme gehörte Big Stuff, der sich von hinten angeschlichen hatte und an meinem Hosenbein zupfte. Er hatte den weißen Overall ausgezogen und trug jetzt einen blauen Blazer und eine dunkelrote Krawatte. Mir fiel auf, daß alle hier elegant gekleidet waren, und plötzlich kam ich mir ein wenig schlampig vor.

»Du hast eine komische Art, jemanden zu begrüßen«, sagte ich und schaute zu Big Stuff hinab.

»Ich laufe nicht auf deiner Augenhöhe durch die Welt«, sagte er. »Du bist ein bißchen spät dran, aber ich schätze, wahrscheinlich hattest du Probleme, uns zu finden.«

»Alle Straßenlaternen waren aus«, sagte ich.

»Die Crackdealer in diesem Viertel schießen sie immer aus. Die Stadt hat den Versuch fast aufgegeben, die Lampen immer wieder zu erneuern«, erklärte Waldo.

»Wie wär's mit einem Drink?« fragte Big Stuff.

Ich bat um ein großes Glas Red Label mit ein paar Eiswürfeln, und Evie verschwand zur Bar.

»Komm mit hier rüber«, sagte Big Stuff, »und wir unterhalten uns.«

Waldo, Big Stuff und ich setzten uns auf drei von vier Stühlen, die um einen ramponierten Tisch standen. Der andere Stuhl war für Evie.

»Vorab sollte ich dir sagen, Hockaday, daß unser Club hier keine Schankkonzession hat, wobei ich davon ausgehe, daß es dich nicht weiter interessiert, weil du ja hinter größeren Verbrechen her bist«, sagte Big Stuff. »Stimmt doch, oder?«

»Stimmt.«

»Gut. Du bist also hinter Picasso her, richtig?«

»Ich möchte gern mit ihm sprechen.«

»Und du bezahlst für Informationen, was seinen Aufenthaltsort betrifft, richtig?«

»Richtig.«

»Siehst du, Waldo«, sagte Big Stuff, »ich hab's dir doch gesagt.«

Evie gab mir meinen Drink und setzte sich.

»Du hast noch nichts verpaßt«, sagte Big Stuff zu ihr.

»Warum kommen wir nicht einfach zur Sache, was immer

es nun ist?« sagte ich. »Vor mir liegt noch eine lange Fahrt zurück in die Stadt.«

»Was du heute nachmittag über Picasso gesagt hast – das hat mir gefallen«, sagte Big Stuff.

»Was?«

»Du hast gesagt, es wäre schade, wenn alles, was die Leute über ihn sagen, nur wäre: Er kam, er ging, und wen interessiert's? Ich hab das Waldo hier erzählt, und der hat's Evie erzählt.«

»Wißt ihr, wo Picasso ist?«

»Wir halten Picasso für einen großen Künstler«, sagte Evie, »für den besten Maler auf dem Boardwalk. Letztes Jahr hat er eine Menge Ärger gehabt, und jetzt sind die Cops und die Zeitungen hinter ihm her.«

»Wir behaupten ja nicht, er wär so ein feiner Wall-Street-Typ«, übernahm Waldo den Ball von Evie. »Aber wir sagen, er hat Rechte, genau wie die großen Nummern. Was die Tatsache einschließt, daß er immer noch ein unschuldiger Mann ist, da bislang niemand einen Beweis seiner Schuld erbracht hat.«

»Glaubst du, daß er diese Morde begangen hat?« fragte Big Stuff.

Was ich glaubte war, daß diese drei hier versuchten, mich auf die indirekte Tour in die Zange zu nehmen, und das aus Gründen, die ich wahrscheinlich heute abend nicht mehr erfahren würde. Wenn ich etwas Brauchbares haben wollte, war es vermutlich das Beste, selbst den indirekten Weg einzuschlagen.

Also ignorierte ich Big Stuff, wie er auch mich ignoriert hatte, als ich ihn fragte, ob er wisse, wo Picasso sich aufhielt. »Wie machen Sie eigentlich diese Nummer mit der Maus?« fragte ich Waldo.

»Ich ziehe ihr Krallen und Zähne, und dann wälze ich sie in ein bißchen Butter und Olivenöl, und schon geht sie runter wie nur was«, sagte Waldo. »Umgekehrt geht's auch ziemlich leicht, denn weil das Tierchen total scharf drauf ist, endlich wieder Luft zu schnappen, hilft es mir, und ich muß nicht halb soviel Muskelkraft aufbringen wie bei Münzen oder so.«

»Du hast meine Frage noch nicht beantwortet, Hockaday«, bohrte Big Stuff nach.

»Du *meine* auch nicht«, sagte ich.

»Wir wissen nicht, wo Picasso ist«, sagte Evie. »Keiner von uns hat ihn gesehen, seit er Coney verlassen hat. Du weißt ja, daß er drüben im Seashore an die Luft gesetzt worden ist.«

»Ja.«

»Das war vor mehr als einem Jahr«, sagte Evie, »und seitdem ist Picasso wie vom Erdboden verschluckt. Wir wissen nur, daß jetzt in den Zeitungen und im Fernsehen und im Radio all dieses Zeug über ihn gebracht wird, das mit den Morden und alles ...«

Waldo schaltete sich ein. »Und dann erzählt uns Big Stuff, daß Sie ihm heute nachmittag gesagt haben, Sie hätten erst kürzlich mit ihm gesprochen.«

»Stimmt das?« fragte Evie.

Plötzlich wußte ich wieder, wo ich sie schon gesehen hatte.

»Ihnen gehört diese Süßigkeitenbude an der U-Bahnstation, stimmt's?« fragte ich sie.

»Ja. Philips Salt Water Toffee and Ka-Ra-Me-La«, sagte sie. »Ich erinnere mich auch an dich. Du warst vor ein paar Tagen da. Du und die schwarze Lady. Sie ist hübsch. Sie ist kein Cop, oder?«

»Nein.«

»Was ist sie, Schauspielerin?«

»Ja.«

»Dacht ich's mir doch. Hab ich's dir nicht gesagt, Waldo?«

»Über was hast du mit Picasso geredet?« wechselte Big Stuff das Thema.

Da ich mir dachte, daß ich sie durch einen kleinen Schock vielleicht dazu bringen könnte, mir zu verraten, warum sie mich auf einen Gratis-Drink in den Carny Club eingeladen hatten, sagte ich: »Ach, er hat mir nur erzählt, daß er jemanden umbringen wollte.«

»Und wieso hast du ihn dann nicht gleich eingelocht, als er dir das gesagt hat?« wollte Big Stuff wissen.

Evie antwortete für mich. »Weil, du kleiner Dummkopf, für die richtigen Kriminellen kein Platz mehr im Knast wär, wenn die Cops hergingen und jeden einlochen würden, der behauptet, er sei in Stimmung für einen Mord. Kriminelle, wie zum Beispiel diejenigen, die versuchen, aus Coney eine Art neues Las Vegas zu machen.«

»Wirklich sehr komisch«, sagte Big Stuff. Er lachte nicht.

»Ich nehme an, die Mitglieder hier sind sich ein wenig uneins in der Casino-Frage«, sagte ich.

»Was glaubst du wohl, wieso wir hier den Grundsatz haben, alle Kanonen einzuschließen?« fragte sie.

»Hören Sie«, sagte Waldo, »es ist offensichtlich, daß Sie uns Schaustellern nicht trauen. Okay. Sie müssen uns nicht sagen, über was genau Sie und Picasso geredet haben. Wir wollen nur wissen, ob's ihm gut geht. Das ist alles. Und wir wollten mal einen Blick auf Sie werfen und sehen, ob Sie in Ordnung sind – was vermutlich der Fall ist.«

»Darüber sind sich die Mitglieder auch noch uneins«, murmelte Big Stuff.

»Geht's Picasso gut?« wiederholte Evie die Frage.

Ich sagte nichts.

»Detective Hockaday«, sagte Waldo, »wir wollen nur, daß Sie wissen: Egal, was Sie oder sonst irgendwer von uns Schaustellern denken, wir verhalten uns genau so wie jede andere Familie, die Probleme mit einem ihrer Mitglieder hat. Denn genau das sind wir, eine Familie. Wir haben alle möglichen Meinungsverschiedenheiten, und jeder kümmert sich um seinen eigenen Kram. *Aber* wir kümmern uns auch umeinander, verstehen Sie?«

»Nehmen wir einfach mal an, Picasso hätte diese Morde

begangen«, sagte Big Stuff. »Früher oder später wirst du ihn irgendwo schnappen, was nicht besonders weit weg sein wird, da ihm das nötige Kleingeld für größere Reisen fehlt. Nicht mal mehr die Fremdenlegion nimmt alte Knaben mit schlechten Augen.

Die Sache ist aber, es wäre uns lieb, wenn ihr ihn nicht abknallt wie einen tollwütigen Hund. Daß ihr ihm etwas Würde laßt, wenn ihr ihn findet. Wegen seiner Kunst. Tja, um mehr wollen wir dich gar nicht bitten.«

»Wir alle hier sind schon herumgestoßen worden«, sagte Waldo, »aber Picasso wurde bis an den äußersten Rand gestoßen. Sehen Sie sich hier um, sehen Sie sich auf der Promenade um und auf den Seitenstraßen von Coney. Wir alle blicken direkt in die Gosse. Wenn wir stürzen, dann überrascht uns der Gestank der Gosse nicht weiter. Wir tun, was wir können, und das bedeutet auch, uns auf Gnade und Ungnade Cops auszuliefern, die ganz in Ordnung zu sein scheinen.«

»Weißt du, wir lieben ihn«, fügte Evie hinzu.

»Hier gibt's keinen, der nicht schon mal bei einem Streit mit Picasso den Kürzeren gezogen hat«, sagte Waldo. »Aber hier in Coney gibt es auch keinen, der nicht großen Respekt vor ihm als Schausteller und als großer Künstler hat.«

»Sie lieben ihn auch, Waldo?« fragte ich.

»Ja, das tue ich.«

»Den ganzen Tag über haben mir hier draußen Leute auf unterschiedliche Weise gesagt, daß sie Picasso lieben und bewundern«, sagte ich. »Ich war im Neptune, und Johnny Halo redet wie ein Buch über ihn, ja er *zitiert* den Burschen sogar.«

Evie kniff ihre Kuchen-Augen zusammen. »Johnny Halo hat dir gesagt, er liebt Picasso genau wie wir?«

»So ungefähr, ja.«

Ich hatte meinen Scotch halb getrunken. Jetzt kippte ich auch noch den Rest und sah auf meine Uhr.

»Johnny Halo hat warme Augen und eine kalte Schnauze«, sagte Evie. »Kannst du mir folgen?«

»Sie meinen, Sie trauen ihm nicht?«

»Nein, das tue ich nicht.«

»Ich werde Ihnen sagen, wer noch Johnny Halo nie vertraut hat«, sagte Waldo. »Und das ist Picasso selbst. Er und Johnny, sie waren Feinde.«

»Seit wann?«

»Tja, nachdem Picasso aus dem Seashore rausgeworfen wurde, hat er unter dem Boardwalk gelebt, wie Leute es tun, wenn sie gerade keine Wohnung haben oder sich verstecken müssen«, sagte Waldo. »Zwei oder drei Tage, nachdem Picasso sich dort unten eingerichtet hat, schwimmt Johnny Halo plötzlich im Geld, richtig viel Geld. So viel Geld, daß er dem Besitzer das Seashore Hotel abkauft.

Was schon sehr merkwürdig ist, weil Halo selbst dort gelebt und Miete für ein Zimmer bezahlt hat, schon viel länger als Picasso. Manchmal hatte auch Halo Schwierigkeiten, am Ersten des Monats zu zahlen, obwohl er schon immer diese runtergekommene Bar besessen hat.«

»Wo wohnt Halo jetzt?« erkundigte ich mich.

»Ach, der wohnt immer noch im Seashore«, sagte Waldo. »Er hat drei Zimmer auf der obersten Etage übernommen und sie zu einer zusammenhängenden Wohnung umgebaut. Er ist richtig stolz auf seine Bude. Er nennt sie die Präsidentensuite.«

»Erzähl ihm nicht noch mehr«, sagte Big Stuff zu Waldo. »Ich kann's nicht aushalten, dir noch länger zuzuhören. Du hörst dich an wie eine geschwätzige alte Tratschtante.«

»Ich hab sowieso keine Zeit mehr«, sagte ich und stand auf. Ich zog drei Zwanziger aus der Brieftasche und ließ sie auf den Tisch fallen. »Damit ihr euch auch einen genehmigen könnt, okay?«

Ich marschierte zum Foyer, und Evie folgte mir. Sealo kam gerade herein. Estelline, die Schwertschluckerin, schob seinen Rollstuhl.

»Meine Kanonen«, sagte ich zu Evie.

Sie schloß den Schrank auf und gab mir die .38er und die .22er Beretta zurück. Sie schaute sich kurz um, sah mich dann an und sagte: »Wenn du Picasso siehst, sag ihm, Gott möge ihn segnen.«

Dann kehrte ich über die West Fifth zur Surf Avenue zurück. Doch bevor ich die U-Bahn nahm, ging ich noch einmal zur Uferpromenade und schaute auf ein Wort mit Halo ins Neptune rein.

Aber Halo war nicht da.

Der Barkeeper hieß Mike. Ich stellte mich vor und fragte, wo Johnny Halo sei.

»Er hat beschlossen, sich den Abend freizunehmen«, sagte Mike. »Also hat er mich angerufen, damit ich für ihn einspringe.«

»Hat er gesagt, warum er heute abend nicht arbeitet?«

»Tja, er hat nur soviel gesagt, daß er drüben in Manhattan eine Kleinigkeit zu erledigen hätte.«

17

Ich kam mit meinem Notizbuch gut voran, bis die Frau mit der straßbesetzten Sonnenbrille und den Wattebällchen in den Ohren an der York Street, Brooklyn, in den F-Train Richtung Manhattan einstieg.

Es gab jede Menge freie Sitzplätze, da der Wagen nicht mal halb voll war. Aber sie blieb an der Tür stehen, musterte alles sorgfältig und entschied dann, direkt neben mir ihre Zelte aufzuschlagen.

Sie war vielleicht zehn oder zwölf Jahre älter als ich, was, wie mir klar war, ein Alter ist, in dem die Menschen allmählich ein wenig mitgenommen aussehen, sofern sie nicht zusätzliche Zeit für ein gepflegtes Äußeres aufbringen. Was sie nicht tat.

Ihr Haar war aschblond mit grauen Strähnen, wodurch sie merkwürdigerweise jünger wirkte. Aber ihre Haut war teigig und faltig, besonders um den Mund und am Hals. Sie roch nach einer strengen Seife.

»Was schreiben Sie da in das Buch, falls Sie nichts dagegen haben, wenn ich frage?« fragte sie.

Es gibt Schlimmeres, sagte ich mir. Zum Beispiel, in einem Flugzeug für Stunden einem geschwätzigen Sitznachbarn ausgeliefert zu sein. Das hier jedoch war nur die U-Bahn, und ich konnte an der Essex Street aussteigen, der ersten Haltestelle drüben in Manhattan. Lange würde das nicht dauern.

»Mache mir nur Notizen«, sagte ich. »Um mich daran zu erinnern, was ich morgen alles zu erledigen habe.«

»O ja, das ist schon in Ordnung.«

Sie hatte eine große Ledertasche dabei, die sie jetzt auf ihren Schoß legte. Sie wühlte darin herum und stieß mir dabei immer wieder den Ellbogen in die Rippen. Dann zog sie einen silbernen Flachmann und eine kleine Plastikflasche heraus.

»Auf Ihr Wohl«, sagte sie, schraubte den Verschluß des Flachmanns ab und genehmigte sich einen ordentlichen Schluck. Sie schraubte den Flachmann wieder zu und verstaute ihn in der Tasche.

Ich sagte nichts und hoffte, damit jede weitere Unterhaltung im Keim zu ersticken.

»Ich fahr nicht gern nachts mit diesen Zügen, wenn ich ganz allein bin«, sagte sie. Dann seufzte sie tief. »Aber sehen wir den Tatsachen ins Auge, seit mein Henry tot ist, bin ich den ganzen Tag und die ganze Nacht allein.«

»Das tut mir leid, Ma'am?«

»Wieso?«

»Es tut mir leid, daß Ihr Mann gestorben ist.«

»Mein Mann? Daß ich nicht lache. Himmel, ich hab ihn nie geheiratet!«

»Tja, trotzdem, tut mir leid, daß er gestorben ist.«

»Ach, das ist schon okay. Henry war ein Scheißhaufen.« Sie nahm den Flachmann wieder aus der Tasche, schraubte ihn auf und trank. »Sie sind verheiratet, hab ich recht?«

»Ich war.«

»Ja, Sie haben das Gesicht von einem verheirateten Mann.«

»Ist das gut?«

»Das Beste. Deshalb hab ich mich ja überhaupt erst neben Sie gesetzt.«

»Ich verstehe.«

»Henry war ein großer Manager unten in der Wall Street. In welcher Branche sind Sie?«

»Cop.«

»Ja, also, das überrascht mich nicht.« Sie öffnete ihre Plastikflasche, nahm eine weiße Tablette heraus und steckte sie in den Mund. »Dann haben Sie ja wahrscheinlich schon eine Menge Räuber hopsgenommen, was?«

»Den einen oder anderen.«

»Und wenn Sie sich zur Ruhe setzen, dann können Sie auf eine brillante Karriere bei der Polizei zurückblicken und behaupten, Sie hätten Ihr Scherflein dazu beigetragen, der Stadt Wahrheit, Gerechtigkeit und den American Way gesichert zu haben. Hab ich recht?«

»Davon verstehe ich nichts ...«

»Tja, ich aber schon, mein Junge. Sie haben meinen Henry nie angerührt, von daher sind Sie für mich persönlich als Cop ein ziemlicher Versager.«

»Was hat Henry denn getan?«

»Ich hab's Ihnen doch schon gesagt, er war an der Wall Street.«

»Ich meine, was für ein Verbrechen hat er denn begangen?«

»Ich hab's Ihnen doch gerade gesagt!«

»An der Wall Street zu arbeiten, ist kein Verbrechen.«

»Ach wirklich, Schneewittchen?« Erneut holte sie den Flachmann hervor und trank. »Scheiße, leer.«

»Schon gut so«, sagte ich. »Es ist verboten, in der U-Bahn zu trinken.«

»Ja, und es ist verboten, daß die Armen betteln. Also wissen Sie ja auch, was Sie mit Ihrem Gesetz machen können, richtig?«

»Lady, ist mit Ihnen alles in Ordnung?«

»Natürlich nicht. Da steige ich in diese Bahn und erwarte, daß ich dann in Sicherheit bin, wenn ich mich neben einen gutaussehenden Mann setze. Und Sie stellen sich als Cop mit diesem gottverdammt unmäßig übertriebenen Respekt vor dem Gesetz heraus – das übrigens für n Arsch ist. Ja, was meinen Sie denn wohl, wie sicher ich mich jetzt fühle?« Sie holte eine weitere Tablette aus ihrer Flasche und begann, langsam zu kauen.

»Wollen Sie mir vielleicht mal erklären, was Ihr Henry verbrochen hat, als er an der Wall Street arbeitete?«

»Schon mal die Wirtschaftsseite gelesen, Schneewittchen?«

»Hin und wieder.«

»Die sollten Sie aber jeden Tag lesen. Das ist ein Polizeiregister. Schon mal was von Junk bonds gehört?«

»Ja.«

»Schon mal einen gekauft?«

»Nein.«

»Was für ein Schwachkopf! Sie haben doch eine Lebensversicherung, Sie haben doch ein Bankkonto?«

»Ja.«

»Dann haben Sie auch Junk bonds gekauft, Trottel. Was glauben Sie wohl, wem mein Henry diese Scheiße angedreht hat? Absolventen von Harvard oder Wharton? Nein. Er hat sie den Verbrechern der Bausparkassen und den Versicherungsärschen und den Bankern vertickt, die sowieso schon ziemlich berüchtigt dafür sind, ausgesprochen dumme Darlehen zu vergeben. Fünf Prozent von der Kohle, die er eingefahren hat, haben ihm gehört. Seine Anwaltskumpel haben locker vierhundert die Stunde damit gemacht, die Verträge aufzusetzen. Anschließend haben sie Henry Provisionen dafür gezahlt, daß er ihnen die Geschäfte zugeschachert hat. Und Henrys andere Kumpane in den Banken und Sparkassen sind befördert worden für all diese ausgesprochen raffinierten Deals, zu denen er sie beschwatzt hat. Und die haben ihm dann ihre Weihnachtsgratifikationen abgetreten.

Und jetzt kommt der Teil, wo das Gesetz für n Arsch ist: Praktisch keiner wandert in den Knast, als das ganze Kartenhaus zusammenbricht! Wegen so einem Schwindel wird kein Mensch in einem Restaurant in Little Italy ausradiert, richtig? Hah! Statt dessen gehen der Präsident der Vereinigten Staaten von Amerika und all seine Lakaien im Kongreß her und bescheißen die blöden Steuerzahler um ihr Geld, damit sie das vertuschen können, was mein Henry getan hat!«

Die Bahn wurde langsamer. Bald waren wir in der Essex Street.

»Ich muß los, Lady«, sagte ich.

Sie warf eine weitere Tablette ein und kaute stürmisch. Dann tröpfelte weißer Schaum von ihren Lippen.

»Was ist mit Ihnen los? Was ist das für ein Zeug, Lady?«

»Alka-Seltzer«, sagte sie. »Ich kau das Zeug, wenn ich in der Bahn bin, und Sie sehen ja selbst, was passiert. Wenn die Leute mich so sehen, bleiben sie mir vom Leib.«

Der Zug hielt.

»Gute Nacht, Lady.«

»Bis dann mal, Trottel.« Schaumfetzen flogen von ihrem Mund. »Und viel Spaß noch.«

Ich ging die Treppe vom U-Bahnsteig hinauf und raus zur Ecke Essex und Delancey Street, wo ich mir ein Taxi rief, das in östlicher Richtung die Delancey runterkam. Ich gab dem Fahrer Rubys Adresse, und schon waren wir unterwegs.

Zu meinem Pech gehörte der Fahrer zur schwatzhaften Sorte.

Ich bat ihn, um der Liebe Gottes willen, um Gnade.

Rubys Theater heißt Downtown Playhouse. Es befindet sich auf der zweiten Etage eines zweihundert Jahre alten, schmalen und schlichten Backsteingebäudes an der South Street im Schatten der Brooklyn Bridge.

Vern's, eine ganz akzeptable Kneipe, beansprucht das Erdgeschoß und ein Friseursalon den ersten Stock. Ruby wohnt in einem nach hinten hinaus liegenden Studio in der dritten und gleichzeitig obersten Etage des Hauses; sie hat eine große Terrasse, von der aus man einen schönen Ausblick auf die anmutige, alte, eiserne Hängebrücke hat, die den East River überspannt. Der Rest der obersten Etage wird von Rubys Büro und einem großen Raum beansprucht, der auch vom Theater genutzt wird.

Meiner cleveren Freundin gehört das ganze Haus.

Mit ihren gesamten Ersparnissen und allem, was sie an Krediten bekommen konnte, als sie noch ihr flottes Madison-Avenue-Gehalt bezog, war sie in der Lage, das Haus zu kaufen. Der Tag, an dem sie das Geschäft unter Dach und Fach brachte, war gleichzeitig der Tag, an dem sie einen Schlußstrich unter ihr Uptown-Leben zog. Die meisten ihrer Freunde und Kollegen spekulierten daraufhin öffentlich, Ruby Flagg sei undankbar und habe völlig den Verstand verloren.

»Eigentlich«, sagte Ruby an jenem ersten Abend, an dem wir uns kennenlernten, »bin ich auch nur eine von denen.«

Natürlich war ich verdutzt. »Von wem?«

»Das, Sir, überlasse ich Ihnen.«

Dann wechselte sie schnell das Thema. »Jetzt will ich etwas von Ihnen wissen. Kennen Sie den Unterschied zwischen einem gewitzten Menschen und einem Genie?«

»Ich weiß nur, daß man mich weder das eine noch andere genannt hat.«

Ruby lachte. Es war das erste Mal, daß ich sie zum Lachen

brachte, und deshalb beschloß ich, mir das zu merken, egal, was sonst noch zwischen uns passieren mochte.

»Meine Freunde und Kollegen haben immer gesagt, angefangen hätte ich als ganz normal gewitzter Mensch, aber den Status des Genies hätte ich dann in Rekordtempo erreicht«, sagte Ruby. »Sie haben mir beigebracht, daß ein gewitzter Mensch weiß, was gewitzte Menschen wollen, und daß ein Genie weiß, was dumme Menschen wollen.«

»Könnte das der Grund sein, warum es in der Werbebranche so von Genies wimmelt?«

Sie lachte wieder und legte eine Hand auf meinen Arm. »Mr. Hockaday, wir zwei sind vom gleichen Schlag, was?«

Ich stimmte zu. Und seitdem sind Ruby und ich zusammen.

Aber heute war der Abend, an dem wir eine »Meldung« werden würden, wie sich Walter Winchell im ›Mirror‹ immer ausgedrückt hatte. Heute abend würde ich erfahren, daß sich durch Ruby Flagg allmählich die großen Antworten in meinem Leben – als Mann und als Cop – einfanden.

Es war Viertel nach zehn, als ich schließlich das Downtown Playhouse erreichte. Gerade noch rechtzeitig zum Beginn des letzten von zwei Einaktern, die Ruby für potentielle Geldgeber ausgesucht hatte.

Sie war glücklich und erleichtert, als sie mich sah. Aber auch gehetzt, nervös und gedankenverloren während der ein oder zwei Minuten, die uns vor Beginn des Programms blieben.

Ich erkundigte mich nach den acht Leuten in der ersten Reihe: vier Anzugtypen und deren Begleiterinnen. In Rubys kargem Theater mit seinen nackten Ziegelwänden, weit entfernt von den üblichen Orten für Geschäftsessen auf Spesenkosten, erwartete ich nicht, Anzüge und teure Schuhe zu sehen.

»Das sind Freunde aus meinem früheren Leben«, erklärte

Ruby. »Ganz anständige Typen, die bei dem Tanz zwar immer noch mitmachen, aber nach Wegen suchen, sich als Mäzene zu betätigen. Ich hoffe für dieses kleine, alte Theater.«

»Ich dachte, du hättest keinen Kontakt mehr zu Genies.«

»Glaubst du vielleicht, ich hätte völlig den Verstand verloren?«

»Hals und Beinbruch, Ruby.«

»Danke, Süßer. Ich zisch jetzt ab. Wein und Käse gibt's oben, wenn das hier vorbei ist. Ich werde versuchen, alle früh rauszuschmeißen, und dann schläfst du zur Abwechslung mal bei mir.«

»Hab nichts dagegen. Der Inspector versucht wahrscheinlich schon stündlich, mich in meiner Wohnung zu erreichen. Darauf könnte ich für eine Nacht ganz gut mal verzichten.«

»Danke, Hock. Du verstehst es wirklich, einem Mädchen das Gefühl zu geben, gebraucht zu werden.«

Ich gab ihr einen Kuß auf die Wange. »Tut mir leid. Du weißt, daß ich es nicht so gemeint habe. Geh und fang mit deiner Vorstellung an.«

Ruby ging nach vorn und setzte sich zu den Genies, und ich machte es mir allein in der hintersten Reihe des Theaters bequem, einem kleinen Haus mit nur neunundneunzig Plätzen. Heute abend bestand das Publikum aus etwa dreißig Personen: den Anzugtypen, ihren Begleiterinnen und Freunden aus dem Showbusiness.

Das Bühnenbild war karg. Die Schauspieler saßen auf Klappstühlen um einen offenen Sarg, die Teilnehmer einer Totenwache. Der Sarg stand so, daß wir den darin liegenden Schauspieler in der Rolle des Verstorbenen sehen konnten.

Das Bühnenlicht ging an, und der Zuschauerraum verdunkelte sich. Dann erhob sich einer der Schauspieler von seinem Klappstuhl und sah uns an. Er bekreuzigte sich und sprach:

»Der Mann im Sarg heißt Arthur Colfax. Für uns alle hieß er einfach nur ›The Mister‹. Er war mein Vater. Die Farbe der

Krawatte, die er jetzt trägt, hat den gleichen Blauton wie The Mister's Augen. Was Sie vielleicht interessieren wird, da sie ja jetzt im Tod geschlossen sind.«

Der Schauspieler schwieg einen Moment, dann drehte er sich zu den anderen Trauernden um und zeigte auf einen Mann. »Dort drüben sitzt Mr. Lyle Grant.«

Der Schauspieler, der Grant darstellte, stand auf und verneigte sich vor dem Publikum. Dann setzte er sich wieder.

Der Eröffnungsmonolog wurde fortgesetzt:

»Nun, Mr. Grant hat gute Arbeit geleistet, The Mister für die Totenwache aufzubahren. Ich muß zugeben, im Leben sah mein Vater böse aus. Er hatte einen schwarzgrauen Haarkranz, der ihm stets wild abstand, als sei sein Kopf voller Hörner. Seine Lippen sprangen vor, und normalerweise waren die Mundwinkel heruntergezogen, als hocke er auf ewig in einem Stadion und buhe die Mannschaften aus.

Also hat ihm Mr. Grant Öl in die Haare massiert und die Hörner geglättet, und jetzt schimmert sein Haar schön silbrig. Ja, er sieht richtig vornehm aus, finden Sie nicht? Auch hat Mr. Grant seine Lippen zurückgedrückt und geradegezogen. Schließlich hat Mr. Grant noch den größten Teil der steifen, kleinen, schwarzen Haare abgeschnitten, die sich immer aus Nase und Ohren meines Vaters schlängelten.

Wie ich schon sagte, The Mister sieht heute abend richtig gut aus. Besser als ich ihn je zuvor gesehen habe, um die Wahrheit zu sagen. Ich würde sogar so weit gehen und behaupten, er sieht gepflegt aus.

Aber ich kann einfach nicht glauben, daß The Mister nun tot ist. Was ich damit sagen will, ich *traue* der Sache nicht recht, daß der alte Mann tot sein soll, und dennoch kann ich mich jetzt umdrehen und mich vergewissern, daß er von uns gegangen ist, was mich davon überzeugen sollte, daß von nun an alles gut wird . . . Nun, dennoch habe ich immer noch Angst . . .«

Und dann setzte sich The Mister zu jedermanns größter Überraschung – die Darsteller der Trauernden und jeder im Publikum fuhren zu Tode erschrocken hoch – kerzengerade in seinem Sarg auf. Seine Lider sprangen auf, die leuchtend blauen Augen loderten. Mit fest vor der Brust gefalteten Händen sagte er:

»O ja, ich bin allerdings tot! Aber ihr Leute da draußen, vermute ich, gehört zu der Sorte, die glauben, Tote erzählen keine Geschichten mehr?

Hah! Das ist nur eine Zeile aus einem alten Film. Abgedroschenes Zeug, genau wie Tausende anderer Sprüche, die ihr schon euer ganzes Leben über Menschen gehört habt, die nicht für sich selbst sprechen können.«

The Mister wischte sich über den Mund, so wie Betrunkene es tun.

»Ich gehe davon aus, daß von nun an fast jeder nur noch scheußliche Dinge über den Mann sagen wird, der ich im Leben gewesen bin – Dinge, die mir offen ins Gesicht zu sagen, sie nie den Mumm hatten.

Hah! Noch ein abgedroschener Spruch für euch: Sprecht nie schlecht von den Toten.«

Ich hatte mich aus dem Theater geschlichen und war nach unten gegangen. Jetzt stand ich mit einem doppelten Red Label im Vern's an der Theke und hoffte, das könne mir helfen, den sich überschneidenden Wellen – der Unterströmung – von Erinnerung und zufälligem Zusammentreffen zu entgehen, die diesen genau wie jeden anderen Tag heimgesucht hatten, seit ich Picasso im Park begegnet war.

Wenn schon nichts anderes, so half der Scotch wenigstens den immer noch stechenden Schock des Anblicks zu lindern, wie sich dieser Schauspieler kerzengerade aufrichtete, die Augen aufschlug und aus dem Jenseits sprach; mit Gewalt brachte es das stets präsente Bild meines eigenen Soldaten-Vaters zurück. Eines Vaters, den ich außer auf alten Fotografien und in gestellten Posen nie gekannt oder gesehen hatte. Auch er hatte blaue Augen gehabt, wie mir meine Mutter einmal in einer seltenen Reminiszenz an den Mann erzählte, den sie geheiratet hatte.

Aber vor dem heutigen Abend war es mir nie bewußt gewesen: Das Bild meines Vaters in meinem Kopf war schwarzweiß. Dieser Mann begann erst jetzt farbig zu werden.

In letzter Zeit passiert mir das oft. Das Bild meines Vaters unterbricht mich mitten in dem, was ich gerade tue. Mehr und mehr beschleicht mich die Ahnung, daß mein Job nur die Probe für einen größeren Detektivfall ist, nämlich das Rätsel dieser Wunde zu lösen. Als Detective und als Trinker frage ich mich in letzter Zeit außerdem: Löse ich die Rätsel anderer Menschen um ihretwillen, oder verstehe ich ihre Rätsel lediglich als Hinweise auf meine eigene Geschichte?

Kurz bevor ich Ruby traf, hatte ich allen Ernstes und völlig nüchtern in Erwägung gezogen, einen Termin bei einem Arzt zu vereinbaren. Womit ich einen Shrink meine. Aber nicht den Polizeipsychiater, denn ich bin durchaus eitel; ich wollte auf keinen Fall riskieren, daß sich so etwas womöglich herumsprach, was unweigerlich passiert. Ich wollte einen Außenstehenden; jemand wie Dr. Reiser wäre ideal gewesen.

Doch dann wurde mein Gedankengang jäh unterbrochen. Denn plötzlich hörte ich Rubys Stimme hinter meinem Rükken.

»Wie ich sehe, vermißt du etwas, Hock.« Sie wirkte sehr verärgert.

»Was?« Ich drehte mich schnell um.

»War das Stück denn wirklich so schlecht?«

»Nein, das ist es nicht.«

»Schön, dann war das Stück also nicht miserabel. Dann überkam dich vielleicht ein plötzlicher, fürchterlicher Durst. Ist es das?«

»Ruby, es tut mir schrecklich leid.«

»Oben warten Leute auf mich, Hock«, sagte Ruby wütend. »Sie warten auf *uns*!«

»Ich hab doch gesagt, es tut mir leid. Es ist dieser Fall, Ruby. Kannst du das verstehen? Und es ist auch mein Vater.«

Verzeihen glättete ihr Gesicht. Sie legte mir eine Hand auf die Stirn, als fühle sie nach Fieber.

»Erinnerst du dich noch daran, was du beim Frühstück gesagt hast?« fragte ich.

»Was? Über deinen Vater?«

»Ja.«

»Nicht genau. Du?«

»Ja, ich schon.«

Ich zog mein Notizbuch heraus und fand die Seite, auf der ich Eindrücke und Unstimmigkeiten aufgelistet hatte. Dinge, die ich versuchen würde in eine Ordnung zu bringen, die vielleicht einen Sinn ergab. Später, vielleicht wenn ich schlief.

»Deine genauen Worte waren: ›Tut mir leid, Hock, aber das war nicht richtig von deiner Mutter. Dein Vater hätte niemals so sterben dürfen, ohne daß dir jemand eine Erinnerung an ihn mitgab.‹«

»Das hast du dir aufgeschrieben?« fragte Ruby.

Sie sagen: »Du bist ein großer Künstler!«

Kann man's fassen? Hat mir ja wahnsinnig viel eingebracht.

Sie sagen: »Was du malst, ist die Wahrheit!«

Ha, ha, ha, wenn das mal nicht stimmt!

Das ist soweit gottverdammt richtig, ist das.

Aber eigentlich haben sie keinen Schimmer, wie unglaublich gut ich wirklich bin. Sie denken, ich wüßt nicht genau, was ich tu.

Ha, ha, und ob ich's weiß!

Es ist genau das, was auch die gottverdammte Heilige

Schrift mir zu tun befiehlt: »Sei gewiß, daß deine Sünden dich einholen werden.«

18

Gegen Mittag wachte ich in Rubys Wohnung auf.

Das Bett, in dem ich lag, war eines dieser großen, fürstlichen Dinger, eines wie man es in Landgasthöfen in den Neuenglandstaaten findet – hoch über dem Boden und voller Kissen und Chintzdecken, mit vier hohen Mahagonipfosten und Vorhängen, die tagsüber zugezogen wurden. Es war ein Bett wie aus einem Hochglanz-Foto-Magazin für Leute, die in Manhattaner Studioapartments leben, für Leute, denen es an Raum, nicht aber an Stil fehlt.

Auf dem Weg zur Terrasse kam Ruby mit Kaffee und Zeitungen vorbei. »Willst du's nicht aufmachen, Hock?«

Sie meinte das Paket neben mir auf dem Bett. Es war in Geschenkpapier eingewickelt und mit Bändern versehen. Daran hing eine Karte, auf der stand, daß es für mich war.

Darin lag ein Frottee-Bademantel von Saks. Er war blau mit hübschen dunkel- und hellroten Nadelstreifen.

»Ich hab dem Verkäufer gesagt, ich will einen blauen, weil mein Freund Cop ist«, sagte Ruby. Sie hörte sich fast wie ein High-School-Mädchen an, so jung und unbeschwert war ihre Stimme. »Gefällt er dir?«

»Was, machst du Witze? Ich find ihn toll!«

Ich stand auf, schob die Arme in die Ärmel, wickelte mich in den Mantel und band locker den Gürtel zu. Dann folgte ich Ruby auf die Terrasse. Dort erwartete mich ein gedeckter Frühstückstisch mit Tassen und Tellern und Früchten und Brötchen. Ruby schenkte uns Kaffee aus der Kanne ein, die sie aus der Küche geholt hatte. Wir setzten uns, schauten zur Brooklyn Bridge hinüber, über der die

Sonne hoch am Himmel stand und auf den silbrig-grauen Türmen glitzerte.

Dies war der erste Tag des neuen Frühlings, an dem der sanfte Wind einen nicht frösteln ließ. Die Wolken waren hoch und milchigweiß, ein sicheres Zeichen dafür, daß uns die nächsten paar Tage schönes Wetter bevorstand. Möwen streiften träge durch das Spinngewebe der Brücken-Stahlseile. Schlepper waren mit ihrer gemächlichen, ruhigen Aufgabe beschäftigt, Kähne und Tanker den Fluß hinauf und hinunter zu manövrieren. Und da saß ich, ein gut ausgeschlafener Prinz von New York in seiner königsblauen Robe, die noch ganz neu roch, während sich Dampfschwaden von meiner Kaffeetasse in die Luft schraubten und Ruby Flagg neben mir saß, ein Stück Orange auf der Zunge.

»Danke. Für alles«, sagte ich zu Ruby. »Wirklich.«

Ich muß wohl ein wenig dramatisch geklungen haben. Ruby sah mich fragend an. »Mit dir alles in Ordnung?«

»Klar. Einfach nur, danke für den Kaffee und für letzte Nacht. Und für deine Hilfe bei meinem Fall.«

»Gern geschehen.«

»Und danke für den Bademantel. Der muß ein Vermögen gekostet haben.«

»Hat er.«

»Dann machen wir uns also schon kostspielige Geschenke. Es wird ernster, Ruby.«

»Worauf du dich verlassen kannst.«

Ich schlürfte meinen Kaffee und schaute zur Brücke. »Wenn wir tun könnten, was wir wollten, wie würden wir dann diesen herrlichen Frühlingstag verbringen?«

Ruby klang überhaupt nicht mehr wie ein unschuldiges Schulmädchen. »Wir würden zu Hause bleiben.«

»Was ist das, ein unsittlicher Gedanke?«

»Ein krimineller Gedanke, das trifft's schon eher. Wir beide zusammen im Bett – das verstößt in vier oder fünf Südstaaten immer noch gegen das Gesetz.«

»Ist das wahr? Ich sage immer, zivilem Ungehorsam gebührt ein Ehrenplatz.«

»Und man braucht dazu auch Zeit, die du heute nachmittag nicht hast, Detective Hockaday.« Sie hielt mir die ›Daily News‹ und die ›Post‹ hin. »Ich erinnere dich wirklich nur äußerst ungern, aber da draußen läuft immer noch ein Mörder frei herum.«

Ich nahm die Zeitungen und überflog die gegensätzlichen Methoden, die bei der Ausübung dieses geheiligten Boulevardpresse-Prinzips der angenommenen Schuld verwendet wurden. Mühelos erkannte ich, daß diese Revolverblätter heute alles andere als eine Aufmunterung für den Bürgermeister oder den Commissioner oder Inspector Neglio bedeuteten, und ganz sicher nicht für den armen, gehetzten Picasso.

Die ›Daily News‹ hatte jetzt eine eigene Zeichnung von Picasso, wodurch sie mit der ›Post‹ gleichzog, was Grafiken betraf. Über Picassos Bildnis stand die Schlagzeile: SCHLEPPNETZ FÜR EINEN VERLIERER. Die begleitende Story war eine fiktive Geschichte von Picassos heruntergekommenem Leben in den Straßen von Hell's Kitchen, die fast ausschließlich auf Zitaten von Luis Riestra basierte. Für mich las sich das so, als hätte Luis nach einer Nacht mit jeder Menge Joints der Presse einen Haufen Mist erzählt.

Aber die ›Post‹ hatte ihr journalistisches Bein mit der Schlagzeile »›POST‹-REPORTER ERFÄHRT GEHEIMPLAN ZUR FESTNAHME DES PSYCHO-KILLERS, MEHR AUF SEITE 3« schon zum nächsten Schritt gehoben. Wieder Slattery.

Ich seufzte und blätterte um.

Da waren mein Foto und die ›Post‹-Zeichnung von Picasso, die sie schon gestern gebracht hatten. Und Slattery in voller Fahrt:

Exklusiv

Detective allein auf der Jagd nach irrem Killer

»Terror ist ein Ein-Mann-Job«

von William T. Slattery

Die Hoffnung einer vom blutigen Albtraum eines Serienkillers erschütterten Stadt ruht allein auf den Schultern eines einzelnen, höchst unorthodoxen Cops – Detective Neil Hockaday von der Street Crimes Unit, Manhattan, in Polizei- und Verbrecherkreisen kurz als SCUM Patrol bekannt.

Praktisch im Alleingang befindet sich Detective Hockaday auf der Jagd nach einem obdachlosen Künstler namens Picasso, der im Zusammenhang mit drei atemberaubend brutalen Morden in den letzten Tagen zur Vernehmung gesucht wird.

»Wir haben einen Tatverdächtigen, aber bei Routineermittlungen hat sich nahezu nichts über ihn ergeben. Also kommt letzten Endes alles auf einen einzigen Mann an – Hockaday«, sagte Hockadays Vorgesetzter Inspector Tomassino Neglio in einem Exklusivinterview. »Das ist schon ein irrer Geheimplan, wenn Sie die Wahrheit wissen wollen, aber so ist's nun mal.«

Mit für einen hohen Polizeibeamten ungewöhnlicher Offenheit fügte Neglio hinzu: »Sie wollen wissen, wie wir einen Irren finden wollen, der die Stadt terrorisiert? Ich will ganz offen zu Ihnen sein. Ganz sicher nicht mit einem großen Polizeiaufgebot. Terror ist ein Ein-Mann-Job, und den hat Hock bekommen.«

»Hock« – unter diesem Namen ist der Detective der SCUM Patrol allgemein bekannt – hat bereits in vielen der rätselhaftesten Mordfälle New Yorks die Ermittlungen geführt. Erst vor kurzem gelang es ihm, den Mord an dem extravaganten Radioprediger »Father Love« aufzuklären, dem langjährigen Pfarrer des Harlemer Healing Stream Deliverance Temple.

Mit Bezug auf diesen Fall sagte Inspector Neglio: »Im ganzen Department war Hock der einzige Cop, der die irre Wanze aufstöbern konnte, die diesen Pfarrer umgelegt hat. Er ist sicherlich nicht der pflegeleichteste Cop, den ich je kannte, und er hat seine ganz speziellen Arbeitsmethoden, aber Hock schafft uns die Kerle ran, Junge, Junge! Ich weiß nicht, was genau es bei diesem Burschen ist, aber wenn sich eine Wanze rührt, dann fängt Hock an, sich zu kratzen.«

Neglio sagte weiter: »Im Augenblick haben wir irgendwo dort draußen eine Wanze, deren Kopf voller Haß ist. Also setzen wir Hock auf seine Fährte. Gott segne uns.«

Detective Hockaday selbst stand für einen persönlichen Kommentar nicht zur Verfügung.

Ich überflog den Rest des Artikels, der im wesentlichen nur die Morde an Celia Furman, Dr. Reiser und Benito Molevo Reyes rekapitulierte. Nicht mal der große Slattery war auf die Ehe zwischen Celia und Picasso gestoßen, noch hatte er Picassos Verbindung zu Coney Island herausgefunden.

Ich studierte das Foto von mir. Es verriet nicht besonders viel, was mich zufriedenstellte. Das körnige Porträt eines Burschen mit einer Yankees-Mütze und einer Sonnenbrille, der seine Jugend bereits weit hinter sich gelassen und sich seit Tagen nicht mehr rasiert hatte. Ich verstand nicht ganz den Sinn, so was zu drucken.

»Was meinst du?« fragte ich Ruby und hielt das Foto hoch.

»Das soll *mein* Neil Hockaday sein?« Sie lachte leise. »Nein, ich glaube nicht. Der Typ sieht eher wie einer dieser rüpelhaften Baseballfans auf den billigen Plätzen aus.«

»Vielen Dank, so sehe ich meistens aus. Du weißt wirklich, wie man es schafft, daß ein Mann sich angebetet fühlt.«

Ruby lachte wieder, und die Unbeschwertheit in ihrer Stimme trieb auf der sauberen Aprilbrise wie ein Papierdrachen; sie drehte sich um, als schaute sie dem letzten ungezwungenen Augenblick unseres Tages nach, wie er höher und höher aufstieg, bis er schließlich außer Sicht verschwand. Dann sah sie mich wieder an. Ihre Stimmung war jetzt gedrückt.

»Eigentlich habe ich gerade nicht an Zeitungen gedacht«, sagte sie. »Ich habe an etwas Wichtiges gedacht.«

»An was zum Beispiel?«

»Zum Beispiel an den Traum, den ich letzte Nacht hatte.«

Da – wieder durchzuckte mich dieser prickelnde Schock eines merkwürdigen Wiedererkennens. Gestern abend war es der Schock, als sich der blauäugige Mann in Rubys Stück aus seinem Sarg erhob. Jetzt war es der Schock einer schrecklichen Nähe zwischen uns; die Erkenntnis, daß Ruby jetzt beim Träumen meinen Platz einnehmen konnte.

»Was hast du gesehen?« fragte ich.

»Picasso an seiner Staffelei. Er hat gemalt.«

»Was hat er gesagt?«

»Nichts, es war nichts Konkretes. Aber er hat mich auf eine Idee gebracht.«

»Auf welche?«

»Zu versuchen, diesen Fall mit Picassos Augen zu sehen. Versuch es, Hock. Schließ deine Augen. Was siehst du?«

Ich schloß die Augen. Ich sah Picassos Meisterwerk, die Montage aus Dämonen und ertrinkenden Sterblichen. Ich hörte die Musik aus dem Unicef-Pavillon, die lieblichen Kinderstimmen singen: *»It's a small world after all . . .«*

»Was siehst du?« fragte Ruby.

»Picassos Bild am *Feuer und Schwefel.*«

»Genau das ist es! Das ist die Idee.«

»Aber Ruby, ich *verstehe* diese Idee nicht.«

»Stell dir vor, du würdest so denken wie Picasso«, sagte sie langsam und ließ mir Zeit, ihrer Vision zu folgen. »Es geht darum, daß du dir vorstellst, du wärst Picasso, der zuschaut, wie die Körper tot umfallen. Celia, Dr. Reiser, Benito. Aber du erkennst, daß es kein Mord ist.«

»Kein Mord?« Ich sprach nicht weiter, und dann begann ich zu verstehen.

»Aus Picassos Sicht nicht, nein«, sagte Ruby. »Du siehst einen Künstler den Tod malen.«

»Nicht morden, sondern malen . . .«

Ich trank meinen Kaffee aus, hing meinen neuen Bademantel in Rubys Schrank, zog mich an und verließ dann ihre Wohnung, um zu meiner zu gehen. Zu Hause würde ich mich umziehen, ein paar Telefonate führen und versuchen, den Rest des Tages damit zu verbringen, so zu denken, wie Picasso denken würde.

Den ganzen Weg die Treppe zu meiner Wohnung hinauf hörte ich das Telefon klingeln.

Ich ließ mich in meinen grünen Sessel fallen und nahm den Hörer ab. »Hallo, Inspector Alte Socke. Nett, daß Sie anrufen.«

In der Leitung war eine Stimme, die nicht Neglio gehörte. Es war eine seiner beiden Sekretärinnen, die Brünette, die nicht tippen konnte.

»Spreche ich mit Detective Hockaday?«

»Ja, meine Liebe, das tun Sie.«

»Bleiben Sie bitte dran. Ich soll den Inspector sofort holen, wo auch immer er gerade ist.«

Ich hörte, wie sich winzige Pfennigabsätze über einen gefliesten Boden entfernten. Etwa eine Minute später dann das Geräusch von näherkommenden Männerschuhen der Größe

44. Da ich wußte, was jetzt wahrscheinlich kam, hielt ich den Hörer ein gutes Stück vom Ohr weg.

Dann Neglios scharfes Bellen: »Hock, wo zum Teufel haben Sie gesteckt?«

»Ach, ich war nur unten am Zeitungskiosk und hab mir noch ein paar Ausgaben der heutigen ›Post‹ besorgt. Alle meine Verwandten sollen die reizenden Ansichten meines Chefs lesen, soweit es mich betrifft.«

»Sie haben gar keine Verwandte, Sie Kamel. Außer diesem schrulligen Onkel drüben auf der anderen Seite.«

Ich überhörte die Verleumdung meiner Familie. »Sie haben Slattery wirklich einen großen Haufen Scheiße erzählt, Inspector.«

»He, ich hab keine Ahnung, was passiert ist. Der Kerl hat mich in Plauderstimmung gebracht. Sie wissen ja selbst, wie lästig er sein kann. Slattery läßt einen erst in Ruhe, wenn man ihm was gibt, das noch kein anderer hat.«

»Ach, hören Sie doch auf! Ich bin kein Super-Cop. Wir wissen doch beide, worum es bei dieser Sache in der Zeitung wirklich ging.«

»Was meinen Sie nur?« fragte Neglio wie eine alte Nonne mit rosigen Wangen.

»Sie schieben die ganze Sache auf mich ab. Sie sind emsig damit beschäftigt, dem neuen Bürgermeister in den Arsch zu kriechen. Und schon kommt die erste Verbrechenswelle seiner Amtszeit angerollt, also wollen Sie sichergehen, daß er die Botschaft erhält, es gebe nichts, was Sie daran ändern könnten. Nicht *Sie*! Kein Mensch im Department hat je Schwierigkeiten gekriegt, indem er nichts getan hat, stimmt's?

Und genau an diesem Punkt komme ich ins Spiel, der Cop, dessen Foto in der ›Post‹ auftaucht, obwohl er nie um Publicity gebeten hat, der Bursche, der die Kerle immer ranschafft, Junge, Junge! Und wenn ich das nicht mache – oder wenn ich die Festnahme nicht schnell genug durchführen kann –, wie soll das dann die Schuld von jemandem sein, der nichts tut?«

»Hab ich Ihnen nicht versprochen, daß für Sie bei dieser Sache eine Beförderung drinsteckt?«

»Die Beförderung nehme ich an. Aber das Versprechen, das ich Ihnen gegeben habe, Ihren Kumpel, den Bürgermeister, bei der Festnahme dabei sein zu lassen, das können Sie vergessen.«

»So was muß ich mir nicht bieten lassen, Hock.«

»Und ob Sie müssen. Slattery bringt mich auch immer in Plauderstimmung. Sie wissen ja, wie lästig er sein kann.«

»Es bricht mir das Herz zu sehen, wie Sie von Tag zu Tag zynischer werden.«

»Essen Sie ein paar Verdauungskekse, und anschließend machen Sie ein schönes, langes Nickerchen«, sagte ich. »Sie werden drüber wegkommen.«

Neglio antwortete nichts, aber ich wußte, daß er kochte. Ich hatte an einen der kleinen Treuebrüche appelliert, die sich von Zeit zu Zeit in unserem stillschweigenden Pakt ergeben: Ich werde ihn benutzen, er wird mich benutzen, hin und her und so weiter. Kleine Treuebrüche, wie die unbedeutenderen Sünden in der Ehe.

»Ich hab pausenlos versucht, Sie zu erreichen, Hock, aber Sie sind nicht rangegangen, ganz zu schweigen davon, von sich aus anzurufen. Also frage ich Sie jetzt: Welche gottverdammten Fortschritte machen Sie in dem Fall?«

»Ich glaube, mit ein bißchen Glück bin ich ziemlich nahe dran.« Und ich glaubte tatsächlich langsam, daß dies stimmte. »Möchten Sie etwas tun, womit Sie der Sache weiterhelfen können?«

»Also, ich . . .«

»Wußte ich's doch. Notieren Sie sich diesen Namen – Johnny Halo, genau, wie man's spricht. Soweit ich weiß, hat er keine Pseudonyme. Er sagt, er sei Weltkriegs-Veteran. Ihm gehört eine Bar namens Neptune in Coney Island. Außerdem noch das Seashore Hotel, ebenfalls in Coney, das er erst kürzlich übernommen hat und in dem er schon lange wohnt. Ich möchte, daß der Knabe gründlichst überprüft wird.«

»In Ordnung, Hock.«

»Ich will wissen, was der Kerl zum Frühstück ißt, mit wem er schläft, was es in seiner Familie gibt – besonders interessiert mich die Familie. Ich will wissen, ob er mit irgendeinem Mafioso ins Bett geht.«

»Ich besorg Ihnen das innerhalb von vierundzwanzig Stunden«, sagte Neglio. »Inzwischen möchte ich, daß Sie mit mir in Verbindung bleiben, hören Sie, Hock?«

»Das werde ich. Aber rufen Sie mich nicht an, ich rufe Sie an.«

»Sie blödes Arschloch! Was soll ich denn dem Bürgermeister sagen?«

»Sagen Sie ihm, er soll sich einen schönen Tag machen.«

Ich warf einen Blick auf die Post, die ich mit raufgebracht hatte. Heute kein schlichter Briefumschlag mit einer auf dem Kopf stehenden Flaggen-Briefmarke, daher hoffte ich, daß Picasso für den Augenblick etwas kürzer trat. Con Edison schickte mir eine zweite Mahnung auf meine Stromrechnung, die ich sofort wegwarf, da ich noch nie einen Sinn darin gesehen habe, solche Dinge zu überstürzen. Ein Zeitschriftenabo-Service informierte mich, daß ich schon sehr bald Millionär sein könnte, und diesen Brief warf ich etwas widerwilliger fort. Schließlich war da noch ein Brief aus Irland mit Poststempel von Dún Laoghaire, allerdings nicht in der vertrauten Handschrift meines Onkels adressiert. Ich öffnete den Umschlag und las:

Lieber Mr. Hockaday,
ich schreibe im Namen Ihres lieben Onkels Liam Hockaday, der erkrankt ist. Wie Sie wissen, hat er

ein Herzleiden. Der Arzt hat ihm jetzt strikte Bettruhe verordnet, und ich bin gebeten worden, mich um Ihren Onkel zu kümmern und alles zu erledigen, was erledigt werden muß.

Dieser Brief nun erfüllt die Pflicht, Sie von unangenehmen Neuigkeiten in Kenntnis zu setzen. Als treuer Freund Ihres Onkels bedaure ich natürlich sehr, Sie beunruhigen zu müssen.

Allerdings sollte ich hinzufügen, daß Liam nach Ansicht des Arztes noch eine relativ lange Lebenserwartung hat – vielleicht noch ein Jahr oder auch mehr. Und ich darf Ihnen versichern, daß seine einzige Beschwerde derzeit in seiner erzwungenen körperlichen Untätigkeit liegt.

Falls Sie weitere Einzelheiten erfahren oder einen Besuch arrangieren möchten, werde ich Ihnen auf dieser Seite gern behilflich sein. Zur Zeit wohne ich im Haus Ihres Onkels hier in Dún Laoghaire.

Hochachtungsvoll, im Namen des Herrn
Patrick Snoody

Wie lange war es schon her, daß ich meinen Onkel Liam zuletzt gesehen hatte, den Mann, dessen monatliche Schecks, ausgestellt auf die Bank of Ireland, meine Mutter und mich am Leben hielten, als mein Vater ins Dunkel verschwunden war? Liam, der uns besuchen kam und getuschelte Unterhaltungen mit meiner Mutter in der Küche führte, nachdem ich ins Bett geschickt worden war.

Seit meiner Kindheit hatte ich ihn nur zweimal gesehen. Einmal als er zur Beerdigung meiner Mutter nach New York kam, in Woodlawn, oben im irischen Teil der Bronx; ein weiteres Mal, als ihn Geschäfte in die Stadt führten, Geschäfte wie er sagte, die im Vergleich mit der Zeit, die wir wieder einmal miteinander verbringen könnten, bedeutungslos waren.

Das war das letzte Mal gewesen. Und zu meinem größten Bedauern habe ich nie einen Gegenbesuch in Irland gemacht.

Habe ich einmal die Chance genutzt, Liam nach seinem Bruder – meinem Vater – zu fragen? Von sich aus sagte er nichts. Und jetzt starb Liam.

Ich nahm mein Adreßbuch aus der Schublade unter dem Telefon und schlug Liams Nummer in Irland nach, wählte und wartete.

Nach fünfmal Klingeln hörte ich ein »Hallo« am anderen Ende der Leitung.

»Spreche ich mit Patrick Snoody?«

Es knisterte und knackte. Dann hörte ich das Echo meiner Frage, und schließlich: »Ja, ja. Snoody am Apparat.«

»Ich habe heute Ihren Brief erhalten«, sagte ich. »Hier spricht Neil Hockaday aus Amerika.«

Snoody sprach schon wieder ganz aufgeregt, als mein Echo noch nicht verklungen, daher bekam ich eine Menge von dem nicht mit, was er sagte, hörte nur: » . . . ruht sich jetzt aus, darf jetzt nicht gestört werden . . . Tut mir leid.«

»Können Sie meinem Onkel etwas von mir ausrichten?«

»Ja, ja.«

Ich wartete, bis Snoodys Echo verhallt war. »Sagen Sie ihm, ich werde versuchen, ihn sobald wie möglich zu besuchen. Sagen Sie ihm, daß ich vorher noch eine dringende Angelegenheit zu erledigen habe, aber auf jeden Fall komme. Sagen Sie ihm, er soll auf mich warten.«

»Ja, ja – auf Sie warten.«

»Mr. Snoody, vielen Dank für Ihren Brief. Ich rufe wieder an, sobald ich kommen kann.«

»Ja, ja. Wir werden warten.«

Dann legte ich auf, mit dem schlechten Gewissen, das alle undankbaren Verwandten der Alten und Einsamen verdient haben. Ich sagte mir, daß ich diese Reise wirklich unternehmen würde. Dann verfluchte ich Picasso. Wenn er nicht wäre, hätte ich auf der Stelle ein Flugzeug nehmen können.

Ich rief die Mordkommission an. Logue war unterwegs, aber Captain Mogaill erreichbar. »Da wird in der ›Post‹ aber ein ganz schönes Liedchen auf dich gesungen, wie ich sehe«, sagte er.

»Das sieht jetzt nur so aus«, sagte ich.

»Wahrscheinlich. Die Presse hat so eine Art, einen heute als Liebling aufzubauen, nur damit sie morgen was Hübsches haben, worauf sie eindreschen können, wenn man, was alle hoffen, vom Gewicht des geschwollenen Kamms auf die Schnauze fällt.«

»Genau wie ich das auch sehe«, sagte ich. »Weißt du, ob Logue schon irgendwas Brauchbares ausgegraben hat?«

»Hat er, und er brennt nur so darauf, es dir persönlich zu sagen, aber da wir uns nun mal nicht ausstehen können, macht's mir gar nichts aus, ihm den Spaß zu verderben.«

»Schieß los«, sagte ich.

»Erstens. Er sagt, diese Celia Furman hatte sehr ernste Schwierigkeiten mit den Freunden vom Finanzamt.«

»Das weiß ich schon.«

»Aber kanntest du auch das Ausmaß ihrer Schwierigkeiten? Wußtest du, daß die Feds der Lady sogar das Auto beschlagnahmt haben, in dem sie praktisch gewohnt hat?«

»Nein, das wußte ich nicht«, sagte ich. »Aber es klingt wie etwas, das ich dem Finanzamt zutraue.«

»Logue sagt nun, daß die Lady deshalb natürlich besonders dringend Geld brauchte, verstehst du?«

»Ja. Sonst noch was?«

»Eine Sache noch«, sagte Mogaill. »Logue war gestern höchstpersönlich die Forty-second Street rauf und runter unterwegs, hat sich bei jedem Penner und Ex-Knacki, der mit ihm reden wollte, nach Picasso erkundigt, und genauso bei jedem Ladenbesitzer. Zur Verstärkung hat er sich vier Detectives mitgenommen, und zusammen haben sie die Deuce so engmaschig abgekämmt wie nur was.«

»Und haben sie dabei auch irgendwas gefunden?«

»Wer weiß schon, was das bedeutet, Hock. Der Besitzer von einem dieser Elektronikläden für Touristen, die ewig Räumungsverkauf machen, erinnert sich jedenfalls, einem unheimlichen kleinen Burschen mit Barett auf dem Kopf was verkauft zu haben. Das war erst vor ungefähr einer Woche.«

»Was hat er ihm verkauft?«

»Der Ladenbesitzer sagt, unser Knabe wäre an einem guten Tonbandgerät interessiert gewesen. Das er dann auch gekauft und bar bezahlt hat. Dazu einen Schwung Batterien. Der Ladenbesitzer erinnert sich deshalb an dieses spezielle Geschäft, weil der Bursche mit dem Barett die ganze Zeit geredet hat, meistens mit sich selbst.«

»Und was hat er geredet?«

»Picasso hat immer wieder gesagt, ›Ich muß unbedingt meine Autobiographie fertigmachen, stimmt's nicht?‹ Das hat er immer wieder gesagt, als würde jemand direkt neben ihm stehen. Jedenfalls, Geschäft ist Geschäft, und der Ladenbesitzer nimmt das Geld von dem Spinner, und dann zischt Picasso mit seinem Recorder ab.«

Ich bedankte mich bei Mogaill für die Information und bat ihn, Logue auszurichten, ich würde mich baldmöglichst mit ihm in Verbindung setzen. Dann trug ich alles in mein Notizbuch ein, setzte es zu der Liste nicht in Zusammenhang stehender Dinge, die geklärt werden mußten, während ich schlief.

Dann rief ich die Neptune Bar in Brooklyn an.

Johnny Halo war nicht da.

»Wir haben heute nicht mal geöffnet«, sagte mir ein Hausmeister. »Ich bin heute morgen auch nur vorbeigekommen, weil ja Zahltag ist, aber Johnny war nicht hier. Also hab ich mir aufgeschlossen, und seitdem warte ich auf ihn. Ich warte immer noch und genehmige mir dabei ein paar Gläschen.«

Ich rief das Seashore Hotel an und wollte mich mit Halos Zimmer verbinden lassen.

»Er ist nicht oben«, sagte der Mann an der Rezeption. »Er ist gestern abend nicht nach Hause gekommen.«

»Verbinden Sie mich trotzdem mit seinem Zimmer«, verlangte ich.

Niemand meldete sich.

Sie werden den Haß nie aus meinem Kopf kriegen.

Ich bin die einzige Wanze, die das fertigbringt, was ich zu gegebener Zeit auch tun werd.

Aber bevor ich schlafen kann, hab ich noch einen weiten Weg vor mir.

Ho, ho, ist das nicht die Wahrheit?

Einen weiten Weg!

In der Zwischenzeit, wart ab, bis die kleine Lady eine ordentliche Ladung kriegt!

19

Ich machte einen letzten Anruf.

Neglio schien nicht sonderlich erfreut, so kurz nach unserer letzten Unterhaltung schon wieder von mir zu hören. »Allmächtiger, Hock, was wollen Sie jetzt schon wieder?«

»Sie müssen mir ganz schnell einen Durchsuchungsbefehl besorgen.«

»Einen Durchsuchungsbefehl?«

»Ja. In ungefähr fünfzehn Minuten sitze ich im F-Train nach Coney Island. Ich brauche fünfundvierzig Minuten bis zur U-Bahnstation Stillwell Avenue und weitere fünf Minuten, um zu Fuß von der Station zum Seashore Hotel an der Surf Avenue zu gelangen. Das bereits observiert wird. Ich möchte, daß die Cops dort den Durchsuchungsbefehl in Händen haben, wenn ich eintreffe.«

»Sie fahren nach Coney Island mit der *U-Bahn?*«

»Die Auslagen dafür werde ich auf meine Spesenabrechnung setzen.«

»Hock, es gibt schnellere Möglichkeiten, sich in der Stadt fortzubewegen, wissen Sie. Ganz zu schweigen von sichereren.«

»Wollen Sie damit sagen, daß Sie mir Ihren gepanzerten schwarzen Chrysler mit Officer Flunky am Steuer ausleihen wollen?«

»Ich glaube kaum ...«

»Ich auch nicht.« An Neglios Ende der Leitung hörte ich ihn Blasen werfen.

»Insgesamt werde ich von meiner Wohnung bis zum Seashore Hotel eine Stunde und fünf Minuten brauchen, okay? Ich bitte Sie, während der Mittagszeit einen Durchsuchungsbefehl von der Brooklyner Staatsanwaltschaft zu bekommen, und mir das Papier *innerhalb dieses Zeitrahmens* von einem Polizeikurier nach Coney bringen zu lassen. Das dürfte damit ein verdammt schneller Durchsuchungsbefehl sein. Weswegen ich gerade *Sie* brauche. Natürlich könnte ich auch Ihren Kumpel, den Bürgermeister, anrufen, wenn Sie meinen, Sie können das nicht selbst erledigen.«

Neglio gab ein paar weitere brodelnde Geräusche von sich. »Falls mich jemand fragen sollte, Hock: Was soll das Ganze?«

»Ich möchte die geschäftlichen und privaten Räumlichkeiten von Johnny Halo durchsuchen. Lassen Sie den Durchsuchungsbefehl auf das Seashore und seine Bar, das Neptune, ausstellen. Und lassen sie ihn für achtundvierzig Stunden ausstellen, falls ich dort zwei Besuche abstatten muß.«

»Johnny Halo? Das ist doch der Bursche, dessen Vergangenheit ich für Sie durchleuchten sollte? Wenn Sie seine Bude auf den Kopf stellen, Hock, vermasseln Sie am Ende noch alles.«

»Lesen Sie die ›Post‹. Da steht schwarz auf weiß, daß ich

so meine eigenen speziellen Methoden habe, Dinge zu erledigen, aber daß ich die Kerle immer ranschaffe, Junge, Junge.«

»Hören Sie auf damit, Hock. Das ist ein Befehl. Und das jetzt auch: Raus mit der Sprache!«

»In Ordnung«, sagte ich. »Halo wird seit letzter Nacht vermißt.«

»Johnny Halo. Gibt's da irgendeine Querverbindung zu Charlie Furman alias unser Picasso?«

»Ja, die gibt es. Allerdings weiß ich noch nicht genau welcher Art. Noch kann ich nicht zwischen den Lügen lesen.«

»Aber was vermuten Sie?«

»Heute vermute ich, daß es von Vorteil ist, Halo aus dem Verkehr zu ziehen. Er ist leichter zu finden als Charlie Furman. Außerdem glaube ich, wenn ich Halo finde, rücke ich gleichzeitig auch Picasso näher auf den Pelz.«

Neglio schwieg einen Moment, dachte über Vorteile nach. Dann: »Okay, Hock. Der Durchsuchungsbefehl wird dort sein. Sehen Sie zu, daß Sie Ihre beschissene Bahn kriegen.«

Wie versprochen wartete der Durchsuchungsbefehl eine gute Stunde später bei dem Cop am Steuer des Streifenwagens auf mich, der die Observierung vor dem Seashore übernommen hatte. Auf dem Namensschild an seinem blauen Hemd stand Patrolman Harold Gotha.

Ich zeigte ihm meine Dienstmarke.

Gotha musterte sie, dann schaltete er den Kassettenrecorder auf dem Armaturenbrett aus. Ich hatte »Tangerine« erkannt, irgendwo in der Mitte des Stückes und kurz vor dem Ende des langen Saxophonsolos.

Er gab mir den Durchsuchungsbefehl. Ich schob ihn in eine Tasche meiner Windjacke. »Hören Sie da Dexter Gordon?«

Gothas Stimme war locker und rauchig, wie die eines Jazzmusikers. »Long Tall, der Unvergleichliche.«

»Von *Nights at the Keystone*, stimmt's?«

Er schenkte mir ein anerkennendes, schiefes Lächeln. »Sie haben recht. Ich habe heute von Ihnen gelesen, Superman. Allerdings stand in dem Artikel nichts davon, daß Sie Ihren Bebop kennen. Übrigens, auf dem Foto sehen Sie beschissen aus.«

»Das zeigt Ihnen nur, daß es nicht meine Idee war, in die Zeitung zu kommen.«

»Ja, ich kann's mir denken. Brauchen Sie Hilfe da im Hotel, Detective?«

»Im Augenblick nicht, aber später vielleicht. Wie lange haben Sie hier noch Dienst?«

»Ich hab um zwölf angefangen, also werd ich noch eine ganze Weile hier sein.«

»Gut. Wir sehen uns, wenn ich wieder rauskomme.«

»Ich geh nirgendwo hin.« Gotha schaltete den Recorder wieder ein, und Long Tall spielte weiter aus dem Grab heraus.

Im Foyer bot sich mir fast das gleiche Bild wie am voraufgegangenen Abend: kalte Beleuchtung, säuerlicher Geruch, und Chastity, die Nutte mit der roten Perücke, rauchte eine Zigarette und lümmelte sich auf dem einzigen Sessel; derselbe Rock war wieder ihre in Nylon gehüllten Schenkel hochgerutscht. Zwei Dinge allerdings waren entschieden anders: Jerry, der Nachtportier, war von einem alten Knaben mit dem Gesicht eines Beagles abgelöst worden, der Bier aus einer Dose trank, und Chastity trug heute etwas Neues und Faszinierendes – einen grünen Hut mit einer gebrochenen Feder an der Seite.

Chastity drehte sich um, als ich hereinkam. Die Feder bebte mit der Bewegung ihres Kopfes. Sie stand auf, breitete die Arme aus und sagte: »Tja, wenn das mal nicht mein Lieblingscop ist, Officer Hockaday. Hier war ich, kurz davor, an Langeweile zu sterben, und da kommst du rein und rettest mich. Lange nicht gesehen, Baby!«

Der alte Knabe im Rezeptionskäfig kleckerte sich Bier übers Kinn und meinte verschlafen: »Cops. Was?«

Ich konnte den Blick nicht von Chastitys Hut nehmen. Sie schien ihn völlig unschuldig zu tragen, wußte nichts von seiner Vorbesitzerin.

Sie merkte natürlich, daß ich den Hut anstarrte. »Gefällt dir mein Chapeau, Süßer?«

»Ja, Chastity, er gefällt mir«, sagte ich. »Paßt wirklich sehr gut zu deinen rostroten Haaren. Sehr hübsch.«

Ich nahm einen Zwanziger aus der Tasche und gab ihn ihr. »Komm, reden wir oben.«

»Sugar, du hast mir gerade den Tag gerettet.«

Wir gingen zum Rezeptionskäfig. »Es kostet sieben Bucks die Stunde, Kumpel«, sagte der Beagle. »Drei Stunden Minimum, plus einen Dollar als Kaution für die Handtücher. Chastity kennt das Zimmer.«

Ich zog den Durchsuchungsbefehl aus der Tasche und zeigte ihn zusammen mit meiner Marke. »Wie wär's, wenn ich heute ausnahmsweise mal den Schlüssel für die Präsidentensuite nehme, gratis, okay?«

Der alte Knabe nahm den Durchsuchungsbefehl in die Hand, hielt ihn dicht vor die Nase und schnupperte daran, nachdem er ihn gelesen hatte. Er kräuselte eine Lippe und gab mir das Papier mit einem Zimmerschlüssel zurück. »Tja, schätze, das geht mich wohl nichts an.«

Mit Chastity am Arm untergehakt ging ich dann zur Treppe. Wir passierten das von Kugeln durchlöcherte Schild – WENN DU HIER LEBEN WÜRDEST, WÄRST DU JETZT ZU HAUSE – und stiegen die vier Etagen zu Halos Bau hinauf.

Eine Präsidentensuite war's nicht, ganz sicher nicht in unserer Zeit, in der Präsidenten soviel kosten. Abraham Lincolns Blockhütte in der Prärie von Illinois – deren Ritzen mit Lehm zugestopft waren – hatte wahrscheinlich mehr Luxus gehabt als Johnny Halos Bude: drei winzige, heiße, stickige Räume, die eine Hälfte der obersten Etage in Beschlag nahmen. Sie waren untereinander mit Türbögen verbunden, die jemand in die dünnen Gipswände gebrochen hatte, der kein Recht besaß, sich Zimmermann zu schimpfen.

Das Fenster des hinteren Zimmers bot eine schöne Aussicht auf das blaugraue Meer, und um dieses Fenster herum hatte Halo sein Wohnzimmer eingerichtet. Chastity sagte, bis auf ihren Sessel habe er das gesamte Mobiliar aus dem Foyer hier raufgeschafft. »Ich bin unten in dieser Lobby so was wie eine Institution«, sagte sie, »was bedeutet, ich hab mir einen reservierten Sitzplatz für mein Hinterteil durch all die vielen Male verdient, die ich es oben verkauft habe.« Im vorderen Zimmer boten zwei schmale Fenster einen Blick auf die Surf Avenue. An der einen Wand waren eine Kochplatte und ein Spülbecken, vor der anderen standen ein Schreibtisch und ein Stuhl. Die Schreibtischplatte war mit Papieren und Illustrierten übersät. Flüchtig überprüfte ich das Durcheinander.

Nichts sah besonders wichtig aus, nicht mal halbwegs bedeutsam. Auch Halo selbst schien nichts in seiner schäbigen Behausung wirklich wichtig zu sein. Als würde der Mann sein wirkliches Leben woanders führen. Einen beunruhigenden Augenblick lang kam mir der Gedanke, daß jemand, der sich meine eigene Wohnung in Hell's Kitchen ansah, möglicherweise zu dem gleichen traurigen Schluß über mich gelangen könnte. Ich tröstete mich schnell damit, daß es in meiner Bude wenigstens jede Menge Alk und Bücher gab, und ein altes Foto von einem Soldaten.

Inzwischen hatte es sich Chastity auf der Kante von Halos frisch gemachtem Bett im mittleren Zimmer bequem gemacht.

»Hockaday«, rief sie. »Komm her. Zeit, Räuber und Gendarm zu spielen.«

Ich zog sämtliche Schreibtischschubladen auf. Bis auf einen Bleistiftstummel, drei Kugelschreiber und eine Familie aufgeschreckter Kakerlaken waren sie leer. Ich überprüfte das winzige Bad und fand heraus, daß es als Kleiderschrank benutzt wurde; der größte Teil von Halos Garderobe lag in einem Haufen auf dem Boden oder hing über der Duschstange.

Dann betrat ich den mittleren Raum. Dort saß Chastity auf dem Bett und knöpfte ihre Bluse auf. Ich warf einen Blick in das Bad hier, was sich als dasjenige herausstellte, das Halo tatsächlich benutzte. Auf einem Ständer lagen saubere Handtücher, in einer Schale auf dem Waschbecken ein neues Stück Seife, und ansonsten gab es wenig Anzeichen, daß Halo ein Mann war, der sonderlich oft die Dusche benutzte.

Ich warf einen Blick aus dem Fenster. Unten in der Gasse konnte ich die Hand von Patrolman Gotha sehen, die er aus der Seitenscheibe des Streifenwagens gesteckt hatte; auf dem verchromten Außenspiegel klopfte er einen Riff von Dexter Gordon mit.

»Schenk mir deine Aufmerksamkeit!« verlangte Chastity.

Ich drehte mich um und sah wieder Chastity an, die lächelnd auf dem alten, durchhängenden Bett saß. Trotz der Tatsache, daß sie die Hände unter zwei rosafarbene und überraschend wohlgeformte nackte Brüste gelegt hatte, waren meine Augen auf den grünen Hut fixiert. »Wo hast du das Ding her?« fragte ich ausdruckslos.

Jetzt sah sie aus, als sei sie entweder wütend oder aber den Tränen nahe. Es ist nicht leicht für einen Mann zu beurteilen, was von beidem zutrifft, wenn Frauen diesen speziellen Ausdruck haben.

»Du meinst meinen Hut?«

»Ja.«

»Da habe ich dich für einen Freier von der netten, geradlinigen Sorte gehalten, für einen echten Traditionalisten, weißt du?« Chastity schüttelte langsam den Kopf und ließ die Hände fallen. Ihre Brüste sackten ebenfalls herunter, aber nicht viel. »Dann verrat mir mal, Officer Hockaday, was du für einer bist? Ich hab in meinem Leben schon von allen möglichen Perversen gehört – Schuhfreaks, Strumpffreaks, Höschenfreaks – aber ein *Hut*freak?«

»Du weißt wirklich nicht, was das ist, stimmt's?«

»Nee, du siehst eine alte Nutte vor dir, die mit ihrer Weisheit am Ende ist.«

Ich zog einen weiteren Zwanziger aus der Brieftasche und versuchte ihn Chastity zu geben, aber sie wollte ihn nicht. »Ich frage nach dem Hut, weil es eine Polizeisache ist. Als ich diesen Hut das letzte Mal gesehen habe, gehörte er noch einer Frau namens Celia Furman, die nur wenige Stunden, nachdem ich sie damit gesehen habe, ermordet wurde.«

Chastity nahm den Hut ab und warf ihn rüber. Dann knöpfte sie ihre Bluse wieder zu.

»Was zum Teufel interessiert's mich? Für mich ist sie nur ein Name aus der Zeitung.« Sie stand auf und rückte ihre Perücke zurecht. »Na los, du kannst meinen Hut behalten. Benutz ihn als Beweismaterial, um den armen alten Picasso auf den Stuhl zu bringen.«

»Hör zu, ich bin mit einem Durchsuchungsbefehl für Johnny Halos Räumlichkeiten hergekommen, weil ich nämlich glaube, daß er in meinen Fall verwickelt ist. Jetzt ist er plötzlich verschwunden. Also komme ich hier zum Hotel, und als erstes sehe ich dich mit einem Hut auf dem Kopf in der Lobby sitzen, der bei einer toten Lady vermißt wird.«

»Willst du vielleicht andeuten, ich hätte was damit zu tun?«

»Nein, das will ich nicht. Was ich allerdings wissen will, ist, woher du den Hut hast, und deshalb habe ich dich eingeladen, mich hier herauf zu begleiten, damit wir irgendwo ungestört reden können. Das ist auch schon alles. Verstanden?«

»Klar, Hockaday. Verstanden. Du auch?«

Ich nicht, und man sah's mir an.

»Ich mußte in meinem Leben schon schrecklich viele Männer küssen, aber mein Herz gehört immer noch mir«, sagte sie. »Das bedeutet, ich bin noch nicht bereit, einfach weggeworfen zu werden, verstehst du das?«

Sie nahm meine Hände und zog mich zu sich, zwang mich, in ihr gehobenes Gesicht zu schauen. Vielleicht war mir danach, sie auszulachen, weil ich schon solange Cop war; vielleicht weil ich noch nicht lange genug Cop war, schämte ich mich dann dafür.

Chastity konnte meine Gedanken lesen. Sie senkte ihren Blick auf den rissigen Boden zwischen uns. Eine Träne fiel, eine von Tausenden, die an diesem Tag in Coney Island geweint wurden.

»Ich bin froh, daß wir Freunde sind, Chastity. Das meine ich wirklich so«, war alles, was ich herausbrachte. Sie schaute wieder auf, und da lag Großmut in diesen feuchten Augen, selbst nachdem sie meine unzulänglichen Worte gehört hatte. In ihrem Leben hatte sie alle Unzulänglichkeiten der Männer kennengelernt.

Chastity löste sich von mir. »Ist ja toll, wir sind also Freunde. Aber nur solange, wie du deine Trinkgelder verteilst, okay?«

»Willst du mir helfen?«

»Vielleicht.«

Diesmal nahm sie den Zwanziger.

»Johnny Halo ist verschwunden. Weißt du zufälligerweise, warum, oder wo er ist?«

»Ich weiß so manches.«

Chastity akzeptierte einen weiteren Schein.

»Sehen wir uns erst mal ein bißchen in dieser Müllkippe um, bevor ich dir darauf antworte«, sagte sie. Ich folgte Chastity in das hintere Drittel von Halos Suite, in das Wohnzimmer mit dem Fenster aufs Meer. »Hier verdient sich Mr. Große Nummer seinen Lebensunterhalt. Suche, und vielleicht wirst du finden.«

Bis auf ein paar schmutzige Gläser in einem Waschbecken mit schmierigem Wasser und einen Papierkorb, der außer einer leeren Halbliterflasche Bourbon auch nichts hervorbrachte, war das Badezimmer hier leer. Neben den Sesseln aus dem Foyer bestand das Mobiliar des Wohnzimmers aus einem ramponierten Fernseher unter dem Fenster und einem runden Couchtisch vor einem Vinylsofa.

Auf dem Tisch befand sich ein Durcheinander, bestehend aus Zeitungen, von denen manche schon vergilbt waren, Krimskrams, wie er sich in der Tasche eines Mannes sammeln kann, Post, vorwiegend längst überfällige Rechnungen der mir vertrauten Art, Aschenbechern und einem Hoteltelefon. Unter der Couch lagen mehrere Paar gebrauchter Socken, von denen einige vor Alter schon ganz hart geworden waren.

In einem der Aschenbecher lag ein zusammengeknülltes Streichholzheftchen. Ich nahm es heraus, da sich eine Zeichnung darauf befand, eine Zeichnung eines in letzter Zeit vertrauten Anblicks am Times Square: eine doppelte Glastür mit den Bildern zweier weißer, lüstern grinsender Pudel in Cutaway und Zylinder.

Ich steckte die Streichhölzer in meine Brusttasche.

»Tja, siehst du, daß wir weiterkommen?« fragte Chastity. Es lag etwas in ihrer Stimme, das mir sagte, das Geld der Stadt war gut investiert worden. »Suchen wir doch noch ein bißchen, ja?«

Die Post war nicht weiter interessant, genausowenig die Zeitungen. Also wühlte ich mich durch Halos Kram, während Chastity mir nachdenklich zuschaute. Ich hockte über alten Lotterielosen, Wettscheinen, Wäschereiquittungen, schwarz angelaufenem Kleingeld, leeren, zusammengedrehten Zigarettenpackungen, einzelnen, spröde gewordenen Kaugummistreifen. Und dann etwas Interessantes: Eine etwa zweieinhalb mal fünf Zentimeter große Miniatur-Bibel mit genarbtem Kunstledereinband und rotem Schnitt.

»Tja, das ist mal eine echte Überraschung«, sagte ich und nahm die Bibel in die Hand. »Hättest du gedacht, daß Johnny Halo ein frommer Mann ist?«

Chastity äußerte sich nicht dazu. Aber sie lächelte, als ich die Bibel aufschlug und winzige Buchstaben auf das Deckblatt gestempelt fand. Mit Mühe las ich:

CROWN OF THORNS HOLY TABERNACLE
– Ein Refugium von der Sünde am Times Square –
– freundlich & sauber –
384 W. 41st St.
New York City
Abendliche Gebetsstunden
Sonntags Messe 10 A.M.

»Er ist nicht nur ein frommer Mann, er ist eine echte Leseratte, wie ich sehe.« Ich blätterte durch die Miniaturseiten, was Halo, dem steifen Papier nach zu schließen, offenbar nie getan hatte. »Und was weißt du davon?« fragte ich Chastity.

»Nur, was so geredet wird.«

»Und was wird so geredet?«

»Ach, nur dieser alte Spruch von wegen ›stille Wasser sind tief‹. Das ist alles.« Und da war es wieder, dieses angespannte kleine Lächeln, das besagte: Dieser Weg zu weiteren Auskünften ist vorübergehend geschlossen.

»Wie du willst«, sagte ich.

Chastity schaute sich in dem kargen Wohnzimmer mit den miesen Möbeln um, dann blickte sie aus dem Fenster und danach zu dem Durchgang, der in die anderen Zimmer führte. »Weißt du, da hat sich Johnny endlich mal eine halbwegs ordentliche Wohnung besorgt und hat nicht mal den geringsten Schimmer, wie er ein nettes, anständiges Zuhause daraus machen kann. Ich müßte so ein Nest haben; ich wüßte, was man mit der Wohnung anfangen könnte.«

Ich erlaubte Chastity ein paar Sekunden ihrer ›Schöner wohnen‹-Träume, dann holte ich sie zurück in die Wirklichkeit und zu meinem Job. »Vielleicht können wir noch mal auf meine früheren Fragen zurückkommen?« sagte ich.

»Klar, machen wir das. Ich könnte mir nicht mehr in die

Augen sehen, wenn ich denken würde, du hättest dein Geld für nichts ausgegeben, Hockaday.«

»Wo ist Halo, und warum ist er verschwunden?«

»Ich weiß es wirklich nicht. Und ehrlich gesagt ist es mir auch scheißegal.«

»Du magst den Burschen nicht besonders?«

»Merkt man das?«

»Was hat er dir getan, Chastity?«

»Ich kann mich nicht erinnern, daß du das vorhin schon mal gefragt hast.«

»Du hast vorhin ja auch nur hundertvierzig Bucks gekriegt«, sagte ich und griff wieder nach meiner Brieftasche.

»Vergiß das«, sagte Chastity. »Wie ich dir schon gesagt habe, ich hab ein Herz. Was bedeutet, mir ist schon klar, daß die Stadt im Moment nicht gerade das ist, was man flüssig nennen könnte. Außerdem würdest du's woanders ja sowieso rausfinden.«

»Was rausfinden?«

»Daß hier so ziemlich jeder Johnny Halo verachtet, und das aus dem einfachen Grund, weil normalerweise jeder mit mindestens einem Hunderter bei ihm in der Kreide steht. Es ist nicht besonders schwer, einen Burschen auf den Tod nicht ausstehen zu können, wenn man ihm immer Geld schuldet.«

»Was für einen Schwindel zieht er hier ab?«

»Der übliche Sechs-für-fünf-Wucher. Bei allem, was darüber hinausgeht, weiß er genau, daß er nicht lange genug leben würde, um seine Profite noch ausgeben zu können.«

»Man leiht sich fünf Bucks und zahlt am Ende der Woche sechs zurück?«

»Genau. Hundert Bucks sind allerdings das Minimum. Bei einem Kurs von sechs zu fünf kommt das auf einen Wucherzins von zwanzig Prozent auf den noch nicht zurückgezahlten Betrag – pro Woche.«

»Nicht schlecht«, sagte ich.

Ich beschloß, dieses spezielle Detail von Johnny Halos Précis zunächst unbeachtet zu lassen.

»Nur eine Frage noch«, sagte ich. »Woher hast du den Hut?«

»Hier ganz in der Nähe gibt es einen Privatclub mit dem Namen Carny Club«, sagte Chastity. »Schon mal was davon gehört?«

Ich sagte, ich hätte.

»Gestern abend bin ich noch ziemlich spät auf einen Sprung dort gewesen. Als ich schließlich nach Hause gegangen bin, hing da dieser hübsche grüne Hut mit der Feder an einem Haken im Foyer, hat einfach nur darauf gewartet, mitgenommen zu werden.«

»Also hast du ihn mitgenommen.«

Da war wieder dieses verkniffene Lächeln.

Unten in der Gasse klopfte Patrolman Gotha den Takt von »Sophisticated Lady« mit. Er winkte, als er mich aus dem Hotel kommen sah.

»Gefunden, wonach Sie gesucht haben?« fragte er.

»Teilweise, nicht alles«, sagte ich. »Haben Sie ein Brecheisen im Kofferraum?«

»Klar.«

»Gut.« Ich ging vor der Kühlerhaube des Wagens auf die andere Seite und stieg ein. »Fahren Sie uns zur Uferpromenade. Wir werden die Neptune Bar aufmachen.«

»Ich darf meinen Posten nicht verlassen.«

»Bei dieser Sache bin ich Ihr Chef.«

»Stimmt.« Gotha ließ den Wagen an, legte den Gang ein und wir bogen nach Westen auf die Surf Avenue, dann nach Süden über eine Rampe direkt auf den Boardwalk. »Der Durchsuchungsbefehl gilt auch für das Neptune?«

»Ja.«

»Wieso müssen wir den Schuppen aufbrechen?«

»Weil der Besitzer seit letzter Nacht verschwunden ist.

Das ist ein gewisser Johnny Halo. Sein Laden hat heute morgen nicht aufgemacht.«

»Warten Sie. Ich dachte, wir suchen diesen Picasso, der früher im Seashore gewohnt hat.«

»Jetzt suchen wir beide«, sagte ich. »Wenn wir hier fertig sind, geben Sie das weiter, okay?«

»Klar, mach ich.«

Gotha stellte den Wagen ab, holte das Brecheisen aus dem Kofferraum, und wir gingen die Promenade zum Neptune hinauf.

Wie ich mir dachte, hatte der Hausmeister inzwischen aufgegeben und war gegangen. Hatte wieder abgeschlossen.

Gotha setzte das Brecheisen an und knackte die Tür. Wir gingen hinein, knipsten das Licht an und hörten das Getrippel davonhuschender Mäuse.

Ich schaute mich nach so etwas wie einem Büro und Unterlagen um. Ich fand einen Lagerraum voller leerer Pfandflaschen und einen Besenschrank.

Ich sah hinter der Theke nach. Nichts.

Meine Arbeit hier war erledigt, zumindest fürs erste.

Ich sollt einigen dieser Bilder Titel aus der beschissenen Heiligen Schrift geben. Wie wär's damit? Wär das nicht genau die Sache für meinen Ruf?

Gottverdammt, ja.

Hah! Vielleicht sollt ich mich für eins von diesen Stipendien bewerben! O Maaann, das wär ein Ding, was?

Wollen doch mal sehen. Wie wär's mit: »Du begehrst und hast nichts, du tötest und begehrst, und doch bekommst du nichts?« Ja, genau diese Art neutestamentarische Scheiße!

Oder wie wär's mit: »Wenn ein Mann nicht weiß, wie er sein eigenes Haus zu führen hat, wie will er sich dann um die Kirche Gottes kümmern?«

Das läßt sich doch hören!

Gottverdammt auch.

20

Ich war überrascht, daß es erst vier Uhr war. In Coney Island scheint die Zeit immer so viel langsamer zu vergehen als in Manhattan; die Gezeiten und die Geräusche der Brandung von Coney haben es nie eilig.

Es hatte keinen Sinn, daß ich jetzt im Carny Club vorbeischaute, um herumzuschnüffeln. Vor sieben würde niemand dort sein. Außerdem mochte es sich als gut erweisen, einen Tag verstreichen zu lassen; niemand hier hatte es übermäßig eilig, mir zu helfen, Picasso zu finden, oder, was das betraf, auch Johnny Halo. Ich konnte diesen Nachmittag erheblich sinnvoller nutzen, wenn ich an einem anderen Aspekt des Falles weiterarbeitete. Und mir eine indirekte Annäherung an all die Fragen einfallen ließ, die mir über Celia Furmans reisenden grünen Hut in den Sinn kamen.

Ich verließ Patrolman Gotha und irrte ziellos durch Astroland, bis ich zum *Feuer und Schwefel* kam. Und genau wie erst vor wenigen Tagen, als Ruby und ich erschüttert hier vor Picassos unbarmherzigem Meisterwerk gestanden hatten, entsann ich mich meiner langjährigen Gleichgültigkeit gegenüber dem blutigen, grausamen Wissen in Charlie Furmans Vision der Welt.

Ein flüchtiger Blick auf den Albtraum eines anderen, und dann einmal tapfer lachen. Welchen Grund hatten wir auch schon, uns darüber Gedanken zu machen, was im Kopf eines Künstlers vor sich ging?

Ich wandte mich ab, kehrte über die Gasse zur Bowery Street zurück und schlenderte weiter zu Nathan's Famous. Die nächsten fünfzehn Minuten stand ich an der Außentheke auf der Surf-Avenue-Seite und trank ein kleines Bier. Ich bestellte gerade ein zweites, als die Orgel des B & B Karussell direkt gegenüber mit »By the Sea« anfing, drehte mich um und beobachtete, wie sich die Holzpferde hoben und senkten, und auch den kleinen, dunkelhäutigen Mann, der den Blasebalg der Orgel bediente und den Motor des Karussells.

Er bimmelte eine Glocke und winkte mir zu. Obwohl er im Schatten stand, bemerkte ich sein Lächeln. Ich winkte zurück.

Ein rotgelbes Taxi hielt vor dem B & B am Bordstein und versperrte mir die Sicht. Der Fahrer stieg aus und öffnete seinen Passagieren die hintere Tür; ein seltener Anblick heutzutage in New York. Sparkle, die Schlangenbeschwörerin, stieg aus dem Wagen; ihr langes, schwarzes Haar flatterte in der frischen Brise. Sie und der Taxifahrer beugten sich gemeinsam in den Fond und hoben zuerst einen Rollstuhl und dann Sealo heraus.

Sparkle bezahlte den Fahrer und schob den Rollstuhl dann über die Avenue. Ich schaute zu, wie die beiden die schmalen Wege von Astroland entlanggingen – nur zwei Launen der Natur, die sich auf der Uferpromenade von Coney Island zum Dienst meldeten.

Ich bezahlte mein Bier und überquerte die Avenue zur U-Bahnstation.

Mir kam der Gedanke, daß ich vermutlich kurz bei der Mordkommission vorbeischauen sollte, falls Logue inzwischen mit etwas Nützlichem von der Straße zurückgekehrt war, etwas, das uns weiterhalf. Wenn nicht, bestand immer die unterhaltsame Möglichkeit, daß Captain Mogaill in der Stimmung war, mich auf eine sentimentale Reise rauf nach Inwood zu entführen – in Nugent's Bar, wo ein einsamer Floh seinen Hund finden mochte.

Ich konnte auch im Horny Poodle vorbeischauen. Vielleicht erhielt ich von Benny an der Bar eine indirekte Antwort hinsichtlich eines Gastes namens Johnny Halo. Oder vielleicht sollte ich auch an diesem Tag die abendliche Gebetsstunde im Crown of Thorns Holy Tabernacle mitnehmen. Ich konnte Ruby anrufen und fragen, ob sie mitmachte und bereit war, im Namen von Recht und Ordnung wieder meinen Partner zu spielen.

Ich trug die Sache mit dem Crown of Thorns in mein Notizbuch ein, und auch Halos Trip – oder Trips – ins Horny Poodle. Außerdem auch die Geschichte von wegen Halos Sechs-für-fünf-Wucher, was zweifellos die Haupteinnahmequelle in der Neptune Bar war; daß Chastity Celias verschwundenen grünen Hut gefunden hatte, wo sie ihn gefunden hatte; die Entdeckung, daß Johnny Halo offensichtlich nicht viel von Buchführung hielt.

Ich überflog diese neuen Einträge, nachdem ich alles aufgeschrieben hatte. Dann blätterte ich die Seiten zurück und las sämtliche früheren Notizen, hoffte, zwischen der einen oder anderen vielleicht einen Zusammenhang zu entdecken. Was mir nicht gelang.

Wie in aller Welt hatte ich diese großspurige Reaktion zustande gebracht, als Neglio sich nach Fortschritten erkundigte? *»Ich glaube, wenn ich noch ein-, zweimal ein bißchen Glück habe, ist die Sache bald abgeschlossen.«* Ein Detective ist nichts anderes als ein nachlässiger Cop, wenn er allein auf Glück angewiesen ist. Das ist letzten Endes nur die Hoffnung, durch übertriebene Zuversicht würde sich die Sache schon von allein weiterentwickeln; außer in Kriminalromanen habe ich noch nie von einem pingeligen Detective gehört.

Die U-Bahn rollte in die Seventh Avenue Station in Brooklyns Park Slope Viertel ein. Noch zwanzig Minuten, dachte ich, und ich war wieder in Manhattan, wo ich mich für irgendeinen Ort entscheiden mußte, an dem ich etwas Zuversicht an den Tag legen konnte.

Aber ich fuhr nicht direkt nach Manhattan.

Statt dessen stieg ich vier Haltestellen später aus, an der Bergen Street Station in South Brooklyn, und ging ein paar Blocks hoch zu den Büros der Wendell Prescott Real Estate Development Company, Inc. an der Atlantic Avenue, ohne die geringste Ahnung zu haben, was ich tun oder sagen würde, sollte ich den Mann antreffen.

Aber plötzlich fühlte ich, daß es einen wichtigen Zweck hatte, an diesem Nachmittag auf der Atlantic Avenue zu sein, und zwar im Zusammenhang mit dem Schicksal von Coney Island und Kunst und Mord und Johnny Halos Frage: »*Sie wissen, was Prescott tun würde, wenn er hier Casinos aufmacht?*«

Ruby hatte geantwortet: »*Hock, verstehst du nicht? Sie würden Picassos Meisterwerk abreißen.*«

Von außen hatte Wendell Prescotts Operationsbasis kaum mehr Ähnlichkeit mit dem protzigen Wolkenkratzer-Hauptquartier seines Bruders Daniel in Manhattan als mein eigenes Mietshaus in Hell's Kitchen. Die Firma lag in der ersten Etage eines zweistöckigen Gewerbegebäudes aus Ziegel und Stuck. Im Erdgeschoß befand sich das OK All-America Tile & Carpet Center.

Das Innere war nicht weiter erwähnenswert. Ich ging eine mit Industrieboden ausgelegte Treppe hinauf und fand an deren Ende einen großen Raum voller Schreibtische, einige Zeichentische und Typen, die in weißen Hemdsärmeln und schlechten Krawatten herumliefen. Viele von ihnen rauchten, manche schoben Stifte über Papier, einige unterhielten sich laut am Telefon; alle tranken Kaffee aus Styroporbechern. Der Laden erinnerte mich an ein Großraumbüro bei der Kriminalpolizei an einem ruhigen Tag.

Ich fragte eines der Weißhemden, wo sich Wendell Prescott aufhielt. Er deutet mit dem Daumen auf eine Glastür hinter sich. »Seine Sekretärin sitzt da drin.« Also ging ich durch die Glastür und fand mich direkt vor Eileen Cream wieder; diese Information entnahm ich einem Plastikschild an der Kante ihres vollgepackten Schreibtisches.

»Wer sind Sie?« fragte sie.

Ihre Stimme war belegt, weil sie etwas aß, was, wie ich vermutete, Pralinen aus einer geöffneten Russell-Stover-Schachtel sein mußten.

»Mein Name ist Neil Hockaday«, stellte ich mich vor. Ich zeigte ihr meine Dienstmarke. »Ich möchte gern Mr. Prescott sprechen.«

»Sie sehen nicht aus wie ein Cop. Wo ist Ihre Uniform?«

»Ich bin Zivilbeamter.«

»Wieso tragen Sie nicht Anzug und Krawatte?«

»Ich arbeite sehr zivil. Könnte ich jetzt vielleicht Mr. Prescott sprechen?«

Sie setzte eine Brille auf und musterte mich von oben bis unten. »He, kenn ich Sie nicht?« sagte sie. »Sind Sie nicht der Cop aus der Zeitung? Der die Ermittlungen in dieser großen Mordsache mit dem frei herumlaufenden Irren und alles leitet?«

»Das ist richtig. Und jetzt möchte ich Mr. Prescott sprechen.«

»Weswegen?«

Endlich hatte ich eine Eingebung. »Weil ich guten Grund zu der Annahme habe, daß der Irre es als nächstes auf Prescott abgesehen hat«, sagte ich. »Möchten Sie vielleicht die Leiche Ihres Chefs morgen auf der ersten Seite der ›Post‹ sehen?«

»Hab ich die Wahl?« Sie stopfte sich eine Praline in den Mund und kaute energisch.

Ich ging an ihr vorbei zum Büro des großen Mannes, und sie schien nichts weiter dagegen zu haben. Prescott dafür aber sehr wohl.

»Was bilden Sie sich eigentlich ein, wer Sie . . .«

Wendell Prescott erhob sich hinter seinem Schreibtisch, als er das sagte. Bis auf ihren unterschiedlichen Haarschnitt glichen sich Wendell und sein Bruder Daniel – der Dan – wie ein Ei dem anderen. Beide hatten sie ein feistes Gesicht so weiß wie Maine-Kartoffeln, schmale, feminine Lippen, eine hohe, näselnde Stimme und spitze Bisamrattenzähne.

»Detective Hockaday«, sagte ich und ging zu ihm. Ich zeigte ihm meine Marke. Er warf den gleichen Blick darauf wie die meisten Menschen, und dann sah er sich meine Kleidung an; er schien sie nicht gutzuheißen. »Sir, ich denke, wir müssen uns mal unterhalten.«

»Ich bezweifle, daß mein Anwalt das genauso sieht«, sagte er.

»Ihr *Anwalt*? Ich bin hier, um Sie vor einem verrückten Mörder zu warnen, der es wahrscheinlich auf Sie abgesehen hat, und Sie kommen mir mit Ihrem *Anwalt*?«

Prescotts feistes, weißes Gesicht wurde noch weißer. »Hören Sie, ich ...«

»Wenn Sie Ihren Anwalt anrufen wollen, bitte sehr«, sagte ich. »Vielleicht sollte ich Sie aber auch einfach wieder vergessen. Sehe ich so aus, als würde es mich interessieren, ob ein reicher Immobilienfritze von irgendeinem Irren umgelegt wird?«

Inzwischen machte ich großen Eindruck auf Prescotts Selbsterhaltungstrieb. Er gab nach und räumte ein: »Nun, vielleicht geht das in Ordnung.« Er ließ sich auf seinen Stuhl zurücksinken und wedelte mit einer Hand. »Machen Sie es sich bequem.«

Wendells Büro war klein, aber fein. Auf dem Boden lag ein dunkelroter Orientteppich mit Blau- und Beigetönen. Dann gab es noch einen großen Schreibtisch mit grüner Lederauflage, an der Wand einige Lithographien alter New Yorker Straßenszenen, ein Sofa und ein dazu passender Ohrensessel mit einem weichen, marineblauen Cordbezug und sogar ein Barschrank aus Mahagoni. Ein Raum, wie ich ihn selbst gern gehabt hätte – bis auf ein gerahmtes Foto an der anderen Wand von einem grinsenden George Bush in seinem Amtseinführungssmoking flankiert von den Prescott-Zwillingen.

Ich ging zu dem Foto. »Es ist wirklich schwer, Sie beide auseinanderzuhalten. Ich meine, Sie und Ihren Bruder.«

»Mein Bruder und ich sind sehr verschiedene Menschen«,

sagte Prescott. In seiner Stimme lag ein Stocken, das mich daran erinnerte, was Johnny Halo über die Rivalität zwischen Daniel und Wendell gesagt hatte.

»Nun, Sie haben unterschiedliche Frisuren«, sagte ich.

»Dans Haar ist zu lang, und es ist zu fedrig. Er sieht aus wie ein Frauenheld aus einer Seifenoper«, sagte Prescott, wobei das Stocken deutlicher wurde. Er selbst hatte die Standard-Schlipsträger-Frisur. »Und das ist noch der kleinste Unterschied zwischen uns.«

»Der da gefällt mir«, sagte ich und zeigte auf den marineblauen Ohrensessel. »Hätten Sie etwas dagegen, wenn wir uns jetzt setzen, Sir? Und haben Sie vielleicht etwas zu trinken?«

Prescott schaute auf seine Armbanduhr, also warf ich einen Blick auf die meine. Seine war eine silberne Cartier. Meine Marke hörte mit den Buchstaben *ex* auf, aber nicht wie in Rolex.

Um ihm seine Entscheidung zu erleichtern, sagte ich: »Haben Sie ein Herz, Mr. Prescott. Es ist fast fünf und Zeit für Cocktails, und ich war heute stundenlang in Coney Island auf den Beinen. Ich habe dort draußen eine Menge Leute kennengelernt, denen die Vorstellung überhaupt nicht gefällt, daß Sie in Astroland alles abreißen und sie beiseite stoßen wollen, nur um dort vielleicht Casinos bauen zu können. Man könnte auch sagen, sie sind gewaltig gegen diese Idee.«

Daraufhin wurde ich eingeladen, auf dem blauen Sessel Platz zu nehmen. Prescott öffnete den Barschrank und fragte, ob ich vielleicht seinen einundzwanzig Jahre alten Macallan Singlemalt Scotch Whisky probieren wolle.

»Ich bin ja nicht katholischer als der Papst«, antwortete ich. Er schenkte uns beiden ein, setzte sich dann mir gegenüber auf das blaue Sofa und betrachtete mich mit seinen kalten, wässerigen Augen auf eine Art, als zöge er mich für eine Hauptrolle im Betonfundament seines nächsten Bauvorhabens in Erwägung.

»Vielen Leuten draußen in Coney Island«, sagte Prescott, »wäre nichts lieber, als wenn ich das Viertel mit Casino-Glücksspiel vor dem endgültigen Aus retten würde.«

»Welche Leute? Sie meinen diesen Zwerg, der Big Stuff genannt wird? Was bezahlen Sie ihm überhaupt dafür, daß er Ihre Propaganda verbreitet?«

»Ich bin nicht sicher, ob mir die Wendung gefällt, die unsere kleine Unterhaltung gerade nimmt. Vielleicht sollte ich doch meinen Anwalt anrufen, Detective . . . Hockaday, richtig?«

Doch Prescott griff nicht nach seinem Telefon.

»Sie kennen den Namen, und Sie wissen genau, wer ich bin«, sagte ich. »Aber rufen Sie ruhig Ihren Anwalt an. Ich bin nicht derjenige, der seine Rechnung bekommt. Vielleicht kann der Anwalt ja auch helfen, unser kleines Problem hier zu klären.«

Prescott leerte sein Glas und lächelte mich an. Es sah genauso aufrichtig aus wie George Bushs Lächeln. So aufrichtig wie ein billiges Toupet.

»Mir scheint, Sie sind hier der einzige mit einem Problem, Hockaday. Von dem ich glaube, daß Sie es bereits gelöst haben, und das ganz allein. Denn immerhin sitzen Sie jetzt hier, trinken meinen Whisky und löchern mich mit Gott-allein-weiß-was unter dem Vorwand, daß ich angeblich die nächste Leiche bin, die in der Boulevardpresse Schlagzeilen machen wird.«

»Ach, das ist kein Vorwand«, sagte ich. »Mord und Immobilien haben in New York so eine Art, immer zueinander zu finden.«

»Nehmen Sie noch einen Drink?« fragte Prescott. »Schon gut, ich kenn den Papst.«

Er stand auf und machte uns zwei weitere. Als er sich wieder setzte, sah er gleich zehn Jahre älter aus. Er schüttelte den Kopf und trank seinen Whisky zur Hälfte.

»Hockaday, verwechseln Sie mich nicht mit meinem Bruder Dan. Sie und ich haben keinen Streit wegen ihm, weder in ethischer noch in ästhetischer Hinsicht. Ich weiß, daß sein pompöses Unternehmen drüben in Manhattan nicht durch unbefleckte Empfängnis in Gang gekommen ist, okay? Aber wie ich Ihnen schon sagte, wir sind zwei verschiedene Menschen. Ich habe hier eine saubere Firma. Sehen Sie sich doch mal um, Mann. Sehe ich vielleicht wie ein Bursche aus, den man *den Wendell* nennt?«

»Okay, Sie haben recht, Sir.« Ich neigte mein Glas in seine Richtung und trank einen Schluck.

Wieder schüttelte Prescott traurig den Kopf. »Ich werde niemals enden wie der Dan. Niemals. Wissen Sie, erstens gibt es in meinem Leben kein Flittchen, wie er eins hat, und *meine* Frau engagiert auch keine Presseagenten oder Scheidungsanwälte. Zweitens können Sie sich selbst davon überzeugen, daß ich nicht Gefahr laufe, wie mein Bruder Bankrott zu machen, weil ich zu hohe allgemeine Geschäftskosten habe. Allerdings gönne ich mir den besten Whisky.«

»Genüssen sollte niemals halbherzig gefrönt werden«, sagte ich.

Jetzt neigte Prescott sein Glas zu mir. »Wissen Sie, Dan ist eigentlich kein schlechter Bursche. Wenigstens war er das nie, als wir hier in Brooklyn zusammen aufgewachsen sind. Er ist einfach nur dumm. Sie würden staunen, wie viele reiche Menschen dumm sind. Aber die Welt hört ihnen zu. Warum, das kann ich Ihnen auch nicht sagen.«

Darüber dachte ich einen Moment nach. »In vielen Fällen werden die Reichen genau so noch reicher. Nehmen Sie die Frau Ihres Bruders. Wie schlau ist sie?«

»So dumm wie ein Hydrant.«

»Erst neulich habe ich in der Zeitung gelesen, daß irgendein Verleger über eine Million Dollar dafür hinblättert, ihren Namen auf einen von einem anderen geschriebenen Roman setzen zu dürfen, bei dem es um die glamouröse Welt der Reichen und Dummen geht.«

»Nun, da sehen Sie's, und ich gehe davon aus, daß die armen Schlucker es verschlingen werden«, sagte Prescott. »Auf das Geschäft in einem reichen und törichten Land, möge sein Banner ewig wehen.«

»Darauf trinke ich.«

»Vielleicht verstehen Sie jetzt, warum ich in Spielcasinos investieren möchte«, sagte Prescott. »Casinos gehören mit zu den ersten Orten, zu denen die Narren gehen, um sich von ihrem Geld zu trennen.«

Es klopfte an der Tür, und Eileen Cream trat ein. »Wenn Sie heute nichts mehr benötigen, dann gehe ich jetzt nach Hause, Mr. P.« Dann sah sie mich an. »Dann wird der Chef heute abend also mit einem Beil erschlagen, oder was?«

»Um Himmels willen, Eileen«, antwortete Prescott. »Mir wird schon nichts passieren. Detective Hockaday hatte seinen Spaß. Und jetzt gehen Sie nach Hause und versuchen Sie, etwas von dem Tratsch für die Zeitungen aufzuheben.«

Als sie gegangen war, sah Prescott wieder etwas blasser aus. »Nun, wie steht's damit?«

»Haben Sie schon die Nachrichten über den obdachlosen Künstler gehört, den die Polizei im Zusammenhang mit den Morden der letzten Zeit sucht?«

»Natürlich habe ich. Man nennt ihn Picasso.«

»Draußen in Astroland gibt es ein Gemälde von ihm.«

Prescott unterbrach mich. »Ja, ja, das alles weiß ich. Als mein Büro draußen in Coney Island Leute gesucht hat, die Handzettel für Spielcasinos verteilen sollten, da hat dieser Zwerg, von dem Sie vorhin sprachen ...«

»Big Stuff.«

»Ja, den meine ich. Jedenfalls, er ist eines Tages hier vorbeigekommen und hat eine Menge Fragen gestellt. Und er hat uns alles von Coney Island erzählt, und was für ein großer Künstler dieser Picasso doch war. Und ich *meine war*, wie in vergangene Größe.«

»Was für Fragen hat er denn gestellt?«

Das brachte wieder etwas Farbe in Prescotts Kartoffelgesicht. »Ach, über eine Menge Dinge, die ihn überhaupt nichts angingen. Was ich ihm dann auch gesagt habe.«

»Sind Sie je selbst draußen gewesen, um sich Picassos Bild anzusehen? Es befindet sich auf der Fassade eines Spukhauses namens *Feuer und Schwefel*.«

»Klingt ja richtig unheimlich, Hockaday. Aber die Antwort lautet nein, ich bin nicht dort draußen gewesen, um mir die Arbeit dieses einst tollen Künstlers anzusehen. Warum sollte ich auch? Mir gehört weder das *Feuer und Schwefel* noch sonst irgend etwas in Astroland.« Dann lächelte Prescott wieder wie der Präsident und fügte hinzu: »Wenigstens noch nicht.«

»Ja, vermutlich. Wie ich höre, haben Sie draußen in Coney einen Konkurrenten um die Jahrmarktsimmobilien entlang des Boardwalk. Ein gewisser Johnny Halo.«

Prescott mußte darüber lachen. Dann stand er auf, schenkte sich noch ein Glas ein und bot mir ebenfalls eines an. Ich lehnte ab. Etwas unsicher auf den Beinen kehrte er zum Sofa zurück und ließ sich schwer fallen.

Er grinste wieder und erzählte mir etwas, das er möglicherweise niemals gesagt hätte, wäre sein Anwalt jetzt bei uns oder der Whisky nicht so gut gewesen. Oder vielleicht wollte er auch, daß ich es erfuhr, vielleicht hatte er Angst. »Ich kenne Johnny Halo. Halo stellt kein Problem für mich dar, oder für meine Pläne.«

Und ich begückwünschte mich selbst. Ich war meinem Instinkt folgend hergekommen, und auch bei Wendell Prescott hatte ich mich von meinen Instinkten leiten lassen, und mit ein bißchen Glück und gutem Whisky hatte ich jetzt eine der wichtigen Lügen geknackt.

»Darf ich Ihr Telefon benutzen, Sir?« fragte ich.

»Solange es ein Ortsgespräch ist«, sagte Prescott leicht verschmiert.

»Oh, es ist allerdings ein Ortsgespräch.«

Ich erhob mich aus dem Sessel und ging zu Prescott. »Vielleicht sollten Sie sich hinlegen. Sie sehen ein bißchen mitgenommen aus.«

»Hab nichts dagegen.«

Er legte sich hin und schloß die Augen, und als ich den Raum zu seinem Schreibtisch durchquert hatte, schnarchte er schon leise.

Ich wählte die Nummer der Mordkommission in Manhattan. Captain Mogaill war immer noch dort. Ich bat ihn, sofort alles Nötige zu veranlassen, um Wendell Prescott rund um die Uhr unter Polizeischutz zu stellen, was sich sowohl auf seine Geschäftsräume an der Atlantic Avenue als auch auf seine Wohnung an der Montague Street bezog.

Dann ging ich in Eileen Creams leeres Büro. Es mangelte durchaus nicht an Unterlagen in den Aktenschränken neben dem Schreibtisch. Ich sah sie lange genug durch, um die Lüge zu bestätigen.

Und dann rührte ich mich ungefähr fünfzehn Minuten nicht von der Stelle. Schließlich tauchten zwei uniformierte Brooklyner Polizeibeamte auf und übernahmen die Bewachung von Dornröschen auf dem blauen Sofa.

Wieder in der U-Bahnstation Bergen Street rief ich Ruby im Theater an, während ich auf dem Bahnsteig auf den F-Train Richtung Manhattan wartete.

Sie war außer sich.

»Hock, das ist einfach zuviel!« Ihre Stimme war schrill und auf dem besten Weg zu einem Kreischen. »Ich habe nie ...«

»Erst mal tief durchatmen, Ruby. Dann erzähl mir alles schön langsam und eins nach dem anderen. Was ist los?«

Ich hörte, wie sie versuchte, Luft zu holen.

»Heute nachmittag ist was mit der Post gekommen«, sagte sie.

»Und?«

»Adressiert an *mich*, an das *Theater*!«

»Was?«

»Es ist ein einfacher weißer Briefumschlag, Hock, mit einer auf dem Kopf stehenden Flaggen-Briefmarke! Genau so einer wie neulich in deiner Post! Der Brief mit dem Polaroid von einem Gemälde Picassos.«

»Das Bild von Dr. Reiser?«

»Ja.«

Jetzt hörte ich Rubys Schluchzen. Und ich begann, an all die Leute zu denken, die wußten, daß wir uns nahestanden, und wer von denen dieses Wissen an Picasso weitergegeben haben könnte; wer von denen wußte, wo Picasso war.

»Hast du ihn schon aufgemacht?« fragte ich.

»Nein«, sagte sie. »Ich habe auf deinen Anruf gewartet.«

»Mach ihn jetzt auf.«

Ruby legte den Hörer fort. Ich hörte ihre Schritte verschwinden, dann wieder zurückkehren.

Das Geräusch von zerreißendem Papier.

Und Ruby weinte. »Hock! O mein Gott, Hock! Das ist einfach schrecklich, schrecklich ...«

»Ruby, was ist es? Ganz langsam jetzt. Sag's mir einfach.«

»Es ist wieder eine Polaroidaufnahme ... schrecklich!«

»Ein Foto von einem weiteren Gemälde?«

»Ja ...« Ihre Stimme erstickte in Tränen.

»Wer ist auf dem Bild, Ruby?«

»Ich kann's nicht genau erkennen. Da ist ein nackter Mann ... mit so was wie Stacheln im Kopf, und Blut läuft über sein Gesicht und seine Brust ... Das Blut, all das viele Blut!«

»Ganz ruhig, Ruby.«

Sie holte tief Luft. »Er hängt, an einem Kreuz ...«

Ich wußte es.

»In Ordnung. Das reicht, Ruby. Du kannst das Bild jetzt fortlegen, du mußt es dir nicht mehr ansehen.«

Mein Zug fuhr ein. Ich würde einsteigen müssen, denn es

war die schnellste Möglichkeit, dorthin zu gelangen, wo ich jetzt sein mußte. Es blieben mir nur Sekunden.

»Hör mir jetzt genau zu, Ruby«, sagte ich. Ich gab ihr die Nummer von der Mordkommission und die Anschrift des Crown of Thorns Holy Tabernacle am Times Square. »Ruf bitte für mich Captain Mogaill an, sag ihm, ich sei unterwegs zu der Kirche. Sag ihm, ich werde ein Team der Spurensicherung benötigen, das sich dort mit mir treffen soll.«

»Verstanden. Und bitte, Hock, versprich mir, daß du mich später wieder anrufst.«

»Ganz bestimmt. Ich werde dich brauchen.«

21

Ein Polizeifotograf machte Aufnahmen von der Blasphemie hinter dem Altar. Logue war schon mit einem kleinen Schwarm Detectives, uniformierten Beamten und Leuten von der Spurensicherung dort. Er rauchte eine Zigarre. Genau wie alle anderen bis auf einen bleichen, jungen, fetten Burschen, der auf einem roten Plüschsessel neben Logue saß.

Der Fettsack trug einen abgewetzten schwarzen Anzug und eine Kordelkrawatte. Sein rotblondes Haar war zu einem doppelten Entenarsch frisiert und mit Haarspray fixiert. Auf dem Schoß umklammerte er eine weiße, ledergebundene Bibel, ab und zu beugte er sich weit vor und brüllte: »Loderndes Feuer wird Vergeltung üben an dem, der unseren Herrn Jesus Christus nicht kennt!«

Einer der Uniformierten tippte Logue auf die Schulter, als er mich hereinstürmen sah. Logue drehte sich um und winkte.

Ich war durchgeschwitzt und außer Atem, nachdem ich die vier Blocks von der U-Bahnstation an der Ecke Sixth und Forty-second im Dauerlauf hinter mich gebracht hatte. Jetzt wurde mir schwindlig bei dem Anblick hinter dem Altar – und diesem Gestank. Logue wußte, was zu tun war.

»Hier, Hock – du wirst eins von diesen Babys brauchen«, sagte er. Er zog eine lange, dünne Dutch Masters Zigarre aus der Brusttasche seiner Anzugjacke und steckte sie mir dann mit einem Zippo an. »Der arme Schlucker, der da oben am Stiel hängt, der hat sich ziemlich eingeschissen, als er den Löffel abgegeben hat.«

Der Bursche in dem Sessel hatte einen weiteren Ausbruch. Diesmal: »Das Schwert unseres allmächtigen Herrn wird alle Abtrünnigen vernichten!«

Logue sah zu ihm herab und knurrte: »Herr im Himmel, können Sie nicht mal die Klappe halten?« Dann schnippte er etwas heiße Zigarrenasche auf sein Handgelenk.

»Autsch!« brüllte der Bursche und rieb sich die Hand. »Autsch, gottverdammt noch mal!«

»Hört sich an, als käme der Reverend langsam wieder zu sich, was? Als wir hier angekommen sind, hat er ausländisches Zeugs geredet.«

Dank der Zigarre fühlte ich mich inzwischen besser. Ich hätte allerdings auch noch eine Kostprobe von Prescotts Scotch gebrauchen können.

Ich sah zuerst Logue an, dann den Reverend, der sich immer noch die Hand rieb, und schließlich die Gotteslästerung. Ich bekreuzigte mich. »Was meinen Sie, Logue, wie ist das hier gelaufen?«

»Sagen Sie's mir, Hock. Wir haben hier noch nichts angerührt, weil ich Befehl habe zu warten, bis Sie auf der Party aufkreuzen.« Logue beugte sich vor und tippte den jungen Mann gegen das Schlüsselbein. »Was meinen Sie, Rev? So was hier nennen Sie doch die erste Posaune, stimmt's?«

Genau wie einige andere Uniformierte in unserer Nähe lachte Logue. Die Zielscheibe des Witzes wiegte sich auf seinem Sessel mit ungerührter Miene vor und zurück.

Ich bemerkte, wie er seine weiße Bibel streichelte. »Wer ist das?« fragte ich Logue.

»Hock, begrüßen Sie den Most Reverend Billy-Boy Miracle. Ob Sie's glauben oder nicht, genau das steht in seinem Führerschein aus Arkansas.« Dann sagte Logue zu Miracle: »Rev, das hier ist Detective Neil Hockaday. Das ist der mit dem Gummischlauch, von dem ich Ihnen erzählt habe.«

»Danke«, sagte ich zu Logue, der nur mit den Achseln zuckte. Dann zum Reverend: »Reverend Miracle?«

Er schaute mit seinem teigigen Pokerface zu mir auf. »Stehen Sie im Buch des Lebens, Detective Hockaday?« sagte er feierlich.

»Geh uns nicht weiter auf die Eier, Padre«, fauchte Logue. »Detective Hockaday und ich, wir sind zwei normale irische Katholiken, alles klar? Wir gehören der größten Show der Stadt an. Also brauchen wir dein kleines Zelt nicht.«

Ich nahm Logue am Arm und zog ihn zu einer Seite des Altars. Ein Uniformierter schob sich dicht neben den Most Reverend Miracle.

»Also, was haben wir, Logue?«

»Einen Täter, das haben wir.«

»Den Knallfrosch da?«

»Hören Sie zu, der tut's fürs erste. Sie haben Slattery von der ›Post‹ und alle anderen am Hals. Vielleicht verschafft Ihnen ein hübsch bekloppter Täter aus Arkansas ein bißchen Luft?«

»Wie wär's, wenn Sie mir erst mal erzählen, was überhaupt passiert ist?«

»Wir sind vor fünfzehn Minuten hier angekommen. Die Tür stand offen, und wir vermuten, daß jemand drin ist, also schleichen wir uns ganz ruhig rein. Wir haben dann direkt gesehen, was Sie sehen, und gerochen, was Sie riechen. Außerdem steht dieser Billy-Boy hier ziemlich genau an der Stelle, wo wir jetzt stehen, und starrt auf diese abartige Szene hier. Er dreht sich um und bemerkt uns Cops. Dann kommt

Billy-Boy auf die ausgesprochen intelligente Idee, sich auf den Boden fallenzulassen und einen wirklich reizenden, religiös-fanatischen, spastischen Schreianfall zu kriegen. Zu schade, daß Sie das verpaßt haben, Hock.«

»Haben Sie ihm schon seine Rechte vorgelesen?«

»Tja, wir haben ihn dann auf den Sessel gesetzt und es versucht. Aber er sagt nicht, daß er seine Rechte versteht, er sagt nicht, daß er einen Anwalt will. Alles was er macht, ist, mit seinem Geschwafel aus der Heiligen Schrift loszulegen, was Sie ja selbst schon mitgekriegt haben.«

Ich schaute hinüber zu Miracle mit seinem glasigen Blick. Ich paffte an meiner Zigarre. »Vielleicht sieht er wie ein heißer Kandidat aus«, sagte ich, »aber ich glaube nicht, daß er unser Irrer ist.«

»Um Ihnen die Wahrheit zu sagen, ich auch nicht.« Logue zuckte mit den Achseln.

»Kann gut sein, daß er völlig unschuldig hier gestanden und sich an einem nacktärschigen Toten aufgegeilt hat, dann kommt eine Truppe Cops reingewalzt, und plötzlich ist Billy-Boy alles schrecklich peinlich, also zieht er seine Nummer ab«, sagte Logue. »Er wäre nicht der erste Jesus-Freak, der ein Homo und Perversling ist, richtig? Außerdem, es gibt acht Millionen Geschichten in der gnadenlosen Stadt.«

»Sie haben eine sehr schlüpfrige Phantasie, Logue.«

»Ich glaube, das liegt an all den beschissenen Opern, die sich meine Alte immer im Radio anhört.«

»Könnte sein«, sagte ich. »Kommen Sie, sehen wir uns das doch mal genauer an.«

Logue folgte mir zum Altar, dann weiter dahinter, wo die nackte Leiche an Handgelenken, Taille und Knöcheln an ein großes, hölzernes Kruzifix gebunden war.

Dunkelbraunes Blut zog sich über sein Gesicht. In der linken Brusthälfte steckte ein Messer, die Klinge war in sein Herz gerammt. Der Gestank war jetzt einfach überwältigend.

Ich kratzte an einem Flecken Blut, das von der Brust auf die Zehen getropft war. »Es ist nicht mehr klebrig«, sagte ich.

»Ja, der hängt hier schon eine ganze Weile«, bestätigte Logue.

Ich hätte ihn nicht wiedererkannt, wenn ich ihm nur ins Gesicht geschaut hätte. Nicht mit all dem Blut und der Agonie, die seine Züge verzerrt hatte.

Aber ich wußte es.

Die Bedeutung der Worte war unmißverständlich, die auf einen schlichten weißen Briefumschlag geschrieben waren, der zwischen den blutverkrusteten Knöcheln des Toten steckte: SO ERGEHT ES HEILIGENSCHEINEN.

Logue sah mich an. »Ein Penny für Ihre Gedanken.«

Ich wollte schon antworten, als ich hörte, wie Inspector Neglio meinen Namen rief. Er stand im Gang und drückte sich ein Taschentuch auf die Nase. Ein Uniformierter gab ihm eine Zigarre.

»Behalten Sie Ihr Geld«, sagte ich zu Logue.

Ich verließ den Altar und ging zu Billy-Boy Miracle. Ich blickte auf seine blassen, sauberen Hände, die er auf der Bibel gefaltet hatte. »Mein Sohn, ich weiß, daß Sie nichts damit zu tun haben. Ihre Hände sind rein.«

Miracle schaute zu mir auf. Seine Augen waren gerötet und feucht.

»Reverend Miracle, können Sie mir bei dieser Sache weiterhelfen? Wissen Sie irgend etwas?«

Er warf sich in seinem Sessel nach vorn und brüllte: »Wer immer das Evangelium unseres Herrn Jesus Christus nicht befolgt, der wird bestraft werden mit ewiger Verdammnis! Wer immer im Buch des Lebens nicht steht, der wird geworfen in das kochende Flammenmeer!«

Ich ließ ihn auf seinem Sessel brüllen und ging zu Neglio. »Gehen wir an die frische Luft.«

»Ja, Hock, gute Idee.«

Ich ließ Logue zur Beaufsichtigung des Tatorts zurück. Neglio und ich gingen auf die Straße hinaus, wo sein schwarzer Chrysler und – bislang – zwei Fernsehteams warteten. Der stets verläßliche Slattery brüllte uns irgendwas von wegen einer Stellungnahme nach.

Ein halbes Dutzend Uniformierter bildete einen schützenden Kreis um Neglio und mich, eskortierte uns zu dem Chrysler. Blaulichter von Einsatzfahrzeugen durchzuckten die Nacht. Wir rutschten auf den Rücksitz des Chrysler; der Fahrer ließ den Motor aufheulen. Schnell verließ der Wagen den abgesperrten Block der Forty-first-Street und bog dann Richtung Downtown auf die Ninth Avenue ab.

Ich beugte mich zu dem Fahrer vor. »Fahr zur Thirty-fourth, Kumpel, dann biegst du rechts ab. Wieder rechts auf der Tenth und dann langsam auf der Ostseite der Avenue weiter, so langsam, daß ich einen Blick in die Seitenstraßen werfen kann.«

»Fragestunde, Hock«, sagte Neglio ruhig, als ich mich zurücksetzte.

»Schießen Sie los. Sie haben Zeit, bis ich aussteigen muß.«

»Fangen wir mit dem Maiskolben auf dem Sessel in der Kirche an«, sagte Neglio. »Wer ist er, und wieso wirft er mit Bibelzitaten um sich?«

»Ich vermute, er ist wohl der Pfarrer von dem Laden«, sagte ich. »Er hat den Mord entdeckt, den Sie gesehen und gerochen haben. Ich halte den Burschen für einen jungen, verängstigten Bibelfanatiker, und das war's dann auch schon so ungefähr. Falls er irgendeinen Hintergedanken mit seinem theatralischen Getue verfolgt, dann bestenfalls Publicity.«

»Publicity für was?«

»Logue hält ihn als Täter fest. Sprechen Sie mit ihm darüber. Logue scheint zu denken, daß wir alle vielleicht ein bißchen Luft zum Atmen kriegen, wenn die Presse schluckt, daß wir jetzt einen großen Schritt weitergekommen sind.«

»Wie heißt dieser Eiferer?«

»Ob Sie's glauben oder nicht: Most Reverend Billy-Boy Miracle, direkt aus Arkansas.«

»Wunderschön«, sagte Neglio. Er dachte einen Moment nach, und wir hielten vor der Ampel an der Thirty-fourth Street.

»Aber Sie glauben nicht, daß uns die Festnahme Zeit zum Luftholen gibt?«

»Nein. Ich sehe nicht, daß Typen wie Slattery uns Reverend Miracle als den echten Wahnsinnigen abkaufen. Also sehe ich auch keinen Sinn darin, Billy-Boy festzuhalten. Außerdem, falls er salbadert, nur um seinen Namen in die Zeitung zu bringen, was meinen Sie, wird dann wohl passieren?«

»Was schon?« sagte Neglio. »Billy-Boy wird mehr Schäfchen bekommen, die er rasieren kann, was wiederum bedeutet, er wird reicher.«

»Ist doch toll, wenn man's so betrachtet, oder?«

Neglio nickte, und die Ampel wurde grün. »Nächste Frage: Wer ist der Tote an diesem Kreuz?«

»Johnny Halo.«

»Was?«

»Ja, genau der«, sagte ich. »Was haben Sie bislang über ihn herausgefunden?«

Neglio stöhnte. »Er hatte Verbindungen zur Mafia, das stimmt. Aber manchmal ist das alles, was sie wissen müssen.«

»*Sie?*«

»Ignorante Reporter, die glauben, jeder Italiener in New York, der vielleicht irgendwann mal eine Gefälligkeit von der Mafia erhalten hat, sei direkt so was wie ein großer Gangster. Die ›Mafia Writers of America‹.«

»Nehmen Sie's nicht persönlich, Inspector. Sagen Sie mir einfach, inwiefern Halo Verbindungen zur Mafia hatte.«

»Er war ein kleiner Laufbursche, mehr ist er nie gewesen,

Hock. Sein größtes Ding war, von Zeit zu Zeit in seiner Bar mal Cash zu waschen, das ein Freund von ihm nicht auf der Bank deponieren wollte. Er war der geborene kleine Handlanger. Er hatte nie die *cojones*, eine große Nummer zu werden.«

Neglio schwieg. »Oder sollte sich daran etwas geändert haben?«

»Ja, ich denke schon.«

Neglio wartete, daß ich etwas sagte, aber mir war nicht nach detaillierten Ausführungen. Wir waren jetzt auf der Tenth Avenue, und ich wollte die Seitenstraßen kontrollieren.

»Ist das jetzt schon alles?« fragte Neglio schließlich.

»Fürs erste, ja«, sagte ich.

An der Ecke Thirty-eighth Street entdeckte ich, was zu sehen ich gehofft hatte. Ich ließ den Fahrer anhalten. »Hier steige ich aus«, sagte ich.

Neglio warf einen langen Blick in die schwarze Straße voller dunkler Schatten. »Aha, dann sind Sie also wieder in Ihrem alten Jagdrevier, Hock? Viel Glück.«

»Richten Sie dem Bürgermeister aus, er soll sich keine Sorgen machen. Ich komme der Aufklärung des Falles näher«, sagte ich und setzte ein Bein auf die Straße. »In der Zwischenzeit, Inspector, und bei allem gebotenen Respekt: Ich an Ihrer Stelle würde mich und meinen großen schwarzen Wagen aus diesem Teil von Hell's Kitchen entfernen.«

Ich ging langsam über zerbrochenes Glas, benutzte Kondome, Patronenhülsen und zerschlagene Spritzen die Thirty-eighth hinunter und näherte mich der Gruppe Junkies, die ich von der Straßenecke aus gesehen hatte. Sie lungerten im selben Hauseingang, in dem ich erst neulich abends meinen Spitzel Rat getroffen hatte. An dem Abend, als sieben Blocks die Tenth Avenue rauf Benito Reyes ermordet worden war.

Hier war ich wieder einmal – der perfekte schlampige Detective. Wieder vertraute ich auf die ungewissen Rhythmen von Glück und Instinkt. Weil ich ein Künstler unter den Cops bin, kein Wissenschaftler.

Es schien meine Nacht zu sein.

Da war Rat persönlich, kuschelte zufrieden in einem Knäuel von ungefähr zehn zerlumpten Männern und Frauen, die gemeinsam in tiefem Vergessen dösten, das von dem kam, was die Fixer in meinem Viertel »passing the prick« nannten – die Nadel rumgehen lassen.

Rat ist der letzte Fatalist seiner Art; schlimmer noch, er ist unmodern. Die heutigen Politiker und Journalisten sind über Crack entsetzt, und etwas namens »Ice« scheint die nächste gefürchtete Droge zu sein. Aber altmodische Drogenfreaks wie Rat sind nie verschwunden, und altmodische Cops sehen, daß sich ihre Reihen kaum lichten. Sie sind immer noch da draußen und spritzen jeden Tag, suchen den Kick nach dem gestrigen Horror; sie starren auf ihr eigenes Blut, das eine Spritze füllt und sich mit silbernem Junk vermischt. Und Tausende und Abertausende Rats interessiert es nicht den Furz eines Drogenzaren, ob sie weiterleben oder sterben, nachdem sie den Kolben gedrückt haben.

Ich stand auf der anderen Straßenseite gegenüber dem Hauseingang, in dem Rat und seine Bande in ihrem wachsamen Junkie-Schlaf lagen wie sterbende Pferde: die Lider auf halbmast, die Hände Wertsachen umklammernd und unter die Achselhöhlen gesteckt, die Knie locker und bereit, sofort loszurennen. Ich schnalzte mit den Lippen. Sofort erhoben sich Köpfe, schnupperten in der Luft.

»Rat!« rief ich.

Ich sah, wie er die Hände auf die Brust legte, als wolle er sagen: Wer, ich? Er schaute in meine Richtung. Wieder rief ich: »Rat!«

Dann rappelte er sich auf und entfernte sich von der Meute, rieb sich die Nase an einem Ärmel. Er sah weder nach links oder rechts, als er die Straße überquerte. Beinahe wäre er von einem Taxi überfahren worden; der Fahrer verfluchte die dunkle Gestalt.

»Hallo, mein Freund«, sagte ich und ergriff seine schmalen, kalten Fäuste. Ich öffnete die Finger einer Faust und legte einen brandneuen Zwanziger auf die Handfläche. »Ich brauche heute nacht deine Hilfe.«

Es war frisch geworden, und kondensierter Atem begleitete meine Worte. Mit glänzenden Augen und schwarzen, erweiterten Pupillen starrte Rat auf die weißlichen Schwaden. Dann schaute er zu mir auf, versuchte, aus der Umkehrung unserer Gewohnheit schlau zu werden; normalerweise kam er zu mir.

Rat war einen Kopf kleiner als ich und nur ein paar Jahre jünger. Sein Haar war schwarz und grau, zu einem Pferdeschwanz zurückgebunden. Sein rauhes, gerötetes Gesicht hatte hohe Wangenknochen und war gesprenkelt mit altem Dreck, der sich über die Jahre in den Falten seiner Haut festgesetzt hatte. Seine schmalen, braunen Lippen waren dort eingefallen, wo Zähne fehlten.

Rat klappte aus der Taille zusammen, als wäre er plötzlich in der Mitte durchgebrochen. Er schob den Zwanziger in seinen Schuh und richtete sich wieder auf.

»Ich bin für die Nacht schon versorgt, Hock«, sagte er mit seiner leisen, undeutlich artikulierenden Stimme. »Aber ich danke dir für die Kohle. Ich werde in meinen Technicolorträumen an dich denken.«

Er salutierte vor mir.

»Ich suche jemanden, der hier irgendwo untergetaucht ist«, sagte ich. »Dafür war der Zwanziger.«

»Jemand, den ich kenne?«

»Einen Hausbesetzer«, sagte ich. »Ich glaube, er ist irgendwo hier in dieser Gegend. Hast du schon mal von einem Mann namens Picasso gehört?«

»Das hat jeder ernstzunehmende Mensch.«

»Ich meine nicht den Maler. Also, er ist auch ein Maler. Aber ich meine den Burschen aus den Zeitungen, den Burschen, den die Polizei im Zusammenhang mit den Morden sucht.«

»Ich lese keine Zeitungen, Hock. Mein Leben ist auch so schon ordinär genug.«

»Bitte«, sagte ich. Dann beschrieb ich ihm Charlie Furman.

Ich hatte Glück.

»Ja, ich hab den Mann schon gesehen«, sagte Rat.

»Wann?«

»Irgendwann letzten Herbst.«

»Wo?«

»Genau in dieser Straße hier, Hock. Aber nur ein einziges Mal. Und ich erinnere mich überhaupt nur wegen dem Barett daran, das du gerade erwähnt hast, und weil er irgendwas Großes und Sperriges unter dem Arm mit sich rumgeschleppt hat. Du sagst, er ist Maler?«

»Ja.«

»Tja, wenn ich jetzt so drüber nachdenke, es könnte gut eine Staffelei gewesen sein.«

»Hast du gesehen, wohin er gegangen ist?«

»Hat mich nicht interessiert«, sagte Rat. »Aber soviel kann ich dir über den Mann sagen: Er hat beim Gehen total grimmig mit irgendwem geredet.«

»Das ist Picasso, so was macht er«, sagte ich. »Er hat einen eingebildeten Freund, mit dem er dauernd redet oder sich streitet.«

»Nein, nein, das war nichts Eingebildetes.«

Ich dachte: Natürlich nicht! Da war Rubys Traum: »*Was du siehst, ist ein Künstler, der Bilder des Todes malt – nicht morden, sondern malen.*« Picasso würde einen echten Freund haben müssen, wenigstens einen echten und mörderischen Freund.

»Mit wem war er zusammen, Rat?«

»Sie war kein besonders toller Anblick. Also hab ich auch nicht weiter hingesehen.«

»Eine Frau?«

»Sie trug einen Mantel, einen großen Mantel. Ich kann dir nicht beschreiben, wie sie ausgesehen hat, ich kann dir gar nichts über sie sagen.«

Ich sah, daß Rat sich ehrlich bemühte. Ich glaubte ihm.

Ich wußte, was ich als nächstes tun mußte, um dieses Rätsel am besten anzugehen.

Ich gab Rat noch einen Zwanziger und verabschiedete mich, kehrte dann zur Tenth Avenue zurück und ging weiter zu meinem Haus an der Forty-third. Ich warf einen Blick in den Briefkasten. Nichts außer Rechnungen, die man ignorieren konnte.

Ich ging die Treppe rauf zu meiner Wohnung, wo ich die neuen Rechnungen zu einem wachsenden Stapel weiterer solcher Aufforderungen auf das Sideboard legte. Daneben lag Patrick Snoodys Brief über meinen sterbenden Onkel Liam.

Dann rief ich Ruby an. »Erinnerst du dich noch, daß ich gesagt habe, ich brauche dich?«

Sie sagte, sie könnte sich in einer Stunde mit mir treffen.

Ich nahm eine heiße Dusche. Dann holte ich meinen besten Anzug und eine gute Krawatte. Ich zog mich um.

Zu dumm das mit Celia, und das mein ich wirklich. Aber sie hat mich ganz übel hängenlassen, oder vielleicht nicht? Ha, ha, das hat sie allerdings gemacht!

Gottverdammt wahr.

Und hab ich nicht immer gesagt, keiner entgeht seinem Schicksal?

Und ob ich das gottverdammt gesagt hab!

Wer braucht schon noch einen von den Shrinks, die nur Fragen und nie Antworten haben? Hab ich nicht immer gesagt, scheiß auf Dr. Freud? Hab ich's nicht gesagt?

Aber glaubst du, die hören einem zu, jetzt wenigstens?

He, wie gefallen dir die Eier bei diesem Puertoricaner? Für ihn hab ich mir die größte Mühe gegeben, ich hab meine allerbesten Beobachtungen für seine Schaufenster verwendet. Wie dieses Schwein, das ich dir an diesem Tag gezeigt hab – die nackte Angst, die ich in den Augen des Schweines eingefangen hab, du erinnerst dich noch?

Und womit hat er mich bezahlt? Mit miesen Sandwiches! Kannst du dir so was vorstellen? Kein Cash, wie's ein ehrlicher, hart arbeitender Künstler verdient, nein, Sandwiches! Nennst du so was vielleicht Respekt?

Also hab ich auch keinen Respekt vor ihm. Ihm hab ich nicht den Respekt von Öl auf Leinwand erwiesen. Ihm hab ich Kalkfarbe auf Glas gegeben, diesem puertoricanischen Bastard!

Johnny Halo! Eine Medaille müßten sie mir dafür geben, wie ich Johnny Halo gemalt hab!

Gottverdammt wahr.

Oh, ich hab eine reizende Sammlung Kokosnüsse in meinem kaputten Leben, häh?

Ist es nicht wahr?

Ist der Rest von meiner Arbeit nicht genau richtig für mich?

Ha, ha! One potato, two potato, three potato, four!

Five potato, six potato, seven potato, more!

22

Ich war vor Ruby in *Angelo's Ebb Tide.*

An den Tischen im hinteren Teil saßen im großen und ganzen die gleichen Typen, denen es neulich abend sehr ungelegen kam, als Celia Furman sich verabschiedete und allen die Happy hour verdarb, indem sie tot von ihrem Barhocker rutschte. Auch die Meute an der Theke war ziemlich die gleiche wie an diesem Abend: größtenteils Typen, die Angelo so auf den Wecker gehen. Was vielleicht der Grund war, warum er den trüben Aspekt meines guten Anzugs registrierte.

»Wer ist gestorben, Hock?«

»Das ist traurigerweise nur zu offensichtlich, wenn du mal einen Blick in die Zeitungen wirfst. Was ich aber wissen will: Wer hat sie alle umgebracht?«

»So hab ich's nicht gemeint.«

»Ja, ich weiß.«

»Verdammt gut, dich zu sehen«, sagte Angelo und verdrehte angewidert die Augen über seine anderen Gäste. »Wie wär's mit demselben wie immer? Die erste Runde geht auf mich.«

»Danke«, sagte ich. »Ich nehme nur einen Red Label, bevor sie kommt.«

»Oh, deshalb hast du dich heute so in Schale geschmissen – wegen einer *sie*, stimmt's?«

»Ich hab's glatt vergessen. Du hast Ruby ja noch nicht kennengelernt.«

»Ruby heißt sie also, aha.«

»Du wirst sie noch öfter sehen.«

»Was denn, willst du wieder heiraten, Hock?«

»Das hab ich nicht gesagt.«

»Und hab ich was dagegen gesagt? Zufälligerweise halte ich die Ehe für eine gute Institution. Immerhin ist das eine von der Polizei anerkannte Form der Freundschaft.«

Ich wechselte das Thema, indem ich zu Charlie Furmans Bild seiner verstorbenen Frau Celia aufschaute, die mit Angelo plauderte. Ich war überrascht, es immer noch hinter der Theke hängen zu sehen. Angelo folgte meinem Blick, als er sich umdrehte und meinen Drink machte.

»Ich dachte, das Bild würde Pech bringen«, sagte ich. »Aber wie ich sehe, schadet es dem Geschäft nicht im geringsten.«

»Seit dem Mord haben wir jeden Abend volles Haus«,

sagte Angelo. »Wer an dem Abend hier war, ist am nächsten direkt wiedergekommen. Und am Abend darauf auch. Und sie haben ihre Freunde mitgebracht. Ich weiß wirklich nicht, ob ich's noch lange ertragen kann.«

»Was kannst du nicht ertragen, den Erfolg? Hör auf, dich zu beklagen. Das *Ebb Tide* ist der absolute Hit.«

»Für diese Sorte mieser Gäste ganz bestimmt. Aber weißt du auch, wieso?«

»Nein, weiß ich nicht.«

»Die drängeln sich in meinem Laden, weil sich hier ein spektakulärer Mord an einer Lady abgespielt hat, der in allen Zeitungen und ins Fernsehen gekommen ist. Damit haben die jetzt noch ein anderes Gesprächsthema, außer immer nur über Immobilien und die anderen Läden zu quatschen, in die sie so gehen.«

Mein Magen knurrte.

»Hast du was gesagt?«

»Ich hab gesagt, ich hab seit heute morgen noch nichts gegessen.« Ich sah auf die Uhr. Ruby kam zu spät. Was gut war. Ich hatte langsam schon befürchtet, sie wäre perfekt. »Wie wär's, wenn du mir einen Tisch besorgst, Angelo?«

»Bleib hier vorn bei mir, damit ich die Missus sehen kann. Du kannst den Tisch drüben neben der Telefonzelle haben.« Angelo gab einer Bedienung ein Zeichen. »Die beiden Typen da wollen gerade bezahlen.«

»Ich hab wirklich Hunger, und ich will bestellen, bevor sie hier ist.«

»Was darf's denn sein? Ich geb's der Küche persönlich durch.«

»Die Hamburger-Platte.«

»Ich sag denen, sie sollen einen Berg extra Zeug draufpakken.«

Ich leerte mein Glas und bedankte mich bei Angelo für die Einladung. Als der Tisch frei wurde, setzte ich mich neben die Telefonzelle.

Dann tauchte Ruby auf.

Ich kann mit Sicherheit sagen, daß in diesem Augenblick jeder Mann im Lokal einer Meinung mit mir war: Ruby Flagg versteht sich in Szene zu setzen. Sie war ganz in Schwarz gekleidet. Schwarze, flache Schuhe, schwarze Strümpfe, schwarzer Rock mit passender schwarzer Bluse, die ihre gute Figur zur Geltung brachte. Sogar der Regenmantel war schwarz. Direkt hinter der Tür blieb sie stehen, nahm die Ray-Ban ab und lächelte, als sie mich entdeckte.

Ruby durchquerte die Bar und schaute dabei nur mich an. Sie setzte sich, streckte die Arme über den Tisch, und ich berührte ihre Fingerspitzen. »Was dagegen, wenn ich jetzt ›Wow!‹ sage?«

»Will ich dir auch raten«, erwiderte Ruby. »Ich hab allen deinen Kumpels hier gerade gezeigt, was du traurige Gestalt dir für eine Süße geangelt hast.«

»Glaubst du, irgendwer schaut her?«

»Dann sieh dir das mal an.«

Ruby zeigte auf Angelo, der mit offenem Mund hinter der Theke stand. Als er meinen Blick bemerkte, formte er mit Daumen und Zeigefinger einen Kreis. »So eine hast du, Hock«, sagte er leise. Wir konnten ihn ausgezeichnet verstehen, da jedes Gespräch an der Theke verstummt war, um meine Süße und mich traurige Gestalt anzustarren.

»Das ist Angelo Cifelli, der beste Barkeeper in ganz New York City«, klärte ich Ruby auf. »Ihm gehört der Laden. Außerdem ist er heute abend so was wie ein Mutter-Mann.«

»Ein was?«

»Er meint, ich sollte heiraten.«

»Oh, dann kennt er deine Wohnung?«

»Was soll das wieder heißen?«

»Junggesellen leben wie Bären mit Möbeln.«

Ein Kellner blieb neben unserem Tisch stehen. Ruby bestellte sich einen Salade Niçoise und ein Glas Rotwein. Ich beeindruckte sie, indem ich ein Mineralwasser bestellte.

»Aber im Moment, Hock, siehst du überhaupt nicht aus wie ein Bär«, sagte Ruby. »Was ist mit dem Anzug? Ich dachte, du hättest gesagt, es wäre zwanglos heute abend.«

»Zwanglos für dich. Ich muß später noch wo hin.«

»Dachte ich mir schon. Der Mord an Johnny Halo macht schon Schlagzeilen. Wußtest du das?«

»Dachte ich mir schon.«

»Weswegen ich dich auf andere Gedanken bringen will. Du solltest dir jeden Tag mindestens zwei oder drei Minuten nehmen, in denen du nicht an Leichen, Gemälde und irre Künstler denkst, die Polaroids ihrer letzten Werke verschikken. Das wäre gesund.«

»Gesund ist, wenn du ißt, was du nicht essen willst, trinkst, was du nicht magst, und tust, was du lieber nicht tun solltest.«

»Sehr komisch, Hock.« Aber Ruby seufzte nur. Sie öffnete ihre Handtasche, nahm das Bild heraus, das Picasso ihr ins Theater geschickt hatte, und gab es mir. »Ach übrigens, wo gehst du nachher noch hin?«

»Genau darüber muß ich mit dir reden.«

Der Kellner tauchte mit dem Wein, dem Mineralwasser und Rubys Miniatur-Mahlzeit auf. Und mit der Hamburger-Platte, die ich zuvor bestellt hatte. Dazu gehörten rotschalige Kartoffeln mit saurer Sahne und Schnittlauch, drei schöne, große, glänzende Heringe, ein hartgekochtes Ei, ein Klecks gegrillter Champignons, zwei koschere Pickles und ein dampfender Hamburger, medium, auf einem aufgeklappten Riesen-Brötchen.

Ruby starrte auf meinen Teller. »Das willst du essen?«

»Was soll ich sagen? Ich stehe nicht auf Salat.«

»Von Gesundheit verstehst du ja nichts, dafür aber von Baseball«, sagte sie. »Hast du noch nie von Satchel Paiges erster Regel für Langlebigkeit gehört?«

Mein Mund war voll mit dem, was ich mochte, also wartete Ruby nicht auf eine Antwort.

»Er hat gesagt: ›Meide gebratenes Fleisch, welches das Blut in Wallungen bringt.‹«

»Ich versuch mich dran zu erinnern, wenn ich das Gefühl hab, von irgendwas übermannt zu werden.«

Wieder seufzte Ruby. »Hock, wozu brauchst du mich heute abend?«

»In diesem Augenblick möchte ich mit dir den Fall ausdiskutieren, so wie er meiner Meinung nach aussieht. Die Lügen und die Motive. Und ich möchte, daß du mir hilfst, alles gründlich zu durchdenken.«

»Okay, aber ich bin kein Cop.«

»Ich will keinen Cop. Ich will jemanden, der in anderen Bahnen denken kann.«

»In Ordnung, womit fangen wir an?«

»Also, es sind vier Leichen ...«

»Es sei denn, natürlich«, unterbrach Ruby, »du hattest heute Neuigkeiten in *deinem* Briefkasten.«

»Nein, nichts dergleichen. Aber trotzdem schlechte Neuigkeiten.«

»Was ist los, Hock?«

»Ich habe heute morgen einen Brief aus Dún Laoghaire erhalten. Mein Onkel liegt im Sterben.«

»Oh. Das tut mir leid. Wann fliegst du rüber?«

»Mit diesem Fall am Hals?«

»Dann lösen wir ihn schnell«, sagte Ruby. »Vier Leichen. In Ordnung. Abgesehen von Picasso, was haben Celia Furman, Dr. Reiser, Benito Reyes und Johnny Halo gemeinsam?«

»Alle spielten eine wichtige Rolle in Picassos Leiden«, sagte ich. »Wichtig sind hier jedoch Geld und Lügen. Die Sache mit dem Geld ist einfach, es beinhaltet Glücksspiel. Celia war Spielerin, das gleiche gilt für Halo.«

»Dann ist da noch die Kleinigkeit von Wendell Prescott und seinen großen Plänen für das Casino-Glücksspiel in Coney Island, womit Picassos Meisterwerk erledigt wäre.«

Ruby schwieg, fügte dann hinzu: »Natürlich, Johnny Halo hat doch gesagt, das würde nur über seine Leiche passieren.«

»Ja, ja, berühmte letzte Worte. Ich erinnere mich, das in dem Augenblick gedacht zu haben«, sagte ich. »Darum bin ich heute raus nach Brooklyn gefahren und habe einige sehr interessante Besuche gemacht.«

Schnell setzte ich Ruby über meine Gespräche mit Chastity im Seashore Hotel und mit Wendell Prescott in dessen Immobilienbüro ins Bild. Außerdem erzählte ich ihr, was Inspector Neglio über Halo ausgegraben hatte. Und ich erwähnte Chastitys faszinierenden grünen Hut und die faszinierende Lüge, die ich beim Herumschnüffeln in Eileen Creams Akten entlarvt hatte.

»Was hältst du von dieser Lüge?« fragte Ruby.

»Es hat mich nicht weiter überrascht, daß Halo bei all diesen Grundstückskäufen in Coney als Prescotts Strohmann fungierte. So was dachte ich mir schon fast, als ich weder in Halos Bar noch in seiner Suite im Seashore Übertragungs- oder Eigentumsurkunden fand. Und dann, bingo, in Prescotts Büro war alles hübsch abgelegt unter ›Johnny Halo Enterprises‹. Dreimal darfst du raten, wem diese Firma wohl gehört?«

»Dann hat Prescott also nur Halos Namen gekauft?« sagte Ruby.

»So ungefähr, ja. Prescott brauchte einen waschechten Coney als stillen Teilhaber. Zu viele Leute da draußen hatten Respekt vor Picassos Arbeit, die durch Casinos bedroht wurde. Aber es steckte noch mehr dahinter. Zu viele Leute würden es nicht ertragen mitanzusehen, daß auch das wenige, was noch von der alten Jahrmarktskultur übrig ist, von Prescott und seinem Traum vom Glitter am Boardwalk vernichtet würde.«

»Und so wurde Johnny Halo der perfekte Strohmann für Wendell Prescott, die Tarnung der perfekten Ironie«, sagte Ruby lächelnd, als sie das ganze Ausmaß von Halos Lüge erkannte.

Ich nahm ihren ironischen Faden auf. »Einerseits haben wir hier den Kredithai des Viertels, den jeder auf den Tod nicht ausstehen kann; andererseits haben wir hier diesen Burschen, der sein Herz auf der Zunge trägt, was das arme alte Coney Island betrifft.«

»Das erinnert einen doch irgendwie an Nixon, oder nicht?« sagte Ruby. »Die Wähler haßten instinktiv Nixons betrügerische Seele, aber sie liebten es, wenn er die Fahne schwenkte.«

»Also glaubten die Einheimischen vom Boardwalk Halo, weil sie sein Flaggezeigen liebten. Warum sollte so ein Widerling lügen, wenn er behauptete, sein gutes altes Coney zu lieben?« sagte ich. »Und Grundstücksbesitzer, die sich mit ihren Verlustgeschäften in Astroland kaum noch über Wasser halten können – Eigentümer, die nur noch ihren Stolz und Traditionsgefühl zu verlieren hatten –, sie verkaufen an Johnny Halo Enterprises.«

»Natürlich in dem Glauben, an Johnny Halo persönlich zu verkaufen«, sagte Ruby und beendete meinen Gedanken.

»Sicher. Sie wissen, daß Halo ein Widerling ist, aber er hat zufälligerweise Geld, und, so lausig und mies er auch sein mag, er ist zumindest willig, der Hüter der Jahrmarktsflamme zu sein.«

»Und sie denken sich, es gibt Zeiten, da muß man auf dieser Welt auch einen Pakt mit dem Teufel schließen«, fügte Ruby hinzu, »besonders wenn man verhindern will, daß Typen wie Prescott ihnen die Seele stehlen.«

»Und das war Halos Lüge.«

»Ziemlich überzeugende Nummer«, sagte Ruby.

»Aber nicht jeder hat es ihm abgekauft, vergiß das nicht.«

»Tja, nein. Ganz sicher nicht derjenige, der ihn umgebracht hat.«

»Und ganz sicher auch nicht der andere Lügner.«

»Der *andere*?« Dann sprach Ruby nicht weiter. Nach ihrer ernsten Miene zu urteilen, begann sie, über all die verrückten Aspekte dieser verwirrenden Geschichte nachzudenken, mit der ich sie häppchenweise gefüttert hatte. »Du meinst den Zwerg?« fragte sie schließlich.

»Wie kommst du darauf?« Aber mein Gesichtsausdruck verriet, daß sie richtig vermutet hatte.

»Vermutlich, weil das zu der Ironie paßt. Warum sollte Halo der einzige sein, der bei dieser Sache posiert? Hier haben wir Big Stuff, den Zwerg mit seinen Handzetteln, der für Wendell Prescotts Träume vom Casino-Glamour und dem Wunsch, seinen kleinen Bruder Daniel zu übertreffen, die Werbetrommel rührt. Dann sagst du also, auch Big Stuff ist ein Lügner?«

»Das denke ich«, sagte ich. »Was ich sage, ist, es steckt mehr als nur Ironie dahinter.«

»Zum Beispiel was?«

»Eines Tages ist Big Stuff in Prescotts Firma gekommen und hat eine Menge Fragen gestellt, die Prescott nicht beantwortet haben wollte.«

»Woher weißt du das?«

»Während ich Prescott vollgelabert habe, hat er es zwischen ein paar Drinks beiläufig erwähnt«, sagte ich. »Erst jetzt wird mir das so richtig klar.«

Ruby machte dem Kellner ein Zeichen. »Denk mal über das hier nach: Wie schwer wird es für Big Stuff gewesen sein, genau das herauszufinden, was du über Halo als Prescotts Strohmann herausgefunden hast?«

»Nicht besonders schwer, denke ich. Big Stuff ist zwar klein an körperlicher Größe, nicht aber an Grips.«

»Und noch etwas«, sagte Ruby. »Wie wahrscheinlich ist es, daß Big Stuff in Verbindung mit Picasso steht, auch wenn er das Gegenteil behauptet?«

»Die Chancen sind nicht schlecht. Immerhin ist er ein Lügner.«

»Sicher ist er das. Dann ist er auch vielleicht derjenige von all den Mitwirkenden dieses Stückes, der dich direkt zu Picasso führen könnte, wo immer er auch steckt.«

»Könnte sein«, sagte ich. »Aber andererseits ist es auch möglich, daß es noch andere Mitwisser ...«

Der Kellner kam. Er räumte den Tisch ab und veranstaltete dabei einen solchen Lärm, daß es keinen Sinn hatte weiterzusprechen. Als er fertig war, bestellte Ruby noch einen Wein und ich noch ein Wasser.

»Chastity!« sagte Ruby plötzlich. Sie schaute zu dem Gemälde hinter der Theke auf – das Bild von Angelo in weißem Hemd und schwarzer Weste und Celia ganz in Grün. »Chastity hatte Celias Hut. Sie muß ihn vom Mörder bekommen haben, oder von Picasso. Oder Chastity ist der Mörder!«

»Außer dem Mörder weiß kein Mensch etwas von dem verschwundenen grünen Hut«, sagte ich. »Und der Mörder würde ihn ganz sicher nicht tragen. Das wäre verrückt.«

»Und du glaubst, Chastity, die Hure, sei nicht verrückt?«

»Ich weiß es nicht.« Ich dachte an Chastitys angespanntes Lächeln, das sie immer wieder zeigte, als ich sie im Seashore befragt hatte. »Aber ich bin sicher, daß sie erheblich mehr weiß oder vermutet, als sie zugibt.«

Mehrere lange Minuten schwiegen wir dann, versuchten angestrengt, den Nebel um so viele unbestimmte und zusammenhanglose Fakten zu durchdringen. »Weißt du«, sagte Ruby schließlich, »du bist wieder ganz am Anfang angekommen. Du mußt immer noch herausfinden, wo Picasso sich eingenistet hat. Genau das kommt unter dem Strich dabei heraus.«

»Als wüßte ich's nicht.«

»Ich habe dieses schreckliche Gefühl, daß er sich direkt unter deiner Nase versteckt, irgendwo hier in Hell's Kitchen«, sagte Ruby. »Ich meine, hat Picasso dir nicht unmißverständlich gesagt, daß er dir schon seit Monaten gefolgt ist?«

»Ja.«

»Also! Dann muß er auch irgendwo hier in diesem Viertel stecken.«

»Natürlich. Das ist leicht. Aber schau dich eines Tages mal hier um – sieh dir die leerstehenden Mietskasernen und Lagerhäuser an. Es gibt Blocks um Blocks davon. Es ist ganz sicher heute nicht mehr so wie damals, als ich noch ein Kind war. Alles ist anders, alles leer. Es würde Monate dauern, sämtliche leerstehenden Häuser und Wohnungen in Hell's Kitchen abzugrasen.«

Monate und vielleicht Jahre, um die leeren Orte meiner Kindheit in Hell's Kitchen abzusuchen; Monate und Jahre, um die leeren Stellen meines Lebens zu durchforschen.

»Ich verstehe dein Problem. Es ist, als versuche man, etwas aus einem alten Foto wiederzufinden.«

Ein altes Foto.

Hatte ich meine Brieftasche dabei? Ich griff in die Anzugjacke, schob die Hand am Schulterhalfter vorbei in die Innentasche. Da war sie.

Ich nahm sie heraus. Darin steckte der Schwarzweißschnappschuß aus einem längst vergangenen Sommer. Da war Celia Furman, als sie noch jung und schön und voller Temperament war, auf dem Boardwalk von Coney Island mit zwei jungen Männer; einer davon war ihr gequälter Mann Charlie, der andere immer noch unbekannt.

Aber jetzt wußte ich es.

Ich erzählte Ruby weder von dem Streichholzheftchen, das ich in Johnny Halos Zimmer gefunden hatte, noch warum ich aussehen wollte, wie ich aussah. Auch nicht davon, daß Rat im letzten Herbst Picasso mit einer unbekannten Frau die Thirty-eighth Street hinaufgehen sah.

Für all das hatte ich keine Zeit.

23

Auf ihren Eidechsen-Plateausohlen kam sie herübergeschlurft und knallte ihr Tablett neben mich auf die Theke, an der ich saß und das verräucherte Lokal musterte. Ich war damit beschäftigt zu registrieren, was ich zuvor zu bemerken versäumt hatte: die Treppe im hintersten Winkel des Lokals, hinter der jetzt leeren Bühne. Und ich dachte nach.

Was *sie* jetzt bemerkte, war mein hübscher Anzug. Und die Tatsache, wohin ich so interessiert schaute. Nachdem sie offensichtlich diesmal entschieden hatte, daß ich kein Bauerntölpel war, fragte sie mit belegter, rauchiger Stimme: »Ist dir heute abend nach Action? Vielleicht kann ich dir helfen.«

Ich lächelte sie an und schaute auf ihre nackte Brust, wobei mir ganz kalt wurde. Dann griff ich nach der Brieftasche in meiner Jacke, nahm einen Hunderter von dem sauer verdienten Geld der Stadt heraus und fragte: »Wie heißt du, Schätzchen?«

»Candi«, sagte sie.

»Candy ist süß.«

»Das schreibt sich mit einem *i*.«

»Nun, ich glaube nicht, daß ich dir einen Liebesbrief schreiben muß, Schätzchen.«

Keine Sekunde hatte sie ihren Blick von dem Schein in meiner Hand genommen. »Verrat mir, was du brauchst.«

»Freunde von mir in Vegas sagen, ihr hättet hier einen guten Tisch. Sie sagen, ich soll nach Moe Stein fragen, wenn ich in der Stadt bin und mir nach Action ist, wie du so schön gesagt hast.«

Sie pflückte mir den Hunderter aus den Fingern. »Vielleicht könnte ich ihn für dich suchen gehen.«

»Gute Idee.«

Sie schlurfte ein Stück das Messinggeländer hinunter zu der Stelle, wo der Barkeeper mit dem Bohnenkopf einen Martini für einen Typ einschenkte, der eine zitronengrüne

Strickjacke und ein geblümtes Hemd mit großem Kragen trug. Der Zitronenknabe machte sich an eine von Candis barbusigen Kolleginnen ran, die aussah, als hätte sie seine Geschichte schon ein paar tausendmal gehört.

Candi tippte dem Barkeeper auf die Schulter und zeigte in meine Richtung. Ich hörte sie sagen: »Benny, der Typ da vorn in dem Anzug, der ist aus Vegas, und er fragt nach Moe, und er klingt, als wäre er ein großer Fisch.«

Benny setzte seine Bifokalbrille auf und schaute zu mir rüber, also begrüßte ich ihn forsch. Wodurch er auch nicht erfreuter zu sein schien, mich wiederzusehen, selbst wenn ich vielleicht tatsächlich gut bei Kasse war.

Er wischte sich die Hände an einem Handtuch ab, griff unter die Theke, nahm die .44er und steckte sie unter seinen Gürtel. Dann kam er zu mir.

»Ich erinnere mich an Sie, Sie sind ein Kumpel von diesem Psycho aus Coney Island«, sagte er. »Was soll dieses Gerede, daß Sie angeblich aus dem Westen sind?«

»Irgendwo muß man schließlich zu Hause sein«, sagte ich.

»Ja, nur daß Sie nicht aussehen wie einer, der schon mal die andere Seite des beschissenen Hudson gesehen hat.«

»Benny, es macht mich traurig, wenn ich so was höre. Und mir gefällt diese mißtrauische Stimmung, in der Sie sich offensichtlich befinden, gar nicht.«

»Mir gefällt diese unheimliche Scheiße nicht, die ich in der Zeitung über Ihren Freund Picasso lese.«

»Hören Sie, glauben Sie vielleicht, all die schleche Publicity macht mich nicht auch nervös, ganz zu schweigen davon, daß es mir auch peinlich ist?« Ich öffnete meine Anzugjacke, damit Benny den Knauf meiner .38er aus dem Holster ragen sah. So etwas mache ich unter bestimmten Umständen, und bislang hat jeder immer angenommen, was ich sie annehmen lassen will, daß ich alles andere, nur kein Cop bin.

Benny klopfte auf den Knauf der .44er unter seinem Gürtel. »Tja, man kann nie vorsichtig genug sein, wenn man mitten in einer von diesen New Yorker Verbrechenswellen steckt.«

»Stimmt«, sagte ich und schloß die Anzugjacke wieder.

Jetzt war Benny beruhigt, was mich betraf. »Sie trinken Johnny Walker Red Label, oder irre ich mich?«

Ich legte einen Hundert-Dollar-Schein auf die Theke – mehr aus dem Fond gegen Verbrechenswellen – und behielt die Hand darauf. »Sie irren sich nicht.«

»Bislang hab ich noch nie vergessen, was ein Mann trinkt.« Benny machte mir einen doppelten, pur, wie ich's mag.

»Ich auch nicht. Sie sind ein Bushmill's-Mann«, sagte ich und schob ihm den Hunderter rüber. »Na los, trinken Sie auch einen.«

»Danke, hab nichts dagegen.«

Er schenkte sich den irischen Whiskey ein. »Candi sagt, Sie wollen Moe sprechen. Wieso?«

»Mir ist nach Action.«

Jetzt sah Benny mich ohne die Spur des früheren Mißtrauens an, und ich lächelte freundlich. Dann warf er einen Blick auf seine Uhr. Ich schaute an ihm vorbei zur Treppe hinten in dem Lokal. Jetzt bemerkte ich auch, daß andere Anzugtypen dort hinaufgingen und wieder runterkamen. Ein ständiges Kommen und Gehen.

»Tja«, meinte er schließlich, »ich wüßte nicht, was dagegen spricht. Moe ist in seiner Garderobe, *schtupt* wahrscheinlich gerade die alte Delilah, bevor er mit seiner Nummer wieder auf die Bühne muß. Sie erinnern sich doch noch an Moes Gedankenlese-Nummer?«

»Ich erinnere mich.«

Benny rief Candi rüber, gab ihr einen Schlüssel an einem großen Ring und informierte sie, daß ich ein »Okaytyp« sei, daß sie mich in Moes Garderobe begleiten und ihm das auch sagen solle. Candi winkte mir mit einem Finger. »Okay, komm. Hier geht's lang.«

Ich folgte ihr, während sie um die Theke schlurfte, dann vorbei an den gepolsterten Sitzbänken mit verträumten Typen, die sich die Zeit mit gelangweilten, barbusigen Animierdamen vertrieben, die im schmeichelhaft schummerigen Licht unechten Champagner tranken; vorbei an von Kerzen beleuchteten Tischen, die um die Bühne standen und sich mit Gästen füllten, da gleich die Show beginnen würde, und schließlich kamen wir zu einer Tür neben der nach oben führenden Treppe. Ein goldener Stern war auf diese Tür gemalt, und blaue Zirkusbuchstaben verrieten: Der grosse Morris – der aussergewöhnliche Gedankenleser.

Candi schob den Schlüssel ins Schloß und öffnete die Tür zu einem kleinen Wartezimmer, in dem niemand wartete. Nicht zueinander passende Sessel und Beistelltische mit Aschenbechern standen vor kiefervertäfelten Wänden, die vergilbte Plakate eines in einen Smoking gekleideten, jungen Großen Morris zierten. Der junge Morris hatte blendend weiße Zähne und brillantiniertes Haar; er wedelte mit einem Zauberstab über Kaninchen, die aus seinem Zauberhut sprangen. Und unter dem Bild standen die Einzelheiten von verstaubten Auftritten in Clubs und Jahrmarktsshows überall in Michigan, Ohio, Pennsylvania und New Jersey.

»He, Moe, du hast Besuch!« brüllte Candi in die grobe Richtung eines Perlenvorhanges vor einem offenen Durchgang zur eigentlichen Garderobe. Delilah trat durch den Vorhang. Ich glaube nicht, daß ich sie wiedererkannt hätte, wären da nicht der uralte Oben-ohne-Badeanzug und ihre zwei großen, straffen Silikonbrüste gewesen, die sie mit verschränkten Armen bedeckte, als sie mich durch ihre dicke, schwarze Hornbrille ansah. »Ist Moe da drin?« fragte Candi.

Im grellen Neonlicht einer nackten Deckenlampe sah Delilah aus wie eine Frau, die kurz davor steht, ihre Stütze abzuholen. Sie war für die Show erst halb geschminkt und gepudert, zeigte daher ein Gesicht und einen Hals voller feiner Falten, und ihr graues Haar steckte unter einem Nylonnetz;

die aufgeplusterte blonde Frisur, an die ich mich noch erinnerte, machte zweifellos bis zum Beginn der Show Pause auf einem Perückenständer.

»Er hält ein Nickerchen«, sagte Delilah. Dann deutete sie auf mich. »Wer ist das?«

Bevor Candi antworten konnte, kam Moe Steins rauhe Stimme durch den Perlenvorhang: »Was ist da draußen los?« Das Schlurfen von Schritten, dann stand Moe Stein auch schon in Pantoffeln, Boxershorts und ärmellosem Unterhemd mit verschiedenfarbigen Essensflecken neben Delilah und musterte mich von oben bis unten. »Willst du mich vielleicht mal diesem Besucher in dem netten Anzug vorstellen, oder was?« sagte er schließlich zu Candi.

»Benny sagt, ich soll dir diesen Typ aus Vegas bringen, er sagt, er ist ein Okaytyp.«

»Ach, ist er das, ist er das?« Moe zwickte Delilah verschmitzt in den Hintern und meinte zu den beiden: »Wie wär's, wenn ihr zwei Ladys mal eine Weile von hier verschwindet?«

Delilah kehrte hinter den Vorhang zurück und wühlte offensichtlich irgendwo herum, dann tauchte sie mit Sonnenbrille, Fedora und einem langen Mantel wieder auf. Sie und Candi ließen mich daraufhin allein zurück mit dem Großen Morris in Unterwäsche, die den erschlaffenden Körper eines Mannes von Anfang sechzig betonte: Spitzbauch, magere Vogelbeine mit Leberflecken auf den Knien und knochige, runde Schultern.

»Kommen Sie rein, und dann unterhalten wir uns ein bißchen«, sagte der Große Morris freundlich. Er drehte sich um, schob den Perlenvorhang mit einer Hand zurück und winkte mich mit der anderen herein.

Die Garderobe war etwa zweimal so groß wie das Wartezimmer. Die Wände waren cremeweiß gestrichene Hohlblocksteine, aber mit dem grün- und beigefarbenen Teppich und im gedimmten Licht der Stehlampen wirkte der Raum gemütlich. Am einen Ende befanden sich ein Doppel-Schminktisch mit winzigen Glühbirnen, die sich über Spiegeln bogen, dann ein Waschbecken und ein Kleiderständer, auf dem ein Zylinder, ein Smoking und Frauenkleider auf Bügeln hingen. Am anderen Ende des Raumes standen zwei bequem aussehende Sessel und ein altes Samtsofa mit Troddeln und Fransen. Dann gab es noch einen kleinen Kühlschrank und einen Tisch, auf dem Alkohol und Gläser, Zigarren, Zigaretten und Aschenbecher neben einem Telefon und Zeitungen der letzten paar Tage standen. Ich setzte mich auf einen der Sessel, und Moe machte es sich in einer Ecke des Sofas bequem, hob seine Vogelbeine und streckte sie aus.

»Dann also herzlich willkommen im Horny Poodle. Was können wir für Sie tun, Mister ... Wie heißen Sie überhaupt?«

»Hockaday.«

»Mr. Hockaday.« Er leckte sich über den Mund, als könne er den Namen schmecken, dann blickte er scheinbar tief in Gedanken versunken zur Decke auf. »Irgendwie kommt mir der Name bekannt vor. Hab ich Sie vielleicht schon mal irgendwo gesehen?«

»Das bezweifle ich«, sagte ich. »Aber neulich abends hab ich Ihre Gedankenlesenummer gesehen. Komisch, ich fand auch, daß Sie mich an jemanden erinnern, den ich vor langer Zeit mal gesehen hatte.«

»Ach, ist das wahr?« Stein setzte die Füße wieder auf den Boden, beugte sich zum Tisch vor und schenkte sich zwei Fingerbreit Bourbon ein, in den er noch einen Schuß Wasser gab. »Wie wär's mit einem Drink?«

Ich lehnte dankend ab.

Stein nippte an seinem Glas. »Nun, Mr. Hockaday, die Welt ist klein, nicht wahr? Vielleicht haben wir den einen oder anderen gemeinsamen Freund drüben in Vegas – von der aktiven Sorte?«

»Oder vielleicht von der Sorte, die heute nicht mehr ganz so aktiv ist.«

Stein musterte mich mißtrauisch mit dem gleichen Blick wie Benny vorhin. »Wieso schickt mein genialer Partner Sie zu mir? Wollen Sie mein Autogramm oder was?« Er lachte schnaubend.

»Später vielleicht.« Ich lachte nicht, wodurch sich Stein unbehaglich fühlte. »Ich bin heute abend wegen Ihrer speziellen Show hier, was dann wohl bedeutet, daß Sie sich entscheiden müssen, ob Sie mir für die Action eine Unbedenklichkeitserklärung ausstellen.«

Stein reagierte kokett. »Was für eine Action soll das denn sein, von der Sie da reden?«

»Nun, zum einen hat Celia Furman mir erzählt, daß Sie einen ziemlich guten Wurftisch haben.«

Das Glas Bourbon rutschte Stein aus der Hand und fiel auf seinen Schoß, der Inhalt schwappte über den Schlitz der Boxershorts. Er stand auf, wischte sich ab, deutete auf die Zeitungen auf dem Tisch und stotterte. »He! Jetzt weiß ich wieder, wer zum Teufel Sie sind. Sie sind doch der Cop, über den alle schreiben!«

»Stimmt«, antwortete ich gelassen.

»Bei uns läuft gar nichts«, sagte Stein.

»Sie betreiben hier mitten auf dem Times Square ein illegales Casino. Dazu gehört schon eine Portion Mumm.«

»Hören Sie ...«

»Schnauze«, sagte ich. »Wenn ich wollte, könnte ich mir in zehn Minuten einen Durchsuchungsbefehl besorgen, Ihren Laden zumachen und Sie mitsamt Benny die Nacht über nach Riker's Island schicken. Aber vielleicht will ich etwas ganz anderes.«

»Was denn?« Stein setzte sich. Er schenkte sich einen neuen Bourbon ein. Ich ließ ihn austrinken, bevor ich antwortete.

Dann erzählte ich ihm ein paar Lügen. Was schon koscher

ist, da das Gesetz von mir nur verlangt, die Wahrheit zu sagen, wenn ich unter Eid vor Gericht stehe. »Ich weiß über Ihr Casino Bescheid. Ich weiß es von dem verstorbenen Johnny Halo. Selbst der alte Charlie Furman hat's ein- oder zweimal erwähnt, dieser verrückte alte Bastard.«

Er reagierte auf diese beiden Namen wie auf Steine, mit denen nach ihm geworfen wurde. »Charlie! Oh, mein Gott, Charlie!«

Jetzt sah Stein aus, als hätte er etwas erheblich Schmerzhafteres zwischen die Beine bekommen, als nur ein bißchen Bourbon mit Wasser. Seine Blicke schossen durch den Raum, als wollte er die Entfernung zwischen seinem momentanen Sitzplatz und der Stelle abschätzen, wohin er seinen Kopf stecken könnte, falls er sich übergeben mußte. »Ich verstehe nicht ...« sagte er kläglich.

Ich zückte meine Brieftasche und zeigte ihm den Schnappschuß aus dem glücklichen, sorglosen Sommer von 1954.

Steins Augen füllten sich mit Tränen, und dann flossen die Tränen über. Er machte sich nicht die Mühe, sie fortzuwischen, und die Tränen liefen die Brust hinunter über das Unterhemd und sammelten sich auf seinem Spitzbauch. Ich ließ ihn den alten Schnappschuß in die Hand nehmen. Er sah das Foto mehrere Sekunden an, bevor er es zurückgab. »Woher haben Sie das?«

»Von der verstorbenen Celia Furman.«

»Celia ... O mein Gott, meine süße, süße Celia!«

Ich schenkte weitere zwei Fingerbreit Bourbon und Wasser ein und drückte Stein das Glas in die Hand. Er leerte es in einem Schluck. Er wartete, bis er wieder ruhig wurde, oder doch zumindest so ruhig, wie er es an diesem Abend werden würde. »Was wollen Sie von mir, Hockaday?«

»Ich möchte, daß Sie mir eine Geschichte erzählen.«

»Wie kommen Sie darauf, daß ich eine Geschichte zu erzählen habe?«

»Wie ich schon sagte, innerhalb von etwa zehn Minuten

könnte ich einen Durchsuchungsbefehl bekommen, und dann werden Sie und Benny auf Stahlpritschen auf Riker's übernachten.«

»Das juckt mich jetzt auch nicht mehr.« Stein sagte das, genau wie er es meinte, und ich glaubte, daß er es wirklich so meinte.

»Nein?« Ich beschloß, wieder dreist zu lügen, und indirekt oder sonstwie würde das Moe Stein fertigmachen. »Wie wär's dann, wenn ich jetzt einfach hier rausgehe und Sie heute abend Picasso überlasse. Genau wie er sich auch schon um Johnny Halo und Ihre eigene süße Celia gekümmert hat?«

Stein wurde kreidebleich. »Picasso ...« Und das verriet mir, daß er nicht nur Charlie Furman kannte, sondern er wußte auch noch, daß Furman Picasso war.

»Sie lesen doch Zeitung«, sagte ich. »Wir wollen doch nicht vergessen, daß Picasso es auch auf den Burschen aus dem Lebensmittelladen drüben in Hell's Kitchen oder den Shrink im Bellevue abgesehen hatte. Und jetzt noch eine Kurzmeldung, Moe: Ich habe angeordnet, daß Wendell Prescott unter Polizeischutz gestellt wird – Sie wissen schon, der Immobilienfritze, der Ihre Art von Casino-Action nach Coney Island bringen will.«

»Habe ich nicht auch Anspruch auf Polizeischutz?«

»So läuft das nicht, Moe. Zuerst helfen Sie mir, genau wie Prescott, dann entscheide ich, ob mir danach ist, Ihnen zu helfen. Andernfalls lasse ich das Schicksal seinen Lauf nehmen. Was ich mir in Ihrem Fall nur äußerst ungern vorstelle.«

Stein begann zu sabbern. Seine Hände zitterten, und wieder ließ er sein Glas fallen, und wieder hatte ich etwas Nützliches erfahren: Moe Stein sah einen Grund für Wendell Prescott, den Zorn Picassos fürchten zu müssen.

»Soll ich Ihnen noch einen machen?« erkundigte ich mich.

Er ignorierte mich, und er ignorierte auch seinen nassen Schoß. »Welche Geschichte wollen Sie von mir hören?«

Ich hielt den Schnappschuß hoch. »Damals, 1954. Hier sehen wir drei Musketiere. Und heute sehe ich einen von euch dreien vor mir, der jedesmal durchdreht, wenn ich die Namen der beiden anderen erwähne. Da frage ich mich natürlich: Was stimmt mit diesem Foto nicht?«

Stein fand genug von seiner Selbstbeherrschung für ein letztes Rückzugsgefecht. »Sie hören sich an wie ein Cop, der auf alles eine Antwort hat, Hockaday. Wozu brauchen Sie mich da noch?«

»Sagen wir einfach, ich habe Fragen, die Verdachtsmomente enthalten. Das ist auch nicht annähernd so interessant wie echte Antworten.«

»Vielleicht sollten Sie mir folgendes beantworten: Wenn ich Ihnen eine Geschichte erzähle, erhalte ich dann Polizeischutz genau wie Prescott?«

»Je nachdem, was das für eine Geschichte ist, werde ich es in Erwägung ziehen.«

Jetzt hatte Stein nichts mehr zu verlieren, aber alles zu gewinnen. »Zuerst noch ein Drink«, sagte er. Ich schenkte ihm ein, denn er war immer noch zu zittrig. Er leerte das halbe Glas.

»Hören Sie hier ein Telefon klingeln?« fragte er.

»Nein.«

»Ich hab in allen Zimmern Telefon – in dem hier, in meiner Wohnung und überhaupt überall, wohin ich gehe. Keins von denen klingelt. Damals, in der Blüte meiner Jahre, war ich dafür bekannt, persönlich zehn Riesen auf eine Zahl anzunehmen. Jetzt gibt es nicht mal ein Klingeln. Früher haben mich Typen von überall auf der Welt wegen Quoten oder Punktchancen angerufen. Heute: nichts, null, zero.

Sehen Sie mich an und fragen Sie sich: Hab ich nicht bezahlt?« Stein fing wieder zu flennen an, und diesmal aus Angst. »Sehen Sie mich an, wie ich heute in dieser miesen Müllkippe von einem Nachtclub hocke und versuche, die Tölpel mit Shows aufzumuntern, die ich schon gemacht habe, als ich noch ein hübscher Junge mit Zähnen und flachem Bauch drüben im Mittleren Westen war. Hab ich nicht bezahlt?«

»Bezahlt für was?« fragte ich.

»Sie wollen eine Geschichte? Dann werden Sie sich die Geschichte auch so anhören müssen, wie ich sie erzähle«, sagte Stein.

»Okay.«

»In diesem Jahr direkt nach dem Krieg, habe ich auf einem Vergnügungsdampfer gearbeitet, der zwischen Detroit, Bob-Lo-Island und Belle Isle hin und her pendelte. Kleine Taschenspielertricks, Improvisationen und so weiter. Diesem Burschen gefällt meine Nummer, und er sagt, er möchte mich für einen Club engagieren, den er auf der East Side aufmacht – und glauben Sie mir, das ist erheblich besser, als jeden Abend auf einem Dampfer zu arbeiten. Also, okay, ich nehme das Angebot an.

Wie sich herausstellt, ist dieser Club ein Casino, das ziemlich floriert, weil die Cops und die Politiker bei Laune gehalten werden. Der Besitzer ist total hin und weg von meiner Nummer und mir; ich bin hin und weg vom Zocken. Eins führt zum anderen, und ich beginne diese zweite Karriere, weil mir der Croupierstock so gut gefiel wie einem Baby die Rassel. Außerdem arbeite ich noch an den Würfeltischen, bei den Kartenspielen und, mein persönlicher Favorit, an der Tafel mit den Ergebnissen der Pferderennen.

Es dauert nicht lange, und ich bin der große Manager und ziehe alle möglichen neuen Geschäfte an Land, also muß ich mehr Leute einstellen. Mein kleiner Bruder ist gerade aus dem Krieg nach Hause gekommen. Er kann sich in keiner Stellung lange halten, weil er dieses Klingeln in den Ohren hat, und im Veteranenkrankenhaus können sie anscheinend nichts dagegen tun. Inzwischen hat er auch noch geheiratet und muß eine Frau ernähren . . .«

Stein bemerkte, daß ich die Zusammenhänge erkannte. »Charlie Furman ist Ihr Bruder?«

»Genau«, sagte er. »Ich heiße richtig Morris Furman. Den Namen habe ich in Stein ändern lassen, als ... Nun, wir greifen den Dingen vor.«

»Fahren Sie mit Ihrer Geschichte fort«, sagte ich.

»Als erstes gebe ich Charlie den ›Zaunjob‹, wie wir das nennen. Sein Revier sind einige Blocks des East Jefferson Boulevards. Mit einer Taschenlampe in der Hand wartet er dort, bis die richtige Sorte Autos vorbeikommt. Diese bringt er dann auf die Zufahrt zur Villa, in der sich das Casino befindet. Es ist eine leichte Arbeit, und die Trinkgelder sind hervorragend, aber Charlie kriegt's nicht gebügelt.

Dann gebe ich ihm den Job, die Bar aufzufüllen, und auch das kriegt er nicht hin. Schließlich lasse ich ihn spülen, und nicht mal das macht er richtig. Die einzige Sache, die er im Casino je richtig gemacht hat, war, eines Tages seine Frau mitzubringen –«

»Das dürfte dann Celia sein«, sagte ich.

»– Celia, richtig. Ich sehe sofort, daß die Frau von meinem kleinen Bruder für die Showbranche geboren ist. Also gebe ich ihr einen Job in der Garderobe. Dann steigt sie zum Zigarettenmädchen auf. Ich sehe sie in ihren Netzstrümpfen unter einem winzigen Röckchen durch den Club schweben, und sie trägt dieses tief ausgeschnittene Top, das eine Menge von ihren Kurven zeigt, wenn sie sich mit ihrem Tablett vorbeugt, verstehen Sie?«

»Ich schätze, man wird wohl da gewesen sein müssen«, sagte ich.

»Sie hätten sie damals sehen müssen. Bei ihrem Anblick blieb einem glatt das Herz stehen.«

»Ja, ich kenne die Sorte«, sagte ich. »Jung und schön und temperamentvoll. Sehr oft endet es dann so, daß sie die besten Freunde auseinanderbringen. In Ihrem Fall sogar Brüder.«

»Ja, Sie haben verstanden.«

»Mit Charlie klappt es also nicht, dafür aber mit Celia«,

sagte ich. »Und natürlich haben Sie und Celia immer mehr und mehr Zeit miteinander verbracht.«

»Charlie war mit seiner Malerei beschäftigt, und außerdem wurde er immer frommer und bekloppter«, sagte Stein. »Aber Celia ist wie ich – wird vom Glücksspiel angezogen wie ein Baby von der Rassel.«

»Also bringen Sie ihr natürlich alles bei, was Sie wissen.«

»Natürlich.«

»Und natürlich kommt der Tag, an dem Charlie nur noch im Weg steht, soweit Sie das sehen«, sagte ich. »Ganz zu schweigen von der Tatsache, daß Sie Celia drängen, sich zwischen euch beiden zu entscheiden?«

»Wie Sie das sagen, klingt es so einfach, Hockaday.«

»Es ist immer nur dann einfach, wenn man es ausspricht.«

»Ja, nichts ist wirklich einfach, wenn es so viele schwere Jahre dauert, bis es geregelt ist. Und dann *meint* man nur, man hätte alles geregelt.«

»Wie ist es denn Ihrer Meinung nach für die drei Musketiere geregelt worden?«

»Nun, Celia hat sich für mich entschieden. Es gab allerdings diese Komplikationen.«

»Die Sorte, die neun Monate braucht, um alle Beteiligten aus dem Gleichgewicht zu bringen?«

»Genau die.«

»Wer war der Vater? Nein, lassen Sie mich raten. Niemand weiß es, stimmt's?«

»Sie sind gut, Hockaday.«

»Was haben Sie mit dem Baby gemacht? Und mit der Kleinigkeit von Mr. und Mrs. Charlie Furman?«

»Celia und ich, wir mußten den Club leiten. Wir hatten keine Zeit für Scheidungen, Wiederverheiratung und solche Dinge. Und ganz bestimmt hatten wir keine Zeit für ein Baby.«

»Also haben Sie das Baby bei Charlie gelassen und sich um die Geschäfte gekümmert.«

»Ja, und wir haben uns auch um Charlie gekümmert. Ich sage nicht, es war richtig oder wir wären stolz auf das gewesen, was wir getan haben, Celia und ich, aber wir haben versucht, das Beste draus zu machen. Wir sind sogar zusammen verreist, wir drei. Dazu hat auch der Trip 1954 nach New York gehört, als wir an einem Tag nach Coney Island rausgefahren sind. Nachdem Charlie erst mal den Boardwalk gesehen hatte, Mann o Mann, da wollte er nie wieder weg.«

»Also ist er geblieben?«

»So ungefähr. Celia und ich, wir haben uns etwa um diese Zeit selbständig gemacht, haben eine Kette billiger Nachtclubs von Detroit über Toledo und Cleveland und weiter bis nach Pennsylvania aufgezogen. In Städten, in denen ich eine Menge Leute kannte. Sie kennen diese Art billiger Nachtclubs, die es damals gab?«

»Ich kenne sie.«

»Celia war diejenige, die das Geschäft eigentlich aufgebaut hat. Ich habe mich darauf konzentriert, neue Bekanntschaften zu machen, und schon bald hatten wir richtige Casinos laufen. Deren Leitung ich schließlich übernahm, weil Celia selbst mit Spielen anfing.«

»Und dabei war sie so gut, daß sie ein großer Fisch wurde.«

»Was ich sage – Sie sind gut.«

»Und dann kommt es zu weiteren Komplikationen – von der Art, bei der das Finanzamt eine Rolle spielt.«

»Sie kennen die Antwort auf Komplikationen dieser Art, nicht wahr, Hockaday?«

»Die hat keiner.«

»Vielleicht kennen Sie den Rest der Geschichte aber trotzdem.«

»Ich weiß, daß die Feds Celia unter Druck gesetzt haben, vor einer Grand Jury auszusagen, und daß ihr anschließend niemand mehr vertraut hat.«

»Das ist noch ziemlich milde ausgedrückt«, sagte Stein.

»Celia kriegte nicht mal mehr Leute für ein Monopoly-Spielchen zusammen. Sie hat nie jemanden verpfiffen, obwohl es leicht gewesen wäre. Aber sie hat's nicht getan. Aus professionellem Ehrgefühl, was ein Witz ist, wenn Sie mich fragen. Jedenfalls, damals hatten Celia und ich dann unsere Komplikationen, und damals habe ich meinen Namen in Stein geändert, da Furman in der Zocker-Szene kein so heißer Name mehr war. Ich mußte wieder richtig klein anfangen und zu meinen Zauberkunststückchen zurückkehren.«

»Natürlich nur, bis Sie diesen Laden hier gefunden haben«, sagte ich.

»Hat man erst mal einen Neppladen geleitet, kann man so ziemlich jeden Neppladen leiten. Wenn ich allerdings die Wahl hätte zwischen einem reellen Casino, wie ich's hier im ersten Stock betreibe, und einem miesen Nachtclub, wie ich ihn hier unten habe, verdammt, ich würde jederzeit das Casino nehmen, weil man dann nämlich nicht soviel Ärger mit den Frauen hat.«

Wo wir gerade vom Teufel sprachen – Delilah war inzwischen zurückgekehrt.

»Vielen vielen Dank auch!« schniefte sie. Sie sah Moe an, der immer noch ein wenig zitterte, und dessen Unterhemd feucht von Tränen war. »Moe, du siehst gottverdammt beschissen aus! Du hast dich noch nicht mal in Schale geschmissen, und wir sind in fünf Minuten dran. Was ist hier überhaupt los?«

Stein sah mich an, als wünschte er sich, ich könnte ihn irgendwie vor Delilah retten, aber ich sagte nur: »Sie haben die Lady gehört, Moe. Die Show muß weitergehen.«

»Sie sitzen hier und kommen mir mit diesem alten Gag? Gottverdammt, ich bitte Sie!«

Ich stand auf.

Stein geriet in Panik. »Wo wollen Sie jetzt hin? Ich dachte, ich kriege Polizeischutz.«

»Wovon redet er?« fragte Delilah, während sie zu ihrem Schminktisch ging, auf dem die blonde Perücke wartete.

Stein beachtete sie nicht.

»Keine Angst, ich werde draußen sein und aufpassen. Ich gehe nur an der Bar einen trinken« sagte ich beruhigend zu Stein.

Dann verließ ich die Garderobe, dachte über zwei Dinge nach, die Stein in seiner Geschichte zu erwähnen versäumt hatte. Eine Sache konnte ich mühelos klären, indem ich mit Benny sprach. Die andere Sache war der Name von Celias Baby.

Aber dieser Zusammenhang war mir schon klar.

Hock, du mußt die Dinge mit meinen Augen sehen!

Ich hab getan, was ich getan hab, weil ich glaub, daß jeder für das bezahlen muß, was er macht. Stimmt das nicht?

Gottverdammt stimmt das!

Wie es schon in der beschissenen Heiligen Schrift heißt: »Er, der seinen Bruder nicht liebt, ist des Todes.«

24

Benny war überrascht, mich wieder an der Theke zu sehen. Überrascht und erneut mißtrauisch.

Ich bestellte mir einen Red Label.

»Ich dachte, Sie wollten oben in die Action einsteigen«, sagte Benny, als er meinen Drink vor mich stellte.

»Sie meinen das Casino?«

»Ja . . .« Benny klang, als täte es ihm leid, mir so freiheraus geantwortet zu haben.

Ich wollte gerade etwas sagen, wurde aber von dem Einsatz lauter Musik vom Band unterbrochen, die den Beginn des ersten Auftritts des Großen Morris ankündigte. Ich drehte mich zur Bühne um und sah Delilah herausgeputzt in ihrer ganzen blonden Pracht sowie den Großen Morris in Smoking und Zylinder. Moe wirkte ein wenig unsicher auf den Beinen.

»Ich bin einfach ganz wild auf diese Nummer«, sagte ich. Benny schien erleichtert, daß sich das Thema geändert hatte. Was mich veranlaßte, direkt wieder darauf zurückzukommen. »Dann veranstalten Sie also hier in diesen Räumlichkeiten illegales Glücksspiel?«

»Das klingt irgendwie nicht richtig«, sagte Benny.

Ich griff in meine Anzugjacke, zog die goldene Dienstmarke raus und ließ sie auf die Theke fallen. Ich trank einen Schluck Scotch und schaute hinüber zur Bühne, wo der Große Morris mit einer Reihe von Kartentricks begann, und die liebreizende Delilah Teilnehmer aus dem Publikum aussuchte.

»Was zum . . .«

Ich stellte mich vor. »Detective Neil Hockaday.«

»Sie sind überhaupt nicht aus Vegas«, sagte Benny.

»Nein, Sie hatten die ganze Zeit recht.«

»Was soll das?«

»Ach, ich habe Ihrem Partner vorhin alles über mich erzählt, daß ich ein Cop bin, woran ich im Moment so arbeite, solche Dinge eben. Moe hat mir auch das eine oder andere von sich erzählt. Und von diesem Laden, der euch beiden gehört, vom Betrieb oben und vom Betrieb hier unten.«

»Und wieso sollte Moe Ihnen das alles erzählen?«

»Weil ich wissen muß, ob ich seinen Bruder Charlie schnappen werde, bevor Charlie kommt und ihn umbringt«, sagte ich mit meinem besten Pokerface. »Haben Sie keine Angst, daß Charlie kommen und auch Sie umbringen könnte, Benny?«

»Picasso?« Plötzlich hatte Benny etwas von seinem Draufgängertum verloren. Er wurde leichenblaß und begann zu frösteln, als hätte er ein oder zwei Stunden in einem Kühlraum gestanden.

»Ich hatte so eine Ahnung, daß Sie den Zusammenhang kennen.«

Benny befingerte die Kanone in seinem Gürtel und schaute sich um. »Sie sind der Cop, der Jagd auf diesen beschissenen Irren macht?«

»Genau.«

Benny drehte sich um und schenkte sich einen Bushmill's ein und stürzte ihn runter. »Ist Picasso – ist Charlie Furman jetzt hinter Moe und mir her?«

»Würde mich gar nicht weiter wundern, wenn Sie beide auch auf seiner Liste stehen.«

»Dieser verdammte Hurensohn!«

»So spricht man doch nicht über seinen Partner.«

»Ich meine Charlie, nicht Moe.«

»Wollen Sie Moe und sich helfen?«

»Natürlich will ich das. Was glauben Sie denn?«

»Dann müssen Sie meine Fragen beantworten, genau wie Moe es getan hat. Andernfalls, was ich auch schon zu Moe gesagt habe, sorge ich dafür, daß Picasso erfährt: Hier ist die Luft rein.«

Benny zog seinen .44er Revolver. »Dann steht ihm aber eine gottverdammt harte Diskussion bevor!«

Ich lachte ihn aus. »Glauben Sie allen Ernstes, Picasso macht es etwas aus, wenn auf ihn geschossen wird? Picasso ist wild entschlossen, gewisse Leute fertigzumachen. Leute wie Sie, Benny. Kapiert? Wenn Sie auf ihn schießen, wird es das letzte sein, was Sie in diesem Leben tun.«

Was eine gewisse Logik für Benny besaß, der seinen Revolver jetzt langsam wieder hinter den Gürtel steckte. Candi kam mit einer Bestellung und zwinkerte mir zu. Benny kümmerte sich darum, und ich warf einen Blick zur Bühne. Die Augen des Großen Morris waren inzwischen verbunden, und er riet jetzt Gegenstände, die Freiwillige aus dem Publikum in die Höhe hielten. Hin und wieder brach Gelächter aus.

»Wie macht er das?« fragte ich Benny.

»Sie meinen Moe?«

»Ja. Wie errät er den richtigen Gegenstand?«

»Delilah gibt ihm den Hinweis. Sie legt etwas mehr Betonung auf ein bestimmtes Wort, das den Anfangsbuchstaben des fraglichen Gegenstandes enthält. Das Spiel hat nicht besonders viele Variationen. Männer haben immer nur relativ wenig Dinge in den Taschen, wissen Sie.«

»Nun, das ist simpel.«

»Alles ist simpel«, sagte Benny. »Die Trottel im Publikum eingeschlossen.«

»Interessant.«

»Was dagegen, wenn ich Sie was frage?« sagte Benny.

»Was?«

»Wieso lassen Sie keine grünen Minnas kommen, um unser kleines Unternehmen hier auffliegen zu lassen?«

»Oh, das ist eine Frage der Prioritäten, Benny. Immer eins nach dem anderen, verstehen Sie? Als erstes versuche ich zu verhindern, daß Sie oder Moe – oder Sie beide – zu Fotos von Mordopfern auf der Titelseite der ›Post‹ werden.«

»Das sind Prioritäten, die mir gefallen.«

»Aufgeklärtes Eigeninteresse, exakt die Ansicht Ihres Partners«, sagte ich. »Weswegen wir auch so eine produktive offene Aussprache in Moes Garderobe hatten – zumindest bis zur Showtime. Leider wurden wir unterbrochen, gerade als ich etwas sehr Wichtiges wissen mußte. Und zwar: An welchem Punkt kommen Sie ins Spiel, Benny. Okay?«

»Ich weiß nicht.«

»Oh, ich bin sicher, daß Sie es wissen. Denn immerhin kennen Sie alle Betriebsgeheimnisse des Großen Morris, und es macht Ihnen auch nichts aus, sie mir zu verraten. Ich habe den Eindruck, es ist doch wohl das Geringste, wenn Sie mir ein paar kleinere vertrauliche Informationen geben, um mir zu helfen, den irren Picasso zu schnappen und Ihren eigenen Arsch zu retten.«

»Tja, wenn Sie's so ausdrücken.«

»Warum haben Sie und Moe oben das Casino aufgemacht?« fragte ich unverblümt.

Benny seufzte. »Das ist bestimmt keine von meinen brillanten Ideen, das kann ich Ihnen flüstern. Erinnern Sie sich, wie ich Ihnen gesagt habe, daß mein genialer Partner dauernd Mitleid mit gewissen Leuten hat?«

»Ja. Mit Delilah und Candi . . .«

»Ja, und mit der alten Dame seines Bruders auch.«

»Celia.«

»Ich vermute, Sie kennen ihre ganze Geschichte?«

»Jedenfalls genug.«

»Tja, dann wissen Sie ja vielleicht auch, daß sie dringend einen Haufen Geld brauchte.«

»Das, und eine Möglichkeit, es sehr schnell zu kriegen.«

»Haben Sie auch gehört, daß sie auf die schwarze Liste der Glücksspielbranche gesetzt wurde, wo sie mal ein richtig großer Fisch war?«

»Ich hab's gehört.«

»Tja, dann haben Sie Ihre Antwort. Verstehen Sie nicht?«

»Nein, ich schätze nicht.«

»Moe hat mich überredet, hier einen Laden aufzumachen, damit Celia nach all den Jahren, die sie sich bedeckt halten mußte, endlich wieder an den Würfeltisch konnte. Ich meine, wo sonst auf der ganzen beschissenen weiten Welt außer hier in einem Schuppen, in dem ihr allzeit liebender, alter, weichherziger Schwager die Leitung hat, sollte sie Action am Spieltisch kriegen?«

»Sie hätte nach Vegas gehen können«, sagte ich. »Oder nach Atlantic City oder Amsterdam.«

»Spielen Sie doch nicht den Trottel vom Lande, Hockaday. Glauben Sie, da herrscht Demokratie?«

Benny hob die Flasche Johnnie Walker, und ich nickte. Er

schenkte mir noch einen ein. Er beobachtete die Vorstellung des Großen Morris, während ich an meinem Glas nippte und über den einfachen Grund nachdachte, den er mir gerade dafür gegeben hatte, das Horny Poodle dem ganzen Risiko – und den Unkosten – auszusetzen, die mit dem Glücksspiel einhergingen.

Die Musik auf der Bühne wurde fiebrig, und ich drehte mich um. Delilah verband Moe die Augen. Dann zog Benny seine Brille aus der Tasche. »Tja, das ist mein Zeichen für Moes *Pièce de résistance*.«

Ich sah, wie Delilah dem Großen Morris einen von zwei Schreibblocks reichte und dann einen von zwei Filzstiften. Mit dem anderen Block und dem Stift ging sie ins Publikum.

»Ein Trottel im Publikum wird jetzt von irgendwas ein Bild malen, und dieses Bild wird Delilah dann hochheben, damit es jeder sehen kann«, erklärte Benny. »Und dann – *presto*! Der Große Morris, der außergewöhnliche Gedankenleser, wird anschließend genau das gleiche malen.«

»Ziemlich clever.«

»Aaah, so was gefällt der Menge.«

»Wie macht er das?«

»Einfach Technologie«, sagte Benny. Er griff in seine Hemdtasche und zog einen elektronischen Sender von der Größe und Form eines Feuerzeuges heraus. »Sehen Sie das?«

»Und Moe hat einen Empfänger?«

»Klar. Eine kleine Bohne in seinem Ohr.«

»Und Sie stehen einfach hier an der Bar und . . .«

»Sehe mir an, was Delilah hochhält, genau.«

»Und dann beschreiben Sie es«, sagte ich. »Sehr, sehr clever – und einfach.«

»Kinderleicht.«

Ich sah, daß Delilah nun den Block hochhielt und zur beleuchteten Bühne zurückkehrte, um es dem Publikum zu zeigen. Und Benny mit seiner Bifokalbrille. Ich selbst konnte die Zeichnung nicht erkennen.

»Was ist es?« fragte ich Benny.

Benny antwortete nicht. Ich drehte mich um und wiederholte meine Frage. »Wie sieht das Bild aus?«

»Kommt mir irgendwie komisch vor«, sagte er.

Ich packte seinen Arm. »Was stimmt nicht?«

»Es ist ein Bild von einem Mann ... mit Zylinder und Smoking, genau wie Moe ... und sein Gesicht, es sieht aus, als wäre es von Kugeln zerfetzt.«

Ich riß Benny den Sender aus der Hand. »Das ist es!«

»O Scheiße! Was machen wir jetzt?«

»Rufen Sie die 911 an und sagen Sie denen, hier läuft gerade ein bewaffneter Überfall. Sagen Sie, Sie rufen für Hokaday an. Haben Sie das?«

»Ja, okay.« Benny rannte zum Telefon.

Dann setzte ich mich quer durch den Raum zur Bühne in Bewegung. Ich lief nicht. Aufmerksam musterte ich die Zuschauer an den Tischen vor der Bühne. Nirgendwo entdeckte ich den Lauf einer Kanone.

Ich schaltete den Sender ein und flüsterte: »Moe, Hockaday hier. Hören Sie mir jetzt sehr genau zu. Wenn ich Ihnen sage, daß Sie sich fallen lassen sollen, dann lassen Sie sich fallen. Er hat's auf Sie abgesehen, Moe. Tun Sie, was ich sage. Jetzt!«

Stein ließ sich fallen.

Ein Schuß krachte.

Ein fürchterliches Chaos brach aus: Männer und Frauen schrien wild durcheinander, Stühle und Tische schrammten über den Boden und stürzten krachend um. Kreischende Menschen flohen in Panik.

Ein weiterer Schuß.

Draußen auf der Straße Polizeisirenen.

Die Tische direkt vor der Bühne waren jetzt leer. Nur noch eine kleine und nichtsahnende – und vertraute – Gestalt war zurückgeblieben. Ich sah, wie er mit beiden Händen eine Pistole hob und auf Moe zielte, der der Länge nach ausgestreckt und mit verbundenen Augen schreiend auf der Bühne lag. Delilah wich von Stein zurück, hatte die Hände über den Mund gerissen.

Ich rief dem Mann mit der Kanone zu. »Big Stuff!«

Der Zwerg wirbelte herum.

Ich zog meine. .38er und drängte mich durch eine Reihe schreiender Gäste weiter auf den Zwerg zu. Wieder rief ich seinen Namen: »Big Stuff!«

Jetzt sah er meine Kanone. Ein irres Funkeln trat in seine Augen. Er zog den Kopf ein und lief im rechten Winkel von mir fort auf die Theke zu. Ich brüllte. »Stehenbleiben!« Aber er rannte weiter, die Pistole immer noch in den Händen.

Ich folgte ihm und schrie, immer und immer wieder:

»Stehenbleiben! Polizei!«

Ich versuchte es, aber es gelang mir nicht, einen sicheren Schuß auf ihn abzugeben. Die Menge war zu dicht, und Big Stuff war zu klein.

Jetzt strömten Cops in den Nachtclub. Gäste erstarrten mitten in der Bewegung.

Ich verringerte die Distanz zu Big Stuff.

Er drehte sich um und sah mich an. Sein Gesicht war verzerrt vor Schock und Angst.

Er richtete die Pistole auf mich.

»Tu's nicht!« brüllte ich.

Doch dann erkannte ich, daß er seine Waffe herausgeben wollte, daß er nicht beabsichtigte, auf mich zu schießen.

Aber Benny sah das nicht so. Er feuerte mit seinem .44er Revolver einen einzigen Schuß ab.

Big Stuff klappte wie ein Taschenmesser zusammen und stolperte noch ein paar Schritte auf mich zu. Dann fiel er mit dem Gesicht voran auf den Boden.

Ich lief zu ihm und stand über seinem mißgebildeten Körper, meine Beine links und rechts von seinem Rücken. Ich hob meine Dienstmarke hoch über den Kopf, damit die Uniformierten mich problemlos identifizieren konnten.

Etwa zehn von ihnen bildeten einen Kreis um Big Stuff und mich. Ich sah, wie die übrigen im Nachtclub ausschwärmten.

Ich packte die Schulter eines Sergeant und drehte ihn zur Bühne, auf der Delilah zitternd stand. »Verhaften Sie die Frau«, sagte ich. »Sie steckt mit drin.«

Dann kniete ich mich hin. Ich sah, daß Big Stuff den Schuß ins Kreuz bekommen hatte. Eine Menge Blut floß aus Mund und Nase.

Ich berührte sein Gesicht.

Big Stuff drehte den Kopf und sah mit einem Auge zu mir auf, wußte, daß er es schon bald für immer schließen würde. »Beweg dich nicht«, sagte ich.

Einer der Uniformierten rief mit seinem Funkgerät einen Krankenwagen.

Big Stuff zischte mir zu. »Beug dich runter.«

Ich senkte den Kopf dicht neben sein Ohr. »Erzähl's mir.«

Mit jedem seiner Worte spritzte Blut heraus. »Wir hatten gute Gründe für das, was wir getan haben. Coney-Island-Gründe, verstehst du?«

Ich belog den sterbenden Mann. »Ich verstehe.«

Big Stuff lächelte ein blutiges Lächeln. »Mehr ist uns nicht geblieben. Wir versuchen weiterzumachen. Verstehst du? Coney-Island-Gründe.« Er entglitt mir schnell.

Ich beeilte mich, log wieder. »Ich sollte ihr sagen, daß es jetzt vorbei ist.«

Er sagte: »Ja . . . vorbei . . .«

»Wo ist sie, Big Stuff?«

»Wollen Sie lachen? Ich hab sie geliebt. Ich würde alles tun für diese verrückte Frau«, sagte er.

»Wo ist sie, Big Stuff? Sag's mir.«

Die letzten Worte des Zwerges waren: »Bei ihm. Im alten Schlachthof. Wo sonst?«

25

Ich ließ mich von einem Streifenwagen zu meiner Wohnung fahren.

Ruby war da und las ein Buch.

Ich gab ihr einen Kuß, dann rief ich Neglio zu Hause an. Ich war froh, seinen Anrufbeantworter zu erwischen. »Ich hole mir jetzt Picasso«, sprach ich ihm aufs Band.

Dann tauschte ich den Anzug gegen Jeans, Stiefel, ein Sweatshirt und eine Jacke. Ich streifte ein zweites Schulterhalfter für die .44er über und stopfte drei Handschellen und zusätzliche Munition für die .38er und die .44er in die Taschen.

Ruby starrte mich an.

»Sieht schlimmer aus, als es ist«, sagte ich.

»Das ist eine beschissene Lüge«, sagte sie.

»Wenn ich zurückkomme, reden wir über eine kleine Reise, okay?«

»Ich werde auf dich warten.«

Wußte sie, wie gut sich diese Worte anhörten? Weiß das überhaupt jemand außer einem Cop?

Ich holte eine Taschenlampe aus einer Schublade des Sideboards und ging.

Als ich jetzt davor stand, konnte ich nur denken, daß ich es eigentlich hätte wissen müssen. Ich hätte es von dem Tag an wissen müssen, an dem Picasso mir von den Schaufenstern des puertoricanischen Lebensmittelgeschäfts erzählt hatte, und von der Angst, die er in den Augen des Schweins eingefangen hatte, worauf er so stolz gewesen war. Wenn nicht zu diesem Zeitpunkt, dann hätte ich es spätestens nach dem Mord im Lebensmittelladen wissen müssen.

Wie Ruby gesagt hatte: *»Direkt vor deiner Nase – direkt hier in Hell's Kitchen.«*

Wie Big Stuff gesagt hatte: *»Wo sonst?«*

Wo sonst, wenn nicht in dem alten koscheren Schlachthof, der zwischen Thirty-eighth und Thirty-seventh Street ein trostloses Stück der Eleventh Avenue umarmte?

Ich war um das ganze Gelände gegangen, versuchte herauszubekommen, wo Picasso sich seinen Eingang gemacht und wo in der großen alten Ruine er sich sein Studio eingerichtet hatte. Wahrscheinlich irgendwo auf der Nordseite, sagte ich mir; Künstler arbeiten gern bei Nordlicht, dem echtesten Licht. Der Zugang war wahrscheinlich ein Loch, verdeckt mit irgend etwas, das er unter den Trümmern gefunden hatte. Jetzt schaute ich zu den breiten Toren auf, einst voller hölzerner Rampen und erfüllt von Schreien besinnungsloser Angst, heute versiegelt mit Zement und Hohlblocksteinen; alles in allem zehn massige Etagen, die Fenster mit Blech verschlossen; und hoch oben an den alten Ziegelwänden große Terrakottabüsten von Schweinen, Lämmern und Stieren mit Nasenringen. Und alles eingehüllt in eine graue Dreckschicht von den ständig aufsteigenden Abgasen des Verkehrs im Lincoln Tunnel.

Vor dem Kalksteinsockel der rückwärtigen Wand stand eine stählerne Mülltonne. An ihr schob ich mich vorbei, um den Eingang zu finden, einen kleinen, dreieckigen Spalt, in die morsche Ziegelwand gebrochen. Ich beugte mich vor, richtete den Taschenlampenstrahl hinein und schreckte eine Ratte auf. Dann zog ich die Schultern hoch, atmete aus und zwängte mich in das schwarze Innere.

In tiefer Dunkelheit wartete ich darauf, daß sich meine Augen – und Ohren – anpaßten.

Jetzt hörte ich verhallende Echos. Und verstohlenes Scharren von den Innenwänden, auf denen Ungeziefer wimmelte. Ich zog meine große Kanone aus dem Schulterhalfter, die .44er Charter Arms Bulldog. Ich hielt sie in der rechten Hand. Mit der linken ließ ich den Lichtstrahl über meine unmittelbare Umgebung streichen.

Ich hatte einen breiten Korridor unter einer Eisentreppe

betreten. Hinter der Treppe weiter den Korridor hinunter befand sich eine Reihe hoher, hohler Räume, jeder von der Größe einer breiten Tür. Vor Jahren mußten dort einmal Fahrstühle gewesen sein.

Entlang des Treppengeländers richtete ich die Taschenlampe nach oben und scheuchte Fledermäuse auf, die sich mit den Köpfen nach unten an ein asbestverkleidetes Rohr klammerten. In irren Schleifen und Spiralen stürzten sich die Tiere durch die unangenehm feuchte Luft. Ich schützte meinen Kopf und bewegte mich weiter und die Treppe hinauf.

Kurz vor dem ersten Absatz gab eine verrostete Stufe nach. Mein Bein versank in einem Loch, und Schmerz durchzuckte mein Knie. Von nun an prüfte ich sorgfältig jeden Tritt, bevor ich mein volles Gewicht aufsetzte. Und ich hielt mich am äußersten Rand der Stufen, dicht an der Wand, die Art wie sich ein Einbrecher durch einen unbekannten Raum schleicht.

Im dritten Stock roch es intensiv nach Katzen – nach Katern, die ihr Territorium mit Urin markiert hatten. Jeder, der hier lebte, wußte, daß er sich Katzen halten mußte, um die Zahl der Nager zu begrenzen.

Ich stieg eine weitere Etage nach oben, dorthin, wo der Katzengeruch am intensivsten war. Dann bewegte ich mich weiter zur Nordseite des Gebäudes einen Gang hinunter, an dem vermutlich einmal Büros gewesen waren, in denen Menschen ihrer Arbeit nachgingen. Jetzt war es hier nur noch leer und still; alle Türen fort, bis auf eine.

Die einzige noch vorhandene Tür war geschlossen. Darauf stand:

ZUHAUSE IST DORT
WO DER HASS IST

Ich klopfte an. Keine Reaktion. Ich trat gegen die Tür, und sie schwang träge auf.

In dem großen Raum hinter der Tür waren mindestens ein Dutzend Katzen – die Rücken gekrümmt, die gelbgrünen Augen weit aufgerissen, die Zähne gefletscht, kehlig fauchend und knurrend.

Dann bohrte sich etwas Kaltes und Hartes in meinen Nakken.

Und ein rauhes Flüstern: »Halt deinen Rosenkranz fest und verabschiede dich.«

Ich riß meine Hände in die Luft. Die Taschenlampe fiel zu Boden, rollte einen Moment herum und kam dann vor einem Zeitungsstapel in der Form eines Stuhles zur Ruhe.

Natürlich erkannte ich die Stimme. Vom Süßigkeitenstand an der Stillwell Avenue, vom Carny Club. Von den Malen, die sie zum Abschied *»Gott segne dich«* gesagt hatte. Ich konnte ihr verschwollenes rosa Gesicht sehen, die Haare in der Farbe von Rühreiern und Augen geschminkt wie zwei Schokoladenkuchen.

»Sie wollen nicht wirklich schießen«, sagte ich. »Wer sollte dann der Welt von den großartigen Werken Ihres Vaters erzählen?«

»Mein Vater?«

»Darf ich mich umdrehen, Evie?«

»Dann weißt du es also?« sagte sie.

»Ich drehe mich jetzt um.« Ich bewegte mich ganz langsam. Sie nahm die Kanone von meinem Hals, hielt sie aber weiter auf meine Brust gerichtet. »Ich habe schlechte Neuigkeiten für Sie«, meinte ich.

»Du mußt verrückt sein. Ich stehe hier und habe eine Kanone auf dich gerichtet.«

»Ach, aber Sie werden nicht schießen«, sagte ich. »Nicht auf mich. Ihr Vater will, daß ich es weiß. Er hat mich *ausgesucht*, damit ich es erfahre, oder?«

Evie senkte die Kanone, die zweite, der ich mich innerhalb der letzten dreißig Minuten gegenübergesehen hatte. Ich schickte ein kurzes Stoßgebet zum Himmel.

»Welche schlechten Neuigkeiten?« fragte Evie.

»Big Stuff ist tot.«

Sie legte eine Hand auf ihr Herz, und Tränen stiegen ihr in die Augen.

Ich erzählte, was im Horny Poodle geschehen war, und sagte, ich verstünde die Coney-Island-Gründe hinter allem anderen, was noch geschehen war. Und das war der Anfang der Wahrheit, die ich jetzt aussprach.

»Sagen Sie mir die Gründe, Evie«, sage ich. »Sagen Sie mir, daß Sie es auch verstehen.«

»Die Bilder mußten Wirklichkeit werden«, erwiderte sie einfach. »Jeder wird ihn jetzt kennen. Jetzt können sie ihn nicht mehr vergessen.«

»Das stimmt«, sagte ich. »Und jetzt ist es vorbei, Evie.«

»Ja.«

»Sind Sie froh?«

»Ja. Ich werde jetzt Gottes Antlitz sehen.«

»Werden Sie mir vorher die Kanone geben?«

Sie gab sie mir. »Siehst du, wie brav ich alles mache, was du sagst? Ich bin kein Irrer, wie es in der Zeitung heißt.« Und ich brachte mein zweites stummes Gebet dar, dieses für den Schutzheiligen der geistig Behinderten.

»Ist Ihr Vater hier irgendwo?« fragte ich.

Sie schaute auf. »Er ist in seinem Studio und betet.«

»Warum betet er, Evie?«

»Er betet, daß sich der Herr meiner Seele annimmt. Weißt du, ich habe ihm gesagt, was ich getan habe ...«

»Er hatte keine Ahnung, nicht wahr?«

»Papa hat die Bilder gemalt. Ich habe sie Wirklichkeit werden lassen.«

Ich zog Handschellen aus der Tasche. »Wahrscheinlich wissen Sie, daß ich Sie jetzt verhaften muß.«

»Ja«, sagte Evie. Und dann lag ein Traum in ihrer Stimme. »Denn sie wissen nicht, was sie tun, o Vater ...«

Ich fesselte Evies rundliche Hände auf ihren Rücken.

Dann trat ich zu der Stelle, wohin die Taschenlampe gefallen war, hob sie auf und richtete den Strahl auf Evie.

»Ich werde Ihnen jetzt Ihre Rechte vorlesen, Evie. Hören Sie bitte aufmerksam zu, okay?«

Sie nickte. Ich fand die Karte mit der Rechtsbelehrung in meiner Brieftasche und las vor. Dann schwieg ich einen Augenblick. »Sie haben die Bilder Wirklichkeit werden lassen, richtig?« fragte ich schließlich.

»Zuerst habe ich *sie* umgebracht.«

»Celia, Ihre Mutter?«

»Ja. Sie war eine Metze aus dem Hades.«

»Und dann haben Sie Dr. Reiser umgebracht?«

»Ich habe Papas Bild Wirklichkeit werden lassen.«

»Und Benito Reyes in dem Lebensmittelladen?«

»Ich habe Papas Bild Wirklichkeit werden lassen.«

»Und dann Johnny Halo?«

»Big Stuff hat mir geholfen. Er konnte Johnny auf den Tod nicht ausstehen.«

»Warum?«

»Er war eifersüchtig auf Johnny und mich.«

»Eifersüchtig?«

»Ich habe nur versucht, Johnny Halos Seele zu retten, habe versucht, ihn zu überzeugen, sein Leben Gott zu schenken, so wie ich mein Leben Gott schenke ...«

»Also sind Sie gelegentlich rauf in Halos Zimmer im Seashore gegangen, um ihn zu erretten?«

»Das ist richtig. Big Stuff hat alles falsch verstanden.«

»Und Big Stuff war in Sie verliebt, stimmt's?«

Evie lachte mich aus. »Tu nicht so erstaunt. Vielleicht bin ich ja nicht dein Typ, Hockaday. Das heißt aber noch lange nicht, daß niemand anderer mich lieben kann.«

»Nein, natürlich nicht.«

Ich ließ mir ein paar Sekunden Zeit zum Nachdenken. »Dann haben Sie und Big Stuff Johnny Halo umgebracht und ihn an dieses Kreuz in der Kirche gehängt?«

»Wir mußten es tun. Johnny wollte nicht heim zu Gott kommen. Außerdem hat Big Stuff herausgefunden, daß er nur ein dreckiger Lügner war. Dann war da noch Papas Bild, das ich Wirklichkeit werden lassen mußte.«

»Wie sind Sie in die Kirche gekommen?«

»Ich habe einen Schlüssel, weil ich eines der hohen Tiere in der Gemeinde bin.«

»Und Reverend Miracle?«

»Billy-Boy hatte nichts damit zu tun, falls du mich das fragst. Big Stuff und ich, wir haben Halo eines Nachts in diesem dunklen Block erledigt, in dem auch das Horny Poodle liegt, und dann haben wir ihn zur Kirche geschleppt, wohin er sofort hätte gehen sollen, wie ich es ihm gesagt habe.«

»Und natürlich waren Sie erst recht auf Big Stuffs Hilfe angewiesen, als es darum ging, Moe Stein umzubringen«, sagte ich.

»Ich konnte ja wohl kaum selbst in das Horny Poodle gehen«, antwortete Evie. »Ich bin Christin und eine Frau dazu. Ich gehe nicht zu Orten des Bösen, an denen nur Metzen sind.«

»Sie hatten ein echtes Problem.«

»Ja, aber als ich Big Stuff Papas Bild von Moe Stein zeigte, da hat er sich einen Plan ausgedacht. Er geht ein paarmal in den Club und trifft sich mit seiner alten Freundin Delilah aus Coney. Er überredet sie zu dem großen Gag, ihn aus dem Publikum auszuwählen. Sie weiß nicht mal, was passiert, Hockaday.«

»Ich verstehe.«

»Aber wahrscheinlich ist es schon so, wie du sagst – jetzt ist alles vorbei.«

»Ja.«

»Ich werde das Antlitz Gottes sehen.«

»Gehen wir erst mal zu Ihrem Vater.«

»Okay.«

Ich folgte Evie durch die Tür und zurück zur Treppe. »Es ist ganz oben«, sagte sie.

Wir stiegen in die neunte Etage hinauf. Ich stützte Evie, indem ich ihren Arm hielt, da ihre Hände ja auf den Rücken gefesselt waren. Wir gingen an einer Reihe hohler Räume vorbei, wo früher Fahrstühle gewesen sein mußten, dann zu einem nördlich liegenden Raum mit einer Tür. Auf der anderen Seite hörten wir Picassos Stimme.

»Er ist da drin«, sagte Evie. Sie wich von mir zurück.

»Bleiben Sie stehen«, befahl ich.

Aber sie ging weiter, rückwärts auf einen der hohen, hohlen Räume zu.

Ich lief die paar Schritte und griff in der Dunkelheit nach ihr, spürte aber nichts als das Rauschen der Luft, als Evie ins Leere fiel und dann zehn Stockwerke tief ihrem Tod entgegen. Sie machte keinerlei Geräusche während ihres Falls, da war nur ein dumpfer Aufschlag am Ende des Sturzes, der tief nachhallte durch das dunkle Labyrinth eines verlassenen Schlachthofes.

Mein Herz raste, und ich bekam weiche Knie. Ich stützte eine Hand gegen die Wand und schnappte nach Luft.

Dann kehrte ich zu Picassos Tür zurück und drückte sie auf.

Überall brannten Kerzen – auf den Bänken der großen Fenster, auf dem Boden, auf Stapeln alten Mülls, auf Staffeleien mit Mordtableaus, die erst noch Wirklichkeit werden mußten: Wendell Prescott mit einem Messer im Herzen, Bennys abgeschlagener Kidneybohnenkopf auf einer Theke.

An der gegenüberliegenden Wand hing eine große Leinwand, vielleicht zwei Meter im Quadrat. Und davor stand Picasso, einen Kassettenrecorder in der linken Hand und einen .22er Revolver in seiner Malhand.

»Ich dachte mir, daß du einen Weg findest«, sagte Picasso.

»Sind Sie bereit, mich zu begleiten?« fragte ich.

Zu seinem eingebildeten Freund sagte er: »Er fragt, ob ich

bereit bin! Kannst du's fassen? Ho, ho, und ob ich bereit bin!«

Dann zu mir: »Sie sagt, wenn ich es male, wird es Wirklichkeit.«

»Ich weiß. Evie hat mir alles erzählt.«

»Dann habt ihr euch also kennengelernt. Sie ist wirklich bekloppt, was?«

»Ja.«

»Das arme Kind. Ich bin auch nicht annähernd so bekloppt wie Evie.«

»Nein.«

»Durch sie ist manches ziemlich außer Kontrolle geraten, Hock. Daher mußte ich mich hier verstecken.«

»Ich verstehe. Aber ich bin hier, und jetzt ist alles vorbei.«

»Kannst du's fassen? Der hier sagt: *›Jetzt ist alles vorbei!‹*« sagte er zu jemandem, der nicht da war. Und dann zu mir: »Die Sünden des Vaters gehen an den Sohn über, Hock. Hast du das noch nie gehört? Aber vielleicht hattest du ja auch nie einen sündigen Vater.«

»Ich hatte einen Vater«, sagte ich. »Ich habe ihn nie kennengelernt.«

»Falls er mir nur ein bißchen ähnlich war, bist du so besser dran.«

Dann drehte Picasso sich um und drückte die linke Seite seines Kopfes gegen die große, leere Leinwand. Er hob den Revolver in seiner Rechten, legte die Mündung an sein Ohr und drückte dreimal ab.

Der Kassettenrecorder fiel aus seiner Hand und schepperte über den Boden in meine Richtung. Sein Körper sackte zusammen und glitt dann die Leinwand hinab. Aus seinem Kopf sickerte Blut.

Ein paar Zentimeter unterhalb der Oberkante der Leinwand waren drei winzige Einschußlöcher. Und eine Explosion aus feuchtem Rot und Grau schmierte nach unten, tropfte auf den Boden, wo der Künstler lag.

Ich richtete meine Taschenlampe auf schwarze Buchstaben, die entlang des unteren Randes der Leinwand geschrieben waren. Eine trockene schwarze Beschriftung, schon Tage zuvor angebracht, um den Titel von Picassos letztem Werk zu buchstabieren: SELBSTPORTRÄT IN HIRN.

EPILOG

Man sagt, wenn du nach New York kommst, solltest du deine eigene Kreide für die Leichensilhouette mitbringen.

Außerdem sagt man, das Leben sei eine ziemliche Schweinerei, aber der Tod trage auch nicht viel dazu bei, es in Ordnung zu bringen.

Das sind zwei Scherze, die ich jedem in der Hölle erzählen werde.

Denn genau da bin ich, Hock. Trautes Heim, Hölle allein.

Es war nett, mit dir zu plaudern.

Bis dann, ihr Arschlöcher!

Ich schaltete den Kassettenrecorder aus. Ich hatte volle drei Tage gebraucht, alles durchzugehen, was Picasso in seinem Schlachthof-Studio hinterlassen hatte: Stunden um Stunden seiner allgemeinen Beobachtungen, seiner Erklärungen, seiner Bibelzitate.

Dies war die noch zu erledigende, ruhige Arbeit des Falles, den ich abschließen mußte. Inzwischen kümmerten sich Inspector Neglio, der Bürgermeister und die Boulevardpresse um die marktschreierische Aufgabe zu behaupten, in New York wäre wieder alles beim alten. Slatterys dahin gehende Versicherungen in der ›Post‹ kamen unter der Schlagzeile: IRRES DUO STIRBT IN HORROR-LOCH – VATER-TOCHTER-HERRSCHAFT DES TERRORS BEENDET!

Als ich mit den Bändern fertig war, sorgte ich dafür, daß Moe und Benny wegen illegalen Glücksspiels verhaftet wurden. Dann stattete ich Wendell Prescott einen Besuch ab, nur um ihm zu sagen, daß ich seiner Verbindung zu dem verstorbenen Johnny Halo auf die Schliche gekommen sei, und wenn er nicht bereit war, mir zwei einfache Gefallen zu tun, dann würde ich mit Slattery über die Mafia-Persönlichkeit plaudern müssen, mit der er bei seinen Coney-Island-Immobiliendeals zusammenarbeite.

»Was wollen Sie von mir, Hock?«

»Ich möchte, daß Sie Picassos Meisterwerk am *Feuer und Schwefel* draußen in Coney sehr vorsichtig und behutsam abbauen. Dann möchte ich, daß Sie es nach Manhattan transportieren und alles wieder zusammensetzen, und zwar ausgestellt in der besten Galerie in Soho, die Sie finden können.«

»Sind Sie genauso verrückt wie er?«

»Nein, aber Sie, Prescott, wenn Sie den enormen Preis nicht ausnutzen, den Sie dafür kriegen könnten, bei all der traurigen Berühmtheit und so weiter.«

»Nun, wenn Sie es so formulieren . . .«

»Ich dachte, das dürfte wohl kein Problem für Sie sein«, sagte ich. »Aber da ist noch etwas.«

»Was?«

»Im Seashore Hotel in Coney, ebenfalls Ihr Eigentum, arbeitet eine Prostituierte. Meistens treffen Sie sie in der Lobby. Sie heißt Chastity.«

»Junge, Junge!«

»Ich möchte, daß Sie sie in Johnny Halos alten Zimmern unterbringen, mietfrei, für den Rest ihres Lebens.«

»Das werde ich nicht tun.«

»Soll ich Slattery sofort anrufen?«

»Wie heißt doch gleich die Dame?«

Nachdem ich meinen restlichen Polizei-Bürokram erledigt hatte, war es an der Zeit, einige persönliche Dinge zu regeln. Also ging ich als erstes in ein Reisebüro im McGraw-Hill-Building auf der Forty-second Street, um zwei Hin-

und Rückflug-Tickets mit der Aer-Lingus von JFK nach Dublin zu buchen.

Und dann traf ich mich mit Ruby zum Abendessen in *Angelo's Ebb Tide*.

»Ich möchte, daß du meinen Onkel Liam kennenlernst«, sagte ich und gab Ruby eines der Tickets.

»Ich komme mit, Hock«, sagte sie. »Aber sag mir, daß mehr dahintersteckt, als nur die Bekanntschaft eines alten irischen Gentleman zu machen.«

»Vielleicht gefällt mir nicht, wenn gesagt wird, daß ich wie ein Bär mit Möbeln lebe.«

Sie küßte mich. »Vielleicht reicht das als Antwort vorläufig aus.«

Doch dann breitete sich ein ernster und besorgter Blick auf Rubys Gesicht aus. »Ich würde gern sehen, woher deine Familie stammt, woher dein Vater stammt. Du nicht, Hock?«

Eine ganze Weile gab ich ihr darauf keine Antwort. Ich hörte die Worte meiner Mutter. »*Dein Papa ist im Nebel verschwunden, mehr gibt's da nicht zu sagen. Es tut viel zu weh, von ihm zu sprechen, als wäre er für mich je aus Fleisch und Blut gewesen.*«

Zu Ruby sagte ich nur: »Ich glaube schon ...«

Sie sagte: »Das ist eine komische Antwort.«

Ich sagte: »Allerdings.«

Thomas Adcock

Hell's Kitchen

Ein Neil-Hockaday-Krimi. Aus dem Amerikanischen von Jürgen Bürger. 382 Seiten. SP 5675

Was ist los in Hell's Kitchen, dem verkommenen New Yorker Stadtteil der irischen Einwanderer? Kaum hat Detektiv Neil Hockaday, genannt Hock, von der SCUM-Patrol dort eine bezahlbare Wohnung gefunden, mehren sich die Leichen um ihn: Zuerst trifft es seinen Spitzel, dann liegt der verdächtige Mieteintreiber Griffiths nackt und tot in seiner Badewanne. Die Ereignisse überschlagen sich, als Hock offiziell den heiklen Auftrag erhält, den bedrohten schwarzen Prediger Father Love zu schützen. Als Neil die unheilvolle Verbindung der Fälle erkennt, ist es fast zu spät.

Seine Name ist Neil Hockaday, genannt Hock. Er ist Detektiv im New Yorker Police Department und Mitglied der SCUM-Patrol, auch bekannt als »Abschaum-Spähtrupp«. Wer kennt die sozialen Differenzen in Hell's Kitchen, dem New Yorker Stadtteil der irischen Einwanderer, besser als Hock, der dort aufwuchs und seit kurzem wieder hier wohnt? Nach seinem Einzug beginnt bereits der Ärger: Immobilienspekulanten und skrupellose Stadtplaner bemächtigen sich des Viertels und wollen die »kleinen Leute« vertreiben, darunter auch Hock. Dabei sind ihnen alle Methoden recht. Zunächst wird Hocks Spitzel ermordet, ehe er zu einem Informationstreffen kommen kann. Dann liegt der verdächtige Mieteintreiber Griffiths nackt und ermordet in Neils Badewanne. Als Hock den offiziellen Auftrag erhält, den beliebten schwarzen Prediger Father Love in seinem Harlemer Tempel vor einem Anschlag zu schützen, überschlagen sich die Ereignisse.